불면의 등불이 너를 인도한다

불면의 등불이 너를 인도한다

초판 1쇄 발행 2015년 1월 30일
초판 3쇄 발행 2016년 5월 5일

지은이 | 장석주
펴낸이 | 조미현

등록 | 1951년 12월 24일 · 제10-126호
주소 | 04029 서울시 마포구 동교로12안길 35

편집주간 | 김현림
교정교열 | 장미향
디자인 | 나윤영

전화 | 365-5051
팩스 | 313-2729
전자우편 | editor@hyeonamsa.com
홈페이지 | www.hyeonamsa.com

ⓒ 장석주 2015
ISBN 978-89-323-1719-9 03800

○ 이 책은 한국문화예술위원회의 지원을 받아 토지문화관에서 창작하였습니다.

불면의 등불이
너를
인도한다

장석주의 서재

현암사

불면(不眠)의 등불이 너를 인도한다
비장의 바둑 솜씨에서
적수를 찾아내도록

노랫소리가 제 그림자를 팔러 다닌다
너는 어떤 결론에서
개방(開放)된 여명으로 가느냐
어찌하여 그 최초의 광선이
너를 그토록 불안하게 하느냐?

상처에 심어진
씨앗 한 알이 입증하기를 거부한다 :
너는 기다림 때문에 이별을 고한다,
사랑 때문에 고통받는다

열정, 흡사 바퀴같이
내버려두었기에 완벽하다

「위하여」, 베이다오(北島, 1949~), 배도임 옮김

책머리에

모란과 작약 꽃대를 보듯 책을 보며 살았다. 봄엔 버드나
무 가지에 연두색 잎이 돋고, 가을엔 상류의 물이 활엽수
들의 낙엽을 안고 하류까지 내려왔다. 그사이 애들은 훌
쩍 커서 뿔뿔이 흩어져 먼 곳에서 둥지를 틀었다. 근간들
이 도착하고 약속 몇 개는 어그러졌다. 가을이 몇 번 와서
대추나무에 열린 대추를 수확하는 동안 아버지가 돌아가
시고 이어서 어머니가 돌아가셨다. 누가 내게 뭘 했느냐
고 물으면 겨우 버드나무에 관해 시 몇 편을 썼다고 말할
수밖에. 먼 곳을 가고자 엉덩이를 들썩거렸으나 가지 못
했다. 저녁답 뒤꼍으로 족제비가 왔다가 돌아가고 이윽고
밤이 검은 비단 몇 필을 안고 우거(寓居) 근처로 내려올 때
마중 나가는 겸손으로 일렁이는 마음을 다독였다. 밤의
기슭에 가만히 엎드려 있다가 곡선으로 하염없이 휘어지
거나 길고양이들이 울부짖는 새벽 황토벽을 긁어 그 텁텁
한 것을 입안으로 털어넣었다.

  새 주일이 시작하는 일요일에는 손톱을 깎고, 마지막

주일의 토요일에는 시골 이발소에 가서 머리카락을 잘랐다. 봄가을 쾌청한 날을 골라 동물원을 찾아가 호랑이 우리 앞에 오래 서 있다 왔다. 동지(冬至) 이후 연시 몇 개를 스푼으로 떠먹거나 고삼저수지 부근까지 일부러 나가 묵밥을 사 먹고 돌아오는 것을 낙으로 삼고 살았다. 그 시절 한밤중 얼음과 서리의 기척에 자주 진저리를 치곤 했는데, "이제 너를 용서하마!"라는 말이 입술을 비집고 새어 나와 깜짝 놀랐다. 누가 누구를 용서한단 말인가? 알 수 없었다. 황혼과 눈[雪]과 고요 들을 견딜 수가 없었던 탓이다. 삶이 돌이킬 수 없는 것이고, 단 한 번밖에 없는 것이기에 그랬을 수도. 하지만 더 많은 것들을 견딜 수가 없었다. 비가 몰려가는 서쪽, 9월의 숲, 공중의 새 떼, 별 안간 닫히는 문, 11월의 태양, 땅거죽을 찢고 나오는 그악스런 작약의 움들, 새벽 3시, 표토 위로 올라온 고사리 새순, 심지어는 여름밤 흡혈하는 물것들조차 애틋하고 아련해서 견딜 수가 없었다.

그 견딜 수 없음을 안고 살며 애살스런 문장 서너 줄씩을 가까스로 적었다. 그것들을 적을 때 자주 한숨이 나왔는데, 그것은 만물의 헐벗음 때문이 아니라 내 인격의 헐거움과 유유자적이 겨웠던 탓이다. 문장이 비루한 것은 생각이 비루한 탓이고, 문장은 곧 그 사람의 피와 기질을 고스란히 비쳐 보이기 때문임을, 나는 뒤늦게 안다. 아침의 버드나무들과 밤하늘에 나와 노숙하는 별들이 숭고에 대해 몇 마디씩 귀띔한 것에 주의를 기울였다면 분명 내 인격은 슬픔과 청고함을 품고 지금보다 더 다정해졌으리. 그 가망 없는 꿈을 품고 몇 자씩을 써서 모은 비린 문장들을 버리지 못하고 책 한 권으로 엮었다. 넓은 마음으로 해량하여주시길! '불면의 등불이 너를 인도한다'라는 제목은 중국 시인 베이다오[北島]의 시 한 구절에서 빌려 와 썼다. 책이 나오기까지 수고를 하신 분들께 머리 숙여 감사드린다.

2014년 11월 하순,
장석주 씀

차례

책머리에　6

가을

가슴이 뛰는 이유는 책상 위에 쌓인
책들로 인해 내 지고한 쾌락이 더
감미로워질 것이기 때문이다

봄

———

고갈된
사색의 능력이

살아나다

봄날, 발터 벤야민을 읽다

혹독한 겨울이라도 기어코 가고 만다. 한 시인이 썼듯, 봄은 기다려도 오고, 기다리지 않아도 온다. (이성부. 1942~2012. 오늘 아침 신문에는 이 뛰어난 남도 시인의 부고기사가 실렸다.) 우수가 지난 뒤로 바람결은 한결 부드럽다. 꽃나무에는 꽃눈이 맺히고, 겨우내 얼음을 품었던 금광호수는 얼음이 녹자 녹청의 맑은 물로 출렁거린다. 머지않아 호숫가에 나란히 서 있는 버드나무들 가지에 초록물들이 하루하루 짙어질 테다. 어제는 마른 연못에 물을 채웠다. 까맣게 말라 땅거죽에 눌어붙은 그 많은 수련의 잎과 뿌리들이 푸르게 살아나기를 기다린다. 겨울잠에서 깬 개구리들이 와서 알을 낳고, 그 알들이 부화해서 올챙이가 될 것이다. 아마 그때쯤이면 연못에 있는 푸른 수련의 어린잎들이 나오고, 푸른 부들이 돋아날 테다.

올봄에는 매화를 몇 그루 구해다 심을 작정이다. 몇 해 전 나무 시장에서 구해다 심은 매화나무는 겨울을 넘기지 못하고 뿌리가 얼어 죽고 말았다. 아쉽다. 죽은 매화나무여, 대나무여. 날이 따뜻해지니 피가 잘 돌고, 돌연 낙관적인 사람으로 변한다. 무엇보다도 서재 바깥 데크에 의자를 내놓고 한가롭게 햇볕을 쬐며 책을 읽게 된 것이 행복하다. 무릎을 담요로 덮고 그 위에 책을 올려놓고 햇볕을 쬐며 독서삼매경에 빠지는 초봄 오후다.

왜 책인가? "책은 생명 보험이며, 불사(不死)를 위한 약간의 선금이다"(움베르토 에코, 『책으로 천년을 사는 방법』)라는 문장에 그 답이 있다. 바람이 살랑이며 손에 들고 있던 책장을 넘기고 볼을 장난스럽게 간질이고 달아난다. 이런 봄날은 사유의 근육에도 힘이 붙어 "다시 데운 수프"와 같은 그 속이 뻔하게 보이는 책이 아니라 더 굳고 단단한 책들을 읽어볼 좋은 기회다. 요즘 집중적으로 읽는 『주역』과 니체의 책들을 옆으로 밀쳐두고 두 권을 서재에서 뽑아왔다.

발터 벤야민(Walter Benjamin, 1892~1940)의 『일방통행로』는 여러 번 읽었음에도 불구하고 다시금 손에 드는 책이다. 빼어난 에세이스트이자 사상가인 벤야민에 대한 나의 편애와 경외감 때문이다. 그의 이름 앞에는 '20세기의 가장 빼어난 산문가'라는 표지가 따라다닌다. 그 무엇도 그의 의식을 강제할 수 없었다. 베를린의 유대인 가정에서 태어났으면서도 파리를 사랑해서 파리에 머물렀던 벤야민. 이 떠도는 지식 노동자이자 사상가는 파리가 독일에 함락되자 나치의 박해를 피해 1940년 피레네 산맥을 넘어 미국으로 망명을 시도한다. 그러나 벤야민은 국경 통과가 좌절되자 모텔에서 모르핀으로 음독자살한다.

『일방통행로』는 비극적으로 삶을 마감한 벤야민의 책 중에서 가장 얇은 책에 속한다. 60개의 표제가 있고, 그것들에 대한 자유로운 단상을 펼쳐내는 이 책은 '사유의 유격전을 위한 현대의 교본'이라는 부제가 붙어 있다. 대개의 단상들은 표제와 사유 사이의 먼 간격을 보여주는데, 그것은 바로 그 '사유'를 위해 남겨둔 여백이라고 느껴진다. 아주 짧은 것을 예로 들어보자.

좋은 산문을 쓰는 작업에는 세 단계가 있다.
구성을 생각하는 음악적 단계, 조립하는 건축적
단계, 그리고 마지막으로 짜맞추는 직물적
단계.

이 짧은 문장이 「계단 주의!」라는 표제에 붙은 전문이다. 표제와 씌어진 단상 사이의 접합점은 모호하고 아득하다. 그 모호함과 아득함은 벤야민이 제 글에서 자주 구사하는 시적 상징성과 비의성에서 비롯된다. 표제와 씌어진 단상 사이의 텅 빈 곳을 물론 벤야민 특유의 사유의 비약이 가로지른다. 우리는 그 비약 앞에서 얼어붙는 대신에 그것을 상상과 추론의 질료로 삼을 수 있다. 그래야만 이 책을 '사유의 유격전을 위한 현대의 교본'으로 삼을 수 있기 때문이다.

「13번지」라는 표제에서는 책과 매춘부의 공통점을 다룬다. 이를테면 둘 다 "침대로 끌어들일 수 있는" 것에 속하고, "양자에게는 저마다 이들을 갈취하고 괴롭히는 남자들이 달라붙어 있다. 책에는 비평가들이" 있다. 책과 매춘부는 제 몸을 판다는 점에서 동일하다. 매춘부를 산 남자들은 그 몸을 더듬고 읽는다. 남성 독자들, 혹은 남성 비평가들은 책이라는 매춘부에게 달라붙어 그 자양분을 탈취해 간다. "책과 매춘부— 전자의 각주(脚注)가 후자에게는 양말 속의 돈" 같은 문장은 벤야민의 차가운 유머가 번득이는 대목이다.

"우표는 큰 나라(大國)들이 아이 방에 넣어두는 명함이다"라는 문장은 「우표상」이라는 제목의 단상에 나온다. 나는 이 문장 앞에서 불현듯 우표 수집에 열광했던 저 소년 시절을 향한 아득한 향수에 잠겨 당장에 그 시절로 달려간다. 나는 지구 어디엔가 붙어 있을 저 먼 나라들의 우표들을 보면서 얼마나 낯선 이국에서의 삶을 꿈꾸었던가. 희귀 우표들 앞에서 내 피는 얼마나 열광하고 내 혼은 얼마나 떨렸던가! 벤야민에게도 분명 그런 어린 시절이 있었을 것이다. 그랬으니 저런 구절들을 쓸 수 있었겠지. 벤야민은 우표들이 "작은 숫자들, 미세한 글씨들, 조그만 잎과 눈 같은 것들로 가득 차 있다. 그들은 그래픽적인 세포 조직이다"라고 말한다. 그것은 현실보다도 더 강렬한 실재 세계다.

소년은 우표를 보면서 낯선 나라의 지리와 역사를 익히고, 그 나라의 장사에 가담하고, 배의 진수식이나 새 대통령 취임식을 바라보며, 국가 독립기념일이나 역사적인 날들을 함께 축하한다. 그것은 머릿속에 깊게 새겨진다. 그리하여 소년은 꿈속에서 그 나라와 민족들을 여행한다.

나라들과 대양들은 우표 위에서는 그저 지방일 뿐이며 왕들은 숫자들의 용병들 — 그것들 위에 숫자는 제멋대로 색깔을 입힌다 — 에 지나지 않는다. 우표 앨범은 마술 편람으로, 안에는 군주와 궁전의 수, 동물과 알레고리 그리고 국가의 수가 기록되어 있다. 우표의 유통은 마치 행성들의 운행이 천상의 숫자의 조화에 기반하고 있듯이 이들 숫자의 조화에 기반하고 있다.

나라들과 대양들이 축소되어 우표의 세계를 이룬 게 아니라 그것들이 우표의 세계를 모방하고 확대한 것에 지나지 않는다는 뜻이다. 아무렴, 책이 그렇듯이, 우표는 세계보다 더 큰 신비가 담긴 마이크로 우주다.

발터 벤야민은 1892년에 베를린에서 태어났다. 그는 유대계 언어철학자, 에세이스트, 비평가이다. 부잣집 아들이었으니, 어린 시절은 유복했다. 그는 어린 시절을 회고하며 "가난한 사람들은 내 또래의 부잣집 아이들에게는 거지일 뿐이었다. 가난이란 제대로 지불받지 못한 노동에 대한 모욕이라는 것을 내가 처음으로 어렴풋이 짐작하게 되었을 때, 그것은 인식의 위대한 진보였다"(『베를린의 유년시절』) 같은 문장을 남겼다. 프라이부르크 대학, 뮌헨 대학 등에서 철학을 전공했는데, 그 시절 평생 우정을 나눈 친구이자 지적 동반자가 된 게르숌 숄렘을 만난다.

전쟁을 피해 스위스로 간 그는 1919년 「독일낭만주의 비평개념」이라는 논문으로 베른 대학에서 박사 학위를 얻고, 신문과 잡지에 기고를 하고 번역가로 나서기도 한다. 1924년 교수 자격 논문인 「독일 비극의 원천」을 쓴 뒤 프랑크푸르트 대학교수를 지원했다가 '단 한 줄도 이해할 수 없다'는 차가운 평가와 함께 교수직을 거절당한다. 같은 해 연인 아샤 라치스와 나중에 친교를 나눈 베르톨트 브레히트에게서 유물론적 사유의 영향을 받으면서 비평, 번역, 방송 분야에 눈길을 돌려 활동을 펼친다.

발터 벤야민의 사유와 철학적 바탕은 그 스펙트럼이 꽤
나 넓다. 정치 신념과 예술철학은 프랑크푸르트학파의 젖
줄을 물고 있는가 하면, 다른 한편으로 루카치와 마르크
스주의와 내통을 하고, 하이데거와 정신적 혈연관계를 이
루며 제 사유의 뼈대를 만들고 몸집을 키운다. 문학, 정
치, 영화, 미술, 철학 어느 한 가지에 고착하지 않고 그것
들을 종횡으로 누비면서 현대성의 의미를 포획한다. 그런
가 하면 철학과 시를 뒤섞고, 정치와 형이상학, 신학과 유
물론이라는 이질적 재료들을 섞고 비비면서 제 독자적인
사유의 세계를 펼쳐낸다.

1928년 펴낸 철학적인 아포리즘 모음집『일방통행로』
는 프랑스에서 막 시작한 초현실주의 운동의 영향을 고스
란히 보여준다. 초현실주의를 비롯해 마르셀 프루스트,
베르톨트 브레히트, 프란츠 카프카, 카를 크라우스, 샤를
보들레르, 니콜라이 레스코프 등에 대한 글을 쓰고, 「생
산자로서의 작가」와 「기술복제시대의 예술작품」 등 이념
과 정치성이 도드라지는 글을 내놓는다.

그는 어떤 파리지앵보다 더 파리를 사랑한 사람이다.
꿈의 건축물들, 거리, 군중, 산책자, 상품, 패션, 유행 그
모든 것들에 덧씌워진 아우라에 취한 그는 파리의 모든
것, 거기에 외시(外示)된 현대성을 탐식하며 그에 대한 골
상학적 독해를 담은『파사주(Das Passagen-Werk)』(한국어판

『아케이드 프로젝트』 1·2, 새물결)의 집필을 이어간다. 그는 황홀경에 빠진 눈의 존재라고 할 수 있는데, 그가 단지 도시의 외관, 즉 아케이드나 물신화된 상품에 현시된 시각적 매혹에 따라 춤춘 광대는 아니다. 그는 외관 너머의 심연, 그렇다, 외관이 아니라 심연의 탐욕스러운 포식자다.

1940년 나치의 점령지가 된 파리에 거주하던 벤야민은 당시 뉴욕에서 프랑크푸르트학파를 이끌던 아도르노와 호르크하이머의 지원을 받아 나치를 피해 원고뭉치가 든 트렁크를 들고 피레네 산맥을 경유해 국경을 넘어 프랑스를 탈출하려고 시도한다. 그러나 국경 통과가 좌절되자 다량의 모르핀을 삼키고 음독자살한다. 그의 최종 목적지는 미국이었다. 그의 죽음으로 그가 13년간이나 매달렸던 파리에 대한, 파리를 위한 철학적 대기획, 마르크스의 '상품물신'의 구상을 상부구조 전체에 적용하여 19세기 자본주의와 모더니티의 근원을 고고학적으로 탐구하려던 기획은 미완에 그치고, 남은 것은 지식 유목민의, 변화하는 20세기 사회와 문화지형에 대한 사유의 균열과 협로, 포식의 흔적들뿐이다.

무엇보다도 발터 벤야민은 문학·철학·역사·예술을 두루 섭렵하면서 독자적인 문체로 풀어낸 뛰어난 산문가이다. 한때 그 산문 문체에 매혹되어 그를 깃대 삼아 철학과 에세이가 혼종된 산문 쓰기에 몰입한 적이 있다. 나는 벤야민의 책들을 파고들며 그의 내밀한 사유를 오래 씹고 삼키며 내 피와 살로 만들고자 했다. 나는 그의 책에서 한 줄의 영감을 구하고, 더 넓은 정신적 교감을 이루고자 했다. 그랬으니 그 시절 내 문장들에서 벤야민의 숨결이 어른거린다면 그것은 자연스런 일이다. 현대의 중요한 철학자들인 자크 데리다나 조르조 아감벤에게서 발터 벤야민이 펼친 사유의 흔적을 찾는 일은 그리 어렵지 않다.

모리스 블랑쇼, 『기다림 망각』, 박준상 옮김, 그린비, 2009
발터 벤야민, 『일방통행로』, 최성만 외 옮김, 길, 2007

헤르만 헤세의 '정원'

북풍과 얼음들이 가고 봄은 초입으로 들어섰는데, 일교차가 크다. 춘분 이후 한낮 햇볕은 이미 초여름의 징후를 품는다. 이마에 닿는 한낮 햇볕은 아얏, 하고 저절로 비명을 지를 만큼 따갑다. 옆집 마당의 개나리에는 노란 꽃망울이 맺히고, 목련나무는 가지마다 뽀오얀 꽃망울들이 탐스럽다. 지리산 아래 남부 지방에서는 매화나 산수유 따위 봄꽃의 개화 소식이 날아든다. 봄기운이 물씬하던 한낮의 기온은 새벽과 저녁이면 갑자기 곤두박질친다. 3월 하순 서울은 밤 기온이 영 도까지 뚝 떨어져 다시 겨울 세상으로 돌아간다. 바람도 차갑거니와 목덜미를 파고드는 추위가 맵다. 밤의 후미진 골목들에서 발정 난 길고양이 여러 마리가 날카롭게 울어댄다. 자정 넘어 잠결에 듣는 길고양이들의 날카로운 부르짖음이 신경을 긁는다. 아침에 일어나면 침실 창문 안쪽에 작은 물방울들이 맺혀 있다. 바깥과 실내의 온도 차가 큰 탓이다.

　오늘은 밀린 숙제를 끝내야 한다. 책상 위에 있는 다른 책들을 밀치고, 오전에 선유도 공원으로 나가려던 산책

계획도 포기한 채 헤르만 헤세의 『정원에서 보내는 시간』을 읽는다. 이 책은 2001년에 이레에서 출간한 적이 있는데, 애석하게도 이레가 문을 닫은 뒤 절판된 상태였다. 서가 어딘가에 이레에서 펴낸 책이 꽂혀 있겠지만 일부러 찾지는 않았다. 2001년 이레에서 펴낸 책을 샀는데(그때 책 제목이 『정원 일의 즐거움』이었다), 그때 책을 완독했는지에 대한 기억은 모호하다. 아마 책을 사놓기는 했지만 다 읽지는 않았던 모양이다. 이 책을 재출간하는 웅진의 한 편집자가 겉표지에 넣을 추천사를 부탁해서 종일 보내준 원고를 붙들고 읽는다.

세계대전의 광풍을 겪은 뒤 이 위대한 작가가 벗들과 사회와의 교류를 끊고 자아로 후퇴한 것은 인류의 잔인함과 어리석음에 질리고 상처를 받은 탓이다. 헤세는 뜻밖에도 정원 일의 즐거움에서 인생의 메마름을 풍성함으로, 위기를 도약의 기회로 바꾸는 창조적 계기를 찾아낸다. 헤세의 정원에는 어떤 나무들이 있는 걸까.

정원에는 오래된 나무들이 바람과 빗속에서
흔들거리며 대견스럽게 서 있다. 좁고 가파른
내리막으로 되어 있는 정원 테라스에는
키가 큰 멋진 종려나무들과 아름답고 풍성한

동백나무, 석남류의 식물과 목련꽃이 피어
있다. 또 주목, 잎이 빨간 너도밤나무, 인도산
수양버들, 키가 큰 상록수인 여름 목련이
자라고 있다. 내 방에서 바라본 풍경들, 정원의
테라스와 덤불 숲, 그리고 나무들은 내가 앉아
있는 방과 그 안의 사물들보다 더 가까이 내
삶에 속해 있다. 그것들이야말로 진정한 내
친구들이고 내 이웃이다. 나는 그들과 함께
살고 있으며, 그들은 나를 지탱해주는 믿을
만한 존재이다. (16쪽)

세계대전을 겪으며 인간 내면에 깃든 무자비함, 폭력
성, 대량살육의 끔찍함에서 비롯한 그의 사람 기피, 사회
기피는 결국 그를 꽃과 나무들의 세계로 이끈다. 그가 정
원 일에 매달린 것은 생명의 자연스러운 요청으로 보인
다. 그는 꽃 피고 열매 맺는 것들이 일군 생명 세계 속에서
나무들과의 교감, 식물들의 내적 평화, 생명의 짧은 순환
들에 대한 성찰의 경험들을 치유의 자양분으로 바꾼다.

나무의 침묵은 나무의 언어다. 조용히 귀 기울이지 않는
다면 나무들의 속삭임을 들을 수가 없다. 그는 침묵이 나
무에 내재해 있는 고유한 법칙이라는 사실을 안다.

나무 꼭대기에서는 세계가 윙윙거린다. 또
뿌리는 무한 속에서 안주한다. 그 사이에서
나무는 모든 생명력을 동원해 자신을 잃지
않고 오직 하나만을 위해 애쓴다. 그것은 바로
나무에 내재해 있는 그들 안에 있는 고유한
법칙을 따르는 일이다. 자신의 고유한 형상을
완성해나가면서 자신을 스스로 표현해내는
일이다. 아름답고 강인한 나무보다 더 성스럽고
더 모범이 되는 것은 없다.(24~25쪽)

　아마도 헤세만큼 나무의 영혼을 깊이 이해하고 있는 사
람을 찾기는 쉽지 않을 것이다. 나무들은 긴 생각을 하고,
우리보다 오래 사는 존재들이다. "나무는 저녁에 우리가
자신의 유치한 생각에 불안해할 때 소슬거리는 소리를 내
면서 이야기한다. 나무들은 긴 생각을 지니고 있다. 우리
보다 더 오래 살며 길고 조용하게 호흡한다. 나무는 우리
가 귀 기울이는 동안은 우리보다 더 현명하다."(28쪽) 헤
세가 사람이 아니라 나무에, 갖가지 나무들이 모여 있는
정원에 애정을 쏟은 것은 당연한 일이다. 나무가 사람보다
지혜로운 존재이기 때문이다. 나무에 대한 그의 지극한 사
랑은 커다란 복숭아나무가 폭풍에 꺾여 쓰러진 것을 보고
쓴 글에 고스란히 나타난다. 그는 복숭아나무가 시련에 굴

복하고 죽음을 맞은 것을 우울한 심경으로 바라보면서 그 쓰러져 누운 복숭아나무의 좋은 시절을 떠올린다.

> 해마다 삼월 중순이 지나면 그 복숭아나무에는 꽃봉오리가 열리면서 분홍빛을 띤 거품 같은 왕관이 피어났다. 화창한 날에는 파란 하늘을 배경으로 화사하게 빛났고, 비 오는 날이면 잿빛 하늘을 배경으로 더없이 두드러져 보였다. 아직 선선한 사월의 변덕스런 바람 속에서 그네를 타듯 흔들거렸으며, 그 주위로는 샛노란 나비들이 황금빛 불꽃처럼 이리저리 날아다녔다. 그 나무는 성난 알프스의 열풍에도 꿋꿋이 버티며 서 있었고, 비가 오는 계절에는 축축하고 흐린 날들이 계속되는 가운데 마치 꿈을 꾸듯 조용히 서 있었다. (30쪽)

그는 복숭아나무가 서 있던 자리에 생긴 구덩이를 본다. 구덩이는 세계의 균열이고, 그 균열은 공허와 어둠, 죽음과 공포로 채워질 것이다. 그 자리에 새로운 복숭아나무를 심는 일이 "탐욕스런 죽음에 다시 희생물"을 바치는 것에 지나지 않는다는 회의에 빠진다. 그래서 죽은 복숭아나무를 대체할 새 복숭아나무를 심지 않겠다고 결심한다. "지금 여기서 또다시 새로운 생명을 키우고 삶의 바퀴를 다시 돌리는 일을 거부하며, 탐욕스런 죽음에 다시 희생물을 바치는 일을 거부하고 싶었다."(36쪽) 복숭아나무는 죽음으로써 세상에 널려 있는 몰락, 파괴, 전쟁, 수치 따위를 겪지 않아도 된다. 영원한 안식에 든 것이다.

헤세는 화병에서 시들어가는 백일홍에서 모든 생명이 품은 죽음과 삶의 무상함을 날카롭게 직시한다. 백일홍은 강렬하고 경이로운 색깔과 빛나는 생명력을 뽐내는 꽃이지만 화병에 꽂아두면 어느새 시들고 만다.

> 화병 속에서 서서히 빛이 바래 죽어가는
> 백일홍을 바라보며 나는 죽음의 춤을 체험하지.
> 삶의 무상함에 대해 슬퍼하면서도 한편으로는
> 소중히 받아들일 수 있다네. 가장 무상한
> 것이야말로 가장 아름다운 것이기 때문이지.
> 그래서 죽음이야말로 가장 아름다운 꽃이며
> 가장 사랑스러운 것일 수 있다네.(41쪽)

백일홍이 본디의 강렬한 색을 잃으면서 서서히 잿빛으로 시드는 것을 관찰하며 백일홍에 닥치는 이 시듦, 이 죽음이 그것의 유죄성에 대한 단죄의 결과라는 데로 생각이 뻗어간다. 그것은 생명이 가진 불가피한 순환이요, 타고

난 섭리인 것이다. 헤세는 백일홍의 덧없는 시듦에서 삶의 무상성을 엿보고, 그것이 무상한 것이기에 아름답고 사랑스럽다는 결론에 이른다.

전쟁이 끝난 뒤에도 인류의 영혼은 세계대전으로 말미암아 크게 훼손되고, 사람들은 조화와 균형을 잃은 채 비틀거린다. 사람들 마음마다 공허가 들어차 있다. 사람들은 그 공허를 과장적인 "건강함, 씩씩함, 생각 없는 낙관주의, 모든 심각한 문제 따위는 웃으며 거부하기, 공격적으로 던지는 질문을 겁내며 거부하기, 순간을 즐기며 얻는 생명의 기술"(59쪽)로 대체하려고 애쓴다. 미국적인 것들, '스마일링', 거짓 낙관주의, 위장의 제스처들은 전쟁으로 인한 분열과 비참을 임시적으로 가릴 뿐이다. 흰 눈이 똥들이 뒹구는 땅을 하얗게 덮는다 해도 똥이 사라지는 것은 아니다. 그런 것들에 견주자면 "김이 무럭무럭 피어오르던 한낮의 열기, 무르익은 향기, 정오의 느낌, 뭔가에 대한 기다림, 복숭아에 붙어 있던 부드러운 솜털, 최고의 성숙함에 도달한 아름다운 여인들의 어쩐지 반쯤은 의식적으로 보이는 우울함"(68쪽)들은 얼마나 생생하고 강렬한가!

헤세는 거짓의 활력, 거짓의 낙관주의가 득세하는 세태를 등지고 오로지 정원 일에 몰입한다. 그러면서 내면의 좌절과 분노를 천천히 치유하면서 정원이 불안한 시대의 흐름에 영혼의 고요함으로 맞설 수 있는 무릉도원이고 유토피아라는 깨달음에 이른다. 이 책을 읽는 내내 헤세의 아름다운 그림과 문장에 스민 꽃들의 달콤한 향기, 식물의 잎에 비치는 햇빛의 너그러움, 잎을 흔드는 바람의 싱그러움이 마음을 어루만진다. 헤세가 정원에서 찾은 고요와 행복이 마음에 번지며, 내 고갈된 사색의 능력이 살아나는 것을 경험할 수 있었다.

헤르만 헤세, 『정원에서 보내는 시간』, 두행숙 옮김, 웅진, 2013

봄산을 마주하고

밤새 내리는 빗소리에 귀를 기울이며 가슴이 두근거렸다. 봄비 그친 뒤 바람 끝은 싱그럽고, 앞산 산빛은 칙칙한 갈색이지만 어딘지 모르게 묵은 겨울과는 다르다. 호숫가의 버드나무 가지들에 연초록빛이 옅게 올라온다. 머지않아 작약들이 촉을 내밀고, 땅바닥에 갈색으로 널브러진 붓꽃 줄기 아래에서 새 촉들이 푸른 뿔같이 돋아날 것이다. 연못가에 서 있는 앵두나무는 가지마다 갓난애기 분홍 잇몸을 뚫고 나온 젖니만 한 꽃망울들을 매단다.

3월 하순의 집 주변은 봄이 만드는 기적들로 화창하고 난만해진다. 이 봄의 기적들을 본다는 것은 얼마나 가슴 벅찬 기쁨인가! "우리가 눈을 가지고 있기 때문에 보는 것이 아니라, 차라리 '볼' 수 있기 때문에 눈을 가지고 있다."(하이데거) 햇볕이 따뜻한 한낮에는 바깥에 내놓은 나무 의자에 앉아서 책을 읽기에 맞춤하다. 어제는 생태주의자로 산다는 것의 의미를 곰곰 씹으며 안성천 변을 걷고, 오늘은 종일 바흐의 〈무반주 첼로 조곡〉을 틀어놓고 책을 읽는다. 낙빈의 충만감! 부자는 아니지만 내 삶에 부족함은 없다. 눈이 아프면 잠시 책을 덮고 가창오리들이 고요히 떠 있는 금광호수를 보고, 그 너머 고사리 새순들이 올라오는 봄산을 본다.

롤랑 바르트의 『애도 일기』를 읽는다. 바르트의 어머니 앙리에트 벵제는 1977년 10월 25일 사망한다. 바르트는 그다음 날부터 사랑하는 이의 죽음이 초래한 애도 반응들을 적기 시작하고, 이 '애도 일기'는 2년이 지난 1979년 9월 15일까지 이어진다. 당연히 어머니의 죽음으로 인해 빚어진 어머니의 부재를 현실로 받아들이는 일은 괴롭다.

사랑하는 사람을 잃는다는 것은 힘들다. 바르트 역시 어머니의 죽음을 신체적 접촉의 영원한 불가능성 속에서 고통스럽게 확인한다. "너무나 고통스럽다. 이제는 두 번 다시 나의 입술로 촉촉하고 주름진 어머니의 뺨에 키스를 할 수 없다는 사실이……"(1979. 1. 11.) 어머니가 죽고 보름이 지난 뒤 바르트는 "허우적거리면서 나는 겨우겨우 슬픔을 건너가는 길을 찾아나가고 있다"(11. 9.)라고 적는다. "이 당혹스러운 부재의 추상성. 그런데도 그 추상성은 뜨겁게 달아오르고 너무 마음을 아프게 한다. 나는 비로소 추상이 무엇인지를 이해한다: 추상은 부재이면서 고통이다, 그러니까 부재의 고통. 그런데 어쩌면 이건 사랑이 아닐까?"(11. 10.) 어머니가 부재하는 현실의

봄

시간 속에 남겨진 것은 울적하고 무거운 마음, 불쑥불쑥
치미는 슬픔들, 건조한 외로움들이다. 슬픔이 간헐적으로
자신을 기습할 때마다 바르트는 어린애처럼 흐느껴 운다.
바르트는 슬픔 속에서도 애도 그 자체에 대해 관조한다.

애도: 그건 (어떤 빛 같은 것이) 꺼져 있는 상태, 그
어떤 '충만'이 막혀 있는 그런 상태가 아니다.
애도는 고통스러운 마음의 대기 상태다. (1977.
12. 8.)

애도란 여기에서 저기에로 밀려나간 마음의 대기 상태,
본디 마음이 있던 자리로 귀환하지 못한 채 고통과 슬픔
으로 대기 상태에 머무는 것이다. 하지만 시간이 흐르며
이것마저도 희미해진다. 어머니가 죽고 1년이 지난 뒤에
바르트는 이렇게 적는다.

이 애도의 메모들을 기록하는 일이 점점
드물어진다. 서서히 희미해지는 슬픔. 이
현상은 피할 수 없는 변화일까, 망각의
과정일까? ('병'이 지나가는 걸까?) 과연 그런
걸까……(1978. 11. 4.)

그 무엇으로도 대체할 수 없는 관계의 상실로 인해 애도 주체의 마음 안에 파인 고랑들은 시간의 퇴적물들이 메꾼다. 그 고랑들이 메꿔지면서 애도 반응의 강도는 약해진다. 대신에 어머니가 부재하는 현실을 살아보려는 노력들은 차츰 힘을 얻는다. 그 노력들이 온전한 현존을 위한 욕망에 이어질 때 애도 주체는 새로 태어나는데, 바르트는 "래디컬한 몸짓", 혹은 애도의 슬픔이 다리를 놓아 만난 "깨어남"이라고 명명한다. 그것은 순결한 슬픔 속에서 자기 자신에게로의 귀환이고, 새로운 주체의 탄생일 것이다.

오랜만에, 다시, 블라디미르 나보코프의 장편소설 『롤리타』를 전율과 탄식 속에서 단숨에 읽었다. 이토록 미친, 슬픈, 가엾은 사랑이라니! 『롤리타』는 세계문학사상 가장 시끄러운 스캔들에 휘말리면서 늙은 유럽(험버트)이 어린 아메리카(롤리타)를 능욕하는 은유를 담은 "가장 더러운 책"이라는 혹평을 받았다. 이 소설은 1955년에 출간되었으니, 공교롭게도 나와 같은 나이를 먹은 책이다. 지금까지 『롤리타』를 각각 다른 번역본으로 최소한 세 번 이상을 읽었는데, 세월이 흘러 미약해진 기억에만 의존해서 세 번째 판본과 앞서 읽은 두 판본을 견준다면, 김진준이 옮긴 문학동네 판본이 문장, 표현, 어휘의 선택에서 모호함은 줄고 구체성과 강렬함은 커지고 모호함과 은유들은 더욱 또렷해졌으며, 그런 결과로 소설에서 관능성의 양감이 풍부해지며 약동한다는 느낌이다.

『롤리타』의 첫 문장은 여전히 매혹적이다.

> 롤리타, 내 삶의 빛, 내 몸의 불이여. 나의 죄,
> 나의 영혼이여. 롤-리-타. 혀끝이 입천장을
> 따라 세 걸음 걷다가 세 걸음째에 앞니를 가볍게
> 건드린다. 롤. 리. 타.

거의 시에 가까운 리듬을 보여주는 이 첫 문장은 주인공의 감각과 영혼이 오로지 롤리타에게만 집중한다는 사실을, 이 사랑이 미친 사랑이기에 이것은 치욕과 절망으로 변질되고 그의 영혼을 고통의 괴물로 일그러뜨리고 마침내 파괴해버릴 것이라는 비극을 암시하고 압축한다. 롤리타는 '님펫'이다. '님펫'은 "야릇한 기품, 종잡을 수 없고 변화무쌍하며 영혼을 파괴할 만큼 사악한 매력"을 지닌 천진함과 천박함을 동시에 지닌 사춘기 소녀를 가리킨다. 님펫은 실재가 아니라 상상이 지어낸 환영(幻影)이다. 즉 "내가 미친 듯이 소유해버린 것은 그녀가 아니라 나 자신의 창조물, 즉 상상의 힘으로 만들어낸 또 하나의 롤리타, 어쩌면 롤리타보다 더 생생한 롤리타"일 것이다.

소년이던 험버트가 어느 해 여름 미친 듯이 빠져들었던 소녀 애너벨이 롤리타의 원형이다. 애너벨이 티푸스에 걸려 죽음으로써 첫사랑은 미완으로 끝난다. 그 사건은 험버트의 가슴에 "악몽 같은 여름날의 좌절감〔으로〕 그대로 굳어버렸고, 그것이 연애를 가로막는 영구적인 장애물"로 남는다. 가엾어라, 이 원체험 때문에 험버트는 아홉 살에서 열네 살 소녀들 중에서 선택받은 '님펫'들만을 사랑하는, 성도착적 소아애 강박증이라는 저주에 걸려버린다. 이 저주는 끝내 풀리지 않는다.

『롤리타』의 끝 문장은 다음과 같다.

> 지금 나는 들소와 천사를, 오래도록 변하지
> 않는 물감의 비밀을, 예언적인 소네트를,
> 그리고 예술이라는 피난처를 떠올린다. 너와
> 내가 함께 불멸을 누리는 길은 이것뿐이구나,
> 나의 롤리타.

알타미라 동굴의 벽화로 그려진 고대인들의 '들소'가 그렇듯이, 주인공은 정신병원과 감옥의 독방에서 이 미친 사랑에 대해 씀으로써 제 사랑에 불멸의 지위를 부여한다. 동굴 벽화로 남은 '들소'가 영구한 세월을 견디고 살아남았듯 롤리타에 대한 제 사랑도 초시간성을 획득해서 불멸화할 것이라는 믿음은 가엾고 끔찍하다. 그는 이 세상이 따르는 규범들, 즉 어린 여자를, 더구나 의붓딸을 사랑하면 안 된다는 금기를 위반한다. 험버트가 겪어내는 이 비극의 끔찍함과 어처구니없음은 그 거부와 위반에서 시작한다. 이 거부를 가장 극적으로 보여주는 게 역주행이다.

> 중앙선을 넘어가서 어떤 기분이 드는지
> 확인해보니 과연 꽤나 괜찮은 기분이었다.
> 횡격막이 녹아내리는 듯 시원하고 상쾌한
> 느낌이 온몸으로 퍼져갔다. 이렇게 일부러
> 역주행을 하는 일이야말로 기본적인 물리
> 법칙을 극복하는 일에 가장 가깝겠다는 생각이
> 들면서 기분이 더욱더 고조되었다.

그는 님펫을 좇는 사람, 그 환영을 거머쥐기 위해 사랑의 경쟁자를 죽이고 역주행을 하는 피에로이다. 그는 세상의 엄연한 금기와 도덕들에 저항함으로써 역주행하고, 자신의 행동이 "영적인 충동"이었다고 굳게 믿는다. "인류가 정한 규범을 모조리 무시해버리"고, 이로 인해 그의 인생은 온통 헝클어지지만, 손톱만큼도 개전(改悛)의 정을 보이지 않는 것이다.

사랑은 늘 감정의 과도함에서 시작하고, 이 과도함의 한계를 짓는 것은 불가능하다. 이 과도함에 의해 사랑의 정당성이 구축되고, 동시에 이 과도함이 사랑의 탑을 허문다. 이 과도함은 두 얼굴을 갖는다. 이것은 사랑을 싹트게 하는 촉매자이자 사랑을 고갈에 이르게 하는 파괴적 동력이다. 이 과도함이 사랑의 비극을 머금게 한다. 『롤리타』와 같이, 이토록 강렬하고 끔찍하게, 사랑이 품은 불과 얼음, 죄와 열락, 빛과 어둠을 동시적으로 보여주는 소설을 찾기는 어렵다.

이 소설은 소아성애 강박에 빠진 한 중년 남자의 끔찍한 욕망을 폭로하는 자기고백서이자, 가망이 없는 사랑에 대한 애달픈 이야기다. 한 중년 남자가 10대의 어린 의붓딸에 반해 펼친 사랑의 도피행각은 통념과 법의 잣대로 보자면 반인륜적인 성범죄이다. 과연 험버트는 도덕적 파탄자이거나 파렴치한 성범죄자인가? 험버트가 좇은 것은 붙잡을 수 없는 궁극의 아름다움이고, 금지된 욕망을 넘어서면서까지 찾으려는 것은 이 역겨운 세상에서 자신을 구할 순수와 미, 그리고 피난처다. 어쩌면 험버트는 님펫으로 위장한 팜므파탈의 가엾은 희생제물이고 순수한 사랑에의 순교자일지도 모른다. 롤리타는 험버트가 잃어버린 사랑, 꿈, 궁극의 미, 시간에 대한 은유로써만 생생하다.

험버트는 롤리타를 데리고 미국 전역을 횡단하며 불가

능한 사랑/쾌락에 한사코 매달리는데, 이때 롤리타는 늙은 남자의 욕망과 갈구를 집요하게 파고들며 제 변덕에 따라 그를 농락하고 조롱한다. 마치 부러진 뼈가 살갗을 뚫고 튀어나오듯 금지된 욕망과 그것이 불러오는 파국, 삶에 내장된 블랙유머와 아이러니가 돌출한다. 롤리타가 새 남자를 만나 결혼을 해서 가정을 꾸릴 때, 험버트는 살인죄로 수감된 감옥에서 자신의 얘기를 수기로 써서 남긴다.

『롤리타』는 헛것에 매혹된 자의 넋에서 흘러나온 시이고, 노래이다. 산문적으로는 법과 사회적 규범들이 금지하는 것을 욕망하고 갈구하는 것, 즉 불가능한 사랑에 제 삶과 미래를 다 바친 중년 남자의 비극적인 이야기, 인간 내면의 어두운 열정, 더 나아가 인간 욕망의 불가해함과 광기에 대한 이야기이다. 다시 읽어도 감동의 폭풍 속으로 들어서게 하는 걸작이다.

김동규의 『철학의 모비딕』은 시간의 지평에서 존재를 바라보고자 했던 하이데거 철학, 특히 난해하기로 이름난 『존재와 시간』에 대해 설명하는 책이다. 내가 읽은 김동규의 책으로는 전작인 『하이데거의 사이―예술론』과 『멜랑콜리 미학』에 이어 세 번째이다. 하이데거는 1927년에 『존재와 시간』을 내놓으며 20세기의 가장 중요한 철학자의 한 사람으로 떠오른다. 메를로퐁티, 사르트르, 리쾨

르, 푸코, 데리다, 레비나스와 같이 쟁쟁한 철학자들 속에서도 하이데거의 그림자가 어른거린다. 세계-내-존재로서의 인간 실존에 대한 하이데거의 철학적 탐구는 존재, 세계, 불안, 언어, 의미, 마음, 죽음, 양심 따위 개념들을 거미줄처럼 유기적으로 연결하면서 뻗어나간다.

무엇보다도 사람은 불안한 존재다. 탄생이라는 실존 사건은 이 낯선 세계에 내던져짐이다. 사람은 자기가 왜 태어났는지, 그리고 죽은 뒤 어디로 사라지는지를 알지 못한다. 이 알 수 없음 때문에 불안해지고, 불안은 현존재를 집어삼킨다. 불안의 대상이 되는 것은 바로 기묘한 낯섦으로 자기 앞에 나타나는 현존재 자신인데, 이때 불안은 "자기에 대한 각성이 불러오는 거대한 존재론적 동요"다. 하이데거가 말하는 불안은 존재론적 불안으로, 이것이 꼭 부정적인 것만은 아니다. 이 불안을 회피하지 않고 직시할 때 사람은 본디 자기 자신으로 돌아갈 수 있는 계기적 기회를 잡는다.

"불안을 응시하는 자는 자기로 복귀한 자이다. 그는 번잡하고 두려운 외부 사물들로부터 시선을 거두고 자기 속으로 침잠한다." 그러니까 존재론적 불안은 본래적인 자기와 마주칠 수 있는 기회를 만든다. 뿐만 아니라 탄생과 죽음 사이에서 무의 심연을 품고 사는 '나'란 무엇인가를 묻는 본질 물음 앞에 세운다. 김동규의 해설에 따르자면,

'나'는 그 무엇이 아니라 누구'일 수 있는' 존재, 즉 가능
존재라는 것이다.

결국 사람은 죽는 존재고, 모든 현존재는 예외 없이 죽
음에 의해 삼킴을 당한다는 점에서 가능존재는 "실존의
가능한 불가능성의 무 앞에 처해"(하이데거, 『존재와 시간』)
있는 것이다. 사람은 '나'라는 개별 주체로 살지만 홀로
주체로만 살 수는 없는 존재다. '나'는 무수한 타자들과
더불어 공동세계를 이루고 살아간다. 그런 사정에 대해
하이데거는 이렇게 말한다.

> 이렇게 함께하는 세계-내-존재에 근거해서
> 세계는 그때마다 각기 이미 언제나, 내가
> 타인과 함께 나누는 그런 세계인 것이다.
> 현존재의 세계는 공동세계이다. 안에-있음은
> 타인과 더불어 있음이다. 타인의 세계 내부적인
> 자체존재는 공동현존재이다.(김동규, 『철학의
> 모비딕』에서 재인용)

사람은 홀로 태어났다가 홀로 죽는다. 그러나 '나'의
삶에 의미를 주는 것도 '나'와 타자들이 더불어 이룬 공동
세계다. 따라서 사람은 타자들의 세계 속에 던져진 자고,
불가결하게 타자들과의 연루됨 속에서 자기 삶을 사는 존

재다. 세월이 아무리 흘러도, 하이데거의 철학은 "도대체 왜 없지 않고 있는가?"라는 존재물음 속에서 생동한다. 그런 하이데거를 읽는다는 것은 일상적인 '나'와 본래적인 자기 자신 '사이'를 채운 자유와 가능성들을 탐지하는 일일 것이다.

롤랑 바르트, 『애도 일기』, 김진영 옮김, 이순, 2012
블라디미르 나보코프, 『롤리타』, 김진준 옮김, 문학동네, 2013
김동규, 『철학의 모비딕』, 문학동네, 2013

시간의 향기는 어디서 오는 것일까

춘분의 날이 조용히 지나간다. 춘분이 지났으니, 이제 밤은 너무 길어요, 라고 말하지 못한다. 춘분의 새벽에도, 춘분의 고요한 밤에도 나는 한 줄의 시도 쓰지 못했다. "무엇보다도, 일단 써봐. 노래해. 피가 혈관을 흐르는 것처럼."(메리 올리버, 「가자미, 일곱」) 누군가 귓가에 속삭였지만, 나는 그 말을 따르지 못했다. 꿀을 구하지 못한 꿀벌이 공중에서 날개를 붕붕거리듯, 이슬을 삼키지 못한 뱀이 똬리를 틀고 허공을 바라보고 있듯이 허송세월을 했다. 한 편의 시를 짓기 위해 분노와 희망, 또는 고요 속에서 피어나는 꽃들의 맥동(脈動)과 핏속에 타오르는 격렬한 불꽃이 있어야만 했지만, 내게는 그것들이 없었다. 대신에 나는 책을 읽고, 오후에는 산책을 했다. 어제와 다를 바 없는 골목들을 돌고 단골로 드나드는 카페에 가서 커피를 마셨다.

삶은 느리다. 이 느림의 리듬을 타고 세월이 흘러간다. 나는 달팽이같이 산다. 세계의 모든 시계들이 똑딱거리거나 말거나, 점점 빠르게 흘러가는 시간이 격류와 같이 모

든 것을 휩쓸고 지나가든 말든, 여린 뿔을 허공에 내밀어
이리저리 흔들며 느릿느릿 나아가는 달팽이같이.

왜 오늘의 삶에는 의미가 깃들지 않는가? 왜 삶의 시간
들은 의미의 결절점들을 만들지 못하고 부서져 공허하게
흩어져버리는 것일까? 의미의 시대에서 멀어지자 인류는
정신적 위기를 맞는다. 이 위기는 존재의 고유한 본질에
서 탈락하는 위기, 자기 동일성이 분열하는 위기, 공허한
인간으로 전락하는 위기다. 잃어버린 저 유토피아 시대에
는 아직 느림이 있었고, 우리는 긴 것과 느린 것 속에 머물
수 있었고, 그 속에서 의미를 빚곤 했었다. 그 시절 여행
자들은 별을 보고 가야 할 길의 방향을 가늠하고, 수많은
별들이 떠 있는 밤하늘 아래에서 노숙을 하며 신과 영원
이 들려주는 소리들에 조용히 귀를 기울였다.
한 철학자는 80년 전에 이미 "오늘날 사람들은 거의 그
소음이 신의 목소리라고 생각할 지경이 되었다."(하이데
거, 한병철, 『시간의 향기』, 125쪽에서 재인용)라고 말했다. 더 이
상 신과 영원의 음성을 들을 수 없는 이 난청(難聽)의 시대
에는 온갖 기계들이 내는 소음에 시달릴 뿐이다. "별이
빛나는 창공을 보며, 갈 수가 있고 또 가야만 하는 길의 지
도를 읽을 수 있었던 시대는 얼마나 행복했던가?"(게오르
그 루카치, 『소설의 이론』) 존재의 본질이 지속과 느림에서 머

뭇거리며 솟구치는 그 무엇이라면 호젓한 들길을 걸으며 신과 영원한 것들에 대해 사색할 때, 우리는 그 본질과 조우하는 행복을 누릴 수도 있을 것이다. 하이데거는 '들길'이 우리에게 세계를 선물한다는 사실을 이렇게 말한다.

들길 주위에 자라나 머물고 있는 모든 사물들,
이들의 넓이가 세계를 선사한다. 발설되지
않는 그들의 언어 속에, 독서와 삶의 노대가인
에크하르트가 말한 것처럼 신은 비로소 신이
된다.(한병철, 앞의 책, 178쪽에서 재인용)

들길이 주는 것은 자기 안에 머무는 집중성, 자기에게로의 호젓한 귀환, 그리고 아무 새거나 깨진 데가 없는 온전한 지속성이다. "들길은 방향이 정해져 있는 시간, 경련하는 듯한 노동의 시간을 잠잠한 지속으로 만들어준다."(111쪽) 하지만 조급성과 가속화로 몸살을 앓는 시대에는 천천히 들길을 걸으며 제 존재 안에 머물 수 있는 시간도, 밤하늘의 별들을 우러르며 삶의 의미를 숙고하던 시간도 허락되지 않는다. 무엇보다도 오늘날의 사람들은 숙고에 대해 모른다. 숙고는 고요의 침잠에 가깝다. 숙고는 들뜸과 소란스러움에는 깃들지 않는다. 차라리 숙고는 고요의 잉태이고, 그것의 출산이다. 아울러 숙고는 "무용한 것의 광휘 속에 빛나는 보물에 대한 약속"(하이데거, 한병철, 앞의 책, 179쪽에서 재인용)인데, 메마른 노동의 시간을 멈출 때 홀연히 나타난다. 숙고의 능력을 잃은 인간은 숙고하는 시간의 느긋함도, 그 느긋함 속에서 누리던 행복도, 현존재의 내면에 의미의 심연이 깃들 가능성도 남김없이 잃는다.

재독 철학자 한병철은 『피로사회』에서 인간을 성과주체라는 괴물로 만드는 피로사회에 대해 말한다. 그 사회는 외부적인 무엇이 우리를 억압하고 착취하는 게 아니라 바로 우리가 스스로를 억압하고 착취하는 사회라고 규정한다. 성과주체는 어떤 기구나 조직에 의해 노동을 강요당하는 자가 아니다. 누구의 예속도 받지 않는 것은 그들 자신이 자기의 주인이고 주권자이기 때문이다. 이 성과주체들은 "성과의 극대화를 위해 강제하는 자유 또는 자유로운 강제에 몸을 맡긴"(한병철, 『피로사회』, 29쪽) 존재이다. 이 사회에서 우리가 겪는 피로는 긍정성의 과잉이 불러온 피로인데, 이것은 삶에서 모든 것을 고갈시키고 파괴한다. 우리는 "사람들을 개별화하고 고립시키는 고독한 피로"(66쪽) 속에서 시들어간다. 우리는 다름 아닌 자기 자신의 착취자로서, 피해자인 동시에 가해자인 것이다. 우리는 여전히 활동의 과잉으로 내몰리고 있다.

과제는 "활동적 삶"이다. 우리는 이 과제를 수행하는 동안 노동의 절대적 명령에 포획되고, 결국은 노동-기계로 전락한다. 이것의 위기는 곧 삶의 위기이고, 시간과 세계 상실의 위기다. 근대 이후 시간은 빠르게 흐르며, 그 가속화로 밀려가는 시간 속에서 "삶은 더 이상 지속을 수립하는 질서의 구조나 좌표 속에 자리 잡지 못"(한병철, 『시간의 향기』, 16쪽)한다. 후근대 사회에서 시간의 가속화는 더 빠르게 더 전면적으로 일어난다. 이 가속화는 장 보드리야르에 따르면 "근대의 가속화, 기술의 가속화, 사건과 매체의 가속화, 모든 경제적, 정치적, 성적 교환 행위의 가속화"(47쪽)이다. 이 과정에서 시간은 더는 의미를 머금지 못한 채 잘게 쪼개지고 밋밋해지며 나중에는 먼지가 되어 사방으로 흩어진다. 이때 시간은 원자화, 평면화로 치닫는데, 이 가속화하는 롤러코스터에 몸을 실은 우리 모두는 정신을 쏙 빼놓을 만큼 바빠진다. 사색이 없는 노동에 내몰리는 분주한 시간들이 평면화하는 것은 삶에서 "어떤 사건, 형식, 진동은 오직 긴 사색적 시선에만 모습을 드러낼 뿐, 일하는 시선에는 숨겨"(126쪽)지기 때문이다.

우리는 바빠질수록 오늘의 삶과 미래의 기획을 지향성 없는 공간에 부려놓는다. 그 공간의 대표적인 예가 지향점이 없는 웹 공간이고, 그것은 "본질적으로 다르지 않은 수많은 연결 가능성, 즉 링크들로 짜"(71쪽)인 세계이다. 우리는 의미를 소유하고 향유하는 게 아니라 끊임없이 주어지는 정보를 처리하느라 정신이 없다. 정보는 그 본질에서 "원자화된 시간, 즉 점-시간의 현상"(43쪽)이다. 우리가 정보라는 점-시간의 바다에서 허우적일 때 우리는 더 이상 "향기로운 시간의 수정(水晶)"(75쪽)에서도 멀어진다.

한병철은 프루스트의 소설에서 빌려 온 "고요한, 맑은 울림과 향기를 지닌, 투명한"(이제 그런 시간은 어디에도 없다) "수정의 시간"에 대해 말하며, 그 시간이 지속의 감정이 온전하게 유지되도록 만들고, 마침내는 "향기가 지닌 시간적 연장성 덕택에 자아는 자기 자신으로 돌아올 수 있다"(80쪽)라고 말한다. 향기로운 시간의 수정의 경험은 "해체의 위협에 직면한 자아를 하나의 동일성 속에, 하나의 자화상 속에 안착하게 해줌으로써"(80쪽) 행복한 느낌을 주는 자기 귀환에 이르게 한다.

우리는 늘 시간에 쫓기며 '시간이 없어!'라는 말을 입에 달고 산다. 왜 그럴까? 『피로사회』에 이어지는 한병철의 『시간의 향기』는 그 물음에 대한 철학적 답변이다. 그는 하이데거의 시간 철학을 빌려, 존재의 고유성이라는 기반을 잃어버린 현대인들이 왜 늘 시간이 없다는 말을 입에 달고 사는지, 그리고 왜 늘 시간에 쫓기며 사는지를 설명한다.

우리는 무엇을 잃어버렸는가? 무엇보다도 우리는 자기 자신을 잃어버렸다. 우리는 머무름의 능력, 정적에 기대어 고유의 삶을 관조하고 누리는 습관, 사색적 삶, 시간의 향기를 다 잃어버렸다. 그 대신에 지나친 분주함, 조급성, 활동적 삶에 자신을 내어준다. 시간이라는 주권을 잃고 빠듯한 시간 속에서 표류하며, 늘 '시간이 없다'고 말하는 자는 "염려의 대상에 분주하게 매달리며 자기 자신을 잃어버리고, 염려의 대상으로 인해 자기 시간을 잃어버린"(하이데거, 한병철, 『시간의 향기』, 108쪽에서 재인용) 자다. 시간 부족은 "우리가 시간을 잃어버리기 때문이 아니라 시간이 우리를 잃어버리기 때문에 발생한다."(129쪽) 자기 자신을 잃어버린 사람의 특징은 의미의 소실 속에서 삶의 메마름을 겪어낸다는 점이다. 그들은 늘 시간이 없다고 말한다. 자기를 잃어버리는 것은 곧 자기 시간을 잃어버리는 것과 같기 때문이다. 반면에 "고유하게 존재하는 자는, 말하자면 늘 시간이 있다. 그가 항상 시간이 있는 것은 시간이 곧 자기이기 때문이다."(107쪽)

시간은 지속성을 잃고 불연속적 흐름으로 변질한다. 일과 효율성이 삶의 한가로움을 삼켜버린다. 우리는 노동의 분주함에 여유와 한가로움을 자발적으로 헌납한다. 시간에 쫓기며 살아가는 자는 날마다 일어나는 일상의 사건들 속에서 제 자아를 흩어버리는 자이고, 그들은 결국 시간의 지속성을 거머쥐지 못한다. 이 시간의 쪼개어 흩어짐, 늘 목적과 목표를 향한 분주함에 매달림, 분주함 속에서 수습되지 않는 산만은 사색적으로 자기 안에 머무름을 불가능하게 만든다. 존재 본질의 고유함에서 박리되는 자아들은 세계의 윤무(輪舞)에서 파편으로 떨어져 나와 방향 없이 떠돈다.

윤무가 우리에게 주는 선물은 무엇인가? 세계의 질서는 땅과 하늘, 그리고 사람이 어울려서 이루는 조화와 역동 속에서 빛난다. 그것은 "모든 시간적, 공간적 분산을 방지"하고, "모든 것은 세계의 '고리' 속에, '세계의 찬란한 단순성' 속에 결집"(112쪽)한다. 이 윤무 속에 있는 자는 제 삶을, 해와 달의 운행, 춘분과 추분의 교차, 계절의 오고 감, 낮과 밤의 교대로 이어지는 세계의 아름다운 질서와 리듬 속에서 충만한 있음의 실감으로 되돌려 받게 될 것이다.

바쁜 자들은 "공허한 지속으로 늘어진 시간"(28쪽)을 사는 자들이다. 이들에게 시간은 장력을 갖고 응집하거나 묶이지 않고, 부서지며, 흩어지는 것으로, 아무 의미도 맺히지 않는 "점적인 현재의 연속"(107쪽)에 지나지 않는다. 이런 시간 속에서 삶은 비루해지고, 죽음은 불시에 다가와 삶을 무자비하게 끝내버리는 폭력이다. 지나친 분주함으로 "활동적 삶"을 채우는 것은 붕괴하는 시간이며, 위기의 시간이다.

한병철은 이것을 좋은 삶으로 대체하기 위한 방법으로 하이데거의 시간 전략을 소개한다. 그것은 "다시 시간의 닻을 내리는 것, 시간에 중대한 의미를 부여하고 새로운 받침대를 마련하는 것, 시간을 다시 역사의 자장 안으로 끌어들임으로써 시간이 의미 없이 연속으로 흩어져버리지 않게 하는 것"(107쪽)이다. 좋은 삶은, 하이데거의 용어를 빌리자면, "머뭇거림", "느긋함", "수줍음", "기다림", "자제"가 온존하는 삶, "오직 일만 하는 어리석음"(150쪽)에 맞서는 지혜로운 삶, 바로 느림과 지속성을 거머쥐는 "사색적 삶"이다.

한병철, 『피로사회』, 김태환 옮김, 문학과지성사, 2012
한병철, 『시간의 향기』, 김태환 옮김, 문학과지성사, 2013

폭설과 매화꽃

4월 중순 어느 날, 미역국에 밥 한술 말아 먹고 서둘러 집을 나선다. 출근 시간이 지났는데도 강북강변로는 차들이 꽉 들어차 있다. 양화대교 입구에서 강북강변로로 진입했는데, 한남대교까지 가는 데 30분이 넘게 걸린다. 고용과 노동에 매이지 않은 몸이니, 길 위에서 차가 막힌들 천천히 가면 그만이다. 카오디오에서는 모차르트 음악이 흘러나온다. 나는 바흐의 음악을 좋아한다. 바흐는 건반악기 음악의 대가이자 피아노 협주곡의 창시자다. 바흐 음악에서 투명한 소리의 건축술과 그 내면을 채운 숭고의 운집을 느낀다. 바흐의 ‹무반주 첼로 조곡›을 전부 들을 수 있다면!

눈발이 한 점 한 점 비치더니, 이내 눈보라다. 서울에서 원주로 내려가는 영동고속도로에 때아닌 눈보라가 친다. 공중을 자욱하게 덮고 달려오는 4월의 눈발들! 고속도로변의 벚꽃 군락지마다 벚꽃이 만발하고, 뜰엔 매화꽃 향기가 가득한데, 이 느닷없는 눈보라라니! 종잡을 수 없게 변덕을 부리는 봄 날씨가 기이하다. 개나리며 목련이 다 펴서 봄은 완연한데, 봄의 한가운데에서 맞는 폭설이라니!

토지문화관에 입주한 작가들이 머무는 귀래관의 방 한 칸을 차지하고 앉아 새벽에 일어나 노자의 책들을 읽고, 지중해의 문화와 역사에 관련된 책들을 한가롭게 읽으며 글을 쓴다. 그 사이에도 새 책 몇 권을 찾아 읽었는데, 강희안의 『양화소록』과 연세대학교 원주캠퍼스 중앙도서관에서 대출한 우석영의 『낱말의 우주』, 폴 오스터의 신작소설 『선셋 파크』가 기억에 남는다. 봄날의 멜랑콜리를 알사탕처럼 조금씩 녹여 먹으며 원주에서 보내는 시간에는 매화처럼 느리게 피는 꽃들이 품은 향기로 가득하다. 마침 한가한 시간에 예전 원고를 정리하다가 《경향신문》 1면의 '책읽는경향'에 썼던 짧은 리뷰들을 찾아냈다. 여기에 옮긴 것보다 더 많이 썼는데, 휴대용 저장장치(USB)에서 찾은 것은 이게 전부다. 남은 원고의 행방은 알 수가 없다.

1

사람은 집을 짓고 집은 사람의 마음과 삶을 윤택하게 한다. 집과 삶이 어우러져 세월이 흐르면 기억들이 쌓이고 기억들은 이야기를 낳는다. 부부 건축가로 널리 알려진

임형남과 노은주가 쓴 『이야기로 집을 짓다』는 건축을 이야기로 푼 책이고, 동시에 이야기로 세우는 건축을 보여준다. 서울 서촌 땅의 답사에 나설 때 땅의 모양만 보는 것이 아니라 그 안에 깃든 이야기에 주목한다.

서촌에는 이상이 살았던 통인동 집이 있고, 윤동주가 산책했던 길이 있고, 겸재 정선의 명작들을 낳은 풍경들이 고스란히 남아 있다. 이야기를 품은 땅은 그 이야기로 인해 살아서 쉬는 들숨과 날숨을 갖는다.

도시는 이야기들로 이루어져 있다. 씨줄과
날줄이 겹쳐지며 섬유가 짜여지는 것처럼
도시는 무수한 가로, 세로, 그리고 여러 각도의
사선들이 겹쳐지면서 만들어진다. 그 바탕을
이루고 있는 얘기들이 사라지게 되면, 마치
올이 풀린 섬유처럼 구조가 약해지고 내용도
부실해져 결국 껍질만 남게 된다.

한 도시와 건축물들은 문화의 집약이고, "지식과 습관의 총체적 형식"인 문화는 이야기와 잇대어 있기 때문에 이 말은 전적으로 맞는다. 그들은 풍부한 건축 현장 경험을 갖고 있다. 그 경험을 자양분 삼아 건축을 꿈과 이야기, 영혼과 직관, 풍수지리와 자연친화, 아날로그와 디지털 등과 같은 인문학적 주제와 비벼 흥미로운 건축 이야기를 풀어낸다. 이 책은 "자연과 회통하는 건축"을 지향하는 저자들이 풀어내는 건축 이야기이다. 생각에 매임이 없고, 문장에 눌린 데가 없다. 눌리고 매임 없이 펼쳐진 생각을 따라가다 보면 왜 좋은 건축가들이 그토록 땅과 교감하려고 애쓰는지, 그리고 왜 "건축을 땅이 꾸는 꿈"이라고 하는지 저절로 알게 된다.

임형남·노은주, 『이야기로 집을 짓다』, 교보문고, 2010

2

어느 사회에나 평지돌출(平地突出)하는 이단, 반항아, 방외인, 미치광이들이 있기 마련이다. 그 숫자는 극소수다. 시대와 불화하고, 세상의 익숙한 도덕과 관습에 반항하는 이들! 그들은 주류적 가치관을 생짜로 뒤엎고, 사회적 파장을 일으킨다. 일본의 문화예술계를 뒤집어놓았던 데라야마 슈지(寺山修司, 1935~1983)도 그런 사람 중의 하나다. 그에게는 미치광이라는 비난과 천재라는 찬사가 엇갈린다. 이상이 그랬고, 백남준이 그랬듯이.

그가 무대에 올린 실험연극과 장편영화는 늘 화제를 몰

고 다녔다. 한쪽에서는 그가 사회에 끼친 악영향이 대단했다고 말한다. 다른 한쪽에서는 그와 동시대를 살았다는 것만도 영광이었다고 말한다. 그에 대한 평가는 극과 극으로 엇갈렸다. 획일화된 규범과 정의로 위장한 진부한 악들을 향해 도발했던 그는 무례(無禮) 소년이다. 이 무례 소년은 똑같은 넥타이를 하고 똑같은 양복을 입고 똑같은 시각에 출퇴근을 하는 '평균적 인간'들을 조롱한다. 청소년 가출과 도박을 장려하고, 유서를 잘 쓰는 방법을 일러주고 자살 예찬론을 장황하게 펼치면서, "폐쇄적 사회를 향한 하나의 돌파구로 '일점파괴주의'를 제안"하기도 한다.

〈책을 버리고 거리로 나가자〉는 고교생들을 무대에 올려 정치, 사회, 집, 회사원, 대학생들을 표적으로 삼은 자신들의 시를 절규하듯 읽게 한 뒤 다큐멘터리 드라마로 찍은 작품이다. 청소년 가출을 부추긴다고 비난을 받았지만, 사회의 이슈가 되고 대중은 열광했다. 그는 동명의 에세이집도 펴냈다. 영화, 연극, 사진은 물론이거니와 문학전 장르를 아우르는 전방위 예술가로 살다가 47세에 죽은 슈지의 자전적 삶과 사상, 기발한 상상력을 엿볼 수 있는 책이다. 어디를 펴도 변혁과 혁명의 기운이 넘실댄다. "나무 속에서 피는 선 채로 잠자고 있다"라고 쓴 그의 전복 정신이 새파랗게 번뜩인다.

데라야마 슈지, 『책을 버리고 거리로 나가자』, 김성기 옮김, 이마고,
2005

3

나는 피아노를 치지 못한다. 피아노 연주법을 배운 바가
없기 때문이다. 물론 그 이전에 절대음감이라든가, 악보
읽기라든가 등등에 재능이 없다. 하지만 피아노 연주곡을
즐겨 듣는다. 평소에 즐겨 듣는 피아노 독주곡과 협주곡
들이 여럿 있다. 들을 때마다 기쁨을 느끼고 지친 삶에서
에너지를 충전받는다.

　연주자는 악보에 따라 피아노를 친다. 악보란 무엇인
가? "악보는 지도와 같다. 이정표, 도로, 교차로, 우회로
등이 음악적 형식의 청사진이 되고, 감각에 새겨진 음들
의 토론장이 된다." 연주자는 악보의 단순 재현자가 아니
다. "원전 악보는 신성한 원전 법전"이고, "절대로 거역
할 수 없는 법"이지만, 연주자는 그 안에 생명을 불어넣
는다. "곡은 하나의 조직이며 표본이다. 자족할 수 있도
록 신중하게 만들어진 음들의 유기체이다. 또한 곡은 곧
그림자요, 빛이요, 기(氣)요, 의미다." 연주자는 그 유기
체에 경험과 영감, 영혼과 그 에너지, 불가피한 피의 기질
과 숨결을 불어넣어 자기 곡으로 빚는다. 그래서 같은 곡

이라도 연주자에 따라 음의 깊이와 조화, 느낌이 확연히 달라진다.

피아노 연주가 어려운 것은 "건반과 관객의 영혼을 동시에 누름으로써 소리를 만들어내는" 것이기 때문이다. 건반을 누를 뿐만 아니라 관객의 영혼을 동시에 누른다니! 나는 피아노 연주자가 관객의 영혼을 어떻게 누르는지를 알지 못한다. 피아노 연주는 단순히 피아노를 다루는 기술만으로는 부족하다. 좋은 연주자란 벌레나 독사, 시와 철학, 소리의 현상학과 인체 공학에 두루 조예가 있어야 한다. "피아노를 아는 것은 우주를 아는 것"이기 때문이다. 러셀 셔먼은 피아노 이야기를 하면서 프로야구와 골프, 밀란 쿤데라의 글과 하이쿠를 끌어들이고, 현란한 은유를 구사한다. 러셀 셔먼은 피아노에서 시와 철학을 느끼고, 우주를 꿰뚫어 보는 사람이다. 그는 "건반 위의 철학자"다.

러셀 셔먼, 『피아노 이야기』, 김용주 옮김, 이레, 2004

4

우리 소설에 '핏빛으로 불타는 단풍이 울창했다', '낭독

할 페이지마다 책갈피가 끼워져 있었다', '다듬이로 병아리를 툭툭 내리쳤다', '낯빛이 떼꾼했다' 등등 낮잠 자다 봉창 두드려대는 문장들이 즐비하다. '울창'은 나무가 푸르게 우거져 있음이니, '핏빛' 단풍에는 맞지 않다. '갈피'는 책의 낱장과 낱장 사이를 가리키는 것이니 이것을 도대체 어떻게 끼운다는 말인가? '다듬이'는 다듬잇방망이를 잘못 쓴 경우다. '떼꾼'은 피곤해서 눈이 쑥 들어간 상태니, 얼굴이 '떼꾼'해지는 경우란 아예 없다. 한술 더 떠서 유명 작가들이 '놋주발', '놋사발', '사기주발', '쇠사발' 따위를 낯 뜨거운 줄 모른 채 쓰고 있다. '주발(周鉢)'은 놋쇠로 만든 밥그릇이고, '사발(沙鉢)'은 사기로 만든 밥그릇이나 국그릇이다. '사기로 만든 쇠그릇'이라니 있을 수 없는 일이다!

작가라면 모국어를 갈고닦아 써서 말-살이의 모범이 되어야 마땅하다. 작가에게 바른 언어습관을 바라는 것은 그들의 말-살이가 이녁들에게 미치는 영향이 크기 때문이다. 속내를 들여다보니, 작가들이 우리 말-살이를 결딴내고 있는 행태가 정말 태연자약하여 헛웃음이 나올 지경이다. '봄이면 밭고랑엔 감자씨를 모종하'는 형편이니, '지하철이 승강장에 들어오던 순간', '의붓언니'나 '의붓자매'가 '뒤통수를 찡그려'도 할 말은 없을 테다. 밭고랑엔 씨감자를 심고, 지하철 승강장에는 전동열차가 들어오는 게 맞는다. 이복(異腹)이나 이부(異父)자매는 가능하지만 부모와 자식 관계로 엮이는 '의붓'이라는 말을 언니나 자매에게 쓸 수는 없다. 도대체, 누가 무슨 재주로 얼굴이 아니라 뒤통수를 찡그릴 수 있단 말인가! 이런 엉터리, 날림치, 굴퉁이 단어와 문장들이 득시글거리는 소설이 버젓하게 나도는 것은 우리말에 대한 무지와 무신경이 빚은 사태다. 우리말을 굴려 먹고사는 작가들에게 일독하기를 권한다!

권오운, 『우리말 소반다듬이』, 문학수첩, 2011

5

신화와 민담과 전설들, 기서(奇書)와 소설 속의 괴물들을 한자리에 모았다. 몽쌍씨, 일비민(一臂民), 골렘, 퀴클롭스, 늑대 인간, 흡혈귀, 우로보로스, 미노타우로스, 강시, 좀비, 스핑크스, 프랑켄슈타인, 지킬과 하이드, 헐크, 히드라, 인면수, 몽마…… 이것들은 자아와 인격을 갖지 못해 그 무엇으로 규정할 수 없는 타자인데, 이름을 붙여 호명하자 홀연 나타난다.

　"배제와 포함 사이의 비식별역이나 이행의 경계선"(조

르조 아감벤)에서 사람도 아니고 짐승도 아닌 채 서성이는 존재들! 그들은 응시하는 눈[目]이고, 일그러진 상상적인 삶이고, 우리 자아의 일부이면서도 자아에 통합되지 못한 채 버려진 그림자다. 이 괴물들의 정체는 우리 안의 외시되지 않은 자아의 타자성이다. 이 타자성에게 불안과 공포를 품은 상상이 덧씌워지자 그들은 기괴한 형상을 하고 튀어나온다. 악으로 날뛰는 하이드는 선량한 지킬 박사의 내면에 숨은 자아의 역상(逆像)이고, 추악한 프랑켄슈타인은 빅토르 프랑켄슈타인이라는 물리학자의 조각난 분신이다. 이들의 거주지는 우리의 집단무의식이고, 이들은 우리의 불안과 공포감을 먹고 무럭무럭 자라난다.

우리와는 다른, 사람과 동물이 반반으로 섞인 기괴한 잡종 괴물들. 낙인이 찍혀 추방된 자들. 시인은 왜 잡종 괴물들을 불러 모았을까? 괴물들은 욕망의 변주이자 그 현현이다. 사랑에 빠지면 눈이 멀고, 반쪽 인간으로 변한다. 사랑하면 괴물이 되는 것! 모든 사랑은 괴물 같은 사랑이다. 시인은 잡종과 괴물들을 내세워 사랑에 관한 열여섯 개의 키워드들을 흥미진진한 담론으로 펼쳐내는데, 그 박람강기가 눈부시다.

권혁웅, 『몬스터 멜랑콜리아』, 민음사, 2011

6

올여름, 낯선 이국의 도시를 여행하고 싶다. 그곳이 보들 레르, 아라공, 장 콕토, 마르셀 프루스트, 헤밍웨이, 피카소, 쇼팽, 오스카 와일드, 제임스 조이스, 앙드레 지드, 벤야민, 사르트르, 카뮈, 밀란 쿤데라가 사랑했던 프랑스 파리라면! 파리는 창조와 영감의 우주다. 파리는 문화인들을 매혹하고, 예술가들에게 영감을 주고 걸작들을 남기게했다.

한 세기 전 유길준은 『서유견문』에서 파리를 돌아보고 "시내에는 누대와 시장이 바둑판처럼 즐비하고, 연못과 공원이 별자리처럼 흩어져 있는데 도로의 청초함과 가옥의 화려함이 세계에서 으뜸이다"라고 적었다. 100년 뒤에 인문학자 정수복은 "파리는 모든 것을 처음 바라보는 아이처럼 매일 새로운 것을 발견할 수 있는 끝없는 산책의 공간이다. 그래서 파리는 아름답다"라고 적는다.

산보, 산책, 만보, 소요 따위는 모두 걷기를 지시한다. 걷기는 삶을 돌아보고 의미를 곱씹게 한다. 걷기는 철학행위다. 필경 걷기는 산책자를 도시의 골상학자로 이끈다. 산책자들은 거리의 경관, 간판, 쇼윈도, 패션, 군중을 흥미롭게 뜯어본다. 그것으로 도시와 사람들의 '운명'을 꿰뚫어 본다. 산책자들은 거리의 역사와 기억을 채집하

고, 신기한 것, 놀라움, 황홀한 사건들, 삶의 기쁨과 의미
들을 사냥한다.

올여름, 나는 '일'에 붙잡혀 꼼짝도 못 한다. 다만 정수
복의 『파리를 생각한다』를 읽으며 파리의 골목들을 더듬
고, 노상카페에서 한가롭게 차를 마신다. 『파리는 여자였
다』(안드레아 와이스), 『셰익스피어 & 컴퍼니』(실비아 비치),
『시간이 멈춰선 파리의 고서점』(제레미 머서), 『파리의 좌
안 피아노 공방』(사드 카하트)을 함께 읽어도 좋다.

정수복, 『파리를 생각한다』, 문학과지성사, 2011

7

옛사람들은 '와우(蝸牛)'라고 했다. 떼를 이룬 이빨이
2,640개(엄청나다!)다. 신축성이 좋은 한 쌍의 더듬이와 나
선형 껍데기를 끌고 다닌다. 대개는 야행성이고, 귀머거
리다. 항상 침묵의 세계 속에서 산다. 봉쇄 수도원의 수도
사 같은 은자(隱者) 철학자다. 바로 '달팽이'다.

미확인 세균성 병원체에 감염되어 병상에 누운 한 여자
에게 병문안을 온 친구가 우연히 숲 속 달팽이를 데려다
준다. '나'의 삶에 우연히 끼어든 머리에서 꼬리까지 길

이가 고작해야 5센티미터밖에 되지 않는 이 작은 연체의 생존 분투기가 '나'의 투병기와 겹쳐진다. '나'는 달팽이가 움직인 궤적을 좇고, 더러는 시든 꽃잎을 천천히 갉아 먹는 소리에 귀를 기울인다. 몇 주가 흐르자 이 동거인의 '한밤중 유람'은 더 대담해지고, 식욕은 왕성해진다. 시든 꽃잎은 물론이고, 비타민 C 병에 붙은 상표, 편지봉투, 초록색 마분지 따위를 마구 갉아 먹는다.

함께 살아보지 않았다면, 이 복족류 생명체가 그토록 위엄 있고, 생각이 깊고, 진지하고, 자신만만하다는 사실을 어떻게 알 수 있었을까. '나'는 제비꽃 화분을 임시 거처로 쓰는 이 탐험가이자 제왕 같은 존재에 점점 더 빠져든다. 이 탐험가는 대개 숲 속의 '분해자'라는 직업을 갖고 평생을 숲 속에서 보낸다. 아울러 사람은 일흔 살을 사는 동안 3세대를 이루는 반면에 달팽이는 같은 기간 동안에 70세대를 이룬다. 놀랍지 않은가? "달팽이는 비록 물리적인 세계에서 인간보다 훨씬 더 느리게 이동하지만 진화라는 차원에서 보면 인간보다 훨씬 더 빠르다." 호모 사피엔스와 엄청 느린 연체동물과의 1년여에 걸친 동거 기록이라니! 고바야시 이사의 하이쿠와 달팽이의 생태관찰, 고독한 투병기가 하나로 겹쳐진 이 책은 가슴 벅찬 생명 예찬이다. 놀랍도록 흥미진진하고 아름답다!

엘리자베스 토바 베일리, 『달팽이 안단테』, 김병순 옮김, 돌베개, 2011

8

랑시에르에 따르면 미학적인 것의 자율성은 제한적인 범주 안에서만 유효하다. 현실 안에서 미학적인 것-감성적인 것의 새로운 분배를 실현하는 한에서 그것은 정치 지형에 관여하는 힘으로 전환한다. 미학적인 것은 현실에 대한 계몽적 자각이 아니라 "의미작용에 저항하는 것에 의해 야기된 감성적 또는 지각적 충격"에 의해서만 정치성을 발휘할 수 있다.

미학적인 것과 정치는 그 본질에서 뒤섞일 수 없는 이종(異種)이다. 둘은 서로 다른 규범적 질서에 속해 있기 때문이다. 그럼에도 정치의 미학과 미학의 정치는 비가시적 층위에서 연동되어 움직인다. 미학적인 것은 정치에 종속시킬 수 없지만, 미학적인 것 역시 정치 지형과 무관하게 존재할 수 없다. 랑시에르의 주장은 미학의 정치적 종속이 아니라 차라리 미학과 정치의 분리가 그 핵심이다.

또 다른 한편으로 미학적인 것의 자율성은 새로운 감성적 분배에 참여함으로써 정치가 되고 현실을 바꾸는 사회적 실천으로서의 윤리성을 얻는다. 『감성의 분할』은 해묵

은 과제, 즉 예술 일반 혹은 미학적인 것의 자율성을 정치
윤리성의 맥락에서 어떻게 이해할 것인가를 따져 묻고 그
본질을 규명한다는 점에서 주목할 만하다.

자크 랑시에르, 『감성의 분할』, 오윤성 옮김, 도서출판b, 2008

뜰 안의 매화 향기

어제(2013년 4월 1일) 오전 11시에 원주 토지문화관에 도착했다. 사무실에 들러 묵을 방을 배정받았는데, 매지관 109호실이다. 열쇠를 받아 매지관으로 내려온다. 두 달을 여기에 입주 작가로 머물 예정이다. 여름에 나올 책 두 권의 원고를 들여다보고, 읽어야 할 책들, 클라우스 헬트의 『지중해 철학기행』, 존 줄리어스 노리치의 『지중해 5,000년의 문명사』 1·2권, 다치바나 다카시의 『사색기행(思索紀行)』과 『에게, 영원회귀의 바다』, 그리고 글쓰기와 관련된 책 100여 권을 꾸역꾸역 읽고, 시도 몇 편 쓸 작정이다. 차에 싣고 온 책과 짐을 2층 숙소에 올려놓으니, 바로 점심시간이다.

점심 식사 뒤 토지문화관 도서실에 들러 책 세 권을 들고 내려왔는데, 그중의 하나가 강석경의 신작 장편소설 『신성한 봄』이다. 『미불』을 읽은 지 제법 오래되었으니, 작가의 신작이 반가워 덥석 집어 들었다. 책의 앞 면지에 작가가 연필로 직접 쓴 글이 있다. "지난봄 토지에서 마무리한 소설입니다. 뜰에 고인 매화 향기와 박경리 선생님의 너른 품에서 작업에 몰입할 수 있었습니다. 감사를 전하며…… 강석경. 2013, 정월." 아마도 작년 이맘때 작가도 토지문화관에 들었었나 보다. 어제는 햇빛이 환하고 바람은 청량했는데, 오늘은 새벽부터 봄비가 내린다. 봄비는 종일 소리 없이 내려 땅을 촉촉하게 적신다.

종일 침대에서 뒹굴며 『신성한 봄』을 읽는다. 주인공 윤미호는 도덕과 제도는 물론이거니와 그것에 기댄 어떠한 권위도 인정하지 않는 '무정부'를 꿈꾸는 여자다. 윤미호는 예민함과 강한 자의식, 운명을 철저하게 제 선택에 종속시키고자 하는 꼿꼿한 자유의지, 예술가적인 자유분방함, 고급한 심미안과 지적으로 단단하게 단련된 60대 중반의 연극배우다. 여자는 혼자 신전과 원형극장이 도처에 남은 유적의 땅인 터키와 그리스를 거쳐 이탈리아에 이르는 지중해 연안 국가들을 여행 중이다. 이 여행 중에 여러 지인, 즉 스승, 친구, 이종사촌, 후배, 옛 연인, 연극연출가, 수녀, 신부, 아들에게 잇달아 편지를 쓴다. 여자의 여행은 소설 첫 장의 제목이 시사하듯 인류가 걸어온 "1만 년의 시간 여행"이고, 궁극의 자기 내면으로 돌아오는 여행이기도 할 것이다.

고대 트로이아, 베르가마, 밀레토스, 아테네, 코린토스, 미케네, 에피다우로스, 올림피아, 스파르타, 미스트라스, 파트라, 테살로니카, 메테오라, 델포이, 다시 아테네, 비첸차, 베네치아, 로마에서 여자가 쓴 18통의 편지가 발신되는데, 이 발신지들은 곧 여자의 여행 경로를 고스란히 드러낸다. 사회적 관습과 금기에 상처를 받고 그것을 치유하는 여자의 내면 일기가 편지라는 형식으로 주르륵 펼쳐지는데, 역시나 문장이 투명하다. 그 투명한 아름다움 속에는 본질을 통렬하게 꿰뚫는 시선이 번뜩인다. 과거와 현재의 기억들이 수시로 교차하면서 가부장제의 결혼 제도 속에 안주 대신 바람기 많은 기혼 남자와의 첫사랑과 결별, 여행길에 만난 일본 남자와의 사랑과 임신, 출산과 입양, 드문드문 이어진 열아홉 명과의 잠자리들, 어미에게 간이식을 하려고 청년이 되어 돌아온 아들과의 만남……들이 펼쳐진다.

아들은 세 살 때 캐나다의 한 가정으로 입양됐지만, 늠름한 청년으로 자라서 간경화로 죽을지도 모를 제 어미를 구하는 '의인'으로 돌아온다. 양부가 게이였고, 성인이 된 양아들에게 사랑을 고백하고 끝내는 자살했다는 대목은 선뜻 납득하기 어렵다. 이 소설이 사회적 관습과 금기들에 대한 반발과 일탈을 그렸다지만, 그 부분은 사족이다. 어쨌든 한국이라는 완강한 유교적 인습사회, 예민한 사람에겐 폭력과도 같이 휘둘러지는 자기모순적 도덕률과 부딪히고 싸우며 구원(久遠)의 사랑을 찾는 여자의 모습은 처연하고도 숭고하다.

그리스의 고대 문명 유적지를 차례로 거쳐 아들 수보리와 만나기로 약속된 로마에 이르는 여정은 여자가 절절한 목마름으로 찾았던 사랑의 여정과 포개진다. 이 여정은 사랑의 목마름에 진저리 쳤으나 그것은 구도(求道)의 여정이다. 그 귀착점은 어디인가? "인연은 번뇌의 씨앗이라 사랑도 우정도 어떤 인연도 더는 원치 않고 내 속에 잠적해 있다"(146쪽)라는 고백에 이어, 한 여성에서 보낸 편지에 쓴 구절, "오디세우스가 필연적으로 귀의한 이타케라는 자기 내면, 내면이라는 원천을 발견하기 바라"(147쪽)라는 구절에 해답이 있다. 인생이라는 여정의 종착점이 바로 자기 내면으로의 회귀라는 것. 132쪽을 읽다가 눈이 번쩍 뜨인다.

창밖은 봄이었어. 뒷산은 진달래로 물들고
뜰에는 매화 향이 고여 신선의 자취 같았어.
가녀린 가지에도 점점이 분홍 꽃망울이 터지고
대지의 모든 생명들이 기지개를 켜는데 내
가슴엔 피꽃이 맺혀 있는 것 같았어.

난만하게 꽃망울을 터뜨리고 있는 꽃들은 자연스럽게 이루어지지 않은 남녀의 사랑과 욕정에 겹쳐진다. 사랑은 폭발하듯이 불꽃으로 점화되면서 타오른다. 여자는 어떤 인연 줄을 잡고 연극 공연 중 분장실로 찾아온 남자의 구애를 물리친다. 그 위험한 사내는 무모하고도 폭발적인 폰섹스로 여자의 욕망을 도발한다. "남자와 여자는 섹스로 깊어지는 거야, 누구나 잘 알듯이. 자, 옷을 벗어 던지고 나를 생각하면서 클리토리스를 문질러. 난 지금 네 음부를 핥으면서 팽창하고 있어."(124쪽) 그 마성(魔性)을 가진 남자의 폰섹스와 메일에 잠들었던 광증이 깨어나며 여자가 반응한다. "가랑이를 벌렸어, 검은 나비처럼. 팬티는 허물처럼 냉장고 아래 널브러지고. 여기는 주방이야. 내 단단한 종아리도 질긴 고기처럼 바닥에 놓여 있어. 생식기는 벌써 육꽃처럼 만개했어. 클리토리스를 문지르지 않아도 돼."(125쪽) 133쪽의 문장들은 시뻘겋게 단 쇠와 같아서 손을 델 듯 뜨겁다.

> 태고의 욕정, 호모 사피엔스에서 인류가
> 대물림한 바람 소리 숭숭 나는 욕정, 끝없이
> 욕구해도 채워지지 않는 인류의 야성이며 기갈
> 든 황무지. 네 배꼽을 어미 짐승처럼 핥아주고
> 정액을 연유처럼 들이켤게. 네 뱃가죽 위에서
> 죽어도 좋아.

    단숨에 읽어버린 『신성한 봄』의 여운은 길다. 상처와
번뇌가 없는 인생은 없다. 애욕에서 번져온 번뇌들을 품
고 생의 마지막이 될지도 모를 지중해 연안 국가로 떠나
는 여행에서 제 운명을 담담하게 돌아보는 여자의 모습이
처연하다. 책을 덮고 난 뒤 토지문화관 주변을 한참 동안
걷는다. 원주에는 아직 이른 탓인지 꽃들은 피지 않았다.
시절이 일러 아직 뜰에 고인 매화 향기는 없다. 식당에서
점심을 달게 먹고 우산을 받쳐 들고 내려오면서 보니, 비
젖은 뽕나무와 느티나무, 그리고 버드나무 가지마다 잎눈
이 맺혀 있다. 연둣빛 잎눈들이 꽃보다 더 아름답다.

    원주로 오기 직전에 니나 상코비치의 『혼자 책 읽는 시
간』을 읽었다. 신촌 로터리의 홍익문고에 갔다가 서가에
꽂힌 책을 우연하게 발견하고 사 온 책이다. 날마다 책 한
권 읽기를 실천하는 한 여자의 자전적 체험과 책 이야기
를 섞은 매우 흥미로운 책이다. 니나 상코비치는 변호사
이고, 네 아이의 엄마이며, 한 남자의 아내다. 예술사가인
언니는 세상 누구보다도 지적이고 사랑스러운 여자인데,
그 언니가 마흔여섯에 암으로 갑작스럽게 세상을 뜬다.
죽은 사람은 삶이라는 무대에서 퇴장한다. 그러나 살아
있는 사람은 제 삶의 무게에 죽은 자에 대한 기억까지 함
께 얹어서 그것을 감당해야 한다. 언니가 죽자 과도한 상

실감과 애도 감정에 휘말리며 삶의 균형이 무너지고, 삶의 에너지로 충만했던 내면에 커다란 공허가 들어앉은 느낌에 사로잡힌다. 언니를 잃은 슬픔과 고통으로 몸부림치던 그가 자기 치유의 수단으로 선택한 것은 책 읽기였다.

> 그 이후 3년 동안 나는 최대한 빠른 속도로 달렸다. 언니가 잃은 것을 보상하려고 두 배의 속도로 살고 사랑하고 배우려고 애썼다. 내가 잃은 것으로 인한 고통을 마취시키려고 애썼다. 하루에 책 한 권씩 읽고 그에 대해 글을 쓰기로 결정했을 때 나는 마침내 달아나기를 멈춘 것이다. (278쪽)

책은 위기에 빠진 삶의 유일한 도피처이고, 치유의 수단이 되었다. 2008년 10월 28일에서 2009년 10월 28일까지 이어진 '독서의 한 해'는 날마다 책 한 권을 읽고 서평 쓰기로 채워진다. '독서의 한 해'는 마흔여섯 번째 생일날 시작한다. 그날 뉴욕 시로 들어가는 기차 안에서 읽기 시작한 뮈리엘 바르베리의 『고슴도치의 우아함』에서 고양이 오줌으로 얼룩진 보랏빛 의자에 앉아 읽은 수많은 책들을 거쳐 톨스토이의 『위조 쿠폰』에 이르기까지 다양한 목록들로 채워진다. '독서의 한 해'를 위해 세운 원칙은 단순하다.

> 어떤 저자의 책도 한 권 이상은 읽지 않는다.
> 이미 읽은 책은 읽지 않는다. 읽은 책에
> 대해서는 모두 서평을 쓴다. 새 책, 새 저자의
> 책을 읽는다. 좋아하는 작가의 옛날 책을
> 읽는다.(44쪽)

책 읽기는 네 아이 돌보기, 커피 타임, 학부모회 모임, 체력 단련 시간, 거기에 집안 청소, 요리, 장보기 따위의 가사노동을 포함하는 일상의 잡다한 의무들과 함께하는 일이다. 이 거창한 독서 계획에 대해 주변에서는 다들 비관적인 예측을 내놓는다. 결국 중간에 멈추거나 한 주일에 한두 권씩 읽는 것으로 축소될 것이라고 예견한다. 날마다 책을 한 권씩 읽는다는 것은 무엇이었던가? 책은 기억의 접착제다. 그것은 과거와 현재와 미래를 연결하고, 상처를 아물게 한다. "잊으면 안 되는 것에 대해 경고를 발한다. 살면서 생긴 가혹한 생채기에서 나오는 피를 멎게 한다."(56쪽) 책은 어린 시절로 데려가고, 대학 2학년 때 두 학기를 보낸 바르셀로나로, 그때 만난 남자아이와의 키스와 애무라는 기억을 불러온다. 그보다 더 많은 것은 언니와 관련된 기억들이다.

매일 나는 모든 책과 저자와 등장인물들과
결론에 대해 읽고 삼키고 소화하고 생각했다.
나 자신을 저자가 창조한 세계에 푹 담그고,
삶의 변화와 전환을 다루는 새로운 방식들을
목격했고, 유머와 감정이입과 연결의 도구를
발견했다.(278쪽)

 책은 눈으로만 읽는 게 아니라 삼키고 소화해내는 일
이다. 책 읽기는 다른 삶에 대한 이해를 드높이고, 변화와
전환의 계기를 만드는 자양분이 되어야 한다. '독서의 한
해'는 요양원에서 세상과 격리된 채 보내는 요양 기간이
고, "책의 언덕에서 불어오는 치유력을 가진 미풍 속으로
의 도피"(277쪽)다. 책의 말미에 지난 1년간 읽은 365권의
목록이 공개되어 있다. 평생 동안 책을 읽어온 저자에게도
책 읽기에 몰두한 한 해는 특별한 해가 되었다. 책 읽기는
제 내면을 돌아볼 수 있는 여백이 되고, 내면에서 소용돌이
치는 분노와 슬픔에서 벗어나와 무너진 삶의 균형을 완전
하게 되찾는 데 힘을 보탠다. 이 흥미로운 책은 책 읽기가
삶에서 어떤 효용가치가 있는지를 실증적으로 보여준다.

강석경, 『신성한 봄』, 민음사, 2012
니나 상코비치, 『혼자 책 읽는 시간』, 김병화 옮김, 웅진지식하우스,
 2012

걸어라, 행복해질 때까지

지금 '나'를 감싼 이 찰나는 곧 소실점 너머로 사라진다. '나'는 언젠가 사라질 테지만, 내가 없는 부재의 메마른 추상성을 품고 시간은 여전히 흐를 것이다. 죽음은 존재의 사라짐, 부재의 공허 속으로 떨어지는 일인데, 그것이 두려운 것은 기묘한 낯섦 때문이다. 죽음은 항상 너무 일찍 들이닥친다. 산다는 것은 시간 속에서 산다는 것이고, 영원이란 시간이 만들어내는 무수한 운동과 그 방향들과 연관이 없는 공허 속에서 허우적이는 일이다. 우리는 영원에 대해 살아서는 알 수 없고, 오직 죽음을 통해서만 영원의 흐름에 비자발적으로 합류한다. 나는 찰나의 강렬함 속에서 영원에 이끌리고 진심으로 그것을 동경한다. 죽음의 한계 안에서 사는 우리는 기왕이면 행복하게 살고 싶어 한다. 어떻게 행복해질 수 있는가? 내가 아는 행복에 이르는 수단 중의 하나는 걷기다. 걷기는 기분 전환, 시적 감흥, 몸의 활기를 되찾는 시간이다. 걷기를 즐겨라, 행복해질 것이니!

봄이 되면 여기저기 마구 걷고 싶어져 내 몸은 들썩거린다. 인류는 깃털이 없는 두 발 짐승이고, 인류의 역사는 곧 걷기의 역사이기도 하다. 걷기는 다리와 발 뻗기, 내딛기, 팔과 팔꿈치와 손 움직이기, 대퇴부와 여러 관절들 쓰기, 척추 곧추세우기 따위 인체의 여러 "사소한 움직임들이 한데 모여 전체가 된 것"(조지프 A. 아마토, 『걷기, 인간과 세상의 대화』)이고, "뼈와 힘줄, 근육, 신경충격의 일이다. 한마디로 에너지 이동의 문제"(이브 파칼레, 『걷는 행복』)이다.

걷기가 몸만 쓰는 일이라는 것은 오해고 억측이다. 걷기에서 정신도 제 몫을 거든다. 걷기는 "육체를 통해서 세계를 파악하고 세계를 통해서 육체를 파악"(레베카 솔닛, 『걷기의 역사』)하는 행위이고, "걷는 사람을 세상에 소개하는 역할"(조지프 A. 아마토, 앞의 책)을 한다. 산보, 산책, 만보, 소요 따위가 걷기로 이루어진다. 걷는 자들은 걷기를 통해 길과 풍경을 읽고, 풍경을 삼킨다. 걷기는 풍경과 제 몸을 섞는 일이다. 우리가 걸을 때 풍경들은 차라리 우리 몸 속으로 흘러들어 와 핏속에 용해된다.

우리는 살금살금 걷고, 성큼성큼 걷고, 터벅터벅 걷고, 경쾌하게 총총거리며 걷고, 발을 질질 끌며 걷는다. 거닐고, 활보하고, 산책하고, 어슬렁거리고, 배회하고, 어기적거릴 때 우리는 예외 없이 걷는다. 걷기는 "노동과 무위 사이, 존재와 행위 사이의 미묘한 균형"을 잡는 일이고, "사유와 경험과 도착만을 생산하는 육체노동"(레베카 솔닛, 앞의 책)이다. 사지가 건강한 사람이 평생 걷는 거리를 합산하면 엄청날 것이다. 루소, 몽테뉴, 칸트, 키르케고르, 니체, 보들레르, 벤야민과 같은 현대 철학자들이나 시인들이 걷기를 좋아했다. 특히 소크라테스나 플라톤 같은 그리스 철학자들, 아리스토텔레스나 그를 따르던 소요학파는 숲 속을 거닐며 철학적 대화를 나누는 것을 좋아했다. 걷기와 사유하기는 하나로 이어지는 두 행위이기 때문이다. 걷기와 사유하기의 공통점은 다음과 같다. 즉 "둘 다 몸과 정신을 동시에 이용하고, 정상(頂上)을 목표삼으며, 노력을 필요로 하고, 마지막으로 늘 이러한 고생을 100배 이상 보상해"(크리스토프 라무르, 『걷기의 철학』)준다는 점이다.

안성 서운산은 걷기 위해 내가 즐겨 찾는 곳이다. 고려시대의 고찰(古刹)인 청룡사 방향에서 출발해서 능선을 넘어 석남사 방향으로 하산하려면 네 시간쯤 걸린다. 겨우내 쉬던 근육과 뼈에 만만치 않은 부담을 주는 거리다. 몸이 기진맥진할 때까지 걷고 나면 뭔가를 성취했다는 충만감으로 뿌듯해진다. 뿐만 아니라 몸은 곧 뻗어버릴 정도로 녹초가 되어버리지만 마음에는 어떤 맑음으로 가득찬 기분 좋은 느낌이 깃든다. 걷고 난 뒤 기분이 좋아지는 것은 엔도르핀과 세로토닌 분비가 활발해지는 까닭이다.

이브 파칼레는 걸을 때 뇌는 행복감을 불러오는 "신경전달체들의 홍수로 범람한다"라고 쓴다. "불편할수록, 땀과 고통을 줄수록, 더욱더 걷기는 뇌 속에서 행복감으로 마취시키는 엔도르핀과 신경전달체들의 분비를 자극한다."(이브 파칼레, 앞의 책)

엔도르핀과 세로토닌이 뇌를 적실 때 강렬한 쾌감을 경험한 사람들은 더 자주 걸으려고 한다. 걷기의 효과는 분명하다. 걷기는 몸만이 아니라 영혼에도 좋은 효과를 발휘한다. 산행은 몸과 마음에 조화라는 선물을 준다. 우리는 걸을 때 "아름다움, 침묵, 그리고 느림에 다다른 정신은 숨을 고르고, 자신을 표현하는 데 필요한 기본 요소들과 다시 조우한다. 느리고 긴, 좋은 산행은 곧잘 도시의 삶 속에서 소음, 추함, 광란으로 파괴된 조화를 정신과 몸이 되찾게끔 해준다."(크리스토프 라무르, 앞의 책) 시골의 걷기는 한가롭고 자연의 숲과 강, 초원과 하늘, 평지와 구릉들, 그리고 햇빛과 바람 따위와 교감을 나눌 수 있는 즐거운 도락이다.

철학자 하이데거는 들길 걷기에서 소모적인 바쁨에서 벗어나 느림과 머뭇거림, 그리고 사색적 삶의 계기적 시간을 찾는다. 깊은 생각에 빠져 들길을 걷는 자는 "들길이 건네는 위로와 격려의 말"(하이데거)을 듣고, 그것을 신의 음성으로 전환한다. 들길에서 사색에 빠진 자는 오래된 기원들, 자연에 드리워진 정적에 가까워지고, 영원한 존재의 음성에 귀를 기울이게 된다. 이 시간은 응집된 시간이다. 아울러 이 시간은 존재와 사물의 고유성을 되찾는 시간이고, "자연에 대한 사랑에서 도덕적 당위"(레베카 솔닛, 앞의 책)를 찾는 계기적 시간이기도 하다.

들길이나 산길, 혹은 강둑길과 같은 자연만 걷기 좋은 것은 아니다. 파리, 런던, 프라하, 뉴욕, 로마, 피렌체, 빈, 뮌헨, 하이델베르크, 교토, 나라 같은 도시 역시 고독한 배회자들과 산책자들의 천국이다. 고가(古家)가 밀집해 있는 서울의 북촌과 서촌의 거리들을 하릴없이 걸을 때 나는 행복해진다. 내가 삼청동이나 성북동을 자주 걷는 것도 무위와 권태에서 벗어나 행복해지기 위함이다. 수많은 여행자에게 자유와 열락을 넘치도록 주는 파리는 '문화인'을 매혹하고, 예술가에게 영감을 주고 걸작들을 남기게 했다. 보들레르, 아라공, 장 콕토, 마르셀 프루스트, 헤밍웨이, 피카소, 쇼팽, 오스카 와일드, 폴 발레리, 제임스 조이스, 앙드레 지드, 벤야민, 사르트르, 카뮈, 에밀 시오랑, 밀란 쿤데라 같은 이들은 파리를 사랑하고 파리를 걸었다. 정수복의 『파리를 생각한다』를 읽으며 나는 이 저자를 얼마나 부러워했던가!

걷기는 리듬을 타고 앞으로 나아가는 행위다. 걷기는 음악과 체육을 교묘하게 뒤섞고, 분리된 몸과 마음을 하나로 묶는다. 누가 내게 왜 걷는가라고 묻는다면, 걷기를 사랑하기 때문이다, 라고 대답할 수밖에 없다. 이브 파칼레의 대답도 나와 같다. "나는 거기서 유열(愉悅)을 추구하고 발견한다. 희열, 안락, 관능, 기분 전환, 쾌락……"(이브 파칼레, 앞의 책).

지난여름(2013년), 나는 지중해 연안의 터키와 그리스의 여러 도시들을 걸으며 답사를 다녀왔다. 한 방송사에서 기획한 지중해와 관련된 인문학 프로그램의 진행자로 그리스와 터키를 다녀온 것이다. 내가 그 제안을 흔쾌하게 받아들인 것은 걷기의 시공을 넓힐 수 있는 좋은 기회였기 때문이다. 지중해 연안 도시들을 걸을 때 나는 걷는 행복을 만끽했다. 지중해의 햇빛과 바람이 내 살갗을 간지럽힐 때 느꼈던 희열과 관능들은 내 핏속으로 들어와 내 몸의 일부가 되었다. 나는 안다, 그 도시들을 걸을 때 내가 그 도시로 나가는 게 아니라 실은 그 도시들이 내게로 들어오는 것임을!

이브 파칼레, 『걷는 행복』, 하태환 옮김, 궁리, 2001
크리스토프 라무르, 『걷기의 철학』, 고아침 옮김, 개마고원, 2007
조지프 A. 아마토, 『걷기, 인간과 세상의 대화』, 김승욱 옮김, 작가정신, 2006
레베카 솔닛, 『걷기의 역사』, 김정아 옮김, 민음사, 2003
정수복, 『파리를 생각한다』, 문학과지성사, 2010
다비드 르 브르통, 『걷기 예찬』, 김화영 옮김, 현대문학, 2002

벗는다는 것

스무 해 전쯤인가, 동해안 쪽을 여행하다가 아무도 없는 해변에서 벌거벗은 채 물속에 뛰어들어가 수영을 한 적이 있다. 여름이 오기 전이어서 동해의 바닷물은 얼음처럼 차가웠다. 수영복을 준비하지 않았기 때문에 일행 모두 벌거벗은 채 바닷물에 뛰어들었는데, 물이 정말 차가워서 오래 바닷물 속에 있을 수는 없었다. 벌거벗은 채 수영을 하는 것이 이상하게 편안하고 즐거웠다.

충동적으로 발가벗고 바닷물 속에 뛰어들었을 때 나는 여전히 하나의 자아를 가진 존재였지만, 발가벗은 몸에 대한 은밀함과 그릇된 수치심에서 벗어나 있었다. 발가벗 었지만, 자연스러웠고 편안했다. 옷을 벗고 벌거벗은 상 태가 됨으로써 옷이 지시하는 문화적 조작이나 왜곡 없이 생명 그대로의 자연 상태로 돌아갔기 때문이었을까. 하지 만 그 뒤로 집이 아닌 공공장소에서 나체가 되어본 적이 없다. 나체가 사회적 금기로 남아 있기 때문에 공공장소 에서 벗는 행위는 짜릿한 일탈이 될 수도 있지만 내게는 노출 금기라는 사회적 관습에서 굳이 일탈하고자 하는 욕망이 없었다.

사람들은 왜 벗는가. 이 물음을 뒤집으면, 사람들은 왜 벗지 않는가와 같은 물음이다. 사람들이 벗는 것은 몸에 무언가를 걸쳤기 때문이다. 문명국가에서 사람들은 흔히 옷이라고 말하는 종류들을 몸에 걸치고 산다. 옷을 입는 것은 인류가 발명한 관습이고 문화다. 우리가 입은 옷은 우리가 어떤 사람인가를 드러낸다. 옷은 취향, 사회적 신분, 직업 따위를 드러낸다. 옷을 벗는다는 것은 그 모든 것을 벗는다는 것을 뜻한다. 벗은 몸은 개인적 취향, 사회적 신분, 직업을 알 수 있는 상징과 신호들을 없애버린다. 대개의 문명사회에서 공공장소에서 실오라기도 걸치지 않은 채 나타나는 것은 금기로 되어 있다. 벗은 몸은 자신에게 수치가 될 뿐만 아니라 상대에게도 성적 위협이 될 수 있는 까닭이다. 공공장소에서 벗고 활보한다면 풍기를 문란하게 하고 타인에게 위협이 되었다거나 성적 희롱의 혐의로 즉각 구금되거나 처벌을 받을 수도 있다.

사람들은 저마다 다른 이유에서 옷을 벗고 나체가 된다. 무엇보다도 사랑을 나누기 위해 옷을 벗는다. 벌거벗은 몸은 은밀한 공간에서 두 사람이 나누려는 사랑의 전조(前兆)다. 어떤 사람은 종교적인 이유에서, 어떤 사람은 정치적인 목적에서, 어떤 사람은 공연을 위해서 옷을 벗는다. 몸을 예술의 도구로 여기는 무용가들은 종종 발가 벗은 채 춤을 추고, 동물권리보호 단체에 동조하는 사람들도 '모피를 입느니 벌거벗겠다'고 하면서 옷을 벗고 나체가 되기를 주저하지 않는다. 깨달음에 이르기 위해 벗는 사람도 있고, 사회적 불의에 저항하려고 벗는 사람도 있다. 벗는 것은 그것을 남에게 보이고자 하는 목적 때문이다. 그것은 누구나 갖고 있는 보고자 하는 욕구, 즉 관음증을 이용하는 것이기도 하다. 관음증과 노출증에 작동하는 욕망은 똑같다.

벌거벗은 몸은 여러 형태의 메시지를 던진다. 나체에 대한 사람들의 의식은 상반되고 모순적이며 복합적이다. 미국 사진작가 잭 게샤이트는 이렇게 말한다.

> 나체일 때 사람들은 더 '현재적'이 됩니다.
> 과거(걱정)나 미래(계획)에 대해 생각하기보다는
> 현재의 순간에 의미를 둔다는 뜻입니다.
> 그래서 더 상처받기 쉽고 의식적으로 더 자주
> 더 많이 자각하게 되고 더 많이 느끼게 되고,
> 그래서 더 자유롭고 더 진실하게 움직이고
> 행동합니다.(필립 카곰,『나체의 역사』에서 재인용)

벗은 몸은 더 상처 받기 쉽고, 외부의 공격에 대한 방어에도 취약하다. 어떤 계층에서 옷과 장신구들은 부와 위세를 드러내지만 또 다른 계층에서 벗는 것은 가난과 지위의 낮음을 드러낸다. 벗은 몸이 더 자유롭고 더 진실하게 움직인다고 했는데, 자발적으로 벗은 몸이 성과 오래된 관습에 대한 개방성과 자유롭고 싶다는 의지를 드러낸다는 뜻에서 그것은 맞다. 벗은 몸과 벗지 않으려는 몸은 다르지 않다. 우리 안에는 벗으려는 욕망과 벗고 싶지 않은 욕망이 공존한다는 사실을 인정해야 한다.

미국 시인 월트 휘트먼은 시골에 대한 동경을 가졌다. 숲과 들판에서 자연 그대로 살고 싶었다. 그는 실제로 두 달 동안 자연 속에서 살면서 자연 상태로 돌아가기 위해 옷을 벗었다. 자연에서 옷을 벗는 일은 그야말로 자연스러운 행위다. 휘트먼은 옷을 벗으면서 새로운 인간으로 태어나는 경험을 한다. 그는 "자연은 옷을 입지 않으니 나도 그렇다"라고 적었다.

몸에 대해 씌워졌던 선입견과 그릇된 편견에서 벗어나면 벗는 일은 어렵지 않다. 옷을 벗고 나체가 되고 나니, 옷은 인간의 음란함과 두려움을 가리는 도구, 체면을 위한 문명의 잉여에 불과했다는 생각이 들었다. 나체가 음란한 게 아니다. 나체를 음란하게 여기는 사람들의 관념, 위선적 도덕의식, 체면이 음란한 것이다. 이렇듯 어떤 사람에게 나체는 순수함으로 안착, 억압적인 관습에서 벗어나 자연으로의 회귀를 의미하기도 한다. 그들은 벗은 몸이 됨으로써 자신이 그 무엇에도 속박되지 않는 존재임을 보여주려고 한다.

1960년대 미국의 히피들은 옷을 벗고 춤을 추고 노래했다. 나체가 되는 일은 히피 문화의 중요한 부분이다. 발가벗은 것은 성적 억압의 거부이고, 기성세대에 대한 저항의 의미였다. 그들은 벗음으로써 기성 세대와는 달리 영성과 자유, 평화와 자연주의의 옹호자임을 드러냈다. 1968년 11월 23일에 발행된 《롤링스톤》의 표지에 존 레넌과 오노 요코가 자신들이 알몸으로 찍힌 사진을 실은 것도 히피들의 반문화 운동과 같은 이유에서다. 그들은 아무것도 가림 없이 성기를 고스란히 드러낸 알몸을 대중 앞에 노출했다.

존 레넌은 "나체가 외설이 아니라는 것도 알아야 한다. 만약 모두가 다른 누구인 척하지 않고 자기 자신의 모습에 충실하다면 세상은 평화로워질 것이다"라고 말했다. 그는 벗음으로써 세상의 금기에 도발을 하고, 자기 자신이 될 권리를 옹호하고, 아울러 사랑과 자유에 대한 욕망을 규제하고 억압하는 세속의 도덕과 가치에 대해 반대한다는 메시지를 전했다. 사람들은 벗은 몸이 그 자체로 사회적 메시지라는 걸 어렴풋이 이해하게 되었다. 그 뒤로 많은 예술가들—음악가, 배우, 팝스타, 무용가들—이 나체 노출 금기라는 사회적 금기에 도발하면서 옷을 벗고 알몸으로 대중 앞에 섰다.

1968년은 나체 노출 금기의 벽이 무너진 해라고 할 수 있다. "일광욕 및 나체주의 운동, 모더니즘, 세속주의, 페미니즘의 부흥, 피임약의 발명"(필립 카곰, 앞의 책) 따위가 나체 금기의 벽을 허무는 데 일조한다. 알몸이 가장 극적으로 메시지를 드러낼 때는 정치 시위에 나설 때다.

> 그들은 대담무쌍, 용기, 숨길 수 없는 진실을
> 상징하며 갓 태어난 아기이고 연인이고 가진 것
> 모두를 버린 시체와 같다. 알몸으로 나섬으로써
> 인간에 대한 모든 것을 말하는 것이다.
> 정치적 주장에서는 더 적은 것은 정말 더 많은
> 것이다.(필립 카곰, 앞의 책)

나체 시위는 쉽게 대중의 눈길을 끌기 때문에 그 효과가 크다. 알몸으로 시위에 나선 사람들은 알몸이 그들의 유일한 무기라는 것을 말하는 것이다. 알몸은 가장 나약한 것이면서 가장 강력한 도구다. 그것은 때로는 생각과 신념의 균일화를 꾀하려는 정부와 체제에 반대하는 자신들이 정치적 올바름이라고 믿고 따르는 바를 극적으로 전달하는 미디어다.

벗는다는 것은 우리가 몸을 가진 존재임을 드러내는 행위다. 몸은 그 자체로 수치스러운 것도 자랑스러운 것도 아니다. 벗는다는 것은 옷, 기술, 도구들에서 자유롭게 된다는 것이다. 아울러 나체는 벗은 몸을 드러내는 일인 동시에 도덕과 문화들에 의해 가려져 있거나 왜곡되어 있는 나체 상태의 영혼을 적나라하게 드러내는 일이기도 하다. "나체가 되고 나체를 보여주는 것은 세상 속의 존재가 가지는 타고난 속성을 반영하는 것이며, 우리가 다른 사람과 관계를 맺을 뿐만 아니라 자아에 대한 의식을 계발하는 사회적 동물이라는 사실 말이다. 우리는 보기도 하고 보여주기도 해야 한다."(필립 카곰, 앞의 책)

가장 오래된 종교 경전인 성경에서는 사람이 하느님의 형상대로 지어졌다고 말한다. 첫 인류인 아담과 하와는 벗은 상태로 지냈다. 그들이 옷을 지어 벗은 몸을 가린 것은 죄를 짓고 수치에 대한 자각을 갖기 시작한 뒤다. 그 뒤로 대중 앞에 알몸으로 나타나는 것은 일탈이고 저항이며 때로는 성적 도착증의 일부로 낙인찍혔다.

엄밀하게 말하자면 나체는 굴욕도 수치도 아니다. 나체에 대해 사람들이 갖는 부끄러움이나 수치심은 사회적 학습의 결과일 뿐이다. 그러니 덜 감추고 더 드러낸 사람이 솔직하고 자유로운 사람이라면 나체가 되는 것은 온갖

속박에서 벗어나 더 자유롭게 되려는 욕망의 표현일 수도
있겠다.

한스 페터 뒤르, 『나체와 수치의 역사』, 차경아 옮김, 까치, 1998
필립 카곰, 『나체의 역사』, 정주연 옮김, 학고재, 2012
로저 트리그, 『인간 본성과 사회생물학』, 김성한 옮김, 궁리, 2007

절망에 대해 우아하게 말하는 방식

다시 정치의 계절이 돌아온다. 4월(2012년)에 총선이 있고, 연말에는 대선이 치러진다. 선거는 민주주의 사회 전체가 합의한 정치 축제이고, 그 축제 기간에 정당들은 유권자들 앞에 '말들의 성찬'을 차려낸다. 정당과 그 정당의 후보로 나선 사람들은 유권자를 향해 집단적 당위를 내세워 표를 달라고 요구한다. 정당들은 미래에 대한 보랏빛 전망을 내놓기도 하고, 또 상대방을 헐뜯는 비난의 수사학을 쏟아내기도 한다. 야당은 민생 파탄의 책임이 집권 여당에 있으니, 그 집권 여당의 실정을 투표로 심판해야 한다고 주장한다. 여당은 여당대로 말을 자주 바꾸고 복지 포퓰리즘에 빠진 야당에게 권력을 주었다가는 나라가 망한다고 주장한다.

　과연 정치가 우리 삶을 바꿀 수 있을까? 절망의 나락에 빠진 사람들에게 정치가 희망의 단초가 될 수 있을까? 이런 물음들에 대해 긍정적인 답변을 할 수가 없다. 정치가 체제와 제도를 바꾸고, 현실의 관행들을 바꾸기에는 역부족이라고 믿는다. 의회 권력의 지형을 바꿈으로써 파생되는 실질적 효과가 그것들을 감당하기에는 너무 미미하다. 우리 현실 지형을 만든 것들은 식민 지배, 남북 분단, 근대화, 압축 성장, 거대 기업들의 시장 지배, 분배 구조의 고착화 따위의 복합적인 요소들이 작동한 결과다. 어느 당이 더 많은 사람을 의회에 진출시키든 우리의 복합적인 요소들로 지탱되는 현실 구조 자체가 바뀌지는 않을 것이다. 아울러 의회 권력을 여당이 쥐든 야당이 쥐든 간에 현실에 드리워진 그늘들, 즉 경제 불황, 청년 실업, 환경오염, 계층, 세대, 이념 사이의 갈등 등을 쉽게 해결하지 못할 것이다. 그럼에도 우리가 투표에 나서는 것은 투표야말로 오만과 모멸의 정치를 만드는 사람들에 대해 우리의 분노를 표현할 수 있는 거의 유일한 기회이기 때문이다.

재독 철학자 한병철은 분노를 "현재에 대해 총체적인 의문을 제기"하고 "어떤 상황을 중단시키고 새로운 상황이 시작되도록 만들 수 있는 능력"(한병철, 『피로사회』)이라고 정의한다. 분노는 현재에 대한 총체적인 의문이고 저항이며 새로운 변화를 향한 요청이다. 우리는 분노하는가? 우리는 강렬한 부정의 에너지를 분출하는 법을 잊어버렸다. 왜 그럴까? 철학자는 현대 사회에 퍼져 있는 "전반적인 가속화와 활동 과잉", 그리고 "산만함" 등이 분노가 싹틀 여지를 없애버렸다고 진단한다. 분노 대신에

짜증과 신경질들은 늘어난다. 현대인들은 분노의 에너지가 고일 사색적 시간을 갖지 못하기 때문에 분노를 대신하는 짜증과 신경질만 늘어간다.

자신을 돌아보라. 언제 분노한 적이 있었는가? 짜증은 자주 내지만 분노한 적은 없다. 짜증은 자극과 충동에 대한 즉각적인 반응이고 활동 과잉으로 인한 정신적 탈진의 한 양상이지만, 분노는 자극에 즉시 반응함을 중지하는 것이고 활동 과잉에서 자신을 빼내 사색함에서 응집된 에너지를 한꺼번에 분출하는 것이다. 짜증이 세속화된 자의 수동적 정신태를 반영한다면, 분노는 태만으로 치명적인 활동 과잉에 항의하고 머뭇거림으로 태업하는 것이며 정신의 생동함을 보여주는 결단이다. 짜증과 분노는 이렇게 다르다. 당신이 자주 투표를 하지 않고 기권하는 것은 정치에 대한 무관심 때문이 아니라 당신이 활동 과잉 상태에 있고 그로 인해 분노하는 에너지를 잃어버렸다는 증거다.

정치보다 더 중요한 게 실질의 삶이다. 먹고, 만나고, 자고, 일하고, 사랑하며 사는 나날의 삶들. 살을 비비고, 뼈를 부딪치며, 감정과 기분의 파도를 타며 나아가는 나날의 삶들. 이에 반해 정치는 멀리 있다. 게다가 추상적이고 관념적인 형태로 존재할 따름이다. 따라서 정치에서 말하는 변화나 진보란 나날의 삶에 견주자면 길가에 뒹구는 돌같이 무의미한 것에 지나지 않는다. 몇 년째 직장을 구하고 있지만 마땅한 일자리는 없고, 집도 없고, 물론 저축도 없는 사람에게 정치가 해줄 것은 아무것도 없다. 당장 내일부터는 굶어야 할지도 모른다. 이 절대적 가난에서 비롯된 빈곤의 고통은 의식을 갉아먹고, 마침내 삶을 파괴하고 비참함으로 쓰러뜨린다. 이보다 더 고통스럽고 절망적인 게 있을까?

> 절망의 끝에서는 부조리에 대한 정열만이
> 혼돈을 악마적 광채로 치장한다. 도덕적, 미적,
> 종교적, 사회적, 그 외 어떤 차원의 이상으로도
> 삶에 방향이나 목적을 부여할 수 없을 때,
> 삶을 허무로부터 어떻게 보호할 수 있겠는가?
> 거기에 도달하려면 부조리와 절대적인
> 무가치함, 그리고 거짓말로 삶에 대한 환상을
> 조작하는, 본질적으로 내용 없는 그 무엇인가에
> 매달리는 수밖에 없다. (에밀 시오랑, 『절망의 끝에서』)

더는 잃을 것도 없는 상태, 인생의 밑바닥, 그 절망의 나락에 빠졌을 때 거기서 나올 수 있는 힘은 다름 아닌 절망에서 나온다. 용기를 내서 말하자면, 지금 우리에게 부족한 것은 '절망의 감수성', 혹은 절망에 반향되어 나오는 '부조리에 대한 정열' 따위가 아닐까? 바로 분노, 혹은 광기로 치달을 수 있는 용기에서 현실을 송두리째 바꿀 수 있는 동력이 나오는 것은 아닐까?

에밀 시오랑(Emile Cioran, 1911~1995)은 루마니아 출신의 철학자다. 그는 극작가 에우제네 이오네스코, 신화학자 미르체아 엘리아데와 더불어 현대 루마니아 출신 중에서 가장 유명한 사람이다. 루마니아에서 대학을 나온 뒤 고등학교에서 철학교사를 1년 정도 하다가 1937년에 프랑스 파리로 건너가 소르본 대학에 등록을 하며 시작한 이방인 생활을 죽을 때까지 이어갔다. 그는 인간으로서 삶을 꾸린다는 것에 그다지 깊은 매력을 느끼지 못하고 염세주의적인 사유에서 벗어나지 못한 채 보다 대담해진 불행에 머물면서 끊임없이 고독과 자살과 무(無)에 대해 사유했다.

그는 "신경과 살과 피로 고통스러워"하는 사람이었다. 그래서일까? 그의 글에는 웃음을 유발하는 유머가 일절 없다. 유머가 없는 대신에 역설과 아이러니가 넘친다. 그 역설과 아이러니는 때로 쓴웃음을 자아내게 만든다. 예를 들면, 그는 광기가 '확산의 경제학'이라면, 그에 반하는 제대로 된 정신이란 '폐쇄 경제학'이고 '실패의 자급자족'이라고 적는다. 이런 대목을 읽을 때 나는 느닷없이 웃음을 터트리기도 했다. 뒷맛이 쓴 웃음을!

그는 생래적으로 우울한 기질을 갖고 태어난 사람이다. 그의 혈관에는 붉은 피와 함께 우울과 비관주의, 절망과 공허, 고통과 번민도 녹아 흐르는 것처럼 보인다. 그의 인생에 대한 우울한 단상들은 불면의 고통 속에서 나왔다. "인간은 삶과 죽음에 유예되어 영원히 만족하지 못하는 동물의 비극을 살고 있다. 내가 인간이라는 것이 지긋지긋하다. 할 수만 있다면 나는 즉시 인간임을 포기하리라." 그의 삶은 항상 터무니없는 탈진과 혼란 앞에서 곧 무너져 내릴 듯 위태롭기만 했다. 하지만 그는 죽지도 않았고, 인간임을 포기하지도 않았다. 자살하지 않은 유일한 이유는 언제든지 죽을 수 있다는 신념 때문이라고 말한다. "원할 때 죽을 수 있기 때문에 나는 살고 있다. 자살이라는 가능성이 없었다면 나는 이미 오래전에 자살했을 것이다."

자살 가능성이 항상 열려 있기에 그것에 기대어 생의 시간을 연명해온 사람, 시오랑은 바로 그런 사람이다. 스물두 살에 벌써 '죽음 문제 전문가'를 자처했던 그는 자연 수명을 다 누리고 84세에 파리에서 죽었다.

내가 존재한다는 사실은 이 세상이 의미 없다는
것을 증명한다. 모든 것은 결국 무로 귀착되며,
세상의 법칙은 고통이라고 생각하면서 끝없이

번민하는 인간의 불행 속에서 나는 어떤 의미를
찾을 수 있겠는가? 나 같은 인간이 있다는
것은 삶이라는, 태양 위를 덮고 있는 어둠이
너무 커서 결국 빛을 가리게 되리라는 것을
의미한다.

이 지독한 자기모멸이라니! 자기의 살아 있음이야말로
세상의 무의미함을 증명하는 것이란 이 무서운 자기부정
은 어떻게 해서 만들어진 것일까? 불면과 허무로 버무린
쓰라린 청춘의 시기를 보내던 이 스물두 살 난 청년은 제
생일에 이런 문장을 쓰곤 했다. 지독한 자학과 삶에 대한
환멸이 없었다면 어떤 청춘이 이런 문장을 쓸 수 있겠는
가?

시오랑이 그토록 자살에 대해 많은 단상을 썼으면서도
끝내 자살하지 않은 것은 다 이유가 있다. 인간이란 "세
상에 내던져져 전혀 알려지지 않은 삶의 방식을 찾도록
선고받은 불행한 동물"이기 때문이다. 인간이란 더도 덜
도 아닌 인간이라는 조건 속에 갇힌 불행한 동물이다. 동
물은 자신의 행복이나 불행에 대해 알지 못하고, 오로지
인간만이 그것을 안다. 그래서 "앎은 재앙이며, 의식은
삶의 한가운데 벌어진 상처이다." 진짜 불행한 사람은 자
신의 불행과 싸우느라 다른 데 한눈을 팔지 못한다. 그런

사람에게는 자살조차도 정신적 사치일 따름이다. 어느 정도 인생에 대한 낙관과 자살을 생각할 수 있는 여유를 가진 사람만이 감히 자살을 시도할 수 있다.

　시오랑은 제 절망이 인간의 조건을 벗어날 수 없다는 데서 비롯된다고 말한다. 그럼에도 우리 안에 있는 삶에 대한 맹목적인 애착은 그 절망으로 인해 인간이 아닌 다른 형태의 삶을 욕망하게 만들기도 한다. 이를테면 "뿌리를 박고 자라서 꽃을 피우고 햇빛 아래서 시드는 식물처럼 완벽하게 무의식 속에서 살고 싶어지고, 대지의 풍요에 참여하고 싶어지고, 생명의 흐름 속에 이름 없는 표현이 되고 싶어진다"는 것. 식물들은 "대지의 풍요"에 참여하고 "생명의 흐름"에 따라 꽃을 피우고 열매를 맺으며 살아간다. 때때로 나도 동물이기를 그치고 싶다. 이리저리 움직이는 분주한 활동을 멈추고 식물의 무의식 속에서 살고 싶다. 동물에 반해 식물은 얼마나 조용하고 평화로운가!

한병철, 『피로사회』, 김태환 옮김, 문학과지성사, 2012
에밀 시오랑, 『절망의 끝에서』, 김정숙 옮김, 강, 1997
에밀 시오랑, 『독설의 팡세』, 김정숙 옮김, 문학동네, 2004

청춘의 아픔들, 혹은 그 언저리

'아프니까 청춘이다'라는 문장은 아픔이 청춘의 한 본질임을, 덧붙여서, 그럼에도 청춘은 그것을 기꺼이 견뎌야 한다는 메시지를 함축한다. 오늘날의 세계는 젊은이들에게 그다지 우호적이거나 친절하지 않다. 많은 젊은이들은 사회에 발을 내딛는 순간 삭막한 세계에 내동댕이쳐지고, 그들은 세계라는 정글에서 살아남기 위해 고투한다. 이 팍팍한 실존을 견디는 청춘들은 사회적인 의미에서 '난민'에 가깝다.

난민이란 고향을 떠났지만 뿌리내려 살 정착지를 갖지 못한 채 떠도는 사람들을 가리킨다. 그들은 집, 재산, 직업과 같이 사회적 존재의 기반이 되는 것들을 다 잃은 사람들이다. 그들은 이곳에서 저곳으로 정처 없이 흘러다닌다. "난민은 어디를 가든 불청객이며 의심할 여지 없이 그런 상태로 방치된다."(지그문트 바우만, 『모두스 비벤디』) 많은 청춘들이 '불청객' 취급을 당한다. 노동시장의 고용경쟁에서 탈락한 이들은 비정규직이라는 '영원한 임시장소'에 방치된 채 모욕당한 삶을 묵묵하게 견뎌내고 있다. 이 '난

민'들을 위한 땅과 일터, 공동체적 사회 안전망은 어디에
도 보이지 않는다. 그들은 사회 구성체에서 뺄셈으로 배
제되거나, 혹은 '잉여'로 푸대접을 받고 있는 것이다.

『뜨겁게 안녕』을 읽으며 그런 생각이 더 굳어진다. 20
대에서 벗어나 막 30대로 진입했다는 김현진은 처음 접하
는 낯선 저자다.

> 남들 다 다니는 고등학교를 두 달도 못 다니고
> 때려치운 전적도 있고 뭔가 조직에 엄청 반항할
> 것 같은 인상 때문에 그런 것 같은데, 사실
> 대학 졸업하고 회사를 다니게 된 것도 내 뜻은
> 아니었다. 가엾도록 순진무구한 부모님이
> 잘못해서 다단계를 시작하는 바람에 다달이
> 갚아나가야 할 빚이 생겨버렸고, 비록 꽃 보듯
> 어르며 키운 외동딸은 아니지만 어쨌든 이
> 가정에 단 한 사람 있는 노역을 할 만한 건강한
> 생명체로서 일을 할 수밖에 없었다.

김현진이 그려내는 것은 도시 빈민으로 밀려난 사람들
이 드러내는 가난의 풍경들이다. 드리운 그늘들은 짙고,
그 짙은 그늘들 속에서도 생명력들은 비굴하지 않고 씩씩
하다.

김현진의 책은 흔히 '88만 원 세대'라고 부르는 세대의 도시 빈민 체험이 밀도 있게 담겨진 책이다. 아버지와 어머니는 다단계 회사의 꾐에 빠져 "그나마 깔고 앉아 있던 전세금 몇천만 원을 날"리고, 팔다 남은 한방 자석요 열 몇 장과 함께 밖으로 내쳐진다. 부모가 도시 빈민이면 가난을 세습받은 그 자식들도 도시 빈민의 운명을 피할 수가 없다. '나'는 왕십리나 옥수동 같은 서울 변두리 동네의 가장 값싼 지하 셋방들을 겨우 전전하며 서러운 청춘을 보낸다. 삶의 거처로 삼은 지하 셋방에서는 장마 때마다 하수구를 통해 역류해서 들이차는 잿빛 오수와 영웅적으로 맞서 싸워야만 한다. 역류해 들어오는 오수를 마치 "내무반 동료들을 구출하기 위해 수류탄을 몸으로 덮치는 김 병장과도 같은 기세로 양동이를 옆구리에 끼고 다용도실로 뛰어"들어 필사적으로 물을 퍼내는 것이다. 그렇지 않으면 오수가 옷들과 생활 기물들을 집어삼켜 버릴 것이기 때문이다. 이게 도시 빈민의 삶이다.

살아 있는지 죽어 있는지는 아직 모르겠다.
서울과 그 언저리를 헤매는 사람들은 대부분
살아 있는 상태와 죽어 있는 상태 어딘가를
떠도는 중이라는 것을 그때는 알지 못했다.
그저 나는 그때도 도시 빈민이었고 지금도 도시

빈민이며 앞으로도 도시 빈민이리라는 것을 알 뿐이다.

새파랗게 젊고 죽을 만큼 외로운 청춘들은 '거칠게', 혹은 누구 못지않은 '깡'을 갖고 '터프'하게 살았다 하더라도 거친 자본주의의 밀림에서는 "한 마리 토끼"거나, 아니 그마저도 못한 "토끼에게 붙은 거머리"거나 "연못의 물방개"에 지나지 않는다. 집도 돈도 빽도 없이 최저 생계비로 나날을 견뎌야 하지만, 젊음은 가난이나 세상의 불공평에 쉽게 꺾이지 않는다. 오히려 그것들에 당당하고 발칙하게 맞선다. 왜? 아직은 청춘이니까!

『뜨겁게 안녕』은 거대도시에서 빈민으로, 혹은 비정규직 노동자로 뜨겁게 이 사회와 몸 비비며 사는 20대의 거침없는 서울 생활 사수기거나 분투기다. 쓰디쓴 패자의 삶도, 지지부진한 연애도, 일은 빡세고 월급은 쥐꼬리만큼 주는 직장 생활도 여전히 계속될 것이다. 김현진은 그 삶과 연애와 직장 생활의 체험들을 모아 글로 쓴다. 피로 썼지만 겸손하게 이렇게 적는다. "이것은 피로 쓴 과도하게 찌질한 이야기다. 콸콸 쏟아져 시원하게 흘러내리는 뚜렷한 색 지닌 선혈로 쓴 게 아니라 코피나 생리혈처럼 좀 흘려도 되는 피, 무심하게 아무도 신경 안 쓰는 피, 무참하게 탁한 피로 지직지직 갈겨쓴 이야기지만 그래도 피

로 쓴 이야기다." 다 읽고 나면 거침없고 뜨거운 만큼 후
련하면서도 가슴이 짠해진다.

그다음에 읽은 게 『이게 다 야구 때문이다』라는 책이
다. 서효인도 김현진과 마찬가지로 막 20대를 벗어나 30
대 초입에 들어선 청춘이다. 그가 태어난 해에 우리나라
프로야구도 시작되었다. 따라서 그의 성장기는 프로야구
의 성장기와 정확하게 겹친다. 야구 선수를 꿈꾸었으나
몸이 따라주지 않아 그 꿈을 이루지 못했다. 하다못해 야
구 캐스터라도 되고 싶었으나 그 자리에 오르기에는 스펙
이 턱없이 모자랐다. 결국 시나 쓰고 야구에 미쳐 보낸 지
난날을 회고하는 글들이나 하염없이 쓴다.

슬프고 우습고 재미있는 야구 이야기들은 서효인의 고
달픈 젊은 날을 배경으로 펼쳐진다. 그 역시 여느 청춘들
과 마찬가지로 과외와 공사판, 노래방과 세차장, 주유소
와 편의점 등등 각종 다양한 아르바이트를 전전한다. 최
저임금보다 낮은 시급을 받으며 여러 일터를 전전하는 비
정규직 노동은 야구의 '원 포인트 릴리프'와 닮아 있다.
투수가 한 타자만을 상대하고 투수판을 내려오는 때가 있
는데, 이게 '원 포인트 릴리프'다.

'퍼펙트게임'은 모든 투수들의 꿈이다. 퍼펙트게임은
9회 말까지 단 한 타자도 1루에 진루시키지 않고 게임을

끝내야만 한다. 물론 안타를 맞지 않아야 하고, 사사구나 볼넷도 없어야 한다. 확률로는 가능하지만 실제로 거의 불가능한 일이다. 투수가 완벽하게 던져야 할 뿐만 아니라 수비를 하는 야수들이 단 한 개의 실책을 저질러서도 안 된다. 한국 프로야구의 전설인 선동렬도 최동원도 퍼펙트게임을 한 적이 없다. 9회 말 투아웃까지 완벽하게 던지던 투수가 퍼펙트게임에 단 하나의 아웃만 남겨둔 상황에서 마지막 타자에게 안타를 얻어맞고 운동장에 주저앉는 모습을 본 적이 있다. 대기록을 눈앞에 둔 상황에서 단 한 개의 안타 때문에 실패한 것이다. 어쩌면 퍼펙트게임은 우연의 신이 주는 선물인지도 모른다. 인생에서 퍼펙트게임이란 아예 있을 수가 없다. 헛되이 인생의 퍼펙트게임을 꿈꾸는 이들에게 서효인은 이렇게 위로의 말을 적는다.

결국 실패하겠지만, 다음 등판이 남아 있다.
실패의 예정, 그리고 도전. 사는 것 자체가
'퍼펙트게임'이니까.

'드래프트'는 구단들이 신인들을 뽑는 절차를 가리킨다. 구단들은 한자리에 모여 정해진 방식에 따라 선수들을 지명하고 계약을 맺는다. 드래프트에서 탈락한 선수들은 짐을 싸서 야구계를 떠나야 한다. "매년 700~800명이 쏟아져 나오는 드래프트에서, 직업선수가 되는 젊은이는 700~800명에 불과하다. 그중 절반 이상은 몇 시즌 못 버티고 방출된다." 오늘날 얼마나 많은 청춘들이 사회의 드래프트에서 탈락해서 백수가 되는가. 야구도, 인생도 경쟁은 치열하고, 생존하는 일은 거의 전쟁에 가깝다. "수많은 청춘들이 삶의 드래프트, 그 현장에서 묵묵하고 뜨거운 이닝을 함께 버티고 있다." 그들은 9회 말 투아웃에 일어날 수 있는 기적, '역전 만루홈런'을 꿈꾼다. 드래프트에서 탈락한 뒤 운 좋게 연습생 선수로 입단해서 홈런왕에 등극한 장종훈 선수도 있지 않은가!

'파울'은 타자가 배트를 휘둘러 스윙했을 때 파울라인 바깥으로 벗어난 공을 말한다. 파울볼을 쳐낸 타자는 아웃되는 것은 아니지만 주자를 진루시키거나 자기가 1루로 나갈 수 있는 권리도 얻지 못한다. 파울볼은 '일시적 유예' 상태다. 파울볼을 쳐낸 타자는 아웃되지 않고 다시 타석에 들어설 수 있다. '파울볼'은 '아직 죽지 않았어, 그러니 힘내'의 줄임말이다. 인생에서 파울볼을 쳐냈다고, 아직 1루에 살아 나가지 못했다고 기죽을 필요는 없다. 아직은 기회가 있는 것이다.

가끔은 어이없는 '폭투'로 주지 않아도 줄 점수를 헌납하고, 야수의 '악송구' 하나로 게임을 망치기도 한다. 타자들은 타석에서 '헛스윙'을 해서 아웃될 수도 있고, 투수는 사구를 남발해서 누 상에 주자를 채워 위기를 자초할 수도 있다. 상상할 수도 없는 '본 헤드 플레이'를 해서 게임에서 지고 사람들의 비웃음거리가 되기도 한다. 그렇다고 자책하거나 노여워하지 마라. 야구장 안에서는 모든 일들이 가능하고, 야구는 세상이 건재하는 한 계속될 것이다. 야구는 끝날 때까지 끝난 게 아니다. 삶도 마찬가지다. 누구의 삶도 끝날 때까지 아직 끝난 것은 아니다. 야구의 복잡한 규칙들과 야구가 만드는 상황들이 그대로 삶의 은유가 되지는 않는다. 야구는 그 자체로 즐겁고 뻑뻑하고 혹독한 인생이다. 재미있게 읽었는데, 다 읽고 난 뒤에는 왠지 콧등이 시큰해진다.

김현진, 『뜨겁게 안녕』, 다산책방, 2011
서효인, 『이게 다 야구 때문이다』, 다산책방, 2011

책을 읽는다는 것의 의미

청춘을 다 바쳐 책을 읽었다. 집안 사정과 천성적 게으름, 학습에 대한 태만, 조직과 제도에 대한 염증 따위가 복잡하게 얽혀 대학에 가지 못하고 음악감상실과 시립도서관 등을 떠돌았다. 20대 초반 시절, 시립도서관의 참고열람실 한자리에 앉아 종일 책을 읽었다. 땅거미가 내릴 무렵 책에 파묻혀 침침해진 눈으로 거리로 나왔다. 돌이켜보면 그 고단한 일을 몇 년 동안이나 지치지도 않고 해냈구나, 하는 생각이 든다. 그 파릇한 시절에 희망이 없고, 미래에 대한 기약도 없이 책만 읽었다. 장차 무엇으로 밥을 벌어먹을지 나는 알 수가 없었다. 다만 책을 쌓아놓고 하염없이 읽기만 하였다. 가슴 한켠에 글을 써서 밥을 먹을지 모르겠다는 생각이 없지 않았지만 그건 가망 없는 소망이었다.

20대 전반기를 보낸 뒤 나는 일간지의 신춘문예 공모를 통해 등단해서 시인이 되고, 비평가가 되어 있었다. 한 출판사에 말단 직원으로 들어가서 책을 만들다가 이태 뒤 그만두었다. 출판사를 창업해서 13년간을 경영했다. 정작 책을 만들던 시절에는 책 읽을 시간이 늘 모자랐다. 잡다한 일들에 파묻혀 피로 속에서 혼곤해지던 나날이 이어졌다. 1993년쯤 출판사를 그만두니 비로소 책을 자유롭게 읽을 시간과 읽어야 할 책들이 눈에 들어왔다.

돌이켜보면 1990년대를 통과하면서 내가 겪은 것은 일종의 카오스(Chaos)였다. 하나의 프레임에 담아 설명할 수 없는 다양한 욕망의 스펙트럼이 커지면서 그 속에서 작은 트렌드들이 홍수처럼 쏟아져 나온 시기였다는 뜻이다. 큰 중심에서 여러 개의 작은 중심으로, 도덕에서 욕망으로, 질서에서 무질서로. 이념적인 압박감은 줄고, 분단과 분배의 강박으로부터 자유로워진 사람들은 이제 저마다 자신이 원하는 욕망에 몰입했다. 그러면서 대한민국은 순식간에 고도소비사회로 진입했다. 사회적인 흐름과 변화를 읽는다는 것이 더 이상은 불가능해졌다. 그래서 출판사를 정리하고 현실의 한복판에서 떨어져 나와 책 읽기에 몰입했다.

그즈음 한국문학계에선 리얼리즘이나 대하소설의 기세가 수그러들었다. 역사나 노동, 분단의 문제와 같은 거대 서사들이 사라지고 그 자리는 자아와 정체성, 성과 관련된 문제들을 탐구하려는 열정들로 채워졌다. 일상의 작은 주제들이 문학의 주요한 주제로 떠오르면서 1990년대는 여성 소설가들이 약진하며 흐름을 이끌기 시작했다. 은희경, 전경린, 신경숙, 공지영 같은 작가들이 바로 그들이다. 사회 전체의 패러다임이 바뀌고 대중의 의식과 욕망이 달라지면서 소설가들이 탐색하는 주제와 문학적 형식이 변화하고 있었다.

역설적이게도 서울을 떠나 시골로 생활 터전을 옮기고 나자 그 안에 있을 때 잘 보이지 않던 우리 사회가 겪고 있는 반인간적이고 반생명적인 변화의 가속도를 더 투명하게 볼 수 있었다. 오이시디(OECD) 국가 중에서 자살률 1위, 40대 사망률 1위는 이러한 변화를 따라가는 것이 개인에게 얼마나 큰 압력을 주고 스트레스를 주는지를 방증한다. 우리 사회는 어느 순간 균형과 조화를 상실해버렸다. 쏠림의 사회가 된 거다. 하지만 사회는 살아 있는 생명체와 같아서 스스로 균형을 잡으려는 내부의 힘을 갖고 있다.

최근 인문학 붐은 이러한 사회의 자기 조절 능력이 발현된 건 아닐까? 이를테면 인문학은 사회 내부가 갖고 있는 자기 질병에 대한 면역체계와 같은 것이다. 아울러 인문학은 작은 것에서 전체를, 전체에서 그 본질을 꿰뚫어 보는 통찰력을 키우는 학문이다. 인문학이라는 기초 없이 전체로서의 삶과 세계를 통찰할 수 없다. 소위 기술적인 창의성이란 것 역시 끊임없이 사유의 혁신을 추동하는 인문학의 바탕에서 나온다는 것을 시이오(CEO)들은 가장 먼저 알고 반응한다. 근래 들어 인문학 강의 요청들이 줄을 잇고 있으니 말이다.

각자 제 위치에서 시장의 압력에 굴복하지 않고 싸우는 사람들이 늘어나는 순간 어떤 합의점이 만들어진다. 나와 다른 가치나 열정에 대한 다양성을 인정하면서 사회는 전체적인 균형을 회복하게 되는 것이다. 바로 그 시점에서 중요한 것은 '공정한 게임의 룰'이다. '정의'에 관한 책이 베스트셀러가 되고 정부가 공정한 사회라는 이슈를 들고 나온 것은 그런 맥락에서 매우 의미 있는 변화다. 지금 우리 사회는 그러한 변화로 가는 길의 한가운데 서 있다.

출판사를 접고 마흔 문턱을 훌쩍 넘긴 뒤 서울 살림을 청산하고 시골로 내려온 것은 2000년 여름이다. 한적한 시골 호숫가에 집을 지은 것은 번잡함을 물리치고 고요 속에서 나를 돌아보고 책을 읽기 위함이었다. 시골에서 살며 고요의 심해 속에 몸을 가라앉히고 그 속에서 오롯하게 책 읽기에 빠져들었다. 책을 읽는 동안 어떤 법열감이 몸을 휘감고, 그 법열감은 영감과 직관의 세계로 이끌었다. 말 그대로 내 생애 가장 행복했던 시간들이다. 여기에서 저기로 건너뛰기. 니체에서 콜린 윌슨으로, 가스통 바슐라르에서 미셸 푸코로, 프로이트에서 라캉과 지젝으로, 들뢰즈와 레비나스에서 알랭 바디우로, 레비나스에서 서동욱으로, 발터 벤야민에서 지그문트 바우만과 조르조 아감벤으로, 다시 니체에서 메를로퐁티와 들뢰즈로, 사르트르와 레비-스트로스에서 롤랑 바르트와 데리다로,

김우창에서 문광훈으로, 김수영에서 김지하로, 고은에서 백낙청으로, 김용옥에서 최한기로, 노자와 장자에서 『주역』으로, 정약용에서 정민으로, 박지원에서 고미숙으로, 다윈에서 에드워드 윌슨으로, 다시 도킨스와 정재승과 최재천으로, 카프카에서 보르헤스로, 움베르트 에코에서 다치바나 다카시로, 다시 이진경과 이정우로, 김현에서 정과리로, 김병익에서 고종석으로, 가라타니 고진에서 조영일로.

그 밖에 다양한 갈래의 책들, 몸과 마음, 요리와 건축, 미술과 여행, 축구와 결혼, 불교와 영지주의, 수학과 물리학, 미시사와 평전들, 진화생물학과 동물생태학, 파시즘과 신자유주의, 심리학과 정신분석, 신경과학과 인공지능, 연금술과 신비주의, 산해경과 기서(奇書)들, 기억할 수도 없는 수많은 책들에서 책들로. 해 뜨기 전에 일어나 책을 읽고 해 지고 나면 잠이 들었다. 노자의 『도덕경』, 『장자』, 『주역』들은 머리맡에 두고 읽었다. 무른 마음을 다잡기 위한 마음 수련이었다. 내가 시골에 내려오기 전보다 조금이라도 나은 점이 있다면 그 책들이 내 마음에 기른 덕 때문이다.

들뢰즈와 가타리의 책 『천 개의 고원』을 만난 것은 충격이었다. 처음에 읽었을 땐 무슨 얘긴지 도무지 알아들을 수 없었다. 그 두꺼운 책을 다섯 번쯤 통독했다. 그 책과 관련된 책들을 구해 읽으며 새로운 지식의 지평이 열리는 걸 느꼈다. 노자와 장자는 비우고 버리라고 한다. 비우고 버림은 나아갈 바지만 삶에는 불가피하게 그럴 수 없는 까닭도 있다. 나아갈 바와 머무르는 바가 이렇듯 어긋나 있으니, 나아감은 경쾌하게 나아가려는 발목을 붙잡는 머묾 속에서 그 근원과 이치를 따져 묻고, 묵어 숙변이 되어버린 머묾은 생동하는 나아감 속에서 찾은 새 기운을 불어넣고, 묵어서 단단해짐은 해체해서 풀어야 한다.

나아감이 삶이라면, 머묾은 낡음이고 죽음이다. 나아감은 머묾에서 나오고, 머묾은 나아감이 바닥을 드러낸 데서 주저앉음이다. 나아가지 않는 자는 이미 반쯤 죽은 자이고, 필경 그 곡절이 있을 터이다. 나아가지 못하는 곡절은 안팎으로 소통하던 기운이 끊어져 삶을 도모하기보다는 정체(停滯)와 나태에 기대 죽음을 도모하기 때문일 터이다. 몸을 일으켜 기운생동하는 걸음에 몸을 싣고 앞으로 밀며 나아가면 살고, 한사코 머물려고 움직임을 멈추고 누우면 뼈도 심지도 약해져 죽는다. 나아가는 바에는 몸을 부리는 일의 수고가 따른다. 머무르는 자에게는 편함과 몸을 부리는 일을 그친 뒤의 안락과 나태가 주어진다. 그러므로 지치도록 일한 데서 수고의 보람과 삶의 기쁨을 찾고, 안락과 나태 속에서 손발을 헛되이 놀린 시간의 볼품없음과 죽음의 무의미를 깨달을 수 있어야 한다.

새벽하늘은 칠흑 같고 별들은 보석처럼 초롱초롱하였다. 그 별 아래 마당에 서서 천억 개 별들이 이룬 은하가 있고, 그런 은하들이 또 천억 개나 된다는 하늘을 올려다본다. 머리 위에 있는 우주를 떠올리면 나의 존재감이란 얼마나 미미한 것인가!

> 인간이 인식하는 모든 것은 경험과 감각의 입력에 기초하여 성립합니다. 감각입력을 모두 제거하면 인식능력 자체가 붕괴된다는 사실은 많은 감각차단실험을 통해서도 증명됐고요. 제가 그런 실험에 참가한 적이 있어서 잘 아는데, 인간에게서 시각·청각·피부감각(촉각, 온도감각 등)을 빼앗으면, 자신을 둘러싼 세계와의 연계가 끊어지고 자신이 어떤 객관화된 세계에 속한 존재라는 감이 없어지면 세계가 붕괴하는 듯한 느낌을 받습니다. 그러면서 자기존재감은 줄어들고 점점 환각세계 속에 녹아드는 기분에 휩싸이다 어느 순간 의식을 잃고 잠이 들지요. 매우 고고해 보이는 순수이성 같은 건 어디에도 없다는 사실을 금세 알 수 있습니다.(다치바나 다카시,『지의 정원』)

나는 나날이 줄어드는 자기존재감과 싸우며 새벽마다 마당을 건너 서재에 와서 책을 읽었다. 책 읽기는 세계와 이어주는 다리였다. 해마다 장서가 1천 권씩 늘어났다. 책을 읽는 게 잘하는 일이고, 그래서 벌과 나비가 꽃에서 꿀을 파듯이 책을 파는 한 창백한 독서광이 사는 '수졸재' 는 사람과 더불어 책이 사는 집이다. 지난 15년 동안 내면에 지적 법열감과 행복으로 충만한 시기를 살았다. 나는 왜 그렇게 책을 읽는가? 그것은 책 읽기가 주는 청정한 즐거움 때문이다. 책을 읽으면 앎의 즐거움과 사유의 즐거움으로 가슴이 터질 듯 벅차오른다.

오늘날같이 지적 생산이 풍요롭게 이루어지는 문명세계에서는 철저하고 깊이 있게 책들을 읽지 않는다면 그 흐름을 쫓아가기 힘들다. 그럭저럭 살아갈 수는 있겠지만 제 의지대로 방향을 잡고 충만한 삶을 살아가는 일은 불가능하다. 엄청나게 빠른 속도로 일어나는 변화 속에서 좌충우돌하거나 시행착오를 피할 수가 없는 것이다. 책을 읽지 않는 삶은 피상적이고 밀도는 성기고, 그리고 독선과 아집에 빠지기 쉽다. 독서인은 단순히 책을 읽는 것으로 그쳐서는 안 된다. 책 읽기의 최종 목적은 지식의 습득이 아니다. 스스로 사유를 하는 것! 책 읽기를 통해 지식의 전체상에 접근하고 이를 바탕으로 지식을 '통섭'할 수 있는 사유 능력의 총량을 키워야 한다. 읽는 행위의 능동성은 뇌 회로를 새롭게 여는 수단이 되고 궁극적으로 사유의 복잡성을 견뎌낼 수 있게 한다.

책 속의 지식과 지식들이 충돌하며 일으키는 사유의 불꽃들과 함께 타오르며, 즉 책 읽기의 열락(悅樂)을 사유의 향연으로 바꿀 때, 그리하여 독서의 총량을 지렛대 삼아 지식 생산자로 나설 때 비로소 진정한 독서인으로 거듭날 수 있다. 진정한 독서인만이 자기를 넘어서서 초인류가 될 수 있다.

도연명(陶淵明, 365~427)은 마흔한 살에 평택현령을 사직하고 다시는 벼슬길에 나서지 않았다. 부임한 지 겨우 석 달 만에 군에서 파견한 감독관이 오만한 태도를 보이자 "겨우 쌀 닷 말 때문에 하찮은 시골 관리한테 굽실거릴 수 없다"라고 말하고는 뒤도 돌아보지 않고 나왔다. 이 뒤로 "세상이 나와 서로 어긋나 맞지 않거늘 다시 수레를 몰아 무엇을 구할 것인가?"라며, 부귀나 출세 따위에 마음을 두지 않고 평생을 전원에서 한가롭게 지내며 국화와 술과 시에 기대 살았다. 책 읽기와 음주로 일관하는 스스로를 가리켜 오류 선생이라 부르며 그 전기를 지었으니, 이 글에 그의 사람됨이 잘 드러난다.

조용하고 말이 적으며 영화(榮華)와 이익을

부러워하지 않았다. 책 읽기를 좋아하나
지나치게 따지려고 하지 않았으며, 매번
깨닫는 바가 있으면 기뻐하며 밥 먹는 것도
잊었다. 성품이 술을 즐기나 집이 가난하여
항상 먹을 수는 없었다. 친구들이 그의 이
같은 사정을 알고 간혹 술을 차려놓고 부르면,
가서 언제나 흥겹게 마시며 반드시 취하고자
하였다. (「오류선생전(五柳先生傳)」)

오류 선생은 해진 베옷을 입을망정 영화와 이익을 탐하
지 않고, 가난에 구애되지도 않았다. 세상 사람들이 갖고
자 하는 것에 급급하지 않았는데, 마음에 스스로 즐김이
있는 까닭이다. 오류 선생은 빈 배와 같이 인생이라는 강
을 유유자적 흘러간 사람이다. 빈 배와 같이 흘러가는 사
람을 두고 누가 시비를 하겠는가? 마음을 비우니 근심이
줄고 기쁨은 늘어 두루 평안하였다. 이는 욕심을 버리고
비우면 내면에서 나오는 윤리적 명령에 더 쉽게 따를 수
있고, 내적 갈등이 적어지는 탓이다. 도연명이 비움의 충
만 속에서 즐긴 도락은 책 읽기와 음주였다. 좋은 책을 읽
을 때는 끼니를 거르기 일쑤였다. 도연명은 세속과 단절
한 채 파묻혀 사는 은자와 더불어 잘 익은 술을 나눠 마시
고 취해서 속세를 잊었다.

시골에서 살림을 꾸린 뒤 나는 오류 선생을 닮고자 했다. 다만 술을 즐기지 못했다. 대신에 차를 즐겼다. 명상을 하고 산책에 나서는 시간을 빼고는 책에서 손을 떼지 못했다. 곰곰 생각해보면 책을 읽는 일은 몰입이고, 자기 수련이다. 몸과 마음의 번잡을 통제하지 않고는 책에 몰입할 수가 없다. 생각을 끊고, 번뇌를 끊어야만 책의 세계와 만날 수 있다. 또한 책 읽기는 본질에서 타자의 이해와 소통의 한 방식이다. 더 많은 타자들과 소통한 사람들은 더 유연한 의식을 갖는다. 그게 자연스러운 일이다. 그렇다고 읽지 않은 책들에 대한 강박적 수치심을 가질 필요는 없다. 그 누구라도 이 세상의 책을 다 읽을 수는 없을 테니까.

세상에는 책을 많이 읽은 사람과 그보다 조금 덜 읽은 사람들이 한데 어울려 살아간다. 책을 더 읽었다고 더 훌륭한 사람이 되는 것은 아니지만, 책에 몰입하고 뭔가를 창조해낸 사람들 덕분에 이 세상은 보다 더 살 만한 세상이 된다는 건 사실이다. 밥을 먹듯이 날마다 책을 골라 읽어라. 세상의 혼란과 잡답에 휘둘리지 않고 자기만의 척도로 온전히 살고 싶다면 지금 당장 그렇게 하라!

다치바나 다카시, 『피가 되고 살이 되는 500권, 피도 살도 안 되는 100권』, 박성관 옮김, 청어람미디어, 2008
다치바나 다카시 · 사토 마사루, 『지의 정원』, 박연정 옮김, 예문, 2010
폴 드 만, 『독서의 알레고리』, 이창남 옮김, 문학과지성사, 2010
요네하라 마리, 『대단한 책』, 이언숙 옮김, 마음산책, 2007

이게 운명이라고요?

이란의 여성 작가 파리누쉬 사니이가 쓴 『나의 몫』은 625쪽에 이르는 두툼한 책이다. 현대 이란 소설을 읽을 기회는 드물다. 기대감이 컸다. 플롯이 단순하고 복선도 없다. 하지만 이야기의 흡인력은 대단했다. 시작은 이루어질 수 없는 슬픈 사랑의 이야기이다. 후반부에서 작가는 여린 여성이 '반역자의 가족'이라는 사회적 냉대에 맞서고 남편을 빼앗고 자식마저 삼키려는 집단에 맞서 어떻게 뱀같이 지혜롭고 전사와 같이 강인한 내면을 갖게 되는지를 묘사한다. 때는 1979년, 장소는 왕조의 붕괴와 호메이니 혁명정부의 집권으로 혼돈에 빠진 이란의 테헤란. 작가는 이것을 후경으로 놓고 한 여자가 겪는 운명, 즉 "인도 영화"같이, "현실에서는 절대 일어나지 않을 것"(604쪽) 같은 삶의 여정을 주르륵 펼쳐 전경화하는데, 중간에 읽기를 그만둘 수 없을 만큼 이야기는 생동한다.

마수메는 이슬람 가정에서 태어난 여자다. 히잡을 쓰는 마수메는 "늑대들이 득시글거리는 길거리를 돌아다니는 여자애는 타락할 수밖에 없다"고 믿는 완고한 오빠와 남동생의 감시 아래에 있다. 16세 소녀는 첫사랑을 만난다. 자연스러운 생명의 충동인데, 이것이 혹독하고 기구한 운명의 시작점이다. 첫사랑을 타락으로 매도하고 가족의 명예를 더럽혔다고 주장하는 오빠들의 뒤틀린 생각은 이란 사회 저변에 퍼진 남성 폭력의 한 모습이다. 작가는 이 연약한 여성이 남성지배 사회의 인습과 전통에 짓눌리고, 종교적·사회적 편견과 몰이해에 어떻게 희생당하는지를, 그럼에도 호랑이처럼 포효하며 저와 가족을 위해 어떻게 싸우는지를 연대기적 순서로 적는다.

여자는 원치 않는 결혼, 혁명 조직에 가담한 남편의 투옥과 처형, 두 아들에게 닥치는 시련들을 차례대로 겪어낸다. 그나마 다행인 것은 원치 않는 결혼의 상대자가 "여자들이야말로 역사상 탄압을 가장 많이 받아온 사람들"이고, "다른 집단으로부터 착취를 받은 최초의 집단"이며, "언제나 도구로 사용"(155쪽)되었다는, 이란 같은 남성지배 사회에서 자행되는 성차별에 대한 인식을 명확하게 갖고 있는 깨인 남자라는 것이다. 불행은 그 남자가 "결혼을 하면, 그 남자의 삶은 더 이상 그의 것이 아니야. 손과 발이 묶이고 인생이 마구 꼬여서 자신의 이상을 꿈꾸거나 그 이상에 다다를 수가 없게 돼"(155쪽)라는 말에 드러나듯 결혼을 속박으로 여기고, 가족보다는 대의 명분에 일생을 걸었다는 점, 그럼에도 가족들의 강요 때문에 어쩔 수 없이 결혼했다는 사실이다.

여성은 가족 내부와 사회에서 차별을 받는다. 배울 권리, 사랑할 권리를 짓밟는 폭력은 이란 여성들이 일상으로 겪는 현실이다. 마수메는 여성 억압적인 현실에 눈뜨면서 인습과 도덕의 껍질을 찢고 파도와 같이 밀려오는 수난에 꿋꿋하게 대처하며 "원숙하고 지적인 사람"(390쪽)으로 스스로 진화한다. 또 다른 여성들, 파르바네와 샤흐자드는 이란 사회의 구태와 완고함을 무찌르고 권리를 쟁취하는 여성들의 의식 변화를 드러낸다. 그들은 여성을 옥죄는 주류적 관습과 도덕 따위와 상관없이 개방적이거나, 인간의 운명이 자신의 주체적 선택과 의지의 영역에 있음을 급진적인 행동과 모험으로 보여준다.

인상적인 구절 하나. "아들을 기르는 것은 가지를 튀기는 것과 같아서 기름을 많이 필요로 하지만 나중에 더 많은 기름으로 갚아준다."(574쪽) 이란의 어머니들은 아들에게 더 많이 베푸는데, 이는 노후를 아들에게 의탁하기 때문이다. 마수메는 지혜로운 여자이면서 동시에 자립적인 여성이다. "나는 자식들에게 그런 기대를 하지 않아. 고생은 나 자신을 위해서 한 거야. 아이들을 기르는 건 의무였으니까."(574쪽) 마수메는 인간의 운명이 더 큰 그 무엇, 종교나 이데올로기, 사회적 관습인 전통이 아니라 자신의 선택과 주체적 행동의 몫이라는 것을 알고 있다. 그 점은 "모든 인간에게는 어떻게 살지 결정할 권리가 있어"(613쪽)라는 말에 또렷하게 드러나 있다. 『나의 몫』은 제 운명을 피동적으로 수납하기를 거부하고, 제 운명을 만들어가는 한 지혜로운 여자의 이야기이며, 동시에 생명을 으깨고 부수고 삼키는, 준동하는 악과 맞서 승리한 모성의 위대함을 보여주는 여성의 이야기다.

파리누쉬 사니이, 『나의 몫』, 허지은 옮김, 문학세계사, 2013

윤구병을 아는 사람과 모르는 사람

이 땅 사람을 쏘개질에 흑책질로 날밤을 새워 출세하거나 야비다리 쳐서 제 잇속만을 챙기는 사람들과 소처럼 순하게 제 일만 하고 재랄 없이 삶을 꾸리는 바르고 의젓한 사람들로 나눌 수도 있겠으나,『흙을 밟으며 살다』를 읽으니, 윤구병을 아는 사람과 그렇지 못한 사람으로 나눌 수도 있겠다 싶다. 나는 윤구병을 조금 아는 축이다. 그가 전라도 사람이고, 서울대 철학과를 나왔는데, 물들인 군복에 맨발로 고무신을 질질 끌며 학교 안팎을 누벼 다닌 걸짜로 소문이 나고, 월간 «뿌리깊은나무»의 초대 편집장을 지내고, 국립대학교수를 하다가 작파하고 홀연히 변산에 내려가 농부가 되어 공동체를 이끈다는 것을 '조금' 안다. 허나 안다는 것은 겉일 뿐, 그 숨은 속내나 그 쇠심 떠깨보다 더 질기고 곧은 심지로 인해 벌어진 속속들이는 알지 못했다.

윤구병은 아홉 형제 중 막내로 태어나 '구병'이 되었으니 그 형제 중에서 으뜸으로 태어난 이는 '일병'이겠다.

그러니까 『흙을 밟으며 살다』는 '구병'이로 살아가는 자의 이야기다. 밥 먹듯이 가출하기, 중학교 다닐 때부터 술 주정하기, 강의 시간 밥 먹듯이 빼먹고 술 취한 몸 교정 벤치에 길게 드러눕히기 따위로 얼룩진 신산(辛酸)한 삶의 내역보다는 열다섯 해를 생활공동체를 일구며 농사꾼으로 살며, 끼닛거리, 입성, 잠자리 등의 걱정과 더불어 했던 어떻게 살아야 잘 사는 삶인가에 대한 근본 고민을 적었다.

"자기가 잘 살아야 남도 잘 살고, 남을 잘 살게 만들어야 자기도 잘 살 길이 열린다"는 생각이야 새로울 것은 없다. 새롭지는 않으나 그 생각대로 실천하기는 어렵다. 실천이 따르지 않는 생각만으로 미적거리며 살다가 죽을 수는 없다. 더 많은 젊은 사람들이 그런 절박함 끝에 도시의 편리와 안락을 버리고 "흙을 밟으며 살고 싶다"고 귀농하는데, 그들에게 윤구병의 삶은 선각(先覺)의 삶이다.

"중생의 고통을 모두 받아들이되 그 고통의 무게에 흔들리지 않는 마음을 벼려내는 일"(「죽음의 고통 속에서 수레를 만들자」)이 중요한 것은 그것이 나누고 섬기는 삶의 바탕이 되는 까닭이다. 허나 무심한 듯 적어 넣은 "곶감과 싸릿대와 새끼줄, 그리고 그 사이로 보이는 늦가을의 하늘빛이 어찌 그리 아름다운지"(「새끼를 꼬면서」)라는 구절도 마음의 금(琴)을 울린다. 그게 누려야 할 근본 삶의 한 표상이기 때문이다.

「사랑과 전쟁」에서 "너 지아비 될 생각 말고 혼자 살거라"라는 아버지의 당부를 어기면서 한 여자를 아내로 맞아 사는 지아비로서의 제 용렬함을 까발려 일러바칠 때, 혹은 저의 '개 같은 성질'로 인해 종종 벌어지는 시비의 전말을 적을 때 우리는 그의 솔직함과 유머에 웃음을 터뜨릴 수도 있겠다. 모두가 추사가 쓴 명필에만 주목할 때 그는 추사가 사용한 붓과 먹과 종이를 만든 사람들을 떠올린다. 그들도 추사 못지않은 '소중한 문화유산의 창조자'들이다. 이렇듯 숨어서 일하면서도 크게 생색내지 않는 사람들이 있기에 세상이 돌아간다는 것이다.(「숨어서 하는 일」)

사람이 원시 상태를 벗어나면서 '뛰기'를 그만두고, 노예임을 그치면서 '뛰면서 생각하기'를 멈췄다. 아직도 부지런히 '뛰면서 생각하기'를 미덕으로 여기는 사람이라면 게으름을 악덕이라고 내칠 게 분명하다. 허나 게으름을 누릴 자유가 없었다면 소크라테스도, 공자도, 석가도, 예수도 없었을 것이라는 게 윤구병 생각이다. 흔히 몸을 고되게 쉼 없이 놀리는 일은 제 삶을 위한 게 아니라 저를 부리는 주인을 위한 것이니, 그것은 노예의 삶에 귀속한다. 그런 바탕에서 "부지런함은 게으름의 미덕을 즐기기 위한 필요악이지, 그 자체가 미덕일 수는 없다"(「게으름뱅이의 말」)라는 말은 진리의 장력을 얻는다. 그가 우리 귓가에 대고 "너는 바로 멸망을 향해서 뛰고, 죽음을 향해서 뛰는 것이 아니냐?"라고 물을 때 우리는 흠칫 놀라 자신을 돌아보게 된다.

『흙을 밟으며 살다』를 펼치면 흙내가 물큰하다. 땅이란 뭐냐? 땅은 잘-삶의 바탕이다. 그게 죽으면 그 땅에 기대고 사는 뭇생명들이 다 죽는다. 지난 몇십 년 동안 근대화니 개발이니 해서 이 잘-삶의 바탕을 다 파헤치고 망쳐놓았다. 투기 영농, 약탈 영농에 땅은 거덜이 나고, 농민들은 온갖 농작물에 농약을 쳐서 죽음의 끼닛거리를 내놓는다. 빚을 감당할 수 없고, 먹고살 수가 없으니까 그건 불가피한 일이다. 하지만 그로 인해 치러야 하는 대가는 혹독하다. "독성이 강한 농약을 마구 뿌려 스스로도 중독이 되어 건강을 해치고 다른 사람도 죽음 속으로 몰아넣는다."(「삶의 질서」) 이게 오늘의 우리 현실이다.

"쉰 중반이 되도록 철모르고 살아왔"던 사람은 시골에 와서 농사를 지으면서 사람과 자연의 관계가 그토록 중요한 것임을 깨닫고 철이 들었다. 윤구병은 농사를 짓되 화학비료, 제초제, 농약을 쓰지 않는 '삼무농법'에서 더 나아가 비닐 안 쓰고, 항생제·방부제 섞인 사료로 빚어진 짐승 똥으로 만든 유기질 비료 안 쓰는 '오무농법'을 고집했다. 병들고 썩어가는 땅이 되살아났다. 논에는 우렁이, 미꾸라지, 거머리가 돌아오고, 인근 고추밭의 고춧대들은 다 말라 죽는데, '오무농법'의 수혜를 받은 고추밭의 고춧대들은 끄떡없이 푸르렀다.

이런 사태를 보고 농사일로 이골이 난 시골 노인들이 입을 모아 "농사라고는 '농' 자도 모르는 젊은것들이 사시장철 땅바닥에 엎드려 있더니, 땅심을 되돌려놓았구먼"이라는 찬사를 쏟아냈다. 이 대목에서 나는 짝짝짝 박수를 쳤다. 그리고 『흙을 밟으며 살다』를 읽으며 윤구병을 '조금' 아는 건 부끄러운 일이라는 생각이 들었다. 그가 하는 일은 '지속가능한 미래'를 만드는 일이니까. 되도록이면 그를 '많이' 아는 것이 좋다. 그게 좀 더 옳음에 가깝게 가는 일이기 때문이다.

윤구병, 『가난하지만 행복하게』, 휴머니스트, 2008
윤구병, 『흙을 밟으며 살다』, 휴머니스트, 2010
윤구병, 『꿈이 있는 공동체 학교』, 휴머니스트, 2010

책과 함께하는 다섯 번째 계절

미, 그 숭고한 것

'미'의 역사는 있지만 '추'의 역사는 없다. '추'는 있어서는 안 될 것이다. '추'는 불쾌함과 끔찍함과 역겨움 때문에 반드시 없어져야 할 것으로 시작에서부터 그 존재가 부정되었던 까닭이다. '추'는 오로지 '미'의 부정으로서만 그 존재 의미를 갖는다. 반면에 '미'는 진리고, 도덕적 올바름이고, 숭고한 그 무엇이다. 사람들은 누구나 '미'에 대해 말하기를 좋아한다. 그래서 '미'는 인류 역사와 더불어 끊임없이 논의되고 그 새로운 정의가 보태져 왔다. 그러나 정작 '미'가 무엇인가를 말하는 일은 어렵다. '미'는 미적 환희를 안겨주는 '알 수 없는 그 무엇'이다. 반면에 '추'가 무엇인지를 말하는 일은 어렵지 않다. '추'는 '미'가 아닌 것, 불쾌감을 불러일으키는 모든 것이다.

'미'는 절대적이고 '추'는 상대적이다. '미'는 내재적 심미성의 척도 안에서 제 규준을 찾는다. '미'와 '추'의 거리는 생각보다 가깝다. '미'가 조화와 균형, 대칭성, 그리고 형식의 완결성에서 나온다면 '추'는 그 반대의 것이다. 그러니까 부조화와 불균형, 비대칭성, 형식의 결손 따위로 특징지어진다. '추'는 '미'의 결핍이나 부재가 아니라 '미'의 지옥이다.

비례와 조화라는 미의 규준에서 완전히 벗어난 프랜시스 베이컨이 그린 형체를 갖지 못한 채 뭉개진 얼굴들은 혐오스럽고, 온갖 뱀들이 꿈틀대는 머리를 가진 목이 잘린 '메두사'를 그린 루벤스의 〈메두사의 머리〉(1618)는 기괴하고, 동물의 얼굴을 한 여자의 누드를 그린 대니얼 리의 〈배심원단 n.4(여우의 영혼)〉(1994)는 섬뜩하다. 이들 그림이 불러일으키는 징그러움과 섬뜩함은 바로 '미'의 지옥이 우리 영혼에 일으키는 반응들이다. 하지만 '추'에 숨길 수 없는 불가사의한 매력이 없는 것은 아니다. 어떤 사람은 '추'의 매혹에 이끌린다. 화가들이 그토록 끈질기게 괴물들과 역겨운 풍경들을 그려낸 것은 그 때문이다. 한 화가의 회화에서 우리는 '미'의 우아한 질서와 척도를 찾아낼 것이다.

박항률의 그림에서 내향성은 숨길 수 없는 두드러진 표지다. 내향성은 안으로 작용하는 심리생물학적인 기질이다. 양의 기운보다는 음의 기운에 영향을 더 많이 받는 내향성의 주체는 남을 향한 공격성이나 남과의 경쟁심을 덜어냄으로써 밖으로 뻗쳐야 할 기세가 안으로 향하게 한다. 이때 내향성은 수줍음이나 부끄러움, 혹은 세계를 차마 정면에서 보지 못함으로 드러난다. 그것은 현존의 위계에서 치열함이나 능동성에 견줘 낮은 단계로 결국은 최소주의의 행동, 최소주의의 삶으로 귀착한다. 약육강식의 세계에서 욕망의 징그러움 때문에 진절머리를 쳤던 경험이 있는 사람은 박항률의 부드러운 색조의 그림에 깃들인 뜻밖의 고요한 세계에서 낯선 평화와 근원적인 안식을 느끼며, 저를 돌아다보게 된다. 놀라워라, 그림에 스미고 섞여 드러난 화가의 내향성은 번잡하고 소란스러운 세계와의 싸움에서 거둔 고요의 승리로 빛난다.

박항률의 인물들은 풍부한 여백 속에서 선과 악을 넘어서 초연한 자리에 고요와 함께 순수한 미의 결정체로 자리 잡는다. 이미지들과 여백이 길항하며 빚어내는 그 초연함, 그 숭고함이라니! 박항률의 그림을 마주할 때 그윽하게 차오르는 감동과 경건한 발심(發心), 그리고 심미적 쾌감은 이 자기성찰적 내향성이 이룩한, 직관과 선지식으로 충만한, 삶의 복합적 현장에서 비켜서 있는 비현실적 고요의 동학(動學)이 일으킨 법열감이다.

박항률이 그토록 많이 그린 소녀들은 저마다 그 내면에 근원적 어머니를 품은 여성들이다. 배고픈 자식들에게 젖을 주고, 아픈 자들을 치유하는 미완의 어머니들인 이 소녀들은 괴테의 저 유명한 아포리즘 "여성적인 것만이 인류를 구원한다"라는 문장 속에 압축된, 구원을 주는 여성성의 정수(精髓)를 가진 존재들이다.

여성성에 대한 예찬은 동서의 구분이 없다. 노자의 『도덕경』에서도 여성을 곡신(谷神)으로 부르며 어디에도 막힘이 없는 오묘한 도와 같은 지극한 경지라고 말한다. 그것은 한없이 부드럽되 저를 비워 만물을 용납하고 품어 안는다. 그런 까닭에 여성은 만물의 있음을 품어 기르는 뿌리-존재다. 반면에 제임스 조이스에 따르면 아버지의 "부성성은 합법적인 허구"란다. 아버지들이 스스로를 신이라고 주장하는 순간 그것은 존재의 결핍, 즉 텅 빈 껍데기로 전락한다. 나치즘·식민주의 통치·인종청소·이단에 대한 박해 따위의 범죄를 저지르는 것은 다 아버지들이다. 반면에 어머니는 생명을 품고 낳아 수유하는 부드러움, 즉 젖과 사랑으로 충만한 존재이다. 생명을 품고 기르는 것은 자연의 일이다. 그런 맥락에서 어머니들은 자연으로 귀의하는 존재들이다. 남성들이 이성·로고스·능동성 문화라면 여성들은 감정·파토스·수동성·자연이다.

아버지들이 생명을 탕진하고 고갈시키면, 어머니들은 생명을 살찌우고 길러 키운다. 아버지들은 숲을 없애버리고 도시를 세우고, 강물을 막아 댐을 만드는 건설자이자,

법과 규범을 만들고 그것을 위반할 때마다 윽박지르고 가두는 지배자들이다. 숲과 강물의 숨결인 어머니들은 건설자들에 의해 토벌과 죽임을 당한다. 그럼에도 여성들은 저 미래에서, 저 영원한 곳에서 끊임없이 돌아온다.

박항률의 소녀들은 바로 그 영원에서 돌아오는 여자들이다. 이 소녀들이 품은 여성성은 신비하고 아름답다. 소녀들은 관능성을 배제하고 반듯한 이마와 단정한 콧대와 고운 입매를 하고 고요한 모습으로 숭고한 아름다움에 닿는다. 기르고 치유하고 정화하는 이 소녀들은 내면의 상처와 고통을 덜어내고 품어 안음으로써 제 안의 대지모신(大地母神)을 현시한다. 박항률의 그림의 깊이는 심미성의 시지각적 경험을 바탕으로 치유하고 정화하는 힘에 비례한다.

박항률의 그림에는 소녀와 소년들(소년들은 사미승으로 변주되기도 한다)이 등장하고 그 배경에는 주로 새와 나비와 꽃이 나온다. 이 작은 오브제들은 화폭 안에서 매우 정적으로 배치된다. 고요는 고요 그 자체로써 영원성이라는 의미를 얻고 이 생명들이 처한 근원적 현존의 장으로 바뀐다.

박항률은 만질 수도 없고 보이지도 않는 고요를 그려내는 화가다. 고요는 마음의 해탈을 가리키는 표상이다. 이

고요 속에서 소녀와 소년의 얼굴들이 떠오른다. 이 얼굴들은 텅 빈 얼굴이다. 무표정이다. 이 텅 빈 것은 무언가를 채우고자 하는 갈망을 드러내는데, 그 갈망의 표적은 여기에 있지 않고 저기에 있다. 여기는 강퍅한 현실이고 저기는 아스라한 피안(彼岸)이다. 이때 고요는 그림 속의 인물들이 갈망하는 생물학적 욕구 그 자체다. 이 욕구가 제 바탕이라고 할 수 있는 생존과 번식이라는 과제에서 비켜나 있다는 점에서 그것은 비현실적이다. 화폭을 채운 고요의 실체는 아무것도 없음이다. 텅 비어 있는 충만이 바로 고요다. 이 고요에 대해 소녀와 사미승들은 제 삼엄한 정신의 기표인 침묵으로 대응한다.

이렇듯 밖의 고요와 안의 침묵은 서로를 거울처럼 비춰낸다. 고요는 아무것도 없음, 혹은 아무것도 하지 않음이 아니다. 정체(停滯)나 피동에 머무는 무른 정신의 산물이 아니라 오히려 어떤 결핍과 누락의 까닭을 살펴 묻는 정신의 꿋꿋한 능동성으로 빛난다. "꿈꾸는 자의 집은 고요이고, 그가 움직이는 방식은 성찰이다. 홀로 있는 고요함이 존재의 결핍을, 현존의 누락을 살펴 묻게 하여 고요는 꿈꾸는 자의 실천적 에너지로 빛난다. 결핍에 대한 고요 속의 물음이 충일한 존재의 빛을, 그 빛에 대한 그리움을 불러일으킨다. 고요 속에서 묻는 한, 존재는 언젠가는 그리고 어떤 방식으로든 삶 전체의 충일적 질서를 경험할

봄

수 있을 것이다."(문광훈,『숨은 조화』) 고요는 멈춤 속에서
작동하는 운동이다. 그러므로 고요 속에서 변화와 자기갱
신의 정신 운동이 배태되는 것이다.

　현실은 갖가지 소음으로 들어차 있다. 소음들은 문명
의 산물이고 차라리 문명 그 자체다. 소음의 모태는 무질
서와 혼란이다. 고요는 소음의 소용돌이라고 할 수 있는
현실에서 떨어진 평화를 품고 제 실재를 드러낸다. 박항
률의 고요는 우주에 충만한 태초의 기운이자 영원한 질서
다. 그것은 선정(禪定)의 경지다. 그의 회화가 영원성을 품
은 비경(秘境)이나 선경(仙境)으로 달려가는 것은 그 때문
에 자연스럽다.
　이 비경과 선경은 경험 현실 저 너머의 세계다. 저 너
머의 세계는 문밖이고, 다리 건너이며, 국경을 넘어선 어
떤 곳이다. 그가 그리는 세계는 그 넘어섬 뒤에 나타난다.
〈저 너머에〉 연작들이 내 마음을 끄는 것은 현세와의 치
열한 어울림보다는 내세에 대한 욕구를 넌지시 지향하는
까닭이다. 저 너머란 영토의 경계와 상상의 경계를 넘어
선 무릉도원이다. 저 너머는 욕계(欲界)를 넘고 색계(色界)
를 넘어서야 닿을 수 있는 무색계(無色界)다. 욕망도 형체
도 없어서 벗어버린 세계, 무극(無極)의 세계! 이 피안의
세계는 옹졸하고 남루한 현실과는 역상(逆像)을 이룬다.

〈저 너머에〉라는 작품을 보자. 색동저고리를 입은 소녀는 노란꽃을 들고 앉아 있다. 소녀의 등 뒤에는 분홍색 꽃이 흐드러진 나무가 한 그루 서 있다. 소녀가 앉아 있는 그 너머 왼쪽에는 백로가 날고 오른쪽으로는 깎아지른 듯 솟은 고산(高山) 봉우리가 있다. 여러 마리의 새들이 나는데, 여백은 푸르른 기운으로 충만해 있다. 푸르른 기운을 머금고 나무 몇 그루가 흐릿하게 드러난 이 여백은 회화적 언어를 품는다. 말할 것도 없이 이 풍경이 암시하는 것은 현실 저 너머에 숨은 피안의 세계다. 피안은 일상의 진부한 관습들과 거짓들로 들끓는 이 세속의 세상과는 다른 세계다.

박항률의 그림이 가진 깊이는 고요의 깊이와 비례한다는 사실이 〈낮꿈〉과 〈비밀 이야기〉에서 잘 드러난다. 〈낮꿈〉에서 소년은 바위에 온몸을 의탁한 채 잠들어 있다. 바위 앞에는 복사꽃이 흐드러지게 만개해 있다. 그 후경으로 아득한 높이에서 물이 떨어지는 폭포가 흐릿하게 나타난다. 폭포수는 저 까마득한 높이 어딘가에 있는 천상에 대한 상상으로 이끈다. 저 높은 곳에서 아래로 떨어지며 천상과 지상을 잇는 폭포수는 이 물질세계가 중력의 장안에 있음을 말한다. 그 폭포 옆으로 새 한 마리가 떠 있는데, 공중을 나는 새는 도약과 비상으로 중력의 영들을 거스르는 운동을 보여준다. 물질성으로 구현된 존재가 중력의 포획을 벗어나는 일은 불가능하다. 그 불가능한 것도 꿈에서는 가능하다.

이 오브제들이 어울려 몽환적인 분위기를 자아낸다. 이 비경이 암시하는 것은 무릉도원이지만 이것은 현실이 아니라 꿈의 세계다. 그러니까 무릉도원은 바위에 온몸을 편안하게 의탁한 채 낮잠에 빠져 있는 소년의 시간 속에서만 나타나는 세계이다. 시간의 본질은 인식 가능한 지금을 통해 드러난다. 한 점의 회화는 보고 느끼는 현재의 시간을 통해 그 실재를 드러낸다. 박항률의 그림이 보여주는 시간은 현실의 시간이 아니라 종교의 시간인 이금의 현성[而今之現成], 즉 영원성의 현재다. 현실의 시간은 과거에서 현재를 거쳐 미래로 흘러가고 그 흐름은 직선적이다. 영원한 지금은 직선적 흐름을 멈추고 지금-여기에서 고요의 동학을 실현한다. 아마도 그것은 화엄불교에서 말하는바 무진연기(無盡緣起)의 시간과 비슷한 시간일 터다.

〈비밀 이야기〉에서 몽환성은 더 깊어지며 속수무책으로 드러난다. 화폭 왼쪽 하단에 한 처녀가 눈을 감고 있다. 그 뒤로 비어(飛魚)와 악기를 들고 나는 인면조(人面鳥), 새를 타고 피리를 부는 남자가 나온다. 하단에는 정자, 초가집, 개, 소반을 들고 어디론가 가는 처녀, 목기러기 등이 배치되어 있다. 상단과 하단의 풍경은 저기와 여기, 하늘과 땅, 피안과 금생으로 대조된다. 이 상단과 하단을 연결하는 것이 화면 오른쪽에 있는 나무다.

이 나무는 세계수(世界樹)다. 우주를 떠받드는 이 세계수는 삼세계를 연결한다. 뿌리는 지하세계로 뻗어가고, 저 높은 가지들은 하늘에 닿아 있다. 세계수가 지하세계에서 뿌리로 빨아들인 수액은 몸통을 거쳐 하늘로 올라간다. 이 물들은 구름이 되고 비가 되어 다시 땅으로 내려와서 대지를 적시고 식물들을 자라게 한다. 지하와 천상을 연결한 나무로 인해 물은 우주에서 순환하며 생명들을 키운다. 처녀가 눈을 감고 있다는 것은 배경으로 나오는 풍경이 꿈속의 그것임을 암시한다. 처녀는 꿈속에서 이승 저 너머를 보고 있다.

〈꿈〉은 비어(飛魚)를 머리에 인 소녀의 측면상이다. 박항률이 그려내는 인물들은 측면상들이 많다. 공재 윤두서의 〈자화상〉과 박항률의 측면상의 인물들을 견줘 보라. 뚜렷하게 대비되는 바가 있다. 공재의 〈자화상〉은 중후한 표정이 풍부한 실감의 부피를 갖고 말을 걸어오는 듯 충분히 사실적이다. 정면을 꿰뚫어 보는 눈은 감히 마주 볼 수 없을 만큼 강렬하다. 얼굴을 화면 중앙에 배치하고, 세 필로 한 올 한 올 그려낸 수염과 꽉 다문 입매, 그리고 정면을 응시하는 눈빛과 꼬리를 살짝 추켜올린 눈썹들은 한

치의 흐트러짐도 용납하지 않는 선비의 기상을 드러내는 데 부족함이 없다.

정면상(正面像)을 취한 공재의 ‹자화상›과 달리 박항률의 인물들은 대부분 측면상이다. 정면상은 물러섬 없이 세계와 꿋꿋하게 맞서려는 의지 때문에 드세고 강렬하다. 반면에 측면상은 세계와 눈 마주치는 것을 피함으로써 세계와 거리를 두고 관조하는 내향성의 정신세계를 예시한다. 그것은 제가 세계의 속진(俗塵)과 무관하다는 무의식의 주장을 보여준다. 조금 이색적인 작품은 ‹응시›라는 제목이 붙은, 눈동자가 네 개인 소년의 초상이다. 네 개의 눈동자는 박항률의 회화 문법에서는 좀처럼 나타나지 않는 파격이다. 소년은 눈동자 네 개로 정면을 응시한다. 소년이 네 개의 눈동자로 보고 싶었던 것은 무엇일까? 그러나 그 시선이 가 닿은 데는 없다. 그 시선은 허공 어딘가에 머물러 있을 뿐이다.

소년과 소녀의 측면상을 그린 ‹새벽› 연작과 ‹소년›, ‹기다림› 등의 작품에 나오는 새를 주목하자. 새들은 인물들의 머리 위나 정수리 가까이에 날개를 펼치고 나는 형상으로 배치되어 있다. 하늘과 땅 사이를 자유롭게 넘나드는 새들(나비는 새의 변주다)은 차안과 피안을 오가는 메신저다. 아울러 새는 신화에서 보면, 공기의 정(精), 영혼의 인도자, 무의식으로 인도하는 샤먼이다.

　박항률의 그림에서 새들은 여기에서 저기로 가고자 하는 넋의 기호다. 새들이 향하는 곳은 물질성으로는 가 닿을 수 없는 영원한 저 어느 곳이다. 새들은 평면적 형태는 분명하지만 실재로서의 볼륨을 갖고 있지 않다. 의도적으로 물질성을 덜어냄으로써 그것이 현실의 새가 아니라 상징적 기표임을 나타낸다. 새와 더불어 그 많은 소녀들, 아직 개화된 성인의 세계로 입사하지 않은, 그래서 사회의 여러 규범들, 법과 관습들의 매임에서 벗어나 있는 이 미완의 어머니들은 그 자체로 자연이다. 새들은 그 자연과 호응하는 자유로운 마음이자 여기가 아니라 저기로, 남루한 현실에서 원초의 세계로 회귀하는 꿈이다. 꿈은 고요 속에서 꾸어지고 고요는 명상을 부른다. 이때 명상과 꿈은 현실에 짓눌린 마음을 펴주고 찢긴 상처들을 아물게 한다.

　우리는 왜 아름다움에 끌리는 것일까? 아름다움은 범속한 현실 저 너머 초월적인 세계의 암시요, 감각의 비상한 고양(高揚)이고 그 기쁨이다. 꽤 오랫동안 박항률의 그림에 매혹되어 그 주변을 맴돌았던 것은 그것이 늘 의식과 감정의 갱신을 자극하고, 미적 쾌감이라는 보상을 주었기 때문이다.

　박항률의 소녀들은 오로지 얼굴로써만 제 놀라운 현존

봄

을 말한다. 소녀들은 응시하지만 말은 하지 않는다. 침묵
이 곧 소녀들의 언어다. 그 다소곳한 얼굴들은 침묵으로
써 권력 · 특권 · 힘을 지향하는 남성적 가계(家系)가 누르
고 앉아간 여성의 꿈을 노래한다. 그것은 생명의 노래요,
꿈속의 꿈이다. 아울러 관능성을 말소한 소녀들의 순수한
아름다움을 찬미하는 시다. 현실의 중력에서 벗어나며 그
것은 미제라빌리즘(miserabilisme, 사회적 참상 묘사주의)을 추
문으로 만든다. 절대적으로 무력하면서 동시에 절대적으
로 숭고한 박항률의 그림들은 이곳이 아니라 저곳을 꿈꾸
게 한다. 이곳은 피안의 있음으로 견딜 만하다. 저곳을 현
실 저 너머, 유토피아라고 할 수도 있겠다. 화가가 굳이
치유와 정화를 겨냥한 것은 아니지만 결과적으로 고요는
우리 마음을 정화하고 치유하는 효과를 낳는다.

　박항률의 그림은 색채로 작곡된 음악이다. 그래서 나는
이 그림들 앞에서 시지각적인 것이 청각적인 것으로 바뀌
는 기적을 경험한다. 마음으로 그림을 보는 사람들은 누
구나 박항률의 그림 앞에서 색채로 연주되는 음악, 고요
에 반향(反響)되어 울려 나오는 놀라운 교향악을 듣는다.

엘렌 디사나야케, 『미학적 인간―호모 에스테티쿠스』, 김한영 옮김,
　예담, 2009
움베르토 에코, 『미의 역사』, 이현경 옮김, 열린책들, 2005
움베르토 에코, 『추의 역사』, 오숙은 옮김, 열린책들, 2008
엘렌 식수, 『메두사의 웃음/출구』, 박혜영 옮김, 동문선, 2004
문광훈, 『숨은 조화―심미적 경험의 파장』, 아트북스, 2006

여름

────

책 읽기는
독충이나
돌발사고도 없고
그리고
비행기 편으로 부친
수화물이

분실되는 일도
일어나지 않는
여행이다

이 여름은 전대미문의 여름이다

폭염에 달궈진 아스팔트에서 지렁이가 온몸을 뒤틀며 고통 속에서 죽는다. 피부 한 겹으로 동체를 감싼 지렁이에게 센 불에 달궈진 번철 같은 아스팔트는 열탕지옥이다. 폭염과 열대야가 기승을 부리는 동안 나는 한 지방대학 기숙사에서 머물고 있었다. 여름방학을 맞아 빈 기숙사를 외부인에게 개방하는데, 나는 책 몇 박스와 소형 오디오, 스탠드, 노트북, 필기구 등을 싸들고 기숙사에 들었다.

　내가 묵는 '세연학사'는 산 아래쪽에 있다. 6층 건물의 내실 복도 양쪽으로 기숙사의 방들이 주르르 이어져 있다. 방은 일인용 침대 두 개, 책상 두 개가 붙은 2인 1실 구조다. 일인용 침대 사이가 중앙 통로고, 화장실에는 세면기와 샤워기가 있다. 침대는 비좁아서 몸을 뒤척이다가 자칫하면 바닥으로 떨어질 수도 있다. 낮은 벽 위쪽에는 작은 에어컨이 있고, 문 옆으로 신발장과 소형 냉장고가 있다. 임도(林道)가 보이는 창가 쪽에 책상 두 조가 나란히 붙어 있다. 쓰지 않는 한쪽 책상 위에는 오디오를 두고, 다른 한쪽 책상 위에 노트북을 펼쳐놓고 임도를 바라보며 책을 읽거나 글을 쓴다.

　이렇게 상세하게 묘사하는 것은 이 공간이 곧 내 실존을 머금고 토해내는 자리이기 때문이다. 사람은 몸을 가진 존재다. 몸은 세계에의 존재로서 살아가는 내가 세계와 물리적으로 접속하는 전위다. 우리는 몸으로써 이 세계의 실존행위에 참여한다. 몸의 물리성이 없다면 우리는 이 세계와 만날 수 없다. 사람은 몸-주체이고 몸은 "사건들이 각인된 표면"(미셸 푸코)이다. 공간은 그냥 객체가 아니라 몸-주체에 의해 소유되고 거꾸로 몸-주체의 지각활동과 운동은 공간에 의해 제약된다. 몸-주체와 그것이 놓인 공간은 상호 삼투하며 의미작용을 하는 관계에 있다.

　이 공간은 내 실존적 거주를 통해 그 의미가 규정된 공간이다. 내 실존은 이 현상적 장소인 공간을 몸으로 겪으며 나타난다. 이 공간은 내 몸-주체와 더불어 존재하며, 그렇기 때문에 공간은 내 실존으로 스며들며 그 의미를 빚는다. 아마도 메를로퐁티가 공간은 실존적이고, 거꾸로 실존 역시 공간적이라고 한 말도 이런 맥락에서 이해되어야 할 것이다.

　내가 몸-주체로써 머물 세연학사 3669호는 내 살아 있는 몸이 만드는 실존태의 공간적 확장이 될 테다. 내 몸-주체가 다른 곳도 아닌 여기에 머문다는 것은 몸-주체와 그것을 감싼 공간이 하나이며 단일화된 전체로서 겪어낸다는 뜻이다. 공간은 몸-주체와 따로 존재하는 것이 아니다. 몸-주체와 더불어 움직이는 운동 그 자체이고 그로 인해 생기는 의미 그 자체다. 공간은 몸-주체를 앞서 가지도 않고 뒤처져 따라가지도 않는다. 그 둘은 동시적으로 움직인다. 예를 들면 "춤을 출 때, 공간은 몸에 의해 움직여지고 채워지며, 형태 지어지거나 파괴되며, 춤과 함께 사라진다."(강미라,『몸 주체 권력』) 공간적 가능성 그 자체인 몸-주체와 공간이 동시적이고 상호적으로 작용함으로써 공간은 몸-주체의 운동 역학적 실존태로 그 모습을 나타낸다.

새벽 3시에 깨는데, 여름이라고 해도 그 시각은 어둡다. 내 창문 너머 수평으로 보이는 임도가 새벽의 어슴푸레한 빛에 드러난다. 원주 토지문화관에 함께 있던 김민기 선생이 이 기숙사에 머물 때 아침마다 걸었다는 그 임도다. 산을 향해 뻗은 임도 쪽에서 맑은 구슬이 구르는 듯한 새소리가 들린다. 장끼가 날아가면서 내는 소리, 휘파람새 소리, 노랑눈썹솔새의 소리가 천상의 화음을 이룬다. 어느 때는 몸통이 노란 꾀꼬리가 먹이를 물고 나는 모습도 보인다. 새들은 산과 하늘 사이에 저들의 소리를 냄으로써 그곳이 제 터전임을 알린다.

새벽의 기숙사 내부는 조용하다. 방마다 딸린 에어컨

실외기가 돌아가는 소음이 기숙사 복도에 낮게 깔린다. 그밖에 아무 소리도 없다. 귀신의 발걸음 소리가 들릴 정도로 새벽 기숙사 복도의 고요는 정밀하다. 고요는 소리 없음이 아니다. 고요의 정수는 소리의 극이고 소리의 숨죽임이다. 이 고요 속에서 비로소 마음이 움직이는 바를 살필 수가 있다. 마음이 멈춰 있지 않고 끝없이 진화한다면, 나는 진화 중이다. 고요 속에서 나는 밝은 하늘 어두운 땅에서 시간을 여투며 삶의 뒤를 돌아보고 앞을 내다본다.

대지는 아직 잠들어 있다. 이 대지의 주인들 중 하나가 반세기 만에 사라졌다. 바로 늑대의 멸종이다. 늑대가 없는 새벽의 대지는 적막하고, 그 적막을 깨는 새소리는 경박하다. 늑대는 번개의 등뼈, 날개 없는 땅의 독수리, 행성들의 메신저다. 늑대가 사라진 숲은 원시적 생명들이 이미 죽은 숲이다. 진정 숲이 살아나려면 사라진 늑대가 돌아와야 하리라.

기숙사 생도들이 공동으로 쓰는 다용도실에서 우유 한 컵과 함께 토스트 두 조각을 구워 과일 잼을 발라 먹는다. 책을 읽고 원고를 쓰기 위해 간소한 아침 식사를 하는 것이다. 복도에 건조하게 울리는 발걸음 소리. 밤새 긴 복도에 켜진 불빛을 보고 모여든 나방 수십 마리가 유리창 바깥에 벽지 문양처럼 달라붙어서 미동도 않는다. 나방들은 크기도 색깔도 제각각이다. 어쩌자고 나방들은 불빛에 유혹되어 유리창 장벽에 한사코 붙어 있는가. 날이 밝은 뒤에도 나방들은 날개를 편 채 유리창에 찰싹 붙어 있다. 걸음을 멈추고 유리창에 붙은 나방들을 한참 들여다보는데, 나방들은 믿을 수 없을 만큼 고요하다. 일체의 움직임도 없이 그저 유리창에 부착된 어떤 무늬와 같이 착 달라붙어 있다.

나방이나 사람은 생물 종 다양성의 확장이라는 우주적 운동 속에서 우연/필연으로 나타난 존재들이다. 만약 빅뱅의 시간이 조금만 어긋났더라면, 그때 우주의 온도가 1도가 높거나 낮았더라면 나방과 나는 여름 이 시각에 조우하지 못했을지도 모른다. 내가 이곳에 있듯이 나방들은 저곳에 있다. 거기에 어떤 이유가 있을 수 없다.

나방들은 존재의 추락을 겪고 있는 것도 아니고 공간의 함정에 빠진 것도 아니다. 나방들은 우연히 날아들어 마침 거기에 있던 유리창에 달라붙어 휴식을 취하고 있다. 노역(勞役)도 아니요 실존의 가정(假定)도 아니다. 나방들은 유리창에 제 몸통을 최대한 밀착시켜 달라붙어 있다. 나방은 거기 있음을 통해 세계를 향유한다. 그게 나방의 방식이다. 그것은 정직한 방식인가? 그것은 지속가능한 시간 속에서 나방이 취할 수 있는 정직한 방식이다. 나방은 제가 나고 사라지는 우주적 시간의 누적을 보여준다.

보는 것은 그냥 나방이 아니다. 나는 저 나방을 통해 나타난 경이로운 우주적 생명현상을 본다. 내가 연세대학교 원주캠퍼스의 세연학사 3669호에 머물며 긴 복도를 지나다니는 것 역시 나방이 유리창에 몸통을 밀착시킨 채 달라붙어 있는 것과 다를 바 없다.

태어남과 죽음은 우주적 시간 속에서 이루어지는 사건이다. 나방이 제가 이 세상에 태어나고 싶어 태어난 게 아니듯 나도 태어나고 싶어 태어난 게 아니다. 그렇다 하더라도 존재의 일의성 앞에서 겸허하게 나의 태어남을 우주적 사건으로 받아들인다. 아울러 나는 정직한 방식으로 세계의 다채로운 삶에 참여하고 있다.

여기에는 최소한도의 '소비'만이 존재한다. 가끔 생수와 식빵을 산다. 소비의 기쁨이나 소비자의 환락은 존재하지 않는다. 오로지 소비의 내핍 속에서 수도자와 같이 단순한 삶이 있을 뿐이다. 혼자 밥 먹고, 혼자 일하고, 혼자 웃고, 혼자 잠든다. 일체의 여흥, 수다, 기분 전환, 먹고 마심 따위의 잉여와 속됨이 없는 이 근검하고 메마른 생활방식에 신성성이 깃든다. "과잉, 잉여, 쓰레기, 그리고 쓰레기 처리의 문명"(지그문트 바우만)과는 전혀 다른 세계다. 나날이 청정지역으로 피정(避靜)을 나온 기분이다. 눈빛은 조금 더 맑아지고, 마음은 조금 더 고요해질 터다. 이곳에는 신문도 텔레비전도 없다. 내가 '현실'이라고 믿는 세상은 내 몸과 멀리 격리된 저곳에 있고, 당연히 그 '현실'이 만드는 소음도 아득하다.

　세계 어느 곳으로도 찰나에 이동하는 금융자본, 동일본의 대지진과 원전 사고, 방사능에 오염된 식품들, 광통신망을 통한 전 지구적 네트워크, 중동 국가들에 불어닥친 재스민혁명, 남유럽 국가들에 번지는 국가채무불이행의 위기, 소말리아 해적들의 납치 행위, 세계 여기저기서 일어나는 테러와 분쟁들, 주가의 폭락과 폭등, 대학생들의 '반값 등록금' 투쟁 촛불시위, 가파르게 오르는 소비자물가, 해고노동자들의 투쟁, 해고노동자들을 응원하는 '희망버스'들, 자살과 교통사고와 질병, 슈퍼 박테리아의 공포…… 이것들이 멀미가 날 정도로 유동하는 '현실'이라면 나는 그 '현실'과 너무 멀리 떨어져 있다.

　'현실'의 요동과는 너무 다른 고적함이 이곳 생활을 지배한다. 내 삶과 격리된 '현실'이 내 머릿속에서 떠난 적은 없지만, 나날의 삶 속에서 그것은 잠시 나와 상관없는 자리로 밀어놓는다. 마치 '현실'이 없는 듯, 새벽에 일어나 글을 쓰고, 오후에 대학도서관에 들러 책을 빌리고, 잠깐 인터넷을 들여다보고, 수영을 한 뒤 일찍 잠자리에 든다. 인생의 고적하고 평화로운 날들이 느릿느릿 흘러간다. 이 삶은 무엇으로 의미를 갖는가? 인생이 영속되지 않고 유한하다는 사실을 나는 한순간도 잊지 않는다. 100

년 뒤에는 지금 여기에 존재하는 사람들 모두 이 지구를 떠날 것이다.

역설적으로 인생의 유한성이 나날의 삶에 의미를 불어넣는다. "하루하루에 의미를 불어넣는 것은 영속성 그 자체라기보다 불멸성과 개인의 필멸성의 결합, 개인의 존재의 단명성과의 결합"(지그문트 바우만)이다. 인생이 유한하고, 흘러가 버리면 다시는 돌아오지 않는 날들이기에 하루하루는 아름답고 소중한 가치를 갖는다.

오후 느지막이 대학도서관에서 가서 인터넷을 들여다보고, 빌린 책들을 반납하고 새로 빌린 책들을 안고 돌아온다. 대학도서관에서는 날마다 다섯 권의 책을 빌릴 수가 있다. 이튿날 그것을 반납하고, 다시 다섯 권을 빌린다. 대학도서관을 나와 잠시 산책을 하는데, 캠퍼스 내 녹지에는 여러 나무들이 숲을 이뤄 울울창창하다. 큰 나무들은 잣나무, 느티나무, 은행나무, 메타세쿼이아들이다. 학교 전체가 녹지가 잘 배치된 공원이다. 숲을 품고 있어 공기는 청량하고, 짧게 자른 잔디는 파랗다.

느티나무 그늘마다 긴 나무 의자들이 놓여 있다. 그 나무 의자들에 학생들 서너 명이 앉아 냉커피를 마시거나 담소를 나누는 모습을 흔히 볼 수 있다. 그늘 아래에서 햇빛이 쏟아지는 바깥으로 나서면 이마가 타는 듯하다. 여름 햇볕이 탬버린 소리를 내며 쏟아진다고 한 것은 알베르 카뮈다. 여름 햇빛은 정말 탬버린의 금속성 울림을 울리며 머리 위로 쏟아진다. 대학도서관에서 기숙사로 가는 길목에 배드민턴 코트가 있다. 코트에서 남녀 학생들이 짝을 이뤄 배드민턴을 친다. 라켓을 휘두를 때마다 가벼운 공이 포물선을 그리며 공중으로 솟구친다. 하얀 공이 네트를 넘나드는 모습을 우두커니 앉아 볼 때도 있다.

오후 늦게 일단 읽고 쓰는 것들을 접고 캠퍼스 안에 있는 수영장으로 간다. 수영장 안에서 수영 강습을 받는 초등학생들의 목소리는 높고 날카롭다. 귀가 먹먹할 정도로 시끄럽다. 나는 자유형과 평형으로 번갈아가며 영법을 바꿔 50미터 풀을 천천히 왕복한다. 수영을 쉬었던 터라 50미터 풀의 끝에 닿을 무렵 숨이 턱에 찬다. 수영을 시작한 지 일주일쯤 지나자 호흡이 터졌다. 참았던 숨을 물속에서 내뿜고 머리를 물 밖으로 내밀 때 공기를 힘껏 들이마신다. 다시 머리를 물속으로 내리며 두 다리로 힘차게 물을 차며 몸을 앞으로 밀고, 머리 위로 뻗어 공중에서 회전한 팔을 앞으로 쭉 뻗어 물을 배꼽 아래로 끌어당긴다. 수영할 때 물이 매끄럽게 몸을 스치며 지나가는 감촉은 정말 부드럽다.

우주는 다차원적 공간이라고 한다. 우리는 3차원의 공간에서 먹고 자고 일하고 사랑한다. 사람은 물질의 존재이며 동시에 의식의 존재인데, 물질의 존재로서 먹고 마시며 물질의 텅 빈 데를 채운다. 사람은 늘 무언가를 생각한다. 생각은 뇌 속으로 들어와 내면화한 운동이다. 가만히 있는 동안에도 우리는 움직이는 셈이다. 몸은 텅 빈 공(空)이다. 죽음이 텅 빈 공을 꿰뚫는다. 우리는 거의 아무것도 아니다. 삶은 아무것도 아닌 존재들의 광대놀음이다. 사물들 역시 마찬가지다.

　5차원, 6차원, 7차원들은 이 텅 빈 공들 어딘가에 물리적으로 존재한다고 한다. 다만 그걸 인지하지 못할 따름이다. 우리는 그것도 모른 채 공으로 살아간다. 내 몸통, 사지, 오장육부는 공이고, 그 공을 채운 것은 번잡한 욕망이고, 흐르는 시간이다. 욕망은 덧없고 시간은 형체가 없다. 사람은, 있는 없음, 활동하는 무(無), 분자의 파동, 우주에 충만한 기(氣)의 한 집합체일 따름이다. 나는 여기에 살아 숨 쉬고 있다. 살아서 삶을 연기(演技/緣起)하는 중이다.

　　본래 자화자찬 아닌 외로움은 없어서, 아무도
　　보는 사람 없는 걸 알면, 그 으악새 슬피 우는
　　울음 딱 그쳐버리거나, 자못 심각한 표정
　　거두시고 헤시시 웃는다. 본래 진기명기 아닌
　　외로움은 없어서, 한 공주 한 왕자 하고 나서도
　　고색창연한 연기는 계속된다. 제 연기를
　　고백하는 연기, 제 연기를 부정하는 연기. 제

연기를 모독하고 타도하고 끝내 성화(聖化)하는
연기. 외로운 사람은 끝없이 풍선을 불어댄다.
그는 제가 부는 풍선 속으로 들어가려는 참
이상한 꿈을 가졌다.(이성복, 「그는 참 이상한 꿈을
가졌다」)

날마다 삶이라는 이상한 꿈을 연기하는데, 오, 그래, 이
상하기도 하지. 끝없이 풍선을 불어대고 그 풍선 속으로
한사코 들어가려는 사람은. 오늘 나는 어떤 연기를 했지?
 기숙사 내부는 밤이 되면 소름이 끼칠 만큼 고요하다.
고요가 깊으면 괴괴(怪怪)한 법이다. 밤의 공간들은 낮의
부재로써 저를 새롭게 드러낸다. 어둠은 빛의 부재가 아
니라 차라리 빛을 삼킨 무(無)다. 밤은 무로 가득 차 있고,
어둠은 무의 배꼽에서 불쑥 튀어나와 번져간다. 밤은 일하
는 사람의 손에서 도구를 빼앗아 내려놓는다. 밤은 우리의
현존을 존재함 저 너머로 데려간다. 우리를 잠재움으로써
수고와 노동의 억압에서 해방시킨다. 어떤 사람들은 밤에
도 잠들지 못한다. 불면이 그의 존재를 덮치는 것이다.

밤에, 불면 속에 나의 깨어 있는 상태가 있는
것이 아니다. 깨어 있는 것은 밤 자체이다.
그것은 깨어 있다. 이 익명적인 깨어 있음

속에서 나는 완전히 존재에 노출되어 있다.

이 깨어 있음 속에서, 나의 불면을 채우는 모든

사유는 아무것에 대해서도 중지되지〔고정되지〕

않는다. (에마뉘엘 레비나스, 『존재에서 존재자로』)

　깨어 있는 것은 불면을 앓는 사람들이 아니라 그들을 감싼 밤이다. 그 밤에 불면을 앓는 사람들은 벌거숭이가 되어 표류한다. 움직이지도 않은 채 어디론가 흘러가는데, 흘러가면서 존재의 에너지를 방전시킨다. 마침내 불면은 우리의 의식을 거의 찢어놓는다. 불면이 남기는 것은 육체라는 고독의 응고, 그 속에 깃든 정신의 피폐함이다.

　기숙사는 전체적으로 어둡다. 오로지 복도의 등만 밤새도록 환하다. 이 불빛에 유혹된 무수한 나방과 날벌레들이 저 먼 곳에서 날아와 유리창 밖에서 춤을 춘다. 나방들은 춤을 추며 짝짓기를 한다. 기숙사는 자정부터 새벽 5시까지 출입이 전면 금지되는데, 출입문이 차단되는 시각부터 기숙사는 '봉쇄수도원'으로 탈바꿈한다. 이 봉쇄수도원에서 지나간 시간들을 펼친다.

　인생은 그 자체가

　무(無),

　빈 술잔, 주단 깔지 않은 층계,

해마다, 이 언덕 아래로,

4월이 재잘거리며, 꽃 뿌리며

백치처럼 오는 것만으로는 충분치 않다.(빈센트

밀레이, 「봄」)

　진흙으로 빚은 사람들이 잠든 시각. 소모되고 사라지는
인생…… 무엇이 삶의 올바름인가? 맹금처럼 인생은 나
를 할퀴고 지나갔다. 흘러가는 인생의 남은 날들을 헤아
리면서, 혹은 죽음에 대한 무한 공포를 삶의 동력으로 바
꾸면서 나는 어떻게 살아야 할까? 나는 세계에 펼쳐진 모
든 종류의 지식들을 추구한다. 과연 무수한 책들을 읽고,
또 많은 책들을 쓰며 사는 것이 나를 행복하게 해줄까? 별
들은 머리 위에서 돌고 땅은 움직이지 않는다. 이 세상 어
딘가에 나와 같이 산도 아니고 바다도 아닌 고요의 성채
에서 여름을 나는 이가 또 있을까? 그 성채에서 소금장미
의 향기를 맡고, 별들의 노랫소리를 들을까? 나는 우주의
접힘이자 균열이다. 이 접힘 속에 생명의 내역이 적히고,
이 균열 속에 활동운화(活動運化)하는 기(氣)가 들어찬다.
대학 기숙사에 방을 하나 얻어 여름을 나는 것도 내가 태
양 에너지가 끊임없이 들어오는 지구라는 열린계 안에서
삶을 빚는 방식의 하나다.

　아침에 토스트 두 쪽을 먹고 점심에는 대학교 구내식

당에서 순두부 백반을 먹는다. 우리가 누구인가는 우리가 무엇을 먹는가에 따라 달라진다. 입으로 들어가는 음식이 우리의 본질을 규정한다. 우리 몸을 이루고 있는 것은 분자다. 이 분자는 분해되고 음식의 형태로 들어온 새로운 분자로 대체된다. "분자는 환경에서부터 와서 한때 머무르면서 우리를 만들어내고 다음 순간에는 다시 환경 속으로 분해되어 간다."(후쿠오카 신이치, 『동적 평형』) 석 달 전의 나와 오늘의 나는 다른 분자들로 구성된 '다른' 존재다. 아니 "몸 자체도 분자가 일시적으로 형태를 만들어낸 것"(후쿠오카 신이치, 앞의 책)에 지나지 않는다면, 살아 있음은 이런 분자적 흐름 속에 존재한다는 것을 뜻한다.

생명은 흐름 안에 있으며, 흐름 안에서 환경과의 일정한 평형 상태를 유지한다. 빛나는 것은 녹이 슬고, 단단한 것은 부서지며, 뭉친 것은 흩어지고, 산 것은 반드시 죽는다. 시간의 흐름 속에서 '엔트로피 증대의 법칙'이 작동하는 까닭이다. 생명은 부서지고, 흩어지고, 사라지는 이 세계에 스스로 파괴하고 재구축하는 순환 운동, 즉 '동적 평형'으로 맞선다. 하지만 이 평형 상태도 언젠가는 끝난다. "생명은 오랜 세월 '엔트로피 증대의 법칙'과 쫓고 쫓기는 동안 조금씩 분자 차원에서 손상이 축적되다가 결국 엔트로피의 증대에 추월당한다."(후쿠오카 신이치, 앞의 책) 이 추월이 바로 우리가 맞는 죽음이다.

여름의 낮은 길고, 빛은 아찔할 정도로 눈부시며, 수목은 검푸르게 우거졌다. 여름은 그 뜨거움과 도처에 넘치는 빛들을 즐기는 자에게 인생의 새로운 국면을 선물한다. 이토록 빛이 넘치는 계절! 수목들이 뿜어내는 방향(芳香)들! 여름의 한가운데서 감당해야 할 모든 의무와 수고들을 내려놓자, 내 존재는 오로지 자유와 충만한 기쁨만을 누리려고 고양이처럼 가르랑거린다.

이때 우리 현존을 이루는 '됨'은 무한한 '되어짐'의 찰나 속에서 빛난다. 자연의 본성에 따라 고요하게 엎드려 있는 이 삶에 멋진 일이 일어나지 않아도 즐겁고 행복하다. 나는 '영원성'에 대한 상념을 멈추지는 않지만, 오늘 여기에서의 하루가 결코 도무지 알 수 없는 추상적인 '영원성'에 견줘 하찮다고 여기지는 않는다. 내일은 또다시 황옥(黃玉) 같은 해가 뜨고, 그 해가 내일의 삶을 비추리라. 이 여름이 내 생애에 단 한 번 나타나는 전대미문의 여름임을, 해가 뜨고 지는 이 평범한 하루가 그 무엇과도 바꿀 수 없는 정금(正金)보다 더 값진 하루라는 사실을, 나는 알고 있다!

모리스 메를로퐁티, 『지각의 현상학』, 류의근 옮김, 문학과지성사, 2002

강미라, 『몸 주체 권력』, 이학사, 2011

후쿠오카 신이치, 『생물과 무생물 사이』, 김소연 옮김, 은행나무, 2008

후쿠오카 신이치, 『동적 평형』, 김소연 옮김, 은행나무, 2010

몸, 사건들이 각인된 표면

몸은 대단히 많은 별개의 영역에서
주조된다.(미셸 푸코)

올여름(2011년)에도 피서지마다 몇십만 명이나 되는 사람들이 운집했다. 바닷가에서는 많은 사람들이 거침없이 벗은 몸을 드러낸다. 몸매를 드러내는 사람들은 낯선 이들의 관음증적인 시선을 은근히 즐기는 것인지도 모른다. 현대에 들어서서 균형이 잘 잡히고 매끈하게 다듬어진 몸은 자랑할 만한 거리가 된다. 몸이 자본주의 사회에서 유력한 재화가 되었기 때문이다. 바로 그렇기 때문에 몸을 '만들고 다듬는' 일은 삶의 중요한 일부가 되었다.

사람들이 매력적인 몸매를 만드는 데 들이는 시간과 노고, 돈을 따져보라. 타고난 몸이 아니라 현대의 미적 규준에 맞춰 '만들어진' 몸을 갖기 위해 사람들은 다이어트 식품이나 보정 속옷과 기능성 화장품들을 구매하고, 지방흡입술이나 보톡스 시술을 하고, 헬스클럽들에서 많은 시간을 보낸다. 사람들은 '만들어진' 몸에 구멍을 뚫어 피어싱을 하고, 지워지지 않는 문신을 새기기도 한다. 도대체 몸이 무엇이길래?

무엇보다도 사람은 몸의 존재다. 생활 세계에서 투명한 존재가 아니라 몸이라는 형상을 갖고 살아간다는 것은 사람이 세계 내에서 물리적 존재로 산다는 뜻을 함축한다. 더 꼭 집어서 말하자면 나는 머리, 눈, 코, 입, 귀, 손, 발, 지체들을 갖고 산다. 이것은 내 몸의 부분들이며 전체다. 몸은 내가 누구인지 말해줄 수 있는 물적 토대다. 나는 몸의 존재로 밥을 먹고, 술을 마시며, 운동을 하고, 사랑을 하고, 노동을 하고, 갖가지 사회활동에 참여한다. 이때 몸이란 의식이나 정신과 분리된 그 무엇이 아니라 온전히 합체된 것이다. 몸은 실존의 기초적 바탕인데, 실존의 수단이 아니라 그 자체로 실존의 목적이다. 이게 주체로서의 몸이다.

다른 한편으로 몸은 실존의 바탕이면서, 동시에 타자의 시선에 의해 발견되고 지각되며 소비되는 몸이기도 하다. 내 몸은 타자의 시선에 보여짐으로써 대상화된다. '본다'는 행위는 의식 활동과 더불어 더 깊은 층위에서 이루어지는 무의식의 욕망을 동시에 외시한다. 내가 '눈'의 존재로 태어나기 이전에 이미 많은 '눈'들이 있었다. 그 말은 내가 보기 전에 내 존재가 누군가에게 보여지고 있었다는 뜻이다. 나는 보면서 보여지는 존재다.

한 철학자는 이렇게 적는다. "우리 눈에 보이는 것은 누군가의 눈이 우리를 보고 있다는 점에 의존한다."(자크 라캉) 무언가를 본다는 것은 내 안에 있는 무의식의 시선, 즉 남들이 보는 방식의 차용에 지나지 않는다. 남에게 보여지면서 대상화된 몸이란 나의 지각적 인식 바깥으로 밀려나간 몸이다. 그럼으로써 내 실존에서 소외된 몸이다. 그러나 타인들은 이 몸을 바라보고 자기 너머에 있는 누군가를 지각하고 관계를 맺는다. 사랑은 그 관계의 한 특수한 형식이다. 나는 너와 손을 잡고, 너의 뺨을 쓰다듬으며, 입술과 입술을 맞대어 키스를 한다. 사랑은 말벌의 투침(投針)처럼 내 몸을 너의 몸에게로 쏟아져 들어가게 하는 것이다. 몸이 없다면 우리가 어떻게 타인과 사랑을 나눌 수 있겠는가?

몸은 세계 내의 존재로서 실존하는 몸이다. 나는 몸으로 육화된 실체다. 곧 나의 몸은 '나'라는 전체를 이루고 내 실존을 겪는 주체라는 얘기다. 그렇다면 실존이란 무엇인가? 메를로퐁티에 따르면 실존은 "의미를 갖지 않은 것이 의미를 갖도록 하고, 성적인 의미만을 가진 것을 보다 일반적인 의미 내용을 갖도록 하는 작용 자체, 우연이 정당성을 얻고, 사실적인 상황을 되잡는 한에서의 활동 자체"(메를로퐁티, 『지각의 현상학』)이다. 본디 실존은 애매하고 규정하기 어렵다. 일반적으로 실존은 비결정성의 상태에 놓여 있는 까닭이다. 실존은 이미 만들어진 그 무엇이 아니며 항상적으로 무엇으로 만들어지는 활동, 즉 우연들을 필연들로 바꾸고, 무의미한 것들을 의미의 맥락 속에서 의미화하며, 본성을 자유로 펼쳐내는 활동 자체다. 나는 몸이며, 몸으로써 표현되는 모든 것이다.

내 몸은 내 것이면서 동시에 내 것이 아니다. 몸은 이미 사회화의 장 안에 포획된 몸이다. 몸에 행동이 장착되는 순간 내 몸은 생리적 몸으로 돌아갈 수 없다. 몸은 생리적인 몸일 뿐만 아니라 의도가 각인된 몸이고, 사회와 역사의 "사건들이 각인된 표면"(미셸 푸코, 「니체, 계보학, 역사」)이다. 그것은 정치의 장과 연루되어 있고 정치의 장으로 소환된 몸이다. 미셸 푸코는 몸을 "담론과 권력의 영역들이 그 자체를 각인하는 장소이자 권력의 사법적·생산적인 관계들의 연결점 또는 극점"이라고 말한다. 몸은 무수한 정치적·사법적 명령들을 체화하며 움직인다. 몸은 건널목에서 파란 신호등이 들어올 때 길을 건너고 빨간 신호등이 들어올 때 멈춰 선다. 몸은 규율 권력이 기입되는 양피지와 같다. 그렇기 때문에 법과 권력에서 발화되는 명령들을 위반할 때 몸에 대한 처벌, 감시, 징벌, 속박들이 이루어진다. 몸들은 끊임없이 탈주한다. 몸들은 새로운 도덕, 새로운 정치, 새로운 역사의 장으로 탈주하는데,

그것은 몸들은 정치와 권력의 장 안에 포획된 몸이면서
동시에 자유롭고자 하는 실존의 몸이기 때문이다.

몸을 통째로 감싼 것은 피부다. 피부는 세계와 몸 사이
에 가로놓인 경계 면이다. 피부는 몸이 세상과 만나는 최
초의 매체이자 장소다. 아울러 피부는 몸의 표면이면서
동시에 존재의 심연이다. 피부는 나이와 연령을 나타내
고, 눈에 보이지 않는 신체 내부 장기들의 건강과 심리를
드러낸다. 매끈한 피부는 젊음과 건강과 아름다움의 표상
이다. 그렇기 때문에 누구나 매끈한 피부를 갖기를 소망
한다. 피부는 몸에서 가장 먼저 노화를 겪는데, 이때 노화
현상은 몸이 영구불변재가 아니라는 사실을 말한다. 탱탱
하고 윤기가 나는 피부는 주름이 생기고 늘어지며 윤기도
사라진다. 몸을 지탱하는 뼈들은 약해져서 허리가 굽는
다. 한 시인은 늙음을 이렇게 묘사한다.

> 시간이 제 속내를 드러내고 있다 / 오래 입어
> 해진 스웨터를 걸치고 / 팔순이 넘은 어머니가 /
> 6시 13분에 저녁을 달게 먹었다 / 어머니는 늘
> 시간을 먹고 사는 줄 알았는데 / 이제 어머니는
> 시간의 먹잇감이 되었다 / 시간은 이미 귀를
> 먹어치웠다 / 삐걱거리는 나무 의자에 앉은 /
> 왼쪽 발목 관절을 먹는 시간의 입가에 /

어머니가 먹은 시간이 질질 흘러내렸다 /
시간은 사람을 먹어 작아지게 한다 / 기억을
먹어버리고 / 안경 너머 짓무른 눈에는 끈끈한
침을 발라놓았다 / 이 빠져 흉한 사기그릇처럼 /
군데군데 이빨마저 먹어치웠다 / 시간 앞에
먹이거리로 던져진 육신 / 어머니는 이제
손목에 시계를 차지 않았다 / 오늘도 어머니는
6시 13분에 저녁을 달게 먹었다 / 기다렸다는
듯 / 시간은 어머니 오른쪽 무릎 관절에 입을
대었다 / 먹히던 시간이 / 무서운 제 속내를
드러내고 있다(정진혁, 「시간은 사람을 먹고 자란다」)

팔순이 넘은 노모는 노화의 최종 단계에 도달해 있다.
노화는 몸-주체에게 주어지는 하나의 시련이요, 혼란이
다. 그것은 질병은 아니되 질병과 같은 끔찍한 현상을 드
러낸다. 몸의 균형은 무너지고 몸의 여러 부위들은 제 기
능을 다하지 못한다. 침침해진 눈은 잘 보지 못하고, 입은
다물어지지 않아 침을 흘리며, 귀는 아무것도 듣지 못한
다. 늙은 몸이 겪는 이 기능 실조증들은 우리를 아연하게
만든다. 한때 이 몸이 이팔청춘의 파릇한 아름다움으로
빛났다는 사실을 믿을 수가 없다. 노화란 몸이 애초에
시간에 저당 잡혀 있었다는 사실을 증명한다.

여름

　올여름에도 나는 바닷가에 가지 못한다. 벌써 몇 년째 '일'에 붙잡혀 있는 까닭이다. 대신에 지방에 있는 한 대학교의 기숙사에 머물며 책을 쓰고 있다. 다행히도 대학교의 캠퍼스 안에 수영장과 헬스장이 있어 오후에는 수영장에 가서 수영을 하고 헬스장에서 근력 운동을 한다. 내 몸은 날마다 수영과 근력 운동을 번갈아 하는 동안 변화한다. 몸을 꾸준히 조련/단련하면 근육의 양이 는다. 몸이 만들어지는 것을 보며 보람과 기쁨을 느끼는 것은 몸이 행동의 출발점이요, 의미 생산의 토대라는 사실을 실감하기 때문이다. 몸은 세계 내의 능동적 존재로 내가 견디고 살아온 삶의 역사다. 나는 '만들어지는' 몸이고, 나의 실존은 몸의 현재성 안에서 작렬한다!

모리스 메를로퐁티, 『지각의 현상학』, 류의근 옮김, 문학과지성사, 2002

여행이란 사라지는 순간들의 연속

한낮 뙤약볕 아래 걷는 사람은 드물다. 냉방 시설이 된 극장이나 카페로 더위에 지친 사람들이 몰린다. 집에 머무는 노인들은 말수가 줄고 걸음이 더 느려진다. 습기가 있는 곳에 곰팡이가 피어나듯 도처에 나른한 권태들이 번식한다. 작열하는 태양에 맞서 거리를 활보하는 젊은이들만 생기로 충만하다. 여름, 여름, 여름! 방학과 휴가가 시작되니, 많은 사람들이 여행을 떠난다. 7월로 접어들며 공항과 역마다 여행객들로 붐빈다. 죽음이라는 분해 활동에 맞서 여행에 나서는 사람들. 기쁨의 생성, 행복의 생성을 위해서. 무엇보다도 삶을 배가하기 위해서. 삶이 기쁨과 행복을 위해 존재한다는 사실을 믿기에!

나는 꽤 먼 나라의 여러 도시를 다녀왔다. 여름 내내 에게 해 연안에 있는 터키의 이스탄불에서 에페소스, 베르가모, 셀축, 쉬린제, 파묵칼레를 거쳐 그리스의 로도스, 크레타, 산토리니, 아테네에 있는 고대 유적지들을 찾아다녔다. 일광(日光)은 살갗을 벗겨낼 정도로 뜨거웠고, 에게 해는 눈동자마저 파랗게 물들게 할 정도로 짙푸르렀다. 그 연안의 비옥한 땅에는 올리브나무들이 자라고 있었다. 고향 크레타 섬에서 영원히 안식에 든 니코스 카잔차키스는 『그리스인 조르바』(나는 이번 여행 중에 이 소설을 두 번이나 정독했다)에서 이렇게 썼다. "나는 생각했다. 죽기 전에 에게 해를 여행할 행운을 누리는 사람에게 복이 있다고." 산토리니의 바닷가 그늘 아래서 종일 책을 펼쳐 읽을 때 뼛속까지 나른한 행복감에 잠길 수 있었으니, 카잔차키스의 말은 참되었다!

여행이란 길을 찾아 떠나는 것. 길이란 무엇인가?

> 우리 모두 알다시피 '길'이란 놀라운 장치다. 사람들이 지나다녀 저절로 만들어진 길은 두 장소 사이의 최적의 구간이다. 이런 점에서 볼 때 길은 오랜 세월 이어진 민주주의적 과정의 결과다. 길은 황무지와는 달리 문명, 명확함, 구조를 상징한다. 길은 협정이다. 즉 수많은 길 중에서 하나의 길이 선택되면 사람들은 그 뒤를 이어 길을 따라 걷는다. 이런 의미에서 길은 주변 환경이나 방향 감각에 대한 사람들의 자유로운 생각과 본능의 방해물이기도 하다.(카트린 파시히 · 알렉스 숄츠, 『여행의 기술』)

고대 도시 유적지마다 넘치는 것은 관광객들이다. 이스탄불의 블루모스크에도, 산토리니의 석양이 가장 잘 보이는 서쪽 마을의 언덕에도, 아테네의 파르테논 신전에도, 세계 각지에서 몰려온 관광객들이 넘쳐났다. 관광객들은 진정한 여행자가 아니다. 여행자들이 '장소' 속으로 깊이 들어가서 장소와 혼과 혼으로 맺어진 사람들이라면, 관광객들은 장소를 흘낏 바라보고 지나갈 뿐이다. 그들은 장소에 제 영혼을 푹 담그지 않고, 장소의 외관만을 취한다. 그들은 장소의 속살이나 혼 따위에는 아무런 관심이 없다. 그들은 경로를 벗어나는 것을 두려워한다. 길 위에서 길을 잃고 헤매는 것, 그것이 진정한 여행인 것을. 길을 잃는 것조차 훌륭한 배움의 기회가 되는 게 여행이다. 여행자는 장소의 속살에 제 영혼을 비비고, 냄새를 맡고 맛을 본다.

여행을 갔다 왔더니, 서울은 긴 장마기로 접어들고 있었다. 날마다 비가 내리고, 실내에 눅눅한 습기가 떠다녔다. 책상 위에는 새 책들이 쌓여 있다. 가오싱젠의 『창작에 대하여』(돌베개), 막스 피카르트의 『인간과 말』(봄날의책), 황현산 산문집 『밤이 선생이다』(난다), 슬라보예 지젝이 공동 저작한 『아듀 데리다』(인간사랑), 김애령의 『은유의 도서관』(그린비), 지그문트 바우만의 『리퀴드 러브』(새물결), 김용규의 『백만장자의 마지막 질문』(휴머니스트), 에

마뉘엘 레비나스의 『신, 죽음 그리고 시간』(그린비), 무라 카미 하루키의 『색채가 없는 다자키 쓰쿠루와 그가 순례를 떠난 해』(민음사), 김광수의 『철학하는 인간』(연암서가), 현암사에서 펴내는 '우리시대의 주변/횡단총서'들, 『아래로부터의 포스트식민주의』, 『유럽을 떠나라: 파농과 유럽인의 위기』, 『팽창하는 세계』, 『경계에서 만나다: 디아스포라와의 대화』 등등.

여행을 떠나기 전 온라인 서점에 주문했던 책들, 혹은 출판사에서 보내준 책들. 긴 휴가가 있는 여름철은 책 읽기에 좋다. 바닷가의 그늘진 곳에서 한가롭게 책 읽기를 하며 여름을 보내는 것은 오랜 꿈이다. 마음만 먹는다면 불가능한 일도 아니지만, 그 꿈은 이런저런 일 때문에 해마다 다음으로 미뤄진다. 책 읽기는 또 다른 여행이다. 즉 독충이나 돌발사고도 없고, 그리고 비행기 편으로 부친 수하물이 분실되는 일도 일어나지 않는 여행이다. 폭우와 태풍도 이 여행을 방해할 수는 없다. 비를 피할 수 있는 지붕만 있다면 말이다. 나는 소설과 에세이집을 앉은자리에서 단숨에 읽고, 천천히 읽어야 할 책들은 남겨두었다.

폴 오스터의 소설을 읽었다. 『선셋 파크』는 미국에서 2008년도에 나온, 작가의 새 소설이다. 주인공은 스물여덟 살 난 청년 마일스 헬러다. 4인 작업조의 일원으로 부동산 회사에 고용되어 폐가 처리반에서 일하는 그는 야심도, 욕망도 없다. 대학도 그만두고 스스로 선택한 고립과 유폐 속에 아주 자그맣게 웅크리고 있다. "그는 자신의 욕망을 조금씩 줄여나가서 이제는 아주 최소한도에 가까워졌다. 담배를 끊고 술을 끊었고 식당에도 가지 않았다." 무욕함에 이르렀다는 점에서 그의 삶은 수도승의 그것과 닮았다. 그 무욕함이 수도승의 그것과 다른 것은 삶과 세계에 대한 지독한 염증과 차가운 냉소의 표현이기 때문이다. 낙관주의와 활력을 잃은 채 자신의 자아로 퇴각해버린 그는 가족과도 일체의 연락을 끊고 산다.

어떤 고통과 상처가 그를 너른 세계에서 자아로 퇴각하게 만들었을까? 그 대답은 소설의 종반부에 가서야 비로소 나타난다. 그의 유일한 취미는 폐가에 버려진 물건들의 사진을 찍는 일이다. 사진을 찍는 것은 당대의 이야기들에 대한 기록이다. "집 하나하나가 실패의 이야기이다. 파산과 체납, 빚과 가압류로 이루어진 이야기들이다." 폐가에 버려진 물건들은 풍비박산해서 사라져버린 삶을 증언하면서, 동시에 늘 물질적으로 풍요로운 소비에 길들여진 미국인들에게 갑자기 닥친 경제 위기와 어두운 불황의 그림자를 얼핏 드러낸다.

선셋 파크의 무연고 집을 무단 점유하고 함께 거주하는 이들의 얘기들은 인상적이다. 저마다 직업을 갖고 느슨한

'연대'를 이루고 사는 이들의 이야기. 그 이야기는 동성애와 엇갈린 사랑이 있고, 관계들의 서걱거림, 희망이 고갈된 음울한 시대에 대한 점묘로 이루어진다. 그 이야기 뒤로 20세기의 제국이었던 미합중국의 붕괴라는 배경이 원경으로 나타난다. 그 '붕괴'는 다양한 전조(前兆)들로 암시된다.

마일스 헬러는 젊지만, 이미 그에게는 어떤 열망이나 희망도 없다는 점에서 그것은 분명해진다. 미국적 낙관주의와 풍요의 시대가 거덜남과 동시에 개인들에게도 과거의 고통과 상처만 묵묵하게 견디는 최소한의 삶이 주어질 뿐이다. "아무 계획도 세우지 않고, 다시 말해서 그 어떤 열망이나 희망도 갖지 않고, 주어진 운명에 만족하고, 하루하루 세상이 주는 대로 받아들이고, 인간이 할 수 있는 한 최소한의 것만을 원하는 듯이 사는 것." 그에게 기쁨을 주는 유일한 존재는 공원에서 같은 소설을 읽다가 만난 열일곱 살의 소녀 필라 산체스밖에 없다. 그 소녀만이 그를 세상으로부터의 고립과 유폐에서 벗어나게 해줄 끈이고, 내적 변화를 위한 힘과 동기가 될 것이다.

마일스 헬러의 운명은 어떻게 될 것인가? 그것은 모호하다. 차츰 고갈되어가는 '늙은' 아메리카에게, 신대륙의 성장 신화가 붕괴된 이후 꿈이 될 현실 속의 무지개는 무엇인가? 이 소설에서 매우 뛰어난 스토리텔러인 폴 오스터의 재능을 확인할 수 있지만, 다 읽고 난 뒤의 느낌은 무겁고 음울하다.

마르탱 파주의 『숨은 용을 보여주는 거울』을 읽었다. 이토록 아름답고 짧고 슬픈 사랑이라니! 마르탱 파주의 시적인 투명함을 가진 문장 속에는 우울한 위트와 삶에 대한 관조적 지혜들이 반짝거린다. 파주의 에세이집 『비』에 반해 그의 책을 전부 찾아 읽었는데, 이번에도 역시 마르탱 파주라는 감탄이 절로 나온다.

청소년 소설인 『숨은 용을 보여주는 거울』에서 현실은 주인공 소년에게 그다지 우호적이지 않다. 엄마는 죽고, 개도 어느 날 아침 갑자기 죽는다. '나'는 세금 신고서 채우는 법과 넥타이 매는 법을 가르쳐준 아버지와 둘이 사는데, 의사인 아버지는 자주 잠옷 차림으로 진료를 하는 등 어딘지 모르게 불안정한 현실부적응자다. 게다가 고양이 눈과 닮은 눈을 가진 마리와의 사랑이 60분으로 끝난 것에 '나'는 깊이 상심한다. 마리의 사랑 고백에도 '나'는 마리에게 키스를 하지 않은 탓에 마리는 60분 만에 사랑 고백을 철회한다. '나'는 멍청한 짓을 저질렀음을 깨닫고 괴로워하며, 엉뚱하게도 자신이 나비였다면 얼마나 좋았을까, 하고 상상한다. 나비에게 60분은 생의 긴 시간이기 때문이다. '나'는 한순간에 잃어버린 첫사랑을 두고 끙끙 앓으며 마리가 재빠르게 호감이 가는 존재로 변신하는 '용'이 아니었을까라고 상상한다. 현실 속에는 그런 '용'들이 여기저기 숨어 있을지도 모를 일이다.

『숨은 용을 보여주는 거울』은 '용'과 '거울'의 은유에 관한 이야기다. '나'의 고백에 따르면, 이 제목은 해독이 어려운 고대 이탈리아어 책에서 빌려 온 것이다. "우리의 삶은 우리의 감정과 존재에 상표를 붙이듯 책 제목을 붙이며 시간을 보내는 것과 같다. 삶과 죽음은 우리가 그 깊이와 진정한 본질을 모르는 현실이다"라는 구절이 말하듯이 삶과 현실은 늘 깊이와 본질을 어떤 불가해성 안에 감춘다. '용'이나 '거울'은 현실의 이면에 숨은 깊이를 헤아릴 수 없는 아름다움과 신비를 가리킨다. '용'은 숨어 있는 존재이기 때문에 그것을 보여주는 '거울'이 필요한 것이다. 소년은 자신이 깨달은 그 사실을 "용을 보여주는 거울이 많이 있다는 사실은 알겠다. 우리는 그 거울을 찾아야 한다. 때로는 직접 만들어야 한다. 그러면 불완전한 감각이 (혼란스러운 마음과 함께) 우리를 속이려 할 때 큰 도움이 될 것이다"라고 말한다.

사춘기 시절 첫사랑과 헤어짐, 개의 죽음과 매장, 세 친구들과의 우정, 친구들과 공터에서 지내는 시간들은 누구나 겪는 평범한 일이다. 이 모든 일들을 겪으며 상처는 아물고 지혜는 자라난다. '나'는 삶이 감추고 있는 매혹과 신비에 천천히 다가간다. 아름다운 것은 경멸하듯이 빠르게 스쳐가고 우리는 죽지 않기 위하여 아름다움의 경멸을 꿋꿋하게 견뎌야 한다. 그리고 그 진실을 비춰 보여주는 '거울'에 다가가야 한다.

폴 오스터, 『선셋 파크』, 열린책들, 2013
마르탱 파주, 『숨은 용을 보여주는 거울』, 내인생의책, 2013

축구는 철학이야!

축구를 좋아하시는지? 일반적으로 남자들은 '예!'라고 긍정적인 대답을, 여성들은 '아니요!'라고 부정적인 대답을 내놓을 것이다. 열네 살 무렵, 친구들과 운동장에 어스름이 내릴 때까지 공을 차곤 했다. 축구에 재능이 있었던 건 아니다. 차고, 달리고, 빼앗고, 골대 안으로 공을 차넣는 그 단순함에 이끌렸다. 운동장에서 뛰는 동안 심장 박동은 빨라지고, 볼은 붉어지며, 온몸은 땀으로 흠뻑 젖는다. 어쩌면 땀에 젖은 이마로 서늘한 바람이 스쳐갈 때, 그 쾌적함을 더 사랑했을지도 모른다.

　아무튼 축구를 좋아하건 그렇지 않건 간에 축구를 촉매 삼은 사유를 자유롭게 풀어쓴 마티아스 루의 책 『축구화를 신은 소크라테스』를 즐길 수 있다. 물론 축구를 '미치도록' 좋아한다면 훨씬 더 이 책을 즐길 수 있겠지만. 축구장을 '철학자의 눈'으로 들여다보는 이 엉뚱한 철학자는 독자를 이탈리아와 프랑스가 제18회 독일 월드컵 결승전에서 맞붙은 2006년 7월 9일 베를린 올림픽 경기장으로 안내한다.

'축구는 놀이'라는 것은 "유용성이나 생산적인 목적"을 직접적으로 좇지 않는다는 점에서 맞는 말이다. 인류는 즐거움과 기분 전환을 위해서 공을 차기 시작했을 것이다. 하지만 현대 축구는 단순히 공을 차는 놀이가 아니다. 오늘날의 축구에서 경기장, 환경, 서포터즈들, 선수들, 구단, 해설자들, 심판들, 상업광고, 그리고 텔레비전 시청자들은 거대해진 스포츠 산업의 관계망 안에서 상호 연계된다. 이렇듯 복잡해진 양상 속에서 축구는 산업으로 도약한다.

사람들이 축구장에 오는 것은 봉급을 받는 수고에 기반을 둔 일상생활과는 다른 카니발 같은 '시간의 사회적 행사'를 경험하기 위해서다. 그들은 기꺼이 '개인'을 버리고 '군중' 속으로 자신을 밀어 넣는다. 군중이 된다는 것은 혼자 있을 때는 결코 일어나지 않는 문제를 군중의 방식으로 풀어나간다는 뜻이다. 그들은 혼자 있을 때보다 더 "본능과 동물적인 열정"에 이끌려 내면의 야수성에 힘입어 마구 괴성을 지르고 상대를 조롱하는 반사회적 사회성 안으로 흘러간다.

단순하게 보자면, 축구는 한편에 11명씩 편을 갈라 상대방의 골대 안으로 공을 집어넣어 승패를 가리는 게임이다. 중요한 것은 '상대'가 있다는 점이다. '상대'는 나와는 다른, 내가 속한 진영에 맞서 싸워야 하는 다른 진영을 가리

킨다. 뒤집어보자면, '나'는 그 '상대'의 타인이다. '나'
는 나 아닌 것 속에서 발견되는 또 다른 '나'라는 뜻이다.

> 의식을 가진 개인으로서의 나는 주관성을
> 토대로 살아간다. 나 자신이 존재한다는 의식은
> 내가 물건이나 사물이 아니라 사람이라는
> 감정을 강화시킨다. 그러나 그 감정은 자아에서
> 자아로 이르는, 혼자 있는 상태가 지속된 끝에
> 나타나지 않는다. 주관적 삶이 그 자체로서
> 명확히 드러나기 위해서는 그 삶이 스스로가
> 아닌 것, 즉 자신과 마주 대하고 있는 사물들의
> 세계와 대립할 필요가 있다. 달리 말하면
> 의식은 대립함으로써만 존재 속에 깃든다. 즉
> 자아-주체는 자신이 마주 대하고 있는 사물과의
> 차이에서만 깨어난다. (마티아스 루, 『축구화를 신은
> 소크라테스』)

내 안에서 자아라는 의식이 깨어나는 것은 나 아닌 것
과의 맞섬에서다. 축구라는 놀이에 참가하는 사람들은 정
해진 규범 안에서 "육체적·정신적 불행에 해를 입지 않
는 내적 자유"를 누릴 수 있다. 선수들은 공을 소유하기
위해서 차고 달리면서 다투고, 골을 넣기 위해 상대편 선

수들을 속이는 행동도 한다.

한편에 속한 선수들은 공동의 목적을 위해서 서로 유기적 협력관계를 유지한다. 더 빠르게 공격하고, 더 촘촘하게 늘어서 상대 공격을 막아내기 위해서 선수들 사이의 협력은 매우 중요하다. 협력은 공격의 효율성을 극대화하고, 수비의 밀도를 높이는 일이다. 선수들을 움직이도록 하는 것은 '욕망함'이다. 제 내면에 응축된 자기를 발산하려는 욕망, 승리하고자 하는 욕망! 그 욕망함을 이루려면 욕망에서 자유로워져야 한다. "욕망은 '필요'와는 달리 그것을 만족시키기 위해 이용될 수 있는 대상의 의식을 동반"하는 까닭이다.

선수들은 단지 승리하기 위해서가 아니라 욕망함에 얽힌 수수께끼를 풀기 위해 몸을 던진다. 그 수수께끼는 어떻게 풀리는가? 욕망의 목적이 저 스스로를 드러내는 순간, 그 욕망은 이미 다른 욕망함으로 달아난다. 욕망은 또 다른 욕망에 내접되어 있다. 사람이 욕망함의 존재라는 사실은 산다는 것이 욕망의 연쇄 속에서 그것을 수행함을 뜻한다. 모든 욕망은 또 다른 욕망함에서 나오는 것을 깨닫는 순간, 우리는 그 수수께끼에서 벗어난다.

위대한 선수들은 잘 조련된 신체 능력을 극대화할 뿐만 아니라 축구에 최적화하도록 진화된 '머리'를 쓴다. 머리를 쓴다는 것은 머리를 헤딩의 도구로 쓴다는 말이 아니라 머리를 써서 생각하며 지각 능력과 해석 능력을 취해 신체 능력과 융합한다는 것이다. 분명히 말하건대, 위대한 선수들은 하나같이 매우 뛰어난 축구 지능을 드러낸다. 사람은 머리로 '생각'을 하는데, 생각-의식은 항상 그 무엇에 대한 의식이다. 생각-의식은 축구장 전체를 '보고', 게임의 흐름을 '파악하고', 그 흐름 속에서 최적의 플레이를 '그려보는' 것을 말한다.

2002년 한일 월드컵 때 한국 대표 팀을 이끈 네덜란드 출신의 축구 감독 히딩크는 국가대표 선수들에게 늘 머리를 쓰라고 요구했다. 왜 그랬을까? 지각한다는 것은 판단하는 것이고, 축구 경기는 찰나마다 이루어지는 판단 위에서 이루어지는 까닭이다. "경기에서 일어나는 어떠어떠한 행위를 지각하기 위해서는 서로 다른 감각들을 전체로 묶고, 경기에서 나타난 행위를 그 자체로서 규명하게 하며, 그 행위를 그것이 지닌 특수성 속에서 판단하게 하는 정신적 행위를 필요로 한다"는 것이다.

축구가 멈추지 않고 끊임없이 돌아가는 삶이라면, 축구장은 승리하고자 하는 갈망 속에서 의식과 주체가 출현하는 장이다. 축구장은 규범들이 작동하는 사회이고, 갈등들을 해결하는 정치가 작동하는 세계 그 자체다. 그 안에서 '철학'의 여러 주제들을 끄집어낼 수 있다. 이 책은 축구를 정말 즐기기 위해서는 철학자의 눈이 필요하다는 사실을 깨닫게 한다.

마티아스 루, 『축구화를 신은 소크라테스』, 박아르마 옮김,
　　함께읽는책, 2011
강신주, 『철학적 시읽기의 괴로움』, 동녘, 2011
박웅현, 『책은 도끼다』, 북하우스, 2011
왕멍, 『나는 장자다』, 허유영 옮김, 들녘, 2011

8월에는 휴업 중이니,
글쓰기도 사양합니다

여름이 절정이라 한낮 땡볕 아래를 걸어가면 정수리가 타는 듯하다. 이 폭염 속에서 도심의 매미는 낮에도 울고 밤에도 운다. 땀에 젖은 채 깨어난 새벽, 매미가 울어대는 소리에 귀를 기울인다. 2012년 7월 27일부터 8월 9일까지 열대야가 이어졌는데, 이는 기상청의 공식 계측이 시작된 이래 최장 기록이라 한다. 폭염과 열대야에 지쳐 기진맥진한 채 나는 시든 채소가 되어버린 기분이다. 다리 골절상을 입고 회복을 기다리는 프로야구 선수처럼 커튼을 내린 어두컴컴한 실내에서 서성거리며 무더위를 견디고 있다.

  냉장고 야채 박스 안에 처박힌 채 잊힌 채소의 기분이란 어떤 것일까. 아무것도 할 수 없다는 막막한 느낌, 비참함, 무력감. 그런 게 채소의 기분이라면, 요즘 나는 채소의 기분에 지배당하고 있다. 물론 채소의 기분을 인간 본성의 한 귀퉁이로 귀속시킬 수는 없다. 어젯밤 무라카미 하루키의 산문집 『채소의 기분, 바다표범의 키스』를 앉은자리에서 단숨에 읽어치우며 그런 생각들을 했다. 늘 그렇지만 한없이 가볍고 유쾌한 하루키의 산문들. 정말 사소한 것들에서 어떤 기미를 물어내고 그것을 글로 풀어내는 하루키의 감각과 순발력은 부러운 능력이다.

나는 서른 살 때 한 문예지의 신인상을 받고 작가로 데뷔했다. 출판사에 인사하러 갔더니 편집장인 듯한 사람이 "당신 작품은 상당히 문제가 있지만 뭐('적당히'라는 뉘앙스로) 한번 해보세요" 하고 상당히 쌀쌀맞게 말했다. 그때는 '그렇구나, 나한테 문제가 있구나' 하고 순순히 받아들이며 돌아왔다. 비틀스와 비교하는 것은 쑥스럽지만, 회사란 '문제가 있는 것'을 좋아하지 않는다는 걸 절감했다. 남달리 개성이 강한 것, 전례가 없는 것, 발상이 다른 것, 그런 것은 거의 자동적으로 배제한다. 그런 흐름 속에서 '동요하지 않고 꿋꿋할' 사원이 얼마나 있는가로 회사의 기량 같은 것이 정해지는 것 같다. (무라카미 하루키, 『채소의 기분, 바다표범의 키스』)

대학을 나온 뒤 카페를 운영하며 평범하게 살던 청년 하루키는 한 문예지에 응모한 소설 「바람의 노래를 들어라」가 당선하며 작가로 등단한다. 그때 출판사에 인사하러 갔다가 누군가에게 작품이 '상당히 문제인 것'으로 낙인찍힌다. 문제가 있다는 건 주류의 흐름에 동화되지 않았다는 의미다. 더 쉽게 말하자면 모가 났다는 뜻이다. 어느 사회에서나 모가 난 것들은 쉽게 배제된다. '모난' 사람들은 관습이나 인습 따위에 쉽게 투항하지 않는다. 그러나 결국 혁신을 일구고 변화를 이끄는 것들은 모가 난 사람들이다.

하루키는 "꿈을 좇지 않는 인생이란 채소나 다름없다"라는 구절의 의미를 반추한다. 채소는 인간과는 달라서 꿈 따위를 좇지 않고도 사는 데 지장이 없을 테지만, 인간이란 종자는 꿈이 없으면 마치 알맹이가 빠져버린 만두와 같이 자신을 무가치하다고 느낄 것이다. 하루 종일 선풍기를 틀어놓고 책상 앞에 앉아 있지만 글을 한 줄도 쓸 수가 없다.

"원고가 잘 돼가나요?" 가끔씩 출판사 편집자로부터 전화를 받고, 그럴 때마다 솔직하게 "너무 더워서 한 줄도 못 쓰고 있는데요"라고 대답한다. 그쪽에서도 "네, 그렇군요" 하고는 더는 추궁하지 못한다. 이 여름 폭염은 일을 하지 못하는, 혹은 할 수 없는 것에 대한 가장 확실한 알리바이이다. 폭염을 견디려면 체력이 따라야 한다. 강철 같은 체력은 아니더라도 더위와 권태를 견뎌낼 만한 체력

은 필요하다. 겨우 벌겋게 잘 익은 수박이나 잘라 먹고 빵
에 잼이나 발라 먹으며 더위를 이길 수는 없다.

어제저녁엔 정육점에 가서 돼지고기 2킬로그램을 사서
그걸 몇 등분으로 나눠 냄비에 넣고 삶았다. 수육을 만든
것이다. 아침에 적색양배추를 삶고(삶은 배추에서 짙은 보라색
물이 흘러나왔다), 냄비에 쌀 한 공기를 씻어 밥을 지었다. 밥
반 공기와 더불어 수육을 얇게 썰어 새우젓에 찍어 먹었
다. 가끔 삶은 적색양배추를 쌈장에 찍어 우걱우걱 씹어
먹는다. 밥을 다 먹고 나니 포만감이 몰려온다. 고갈된 체
력도 어느 정도 보충된 느낌과 함께 가슴 한켠에 낙관주
의도 차오른다. 강철 체력을 만들어서 할 일이란 책을 꾸
역꾸역 읽는 일이다. 여름이 끝나려면 멀었다. 이 망중한
(忙中閑)의 시간을 보내려면 책 몇 권이 더 필요하다.

『레이먼드 카버―어느 작가의 생』을 며칠에 걸쳐 다 읽
었다. 940여 쪽. 레이먼드 카버가 누구인가? 그는 성공
신화를 쓴 미국 작가다. 나는 그가 알코올 중독자라는 사
실 말고는 별달리 아는 게 없었다. 먼저 집사재에서 나온
『제발 조용히 좀 해요』, 『사랑에 대해서 말할 때 우리들이
하는 이야기』, 로버트 알트만 감독이 만든 영화로 잘 알려
진 『숏컷』 등을 읽었지만 다시 문학동네에서 나온 『대성
당』을 구해 읽었을 뿐이다.

레이먼드 카버는 알코올 중독으로 술병을 끼고 살며 반사회적 인격장애자처럼 행동하면서도 소설 쓰기를 멈추지 않았던 사람이다. 카버는 아일랜드 이민자 집안의 후손인 가난한 제재소 노동자의 아들로 태어났다. 고등학교를 마친 뒤 작가가 되기로 결심하고, 그 꿈을 이루기 위해 고투한다. 평전에는 알코올 중독, 대마초 흡입, 작가들과의 다양한 교유, 두 번의 파산 선고, 부부 갈등과 이혼, 그에 얽힌 어두운 가족 드라마와 최고의 작가로 인정받기까지의 이야기들이 그려진다.

그는 엄청난 양의 술을 마시고 명정 속에서 분열된 자아들이 하나로 통합되는 느낌을 받지만 그것은 가짜다. 술은 그를 지켜주기는커녕 오히려 그의 인생을 수직으로 하강시키고 파멸로 몰아갔다. 그는 술 때문에 자주 문제를 일으키고, 가족생활과 일의 기반을 무너뜨리고, 바로 그것 때문에 주변 사람들에게 '저질 범법자라고 할 만한 인물'로 낙인찍힌다. 덩달아 문단에서의 평판도 나빠졌다. 그가 취해 벌인 끔찍한 사건들로 인해 여러 대학교에서는 강사 자리를 내주는 것을 꺼려했다.

카버는 정신을 차리고 금주 선언을 실천하며 자기가 잃어버린 것들을 직시한다. 문제는 자기 안에 있었다. 카버는 "글을 쓰고 싶다는 욕망이 실현되지 않는 것을 잠재의식 차원에서 집 안에서 벌어지는 일들 탓으로 돌렸던 것

같아요. 난 글쓰기에 가장 이상적인 상태, 이상적인 일자리, 이상적인 주거지를 찾겠다는 생각에서 내 가족을 이리저리 끌고 다니면서 이상한 방랑을 시켰어요"라고 말한다.

그를 지켜준 것은 오직 글쓰기뿐이었다. 그는 글쓰기 속에서 하나의 자아로 통합되었고, 그래서 글쓰기에 매달렸다. 작가로 산다는 것은 쓰는 것 이외에는 피도 눈물도 없이 산다는 뜻이다. 그는 실업, 음주, 부부 갈등, 이혼, 문제를 일으키는 아이들…… 따위 미국인 가족에서 일어날 수 있는 일들에 상상력이라는 마법을 불어넣어 단편소설을 써낸다. 레이먼드 카버는 알코올 중독에서 벗어나 글쓰기에만 전념한 결과로 명성을 얻고, 작가로서 성공한다.

그는 집요하게 자기 삶과 주변에서 벌어지는 일들을 소설로 빚어냈다. 1976년에 『제발 조용히 좀 해요』가 나오고, 그 소설이 '표준적인 미국 리얼리즘'에서는 벗어나 있지만, 헤밍웨이 이후 미국 단편소설의 부흥에 기여하면서 '미국 소설의 구세주'라는 평가를 얻는다. 성공이란 무엇인가. 작가에게 주어지는 각종 기금을 받으며 글쓰기에 전념할 수 있고, 메이저 출판사에서 높은 선인세를 받고 책을 펴내고, 여기저기 강연과 강의, 낭독 프로그램에 초청받는 것을 뜻한다. 아울러 중산층으로 계층 상승 — 좋은 차, 좋은 집, 좋은 스카치를 즐길 수 있음을 말한다.

그의 뒤에는 작가로서의 인생에 직진할 수 있도록 도운 아내 매리엔이 있었다. 강하고 똑똑하고 솔직담백한 그녀는 카버의 재능에 확신을 갖고, 그가 작가로서 성공할 수 있도록 조력자로서의 역할을 다하지만 결혼생활은 파경을 맞는다. 1970년대의 많은 미국 작가들은 이혼을 '또 다른 아내, 또 다른 인생'쯤으로 받아들였다. 이혼에 대한 그런 관용적인 주변의 태도에 카버가 영향을 받았다고 말할 수는 없다. 어쨌든 이혼한 두 사람 사이엔 딸과 아들이 있었는데, 딸은 아버지의 영향으로 알코올에 의존적이고, 그로 인해 여러 문제를 일으킨다. '자기 신발 끈도 제대로 못 매는 사내'에 불과하고, 실생활에서는 무엇에든 무능하고 서투른 노동자 계급 출신의 카버는 1988년 폐암으로 사망한 뒤 '미국 중산계급의 체호프'라는 명성을 얻는다.

한 작가의 복잡한 삶에 대한 집요하고도 세세한 정보 수집과 그 의미를 꿰뚫어 보는 통찰력, 이것이 이 평전의 탁월함이다. 이 책을 붙잡고 있는 동안은 최소한도 폭염이 일으키는 불쾌함 따위는 잊을 수 있었으니 그야말로 최고의 피서였다.

『로맹 가리와 진 세버그의 숨 가쁜 사랑』도 더위를 잊을 만큼 충분히 재미있다. 진 세버그가 오토 프레밍거 감독의 ‹슬픔이여 안녕›을 찍은 것은 그녀의 나이 스무 살 때다. 이어 장 뤽 고다르 감독의 ‹네 멋대로 해라›를 찍었을 때가 스물두 살이었다. 미국 아이오와 주의 청교도 집안에서 자란 소녀는 우연히 영화계에 발을 들여놓고 스타가 되었다. 그녀가 저보다 스물네 살 더 많은 로맹 가리를, 즉 로스앤젤레스 주재 프랑스 영사이자 작가이던 로맹 가리를 만난 것은 스물한 살 되던 해다. 두 사람은 눈이 맞았고, 곧 사랑에 빠졌다. 둘 다 결혼한 상태지만, 그 무엇도 불같은 사랑을 가로막지는 못한다. 그들은 결혼을 했지만 두 사람의 삶은 평탄하지 못했고, 결국 그들 사이에 아들을 하나 두고 헤어진다.

로맹 가리는 작가로서 공쿠르문학상을 두 번이나 거머쥐며 성공을 거두지만, 반면에 진 세버그는 영화나 사회생활에서 믿을 수 없을 만큼 급격하게 몰락한다. "진은 사랑이 아닌 사랑에 빠졌다. 출구 없는 투쟁을, 잃어버린 행복을 잊기 위해서였다. 그녀는 자포자기라도 한 듯 도발적으로 드러내놓고 정념에 빠졌다. 약간, 많이, 미친 듯이, 그리고 전혀." 진 세버그는 사회운동에도 참여하는데, 그로 인해 미국 정보기관의 감시 표적이 된다. 쉽게 사랑에 빠지고 세태에 휘둘리는 진 세버그가 곤경에 처할 때마다 로맹 가리가 나서서 그녀를 돕지만, 진 세버그는 영화 실패, 유산, 정보기관의 감시, 언론 공세로 피폐해질 대로 피폐해져 마흔한 살이 되던 해인 1979년 9월 파리 근교에서 죽은 채 발견된다. 1년 뒤 유대인 이민자 출신의 아들로 프랑스에서 성공한 작가로서의 명성을 쌓아가던 로맹 가리도 집에서 권총 자살을 한다.

전기작가 폴 세르주 카콩은 이 두 사람 사이의 '숨 가쁜 사랑'을 치밀하게 엮어낸다. "화가는 자기 그림이 제 나이이고, 시인은 자기 시가 제 나이이며, 시나리오 작가는 자기 영화가 제 나이다. 바보들만 자기 동맥이 제 나이다." 기자이자 시나리오 작가였던 앙리 장송이 했다는 말이다. 동맥만이 내 나이가 아니길 바란다. 내가 꾼 꿈들, 내가 쓴 책들, 내가 사랑했던 것들, 그게 내 나이이길 바란다.

새벽의 공기는 무겁고 미동도 하지 않는다. 새벽에도 매미는 요란하게 울어댄다. 서울시 마포구 서교동의 한 주택, 새벽 4시의 이쪽에는 백상아리에 목을 물어뜯긴 바다표범처럼 불투명하게 가라앉은 하나의 삶이 있다. "자정마다 울리는 뼈의 종소리 / 머릿속으로 납물이 부어진다"(김경후, 「동물원 데이트」). 쓰고 있던 원고들에서 손을 떼고 며칠째 빈둥거리고 있다. 내 방문 앞에 이런 문구를 써 붙이고 싶다. "8월에는 휴업 중이니, 그동안은 어떤 글쓰기도 사양합니다."

뭔가를 쓰는 대신에 새로 나온 책들을 사다가 쌓아놓고 줄기차게 읽는다. 새로 나온 시집 스무 권을 꼼꼼하게 읽고, 소설 열 권을 쉬지 않고 읽으며 더위를 견딘다. 지난 200년간 지구의 평균온도는 1도 5부 정도가 높아졌다지만 내 기분엔 15도쯤 높아진 것 같다. 왜 해가 갈수록 무더위는 점점 더 견디기 어려운 걸까. 입추와 말복을 지나쳐서가 있는 8월 하순을 넘어서야 이 폭염은 좀 누그러질까. 그사이 태풍이 오고 폭우가 몇 차례 쏟아지고 나면 폭염의 고통에서 벗어날 수 있을까.

무라카미 하루키, 『채소의 기분, 바다표범의 키스』, 권남희 옮김, 비채, 2012

캐롤 스클레니카, 『레이먼드 카버 —어느 작가의 생』, 고영범 옮김, 강, 2012

폴 세르주 카콩, 『로맹 가리와 진 세버그의 숨 가쁜 사랑』, 백선희 옮김, 2012

사랑이 어떻게 변하니?

사랑에 대해 말하는 책들은 많지만, 정작 사랑의 핵심을 보여주는 책은 드물다. 그저 주변을 긁적거리며 변죽만 울리다가 마는 책들이 부지기수다. 알랭 바디우의 『사랑 예찬』은 다르다. 사랑은 만남의 우연에서 시작되고, 지속 성 속에서 구축되는 그 무엇이다. 알랭 바디우는 사랑이 소진되고, 소비되는 것이라고 지적한다. "사랑은 만남에 서, 즉 있는 그대로의 세계에서 일어나는 마술적인 외재 성의 한순간을 맞이하여 불타버리고, 소진되며, 동시에 소비된다"라고 말한다. 사랑에 대한 낭만주의적 생각은 사랑이 소비된다는 사실을 인정하지 않는다. 낭만주의가 퍼뜨린 생각은 사랑이 변할 수 없고, 변하지 않는 처음의 열정이 이룩한 견고함 속에서 영원한 것이라는 믿음이다.

진실은 무엇인가? 사랑은 끊임없이 변화하는 것이고, 부서지기 쉬운 모래성과 닮았다는 점이다. 바로 그렇기 때문에 사랑은 "무엇보다도 지속되는 구축" 속에서 빛을 발한다. 당연히 사랑이 지속되기 위해서는 끈덕짐이 필요 하다. 알랭 바디우는 이렇게 말한다.

최초의 장애물, 최초의 심각한 대립, 최초의
권태와 마주하여 사랑을 포기해버리는 것은
사랑에 대한 커다란 왜곡일 뿐입니다. 진정한
사랑이란 공간과 세계와 시간이 사랑에
부과하는 장애물을 지속적으로, 간혹은
매몰차게 극복해나가는 그런 사랑일 것입니다.

한국방송공사의 주말드라마 <넝쿨째 굴러온 당신> 때
문에 한동안 주말을 기다리는 즐거움이 쏠쏠했다. 고아이
면서 능력을 갖춘 남자를 찾던 차윤희(김남주)는 입양아에
다 존스홉킨스 의대 출신인 외과의사 테리 강(유준상)을 만
나 결혼한다. 그런데 '넝쿨째 굴러온 당신'인 줄 믿었던
테리 강이 실은 자신들이 세 든 집주인인 장수빵집 방장
수(장용)와 엄청해(윤여정)가 잃어버린 아들 방귀남이라는
게 밝혀진다. 대식구가 모여 사는 시댁을 코앞에 마주 보
며 사는 차윤희가 겪는 소동들이 이 가족 드라마의 줄거
리다.

재치와 유머가 넘치는 대사들을 날리는 작가 박지은의
대본과 김형석의 안정감 있는 연출력, 김남주와 유준상,
윤여정과 장용, 강부자 등 관록 있는 연기자들의 무르익
은 연기가 버무려지면서 이 드라마는 볼수록 빠져드는 감
칠맛이 난다. 방귀남은 늘 다정다감하게 아내를 감싸고

돌본다. 현실에서는 불가능하고 오직 꿈속에서나 있을 법한 '국민 남편'을 연기함으로써, 주말 저녁마다 여성들의 로망을 자극한다.

미디어들이 '국민 드라마'라고 추어올릴 정도로 높은 시청률을 올린 <넝쿨째 굴러온 당신>에서 유난히 내 눈길을 끈 것은 방장수의 막내딸인 말숙(오연서)의 철없는 사랑법이다. 말숙은 제 미모에 반한 남자들에게서 명품 가방과 구두 따위를 공물(供物)로 취한 뒤 가차 없이 차버린다. 사랑의 주도권은 항상 더 사랑하는 사람보다 덜 사랑하는 사람이 갖는 법이다. 이게 사랑의 역설이다. 모든 사랑은 비대칭을 이루고 한쪽보다 더 사랑하는 쪽이 있기 마련이다. 말숙의 미모에 낚이는 것은 남성들 쪽이므로 사랑에 대한 몰입도는 남성 쪽이 더 높다. 따라서 연애의 주도권은 말숙에게로 넘어간다. 연애가 고독한 지옥에서 탈출해야만 하는 욕망의 억제가 불가능한 욕구인 까닭에 어리석은 남성들은 속수무책으로 말숙의 사랑 놀음에 휘둘린다.

사랑이 가볍고 사소한 습관이 될 때 존재는 경박해진다. 말숙은 명품들로 넘쳐나는 이 찬란한 세상에 살며 사랑 놀음을 과소비하는 경박한 존재의 표상이다. 우리 시대의 사랑은 유행 상품이나 마찬가지다. 말숙의 사랑이 진짜가 아니라 사랑 놀음에 지나지 않는 것은 그녀의 경박함에서 비롯되는 불가피한 현상이다. 말숙은 경박함으로 팜므파탈 흉내를 내며 팔랑거리지만 그 팔랑거림을 단죄할 수는 없다. 왜냐하면 사랑은 사회 모두에게 이익을 베푸는 공공선이 아니기 때문이다. 말숙의 사랑은 철저하게 사적인 영역에 속하는 것이다. 하지만 콧대 높은 사랑으로 승승장구하는 자 기어코 사랑으로 망하리라! 말숙앞에 차윤희의 막냇동생이자 바람둥이인 차세광(강민혁)이 나타나자 사태는 반전한다. 사랑의 주도권은 단박에 '완벽남'의 아우라를 뿜어내는 차세광 쪽으로 넘어간다. 실은 차세광은 친구들을 대신해서 복수해주려고 나선 것인데, 그런 줄도 모르고 말숙은 한껏 낭만적 사랑의 달콤함에 취해 있다가 차인 뒤 하늘이 꺼지고 땅이 뒤집히는 충격에 빠진다.

세상에 흔하고 흔한 게 사랑이고, 탈도 많고 말도 많은게 사랑이지만, 또 알 수 없는 신비에 감싸여 있는 게 사랑이다. 사랑의 이야기는 화수분과 같이 꺼내 써도 써도 바닥이 드러나지 않는다. 그래서 소설이고 드라마고 영화고 간에 그토록 자주 우려먹는지도 모른다. 사랑을 알수 없기에 "진정한 사랑은 언제나 상상 속에서만 가능한법"(조관우 노래, ‹늪›, 1999)이라거나, 사랑은 결코 변할 수없는 것이라고 믿는 남자가 변한 사랑 앞에서 "사랑이 어떻게 변하니?"(‹봄날은 간다›, 허진호 감독, 2001)라고 절규한다. 사랑은 알 수 없기에 신비하고, 신비하기에 알듯 말듯 애매모호하다. 철학자 알랭 바디우에 따르면, 사랑은 "세계의 법칙들에 의해서는 계산되거나 예측할 수 없는 하나의 사건"이다. "그 무엇도 만남이 이루어지도록 허용하지는 않았는데, 왜냐하면 결국 서로 만나게 되는 순간, 서로 만난다는 것, 바로 이런 것들은 다른 그 무엇으로도 환원될 수 없는 것"이기 때문이다. 이 철학자의 설명은 사랑을 더 이해하기 어려운 것, 오리무중의 그 무엇으로 만든다.

정말 우리는 사랑이 뭔지를 아는 걸까? 그것은 욕망일까, 아닐까? 티스푼도 채우지 못하는 성호르몬이 불러일으킨 어떤 환각일까? 사랑의 본질은 욕망함이다. 그 욕망은 타자에 대한 욕망이자 타자의 욕망이기도 하다. 욕망의 주체는 분명 '나'인데, 어떻게 타자의 욕망이 될 수 있을까? 내 욕망이라고 말해지는 것들 대부분은 타자에게서 온 것, 즉 타자가 정해준 욕망이라는 것이다. 라캉이라는 정신분석학자는 욕망하는 주체는 "타자의 장에 종속된 상태" 안에서만 주체일 수 있다고 말한다. 내가 갖고 싶은 것은 내 안에서 생긴 필요 때문이 아니라 누군가 이미 욕망한 것이고, 나는 단지 그 욕망을 훔치는 것이다.

나의 욕망함은 곧 무의식의 범주에서 타자의 욕망함이다. 달리 말하면 주체의 욕망은 주체에서 발명되는 것이 아니라 항상 타자의 욕망함에 포획되고 그 안에서 움직인다는 뜻이다. 아울러 사랑이란 나와 당신의 만남에서 비롯된 우연의 기적이라는 것. 이 기적은 내가 당신에게, 혹은 당신이 내게 사랑한다고 말하는 순간 돌연 생겨난다. 나와 당신의 만남이 우연에서 끝났다면 그것은 기적이 될 수 없었을 테다. 그 우연에서 싹이 돋는데, 그 싹은 약속·충실성·지속성이라는 이름으로 불릴 것이다.

우연은 운명으로 진화하면서 사랑이라는 기적을 꽃피운다. 사랑은 두 사람이 겪는 만남-사건일 뿐만 아니라 두 사람이 하나의 세계를 겪어내는 방식이기도 하다. 우연과 우발성 속에서 시작한 그것은 곧바로 필연의 방식을 빌려 지속하는 체제를 갖춘다. 사랑이 발아하는 초기 단계에서 사랑은 하면 할수록 갈증이 난다. 그 갈증이 사랑을 강철로 된 무엇으로 만들지만 시간은 다시 그것을 아주 작은 충격에도 깨지기 쉬운 유리그릇으로 바꾸어버린다. 사랑은 그것이 부족해서가 아니라 늘 그것이 넘쳐나기 때문에 깨진다. 사랑의 과잉이 우연적이고 우발적인 그것을 필연의 형식으로 바꾸었다면, 이제는 그 과잉 때문에 사랑은 깨지고 변질되는 것이다.

〈넝쿨째 굴러온 당신〉에서 말숙은 행위는 얄밉지만 존재는 미워할 수만은 없는 철부지다. 사랑은 끊임없이 재발명되는 것. 재발명되는 것이기에 사랑은 익숙한 관습임에도 불구하고 우리는 늘 그것을 새롭게 겪어낸다. 말숙은 젊고 예쁘다. 아마도 사랑의 순환은 더 빠르게 이루어질 것이다. 철없는 말숙 역시 연륜이 쌓이면서 진정한 사랑이란, 다시 알랭 바디우의 말을 빌리면 "공간과 세계와 시간이 사랑에 부과하는 장애물을 지속적으로, 간혹은 매몰차게 극복해나가는 그런 사랑"이라는 사실들을 차츰 깨닫게 될 것이다.

영원히 사랑하는 사람들이 없는 것은 아니지만, 슬프게도, 그것은 매우 드문 사례이다. 변치 않는 사랑보다는 변하는 사랑이 더 많은 게 현실이다. 사랑이 변하지 않아야 한다는 것은 윤리의 명령이고, 사랑이 변하는 것에 속한다는 믿음은 생물학적 본성에 숨은 진실이다. 윤리의 힘이 본성의 힘보다 항상 강할 수는 없으니 그에 따라 사랑은 변할 수밖에 없다는 게 내 생각이다.

대문호 셰익스피어는 사랑은 그저 미친 짓에 지나지 않는다고 했다. 설사 사랑이 미친 짓에 지나지 않는다 해도 우리는 사랑해야 한다. 찬란하거나 쓸쓸한, 명랑하거나 우울한 하나하나의 생이란 바로 그 사랑의 부정할 수 없는 결과물들이기 때문이다. 진실을 말하자면, 사랑은 미친 짓이기보다는 위험한 모험이다. '글로벌 위험사회' 속에서 사랑을 한다는 것은 그 위험성이 더 커질 수밖에 없다는 뜻이다. 사랑에 목숨을 거는 따위는 어리석은 짓이고, 미친 짓이라 할지라도 우리는 더 많이 사랑해야 한다. 누구도 사랑하지 않는다면, 지구는 마침내 텅 비고 말 테니까. 지구가 텅 비고 만다면, 이 땅에 내리는 햇빛과 비는 심심하고 공허한 것이 되고 말 것이다.

알랭 바디우, 『사랑 예찬』, 조재룡 옮김, 길, 2010

축구라는 총성 없는 전쟁에 관하여

2010년 남아공 월드컵은 '무적함대' 스페인이 '오렌지군단' 네덜란드를 꺾고 우승컵을 안으며 막이 내렸다. 매끄러운 패스를 이어가며 공을 더 많이 점유한 스페인이 중원에서 압박 수비를 펼친 네덜란드를 뚫었는데, 그것으로 승부가 갈라졌다.

이 월드컵은 많은 이변과 화제를 낳았다. 독일 오버하우젠 해양생물박물관의 한 문어는 독일이 치른 일곱 경기의 승패를 맞히고, 우승국까지 족집게처럼 맞혔다. 이탈리아, 프랑스, 영국이 조 예선을 넘지 못하고 무기력하게 퇴장한 것은 이변이었다. 조 예선에서는 아프리카 팀들이 몰락하고 남미 팀들은 승승장구하더니, 8강전에서 브라질과 아르헨티나가 떨어지고, 반면에 유럽 팀들이 약진했다.

아르헨티나를 이끈 메시의 폭발적인 드리블, 우루과이의 디에고 포를란과 독일의 신예 뮐러의 동물적 감각에서 뿜어 나오는 골, 한국의 기성용과 일본의 혼다가 보여준 그림 같은 프리킥 등은 기억에 오래 남을 것이다. 태극전사들은 처음으로 원정 16강이라는 목표를 달성하고 다음

대회에서 더 크게 도약하기를 기약했다.

내 생각에 2010년 월드컵에서 독일과 아르헨티나의 8 강전 경기는 축구의 황홀경을 느끼게 해준 어여쁜 경기였다. 독일 팀의 플레이는 빠르고, 거칠고, 정교했다. 독일 팀은 중원을 지배하면서 길들여지지 않은 숫사자 같은 아르헨티나 선수들을 끊임없이 압박했다. 그들은 피동적 수비 지향의 축구를 파괴하고 공격 지향의 축구가 어떤 것인지를 보여주었다. 축구는 성과 속의 분별이 없고, 인종과 국가 사이의 차별이 없고, 대신에 상대 진영을 돌파하는 용맹성, 눈물겨운 동지애, 신체적인 자기 규율, 팀을 위한 헌신과 희생, 숭고한 승리에 대한 집념이야말로 승리의 공식임을 드러낸다.

크리스토프 바우젠바인은 "놀라운 몸의 전환, 엄청난 압박 속에서의 상상을 초월하는 트래핑, 말 그대로 전망 없는 위치에서의 슈팅, 상황을 우아하게 풀어내고 상대를 '늘어 보이게' 만드는 속임수"(크리스토프 바우젠바인, 『축구란 무엇인가』)가 축구의 매혹이라고 쓰는데, 이는 아르헨티나와의 경기에서 보여준 독일 축구를 가리키는 것이 아닌가? 그런 매혹이 발만 쓰도록 제약하는 이 원시적인 스포츠를 지구상에서 가장 많은 사람들을 열광하게 만드는 스포츠로 진화할 수 있게 했으리라.

축구는 발만 쓰는 운동이다. 손을 자유롭게 쓸 수 있는 것은 골키퍼들뿐이고, 필드 선수들은 선 밖에서 스로인할 때만 양손을 쓸 수 있다. 대개의 스포츠는 양손을 쓰는데, 양손을 쓴다는 사실이 공을 제약한다.

> 손은 공을 붙들어서 제어하고 버릇을 들인다. 이리저리 던져지는 공은 손의 명령으로부터 결코 빠져나오지 못한다. 공이 던져지자마자 생겨난 자기 역학은 곧 다시 거칠게 붙잡혀서 질식된다. 날아가는 짧은 순간에만 '장악'에서 벗어나는 그 공은 죽어 있기에 함께 경기하지 않는다.(크리스토프 바우젠바인, 앞의 책)

양손을 쓸 수 없는 축구에서 '공'은 그 제약 때문에 뜻 밖의 자유를 선물로 얻는다. "발로는 공을 소유할 수 없기에 공은 언제나 자유롭다. 놀이에서 손이 배제되기에, 공 자체가 놀이로 들어와서 인간과 함께 놀 수 있다."(크리스토프 바우젠바인, 앞의 책) 손의 종속에서 벗어나는 순간 공은 도구의 운명에서도 놓여난다. 공은 사람과 더불어 살아 있고 자유롭게 움직인다. 따라서 축구를 한다는 것은 "자기 영혼이 축구공의 영혼이 되고 심장과 살갗이 가죽이 되는 것"(크리스토프 바우젠바인, 앞의 책)이란 말은 실감을 얻는다.

왜 그토록 사람들이 축구에 열광하는지는 분명하다. 수사학으로 보자면, 축구는 총성 없는 전투이고, 피 흘림이 없는 전쟁이다. 양 팀 감독들은 상대방을 무너뜨릴 '전략'을 짜고, 공격수들은 상대편의 취약점을 '공략'하며, 수비수들은 상대 공격수들의 '집중포화'에 맞서 필사적으로 '방어'하며 '전선'을 사수한다. '공중전'이 있고, 공을 둘러싼 치열한 '공방전'이 이루어진다. 그러나 승과 패로 엇갈리는 이 스포츠를 사람들은 '전쟁'이 아니라 '축제'로서 즐긴다. 공을 쫓아 달리고, 몸싸움을 하며, 골대 안으로 공을 밀어 넣는 이 과정에서 몸의 약동과 정신의 고양감을 함께 경험할 수 있다.

2010년 월드컵에서 스페인과 네덜란드, 독일이 약진한 것은 순혈주의를 버리고 다국적·다인종 융합으로 팀을 꾸린 탓은 아닐까. 과거보다 더 많은 사람들이 국경을 넘어 다른 나라로 가는 일이 잦아진다. 세계는 유동하고 인종들은 뒤섞인다. 이때 인종이나 종교, 그리고 문화의 섞임과 스밈에서 여러 문제가 파생한다. 다문화주의의 세계에서 우리와 다른 것, 이질적인 요소들, 대개의 소수자들을 어떻게 봐야 할 것인가? 노마드들이 세계를 이끄는 글로벌 시대의 화두는 리좀적 사유 방식이다.

〔리좀은〕요컨대 n-1, 혹은 중심의 제거
이것이 수목적 체계와 대비되는 리좀적 체계를
정의하는 명제입니다. 이런 점에서 리좀이란
비-체계가 아니라 비중심화된 체계요, 각각의
부분들이 중심으로 귀속되는 상위의 이웃을
통하지 않고 직접 이웃과 만나고 접속하는
체계고, 그 자체로 유의미한 다양한 집결지를
가질 수 있는 체계며, 그런 만큼 여러 방향으로
열린 체계고, 접속되는 항들이 늘거나 줄어듦에
따라 성질이 달라지는 가변적 체계라고 할 수
있습니다. (이진경, 『노마디즘』)

무엇과도 접속될 수 있는 열림이 리좀의 핵심 원리다.
리좀은 어디서나 접속이 일어난다. 이 접속은 새로운 배
치를 만들고, 어느 한 점으로 귀속되지 않는다. 끊임없이
움직이며 새로운 배치를 만들되 이질적인 모든 것을 끌어
와서 새로운 이질성으로 나아간다. 그러므로 리좀의 체계
안에서는 "어떤 다른 점과도 접속될 수 있고, 접속되어
야만 한다."(들뢰즈·가타리, 『천 개의 고원』) 리좀의 사유체계
안에서 이질성은 배척되는 대신에 다양성을 낳는 계기로
삼는다.

과거 낡은 사유체계 속에서는 나와 다른 것은 위험한

것이었다. 이질성은 나와 동질화하고 동일화에 이르러야 할 그 무엇에 지나지 않았다. 예를 들면 거리에서 나와 피부색이 다르고 언어가 다른 이주노동자를 만났을 때, 혹은 성적 소수자를 대할 때 그 다름에서 심리적인 불편과 잠재적 위험을 느끼고 눈길을 돌린다면 당신은 과거의 낡은 윤리학에 포획되어 있는 사람이다.

사회학자 자크 아탈리는 21세기에 이미 5억 명 이상의 사람들이 일자리를 찾거나 정치적인 이유에서 자발적 노마드의 길로 들어섰다고 말한다. 이민자, 망명객, 이주노동자로 떠돌며 정주민과 섞여 사는 노마드들을 포용해서 융합을 이룰 것인가, 아니면 이들을 분리하고 내치는 순혈주의를 고집할 것인가, 하는 선택이 어느 민족이나 하나의 과제다. 세대와 이념, 지역과 인종적 차이를 녹여 융합하지 못하고 내치는 폐쇄적 순혈주의는 잠재적 자원과 영토를 스스로 내팽개치는 꼴이다. 세계 역사를 보면, 분열과 배제라는 뺄셈의 정치학을 추구한 민족은 쇠퇴하고, '융합적인 문명'을 이룬 민족들, 즉 융합과 소통으로 덧셈의 정치학을 추구한 민족들은 번성했다. 2010년 남아공 월드컵에는 다문화사회로 접어든 우리가 내면에 새겨야 할 소중한 교훈도 들어 있는 것이다.

크리스토프 바우젠바인, 『축구란 무엇인가』, 김태희 옮김, 민음인, 2010

이진경, 『노마디즘』, 휴머니스트, 2002

질 들뢰즈 · 펠릭스 가타리, 『천 개의 고원』, 김재인 옮김, 새물결, 2001

놀이는 자유이자 창의력의 촉매다

놀이를 좋아하는 건 아이나 어른이나 마찬가지다. 아이들은 보다 순수하게 놀이 그 자체에 몰입하고 조건 없이 그것을 즐긴다. 아이들은 예외 없이 놀이의 천재들이다. 달리기, 산에 오르기, 구슬치기, 춤, 의사놀이, 소꿉놀이, 무술, 술래잡기, 악기 연주, 노래하기…… 아이들은 놀이에 흠뻑 빠져 아예 자기 자신을 망각한 듯하다. 아이들은 사소한 놀이에서도 즐거워지는 방법을 쉽게 찾는다. 아이들에게 놀이는 미래의 가능성과 성취와 보상의 실현이다. 놀이에 빠져 있는 동안 아이들은 아무 걱정이 없다. 놀이의 즐거움과 재미가 아이들의 몸과 마음을 흠뻑 적신다.

　놀이를 좋아하는 건 어른이라고 다르지 않다. 다만 어른이 되면 놀이에 순수하게 몰입하기보다는 보상이 개입되는 걸 더 좋아한다. 그냥 노는 경우도 없지 않지만 돈을 걸고 노는 놀이에 더 몰입한다는 뜻이다. 어른들에게 놀이는 많은 보상이 걸린 경쟁이나 게임으로 변질하기 일쑤다. 스포츠, 도박, 각종 경연들이 바로 그것이다. 아이들이 놀이를 통해 재미에서 만족으로 나아간다면 어른들은 놀이의 경험을 통해 욕망에서 욕망으로 나아간다. 만족은 행복감을 주지만 욕망은 더 큰 욕망을 부르게 되어 있다.

놀이는 무엇보다도 자유스러운 것이다. 사람들이 놀이 속에서 자유를 만끽하는 것은 놀이가 일상의 책임과 의무를 면제하기 때문이다. 노는 동안 우리는 놀이 그 자체의 규약 외에는 그 어느 것에도 구속되지 않는다. 놀이의 본질과 의의에 대해 연구한 호이징하라는 학자는 놀이가 사람의 본능이라고 말한다.

> 놀이는 자유스러운 것, 바로 자유이다. 또
> 이것에 깊이 연관 지어져 있는 두 번째 특징은
> 놀이가 '일상적인' 혹은 '실제의' 생활이
> 아니라는 것이다. 오히려 '실제의' 삶을
> 벗어나서 아주 자유스러운 일시적인 활동의
> 영역으로 들어가는 것이다. (호이징하, 『호모
> 루덴스』)

놀이에는 아무 공리적 생산도 없다. 놀이는 실제의 삶이 아니기 때문이다. 놀이는 가상이고, 비공리적이며, 잉여 활동이다. 역설적으로 바로 그런 점들 때문에 놀이는 흥겹고 자유로울 수가 있다. 아이들은 놀이의 즐거움에 빠져 있는 동안 그 속에서 삶의 미덕들, 즉 책임감, 자율성, 초연함, 이해, 배려, 초월, 어려움의 극복과 같은 것들을 배우고 익힐 수 있다.

어른들 일부는 놀이가 아이에게 얼마나 중요한지를 모른다. 노는 아이는 시간을 쓸데없이 소모한다고 생각한다. 어렸을 때 내 부모들은 흔히, 그만 놀고 공부하라고 했다. 이는 놀이를 순전히 공리주의적 잣대로만 재단하기 때문이다. 아이에게 놀이의 억압은 곧 삶의 억압이다. 놀이는 휴지(休止), 즉 창조력의 충전을 위한 휴지이다. 놀이를 막는 것은 아이를 관습의 규범에 속박하는 것이고, 아이를 불행 속에 가두는 일이다. 놀이를 지속적으로 차단당한 아이는 나중에 신경증 환자가 될 가능성이 커진다.

놀이는 신경생물학적 긴장의 고조와 해소라는 구조 속에서 이루어진다. 아이들은 놀이를 반복하며 생명의 평형감각을 찾는 방법을 배운다. 놀이는 아이들의 상상력을 자극하고 창의성을 발휘하도록 이끈다. 놀이는 본질에서 상호 간의 겨룸이고 뽐냄이고 우쭐거림이다. 대개는 창의성과 민첩성이 발휘되어야만 겨룸과 뽐냄과 우쭐거림에서 이길 수가 있다. 놀이는 끊임없이 그 내부의 규약에서 창의성을 잘 발휘하는 구조로 발전한다. 놀이와 창의성은 한 짝이다. 놀이는 창의의 촉매(觸媒)다. 잘 노는 아이가 창의성이 높은 것은 당연한 일이다.

놀이 그 자체는 아무 뜻도 없다. 아니다. 놀이는 반복적

노동에 소진된 내면의 창의성을 보충하고, 낡은 관습에
매인 의식을 쇄신한다. 놀이가 노동에서의 일탈이고 노
동에서 놓여나 쉼이기 때문에 삶 전체의 균형을 위해서도
반드시 필요하다. 사람은 일만 하고 살 수는 없다. 일에
지친 몸과 마음을 쉬어야 일도 더 잘할 수 있다. 놀이는 일
상으로부터의 해방, 합목적성에서의 자유다. 놀이는 자
유로운 의식의 조건을 충족시키고, 그런 바탕에서 창의력
이 솟아난다.

> 정규적으로 반복되는 휴식 행위로서의 놀이는
> 우리 삶의 반려자이자 보완자가 되어 사실상 삶
> 전체의 불가결한 한 요소가 된다. 놀이는 삶을
> 가꾸어주고 또 삶을 확대시킨다. 그런 한에서
> 놀이는 생의 기능으로서 개인에게 필요한 것일
> 뿐 아니라, 놀이가 포함하고 있는 의미, 놀이의
> 의의와 놀이의 표현적인 가치, 놀이의 정신적
> 사회적 결합, 즉 한마디로 문화적 기능의 이유
> 때문에 사회에서도 필요불가결한 것이다.
> 그렇기 때문에 놀이는 영양의 섭취와 번식 및
> 자기 보존이라는 순수하게 생물학적인 과정을
> 넘어서는 영역에 자리 잡고 있다. (호이징하, 앞의 책)

놀이는 삶의 '반려'이고 삶의 '보완'이다. 놀이는 삶을 '가꾸고', 아울러 삶을 '확대'하는 데 기여한다. 놀이가 빠진 삶이 그 자체로 불완전한 삶이 되는 것은 놀이가 "사회에서도 필요불가결한 것"에 들기 때문이다. 넓게 보자면 놀이는 사람을 사람으로 만드는 학습의 한 부분이다. 아이들은 놀이의 자유분방함, 놀이의 창의력과 같은 문화적 기능을 통해 보다 나은 사람으로 되어지는 것이다. 잘 노는 사람이 일만 하는 사람보다 더 재미있고 창의적이 되는 것은 분명하다.

놀이는 일종의 판타지다. 놀이는 상상력을 자극하고 인지 영역을 키우는 데 한몫을 한다. 놀이는 '현실'을 흉내낸다. 정확히 말하면, 그것은 '현실'이 아니라 현실의 대용이다. 아이들은 놀이에서 카타르시스를 경험한다. 현실의 합목적성에서 벗어나 있다는 것이 놀이가 즐거운 이유 중의 하나다. 놀이는 아이들을 억압하지 않는다. 아이들은 '무엇'이 되기 위해서 놀이를 하지 않는다. 아이들에게 놀이는 그저 놀이일 따름이다. 놀이는 그 재미를 통해 삶에 놀라운 활력과 명랑성을 불어넣는다. 놀이에는 불행의 파괴력과 관습의 메마름을 견디게 해주는 힘이 있다. 잘 노는 아이는 몸과 마음이 두루 건강할 수 있다.

놀이가 없는 삶은 상상하기 어렵다. 놀이는 즐거움이고 행복이며, 기적이다. 아이들은 놀면서 삶의 즐거움과 행복을 경험한다. 그리하여 놀이는 신경증과 공허를 넘어서게 한다. 나는 놀이에 대해 이렇게 적었다. "삶이 있는 모든 곳에는 놀이가 있다. 놀이는 삶의 한 본질이며 가장 근본적인 영역의 하나다. 놀이는 무의미를 통해 의미를 겪게 하고, 불합리를 통해 합리를 겪게 하고, 속됨을 통해 성스러움을 겪게 한다." 아이들과 마찬가지로 어른들도 놀이를 통해서 고갈된 삶의 행복을 충전시킨다. 어른이 된 뒤 많은 사람들이 불행한 것은 어른이 되었기 때문이 아니라 어린 시절 행복으로 이끌던 놀이의 즐거움을 잃어버렸기 때문이다.

호이징하, 『호모 루덴스』, 김윤수 옮김, 까치, 1981

호모 루덴스를 위하여

'바다이야기'라는 사행성 게임이 사회문제로 부각된 때가 있었다. 당시 권력자는 국민 앞에 나서서 사과를 하며 도박 광풍이 불 때 "개도 안 짖었다"라고 말했다. 검찰이나 경찰 같은 정부의 감시기관 등이 국민의 생명과 자산을 지키는 "개"가 되어야 했지만, 아무도 그 책무를 다하지 못했다. 국민에게 사과를 했지만, 상말 속담에 온 말고기 다 먹고 말 내 난다고 하는 꼴이다. 비리 의혹이 그토록 큰데도 두 손을 놓은 채 수수방관한 자들은 더 이상 개를 모욕하지 말기 바란다. 주인에게 충직하고 지각이 빠르고 슬기로운 개가 주인의 생명과 재산을 지키라는 책무를 그렇게 방기할 리는 없다.

한 철학자는 동물을 "세계의 가난"(하이데거)이라고 정의한다. 제약과 부자유를 실존 조건으로 갖는 동물의 처지를 꿰뚫는 날카로운 표현이다. 사람들의 세계에 더 근접해서 실존을 꾸리는 동물일수록 이 '가난'은 더 커진다. 동물원에 갇힌 동물을 보면 자명하다. 개와 고양이 같은 반려동물이라고 사정이 더 좋은 것은 아니다. 소나 돼지 따위 가축 역시 마찬가지다. 동물들은 공중(公衆)과의 소통이라는 면에서 열등하다. 정말 사회적인 의미에서 "가난"이라고 말할 수밖에 없는 처지에 놓인다.

사람과 동물 사이 뛰어넘을 수 없는 종(種)과 종의 장벽이 엄연하다. 동물이 감당하는 "세계의 가난"이란 물질적 궁핍이 아니라 이런 소통 부재에서 오는 소외의 장벽 같은 걸 말하는 건 아닐까? 동물은 도처에 있으면서도 아무 데도 없다. 그들은 다만 유령처럼 어슬렁거린다. 동물은 말을 하지 않고 컹컹 짖음으로써 저의 부재 증명을 수행한다. 동물도 새벽과 황혼을 맞이하고, 위장과 생식기의 신호에 반응하며, 고고함과 기다림의 내면적 가치를 아는 존재다. 우리는 사람이 동물의 일부라는 사실을 자주 잊는다. 폴 발레리는 사람과 동물의 처지를 견주면서 다음과 같은 통찰을 남겼다. "동물, 진정한 불가사의—우리와 닮았기 때문에 우리와 반대되는 불가사의."

개는 가장 흔한 반려동물이다. 사람이 동물과 어떤 유대와 동맹 관계를 맺는다면 그 첫 번째 후보는 개일 것이다. 개는 주인의 분신이요 자식이고 연인이다. 유독 신화와 전설 속에 개가 많이 등장하는 건 그런 사정을 반영한다. 개는 집과 재물을 지키고, 사냥, 맹인 안내, 호신 등에 두루 쓰였다. 잡귀와 전염병, 도깨비 등을 물리치는 벽사(辟邪)의 능력을 가졌다고 알려진 개는 사람과 오랜 세월

동안 동거하면서 길들여진 동물이다. 개는 동서양을 막론하고 사람과 친숙하고 사람에게 헌신하는 충복의 상징으로 명성을 얻었다.

　개는 살아가는 데 아무 쓸모도 없는 고뇌나 헛된 방황을 하는 법이 없다. 신이라는 나침반을 잃어버리고 어둠 속을 헤매는 것은 오성과 지각의 존재라는 자만심에 빠져 있는 사람들만 하는 짓이다. 동물의 세계에서 자만심은 웃음거리에 지나지 않는다. 마테를링크는 이렇게 말한다.

　　의심할 여지 없고 구체적이며 결정적인 어떤
　　신을 발견하여 그 존재를 확고하게 인정하고
　　있는 유일한 생물이 바로 개다. 개는 자신의
　　가장 탁월한 능력을 무엇에 헌신해야 할지를
　　알고 있다. 개는 암흑, 연속적인 허위, 가설,
　　그리고 꿈의 미로 속에서 어떤 완전하고
　　고등하고 무한한 힘을 찾아 헤매지 않아도 되는
　　것이다. (로제 그르니에, 『율리시즈의 눈물』에서 재인용)

　사람으로 태어났다는 사실 자체로 숭고성을 담보하는 것은 아니다. 숭고한 덕목들을 흠모하고 실천할 때 숭고한 존재로 태어난다. 개를 사람보다 열등하고 비천한 종족으로 천시하는 것은 사람의 무지와 편견일 따름이다.

충직함과 진정성으로 제 주인을 섬기는 개를 악덕, 비천함, 혹은 도덕적 하자의 표상으로 일삼는 짓을 개보다 못한 사람들은 정말 부끄러워해야 한다.

'놀이'라는 말은 '놀다'라는 말에서 나왔다. 노래, 노름 따위도 '놀다'라는 동사를 그 모태로 삼고 있으니, 놀이와 한 핏줄임을 짐작할 수 있다. 사람들이 일보다는 놀이를 더 좋아하는 까닭은 놀이가 재미로 황홀경에 빠뜨리기 때문이다. 예외적인 경우가 없지는 않지만, 사람들은 노동보다는 놀이 속에서 더 즐겁고 재미를 만끽한다.

나는 한때 바둑에 지독히 빠진 적이 있다. 머릿속에 온통 바둑 생각만 가득하고, 눈을 감으면 바둑판이 떠올랐다. 바둑을 떠올리면 뇌에서 뿜어져 나온 도파민이 신경 세포를 흠뻑 적셔 알 수 없는 희열이 차올라 짜릿해지곤 했다. 종일 바둑만 둔다면 얼마나 행복할까 싶었다. 바둑판 안에서 나는 노래하는 새고, 달아나는 늑대고, 먹잇감을 좇는 사자였다. 바둑판 안에서 짐승의 날렵함을, 발명가의 영감을, 약탈자의 쾌락을 겪고, 거기서 인생의 신묘함을 엿보았다. 바둑판은 변화의 격랑이 소용돌이치는 판이고, 우연과 필연이 얽혀 드는 장(場)이다. 거기에는 투자와 실패, 접속과 단절, 투쟁과 이념들, 터무니없는 죽음과 기적의 생환이 우글거렸다. 바둑에 얼이 빠져 시급한 일들을 뒷전으로 밀쳐놓았으니 부모에게 야단맞기 일쑤였다. 바둑-놀이는 현실이 아니라 비현실이고, 실재의 차원으로 환원되지 않는 차원이다.

놀이를 놀이로 만드는 핵심적 요소는 두 가지다. 첫째, 놀이는 실제적인 목적을 좇지 않는다. 놀이는 철저하게 놀이 안에서 재미와 즐거움을 찾는다. 둘째, 놀이는 엄격한 규칙 안에서 이루어진다. 그 규칙에 따라 이기고 짐을 가른다. 승패를 가르고 이에 따라 보상을 달리할 때 놀이는 생동성을 분출하며 그 몰입도가 배가된다. 놀이의 의미와 본질을 학문적으로 탐구한 사람은 네덜란드 출신의 인문학자 호이징하다. 그는 인류가 일군 모든 형태의 문화와 문명의 기원에서 놀이 정신을 찾을 수 있다고 말한다. 사람은 그 본성에서 놀이하는 인간, 즉 호모 루덴스(Homo Ludens)라는 것이다. 놀이는 일과 다른 것, 자유와 즐거움을 찾는 탈일상적인 범주에 드는 활동이다. 차라리 놀이는 노동이나 의무로서의 작업들에 대한 휴식이고, 보상으로 주어진 활동이다.

모든 놀이는 자발적인 영역에서 이루어진다. 명령이고 의무의 강제에 구속된다면 그것은 놀이가 아니다. 놀이는 그 무엇의 강제도 아닌 것, 즉 삶에서 발생하는 당장의 필요나 도덕적인 규범, 이익 창출 따위의 의무 부과에서 자유롭다. 자유는 우리가 놀이에 몰입하는 으뜸이 되는 동기이다.

> 놀이는 자유스러운 것, 바로 자유이다. 또
> 이것에 깊이 연관 지어져 있는 두 번째 특징은
> 놀이가 '일상적인' 혹은 '실제의' 생활이
> 아니라는 것이다. 오히려 '실제의' 삶을
> 벗어나서 아주 자유스러운 일시적인 활동의
> 영역으로 들어가는 것이다. (호이징하, 『호모
> 루덴스』)

한마디로 놀이는 일상 테두리 바깥에서 이루어지는 잉여 활동이다. 그런 뜻에서 간주곡이고 막간극이다. 그래서 놀이는 언제든지 중지할 수 있고 연기될 수 있다.

놀이는 아무 가치도 없는 것일까? 아니다. 놀이는 삶의 일부로서 삶의 결핍을 채워주고 눌린 부분을 펴주며, 온갖 궂은일들로 가늘어지고 얇아진 마음에 활력과 명랑성을 불어넣는다. 일견 하찮게 보이는 놀이가 개별자들과 사회에 없어서는 안 될 불가결한 요소임이 드러난다.

> 정규적으로 반복되는 휴식 행위로서의 놀이는
> 우리 삶의 반려자이자 보완자가 되어 사실상 삶
> 전체의 불가결한 한 요소가 된다. 놀이는 삶을

가꾸어주고 또 삶을 확대시킨다. 그런 한에서
놀이는 생의 기능으로서 개인에게 필요한 것일
뿐 아니라, 놀이가 포함하고 있는 의미, 놀이의
의의와 놀이와 표현적인 가치, 놀이의 정신적
사회적 결합, 즉 한마디로 문화적 기능의 이유
때문에 사회에서도 필요불가결한 것이다.
그렇기 때문에 놀이는 영양의 섭취와 번식 및
자기 보존이라는 순수하게 생물학적인 과정을
넘어서는 영역에 자리 잡고 있다.(호이징하, 앞의 책)

놀이의 골격은 "경연, 공연, 전시, 겨룸, 우쭐거림, 뽐
냄, 치장, 겉치레, 구속력을 갖는 규칙"(호이징하, 앞의 책)
들과 같은 기본 요소들에서 나온다. 사람은 놀이 속에서
살아가는 데 중요한 것들인 미덕과 원칙들을 배우고 익힌
다. 놀이가 제약되는 곳에서는 필연적으로 삶을 떠받치는
기쁨의 탄력을 잃고 구질구질해진다. 삶이 있는 모든 곳
에는 놀이가 있다.

앞서 말했듯이 놀이는 삶의 한 본질이며 가장 근본적인
영역의 하나다. 놀이는 무의미를 통해 의미를 겪게 하고,
불합리를 통해 합리를 겪게 하고, 속됨을 통해 성스러움
을 겪게 한다. 그래서 호이징하는 이렇게 적는다.

그 자체로서는 무의미하고 불합리한 놀이의
형태와 기능을 통해서, 사물의 성스러운 질서
속에 파묻혀 있는 인간의 의식이 최초의,
최상의, 그리고 가장 성스러운 표현을 찾는다.
점차적으로 성스러운 행위의 의미가 놀이 속에
스며들고, 제의가 여기에 융합된다.(호이징하,
앞의 책)

놀이 중에서 노름이 가장 나쁜 평판을 얻은 것은 그것이
무분별한 자발성에 매이게 하기 때문이다. 도박-놀음에
중독된 사람은 왜 무분별한 자발성에 매이게 될까? 돈 때
문이 아니다. 돈은 부수적인 것이다. 돈보다 더 중요한 심
리적 동인은 도박-놀음이 그 자체로 구조화하고 있는 짜릿
함, 그리고 경쟁에서 '이긴다'는 사실이 주는 보상 효과
다. 이기는 것은 물론 도박-놀음에 걸었던 돈보다 더 많은
돈을 따는 것이지만, 그 효과는 심리적인 영역에서 나타
난다. 즉 돈을 따냄으로써 상대보다 우월하다고 느낀다.
이것이 우월성의 효력이다. 어떤 일을 잘해냈다는 만족감
은 일상생활에서의 덧없음에 대한 보상으로 주어진다.
　방송에서 재치 있는 입담을 뽐내며 사랑을 받던 가수
겸 방송인이 노름 버릇을 끊지 못해 큰 곤경에 빠졌다. 외
국의 카지노에서 노름을 하며 방송 녹화에도 빠졌다. 도

박 혐의가 불거지자 그는 노름은 하지 않았고, 뎅기열에
걸려 치료를 받고 있다고 거짓 해명을 해서 파장이 더 커
졌다. 그의 아름답지 못한 처신은 실망을 사고 공분을 사
기에 충분하다. 남들이 부러워할 만큼 큰돈을 벌던 그가
왜 자기 파멸에 이르는 도박에서 헤어나지 못할까? 그가
더도 덜도 아닌 도박의 중독자이기 때문이다.

　몇 해 전 온 나라가 '바다이야기'에서 퍼져 나오는 수
상한 악취 때문에 들끓었는데, 그 '바다'에는 파도와 갈
매기와 고래가 없었다. 저 외딴 섬까지 퍼져나간 '바다
이야기'는 사행성 성인게임장의 이름이다. 이 '바다이야
기'에 대해 우리 시대의 한 지성은 이렇게 말한다.

　　낭만적으로 시 제목 같은 '바다이야기'가
　　도박판이라는 걸 누가 알았겠어요? 그것은
　　문화관광부에서 문화, 낭만주의 그리고
　　사행(射倖), 이 세 가지를 붙여서 한 거 아닙니까.
　　사람 사는 데마다 도박장이 있는 것은
　　세계적으로 생각할 수 없는 거지요. 도박은
　　도박처럼 보여야지요. 문화관광부에서 하는
　　것이면 문화 행사처럼 보여야 되고, 시(詩)면
　　시 같아야지요. '바다이야기'처럼 시와 문화와
　　도박이 합쳐 있는 한국의 혼란 상태를 여실하게

보여주는 것 같아요.(문광훈·김우창,『세 개의
동그라미』)

　'바다이야기'는 서민의 쌈짓돈을 긁어내기 위해 사행
성 사업자들이 권력을 등에 업고 벌인 추악한 속임수요,
위장(僞裝) 사업이었다.

　이 '바다이야기'의 뒷전에서 한탕주의와 돈·권력을 쥔
자들의 검은 거래가 춤추고 있었다. 도박장들은 이 밖에도
황금성, 인어이야기, 오션파라다이스 따위의 이름을 달고
문전성시를 이루었다. 카지노, 경마, 경륜, 경정, 로또, 스
크린 경마, 인터넷 도박 사이트 따위가 도박 열풍을 거들
었다. 이 사행성 놀이 뒤에서 상품권 발행업체, 인터넷 게
임업체, 게임기 제작업체, 조직폭력배, 영화등급심의위
관계자, 문화부 관계 공무원, 청와대 비서관, 국회의원 등
이 단맛을 보려고 파리 떼처럼 몰려들었다. 서민들은 '한
탕'의 꿈을 안고 '바다이야기' 속으로 몸을 던졌다.

　'바다이야기'는 사행성 업자들과 도덕적 해이에 빠진
권력 주변의 수상한 이권 탐닉이 손잡고 만든 더러운 결
과물이다. 국민참여 정부가 내부 부패로 무너져내림으로
써 진보 세력의 개혁 노선을 지지한 자들은 실망하고 낙
담했다. 그 권력이 도덕성을 가장 큰 장점으로 널리 선전
했기 때문에 그들이 더러운 이권에 연루된 사실에 대한

배신감이 더 커졌다. 뿐만 아니라 분열주의자들, 우익 기득권자들, 영남 패권주의자들이 다시 득세하는 물꼬를 열어주었기 때문에 환멸도 더 커졌다.

1902년에 서울 주재 이탈리아 대사이던 카를로 로제티는 구한말 한국인의 속내를 들여다본 뒤 "도박에 대한 열정은 모든 한국인이 천부적으로 간직하고 있는 유일한 것"이라고 쓴다. 한국인을 타고난 도박꾼으로 보았단 얘기다. 조선시대에는 쌍륙 놀이가 대세였다. 양반과 기생들이 돈을 놓고 쌍륙 노름에 빠지고, 사대부가의 부녀들도 규방에 모여 쌍륙 놀이를 즐겼다. 쌍륙은 조선 전기에는 귀족층의 놀이였는데, 중기로 접어들면서 서민층에까지 번졌다. 놀라운 것은 정약용이나 박지원도 이 쌍륙 노름 마니아였다는 사실이다. 다산 정약용은 황해도 곡산부사로 있던 1799년에 절도사에게 다음과 같은 편지를 보냈다.

경자년 봄에 촉석루에서 떠들썩하게 악기를
연주하다 해가 저물어서야 파하였습니다.
그리고 심 비장과 함께 저포 노름을 하여
3천 전을 가지고 여러 기생들에게 뿌려주며
즐겁게 놀았던 일을 기억하십니까? 이제는
벌써 19년이 지났는데도 어제의 일처럼
역력합니다. (유승훈, 『다산과 연암, 놀음에 빠지다』에서

재인용)

구한말에는 투전과 골패라는 도박이, 일제강점기에는 마작이, 이즈막에는 고스톱과 포커 판이 벌어진다.

항상 '중독'이 문제다. 중독은 주체의 의지 바깥에서 흘러넘치는 잉여에 사로잡힘이다. 이때 잉여는 어떤 주체적 생산에도 관여하지 않고 한없는 소비를 낳는다. 중독은 "인력으로 어쩔 수 없이 변화되는 행복감을 통제하려는 시도"(크레이그 네켄, 『중독의 심리학』)이지만, 다른 한편으로 제 안의 자유의지를 잃고 혼돈 속에서 표류하는 것이다. 중독자는 제 운명을 주체 아닌 것에 떠맡겼다는 점에서 죽은 자다. 중독자는 인과적 결정론의 세계에서 끊임없이 자기를 위조하며 위조된 자기가 진짜 자기라고 여기며 살아간다. 중독이라는 환각 안에서 존재를 오작동하며 존재를 무의미하게 방출하는 것이다. 감정의 기복이 심한 사람은 갖가지 중독에 취약하다. 한국인 중에서 '도박 중독'에 이른 사람이 300만 명이라고 한다. 그들이 도박에 중독되어 탕진한 것은 재산만이 아니다. 도박 중독자들은 인격, 정서적 자산, 인간관계 따위도 잃는다.

왜 가장 합리적인 사람조차 중독의 정서적인 논리 앞에 무너지는가? 크레이그 네켄은 중독이 그 본질에서 "중독자가 친밀함의 욕구를 충족시키기 위해서 물질이나 행동

과 맺는 정서적인 관계"라고 말한다. 문제는 정서적인 착
각이다. 중독자들은 자신의 욕망을 통제할 수 있다고 생
각한다. 이는 착각이다. 중독자들은 내부로 움츠러드는
사람들이고, 물질이나 행동 면에서 사회가 용인하는 수위
를 훨씬 넘어서서 병적이고 비정상적인 관계를 맺음으로
써 우울과 고립에서 벗어나려고 한다. 그들은 스트레스를
받을 때마다 중독에 의존한다. 도박 중독자는 더 이상 도
박을 하지 않겠다고 다짐을 하면서도 도박의 기회가 주어
졌을 때, 그 유혹을 뿌리치지 못한다.

> 한편으로는 '분명히 딸 것'을 믿으며, 또
> 한편으로는 그 주에 더 이상 도박을 하지 않기로
> 한 약속을 떠올린다. 내면에서 정서적인 압력이
> 쌓인다. 중독에는 정서적인 욕구를 충족시키고
> 정서적인 긴장을 해소시키려는 뿌리 깊은
> 욕구가 들어 있기 때문에 그는 결국 자신의
> 충동에 굴복한다. 이 기회를 붙잡지 않는 것은
> 바보 같은 짓이라고 스스로를 설득시키고
> 난 후에 굴복하는 것은 그다지 어렵지
> 않다. (크레이그 네켄, 앞의 책)

아이의 놀이에는 세계를 움직이는 원리가 다 들어 있

다. 아이들은 넘치는 생명력을 놀이를 통해 발산한다. 놀이에 몰입해 있는 순간의 아이들의 표정을 눈여겨보라. 그들은 합목적성에서 벗어나 자유롭고, 그 기쁨으로 얼굴은 빛난다. 아이들은 그 자유를 만끽하며 온몸으로 그 기쁨을 표현한다. 아이들에게 놀이는 삶 그 자체다. 시와 연극과 춤과 스포츠가 이 놀이라는 뿌리에서 나온 꽃이고 열매들이다. 어른들은 '기분을 바꾸기 위해서' 놀이를 이용한다. 놀이를 실제적이며 직접적인 목적 추구의 수단으로 전용함으로써 놀이를 놀이로서 즐기지 못한다. 즐기지 못한다면 놀이의 유희성은 사라진다. 놀이가 현실로 착종(錯綜)되면 놀이를 끝낸 뒤 돌아갈 곳이 없다. 남은 것은 피로와 허무감뿐이다. 여기서 모든 놀이 중독자들의 비극이 생겨난다.

놀이의 중독자들은 환각이라는 영토 위에 인공낙원을 만든다. 도박-노름의 중독자들에게는 현실로 귀환하는 다리가 없다. 그래서 다시 그것에 돌아간다. 그 자신의 능력이나 의지로는 어쩔 수 없는 심리적 퇴영이다. 한마디로 중독자는 환자들이다. 중독자들은 도박, 섹스, 쇼핑, 절도, 탐식들, 엠피타민, 코카인, 엑스터시와 같은 향정신성 약물들, 술이나 담배 따위의 기호식품들에 의존해서 기분을 통제하고 변화를 추구하며 황홀경에 머물러 있으려고 한다. 중독자들이 기분 변화, 취한 상태를 갈망하는

것은 물리적 환경과 분리되어 복잡한 문제들에서 해방될
수 있기 때문이다. 중독은 일종의 이탈이다.

> 중독자는 어떤 물질이나 행동이 기분의 기복을
> 조절해줄 수 있다고 믿기 때문에 자신이
> 원하는 상태로 기분을 바꾸고 싶어서 그러한
> 것들에 의존한다. 사실 처음에는 그 방법이
> 효과가 있을 수도 있다. 중독은 가장 근본적인
> 수준에서 보자면 행복에 대한 갈망을 통제하고
> 충족시키려는 노력이다. (크레이그 네켄, 앞의 책)

우리나라에서 합법화된 모든 도박 산업은 국가가 제 마
음대로 쥐락펴락하는 '레저산업'의 일부다. 개인들이 벌
이는 도박은 대개는 불법이다. 이 도박에 빠진 국민이 해
마다 쏟아붓는 돈이 4조 원에서 5조 원에 이른다고 한다.
사람들은 왜 그토록 도박-놀음에 매달릴까? 실업과 가계
적자, 그로 인한 심리적 공황, 좌절감과 현실도피 심리 따
위가 도박과 무관하지 않다. '대박'을 터뜨려 단번에 위
기에서 벗어나려는 한탕주의 심리도 거들었을 것이다.

앞서 노름에 빠진 한 방송인의 처신이 괘씸하지만 처벌
보다는 치료가 우선되어야 하는 이유는 그가 '환자'이기
때문이다. 한 임상심리학자는 중독을 "오늘날 우리가 직

면하고 있는 가장 광범위하고 피해가 큰 질환"이라고 말
한다. 노름 버릇이 질병이라면 치료가 우선되어야 마땅하
다. 그 질병의 족쇄를 풀지 못해 한순간 명성과 밥벌이의
수단을 잃고 '범죄자'라는 낙인 찍힌 한 방송인의 딱한 처
지를 보면서 도박이 저 자신과 가족을 고통의 구렁텅이에
몰아넣는 '질병'임을 새삼 되새긴다.

로제 그르니에, 『율리시즈의 눈물』, 김화영 옮김, 현대문학, 2006
호이징하, 『호모 루덴스』, 김윤수 옮김, 까치, 1981
크레이그 네켄, 『중독의 심리학』, 오혜경 옮김, 웅진지식하우스, 2008
유승훈, 『다산과 연암, 놀음에 빠지다』, 살림, 2006
문광훈·김우창, 『세 개의 동그라미』, 한길사, 2008

게으름을 즐겨라!

이솝우화에서 개미는 부지런하고 베짱이는 게으르다. 개미는 일하는 자, 베짱이는 노는 자를 상징하는 이 우화는 겨울이라는 고난의 시절을 맞아 굶주려 죽는 베짱이의 비극을 강조하며 끝난다. 게으르면 베짱이처럼 되는 거야! 가난뱅이가 되고 마침내는 죽게 돼! 절대로 베짱이처럼 게으르면 안 돼! 게으름이 초래하는 비참한 결과를 교훈으로 제시하는 이 우화는 씁쓸하다. 개미는 선량하고 베짱이를 악덕으로 내모는 이 우화는 현대 사회에서 새롭게 해석되고 이해되어야 마땅하다.

베짱이의 행위를 악덕으로 규정하는 데는 능률을 숭배하고 근로의 미덕을 강조하는 지배 이데올로기가 작동한다. 자본과 권력을 점유한 지배자들은 늘 노동의 존엄성을 강조하고 순박한 사람들을 일터로 내모는데, 체제 존속과 기득권을 지키기 위해서는 누군가가 일하지 않으면 안 되는 까닭이다. 그들도 일하지 않는 것은 아니다. 이건희 씨나 정몽구 씨 같은 재벌기업 총수들이 일하지 않고 노는 것은 아니다. 어쩌면 그들은 일반 노동자보다 더 열심히 일한다. 그들의 일은 노동자의 일과 질적으로 다르다.

버트런드 러셀은 일을 두 가지로 나눈다. "먼저, 지표면 혹은 지표면 가까이 놓인 물질을 다른 물질과 자리를 바꿔놓는 일이다. 또 하나는 타인들에게 그런 일을 하도록 시키는 일이다."(버트런드 러셀, 『게으름에 대한 찬양』) 앞의 일은 힘들고 돈도 적게 받지만, 뒤의 일은 편하고 돈을 더 받는다. 더 많은 자본과 권력을 쥔 사람들이 대개 이 일을 해라, 저 일을 해라, 지시를 내리는 일을 한다. 그들은 입만 열면 "근면하라, 절주하라, 먼 장래의 이익을 위해 장시간 일하려는 의욕을 가져라, 심지어는 당국에 순종하라"(버트런드 러셀, 앞의 책)라고 말한다.

끝없이 일에 몸 바치는 노동자들은 더 잘살게 되었는가? 진실은 무엇인가?

문명이 시작된 이래로 산업혁명에 이르기까지
대체로, 인간은 열심히 일해도 자신과 가족의
생계에 필요한 정도밖에 생산할 수 없었다.
비록 그의 아내도 남편 못지않게 열심히
일했고 아이들도 나이가 차는 대로 노동력을
보탰겠지만 말이다. 최소한의 필요를 웃도는
적은 양의 잉여물이 생긴다 해도 전사나 사제
집단에게 돌아갔다.(버트런드 러셀, 앞의 책)

열심히 일해도 가난한 자는 여전히 가난하다는 것, 그리고 잉여가 생길 때 그것을 가져가는 집단은 따로 있다는 것, 이게 진실이다.

일손을 놓고 노는 사람들을 우리는 게으른 사람이라고 판단한다. 오랫동안 게으름과 게으른 사람에 대한 사회적 평판은 그다지 좋지 않았다. 게으름은 마땅히 해야만 할 일들의 고의적인 방기와 연관된다. 사회가 게으른 사람을 기피하고 단죄하는 이유는 분명하다. 그의 게으름으로 인해 누군가 손해를 입거나 누군가 해야 할 일들이 늘어나는 까닭이다. 게으름에 대해 비판할 수 있는 근거는 딱 한 가지다. 게으름이 "타인의 근면에 의해서만 가능한 것"(버트런드 러셀, 앞의 책)이라는 점이다. 한 사회가 게으른 사람들로만 이루어진다면 그 사회는 기능을 잃고 와해될 게 분명하다. 거리에 쓰레기가 쌓이고, 전기가 끊기고, 우편물은 배달되지 않고, 식료품을 조달하는 데도 애를 먹을 것이다. 더 나아가 버스, 철도, 항공기들의 운항은 중단될 것이다. 게으름 때문에 빚어질 수도 있는 가상 현실이다. 생각만 해도 끔찍하지 않은가?

버트런드 러셀(Bertrand Russell, 1872~1970)은 누구인가? 러셀은 20세기를 대표할 만한 철학자 중의 한 사람이다. 영국 몬머스셔 트렐렉에서 귀족 가문의 아들로 태어났다. 어려서 부모를 여의고 할아버지의 집에서 자라는데, 자유주의적 개혁 정치가 존 러셀이 그의 할아버지다. 1890년에서 1894년까지는 케임브리지 대학교의 트리니티 칼리지에서 수학과 철학을 전공하고, 졸업한 뒤 잠시 동안 영국 대사관 직원으로 파리에 근무했다. 트리니티 칼리지로 돌아가 기하학의 토대에 대한 논문으로 박사 학위를 얻고 연구원으로 일한다. 베를린에 머물면서 사회민주당의 지도 인사들과 만난 경험을 바탕으로 『독일 사회민주주의』라는 책을 내고, 1903년에는 『수학의 원리』를 내놓는다.

이 시기에 나온 중요한 저서가 『철학의 문제들』이란 책이다. 제1차 세계대전 기간 중 양심적 병역거부자들을 옹호했다는 이유로 교직에서 물러난다. 1920년에는 소련에 객원 강사로 초청되었던 체험을 바탕으로 『볼셰비즘의 실제와 이론』을 내놓고, 그 뒤 몇 년간 20종이 넘는 대중 학술서들을 발표하는데, 『물질의 분석』, 『상대성이론 ABC』, 『결혼과 도덕에 관한 10가지 철학적 성찰』, 『행복의 정복』, 『교육과 사회질서』, 『자유와 조직』 등 여러 분야에 걸쳐 있다. 1938년에서 1944년까지 미국에 머물면서 대학에서 강의하는데, 이때 『서양 철학사』가 씌어졌다.

1950년에는 노벨 문학상을 받는다. 러셀은 나이가 들어서도 정치, 도덕, 교육 등의 현안에 참여하고, 평화를 위해 무기를 철폐하자는 투쟁에 뛰어들기도 했다. 수학과 논리학을 전공하고, 철학자의 길을 걸었던 러셀은 1970

년 2월 2일 웨일스에서 세상을 떠난다. 일찍이 소개된 『행복의 획득』은 여러 출판사에서 제목을 달리해서 중복 출판되었다. 『행복의 정복』(문예출판사, 1993/사회평론, 2005)에서 우리가 행복해질 수 있는 비결로, "가능한 한 광범위한 관심을 갖는 것, 가능한 한 당신의 흥미를 갖고 있는 사물이나 인간에 대해 적대적이기보다 오히려 호의적인 반응을 보이는 것이다"라고 조언을 한다. 『게으름에 대한 찬양』은 일반적으로 '근로'가 미덕이라는 믿음의 허구성을 폭로하면서, 행복해지려면 결국은 일을 줄이는 수밖에 없음을 말한다.

삶의 가치가 우리가 한 일의 성과와 의미에서 결정된다면, 일하지 않는 것은 의미도 보람도 만들지 않는 무용함에 해당할 것이다. 오죽하면 속담에 "노느니 장독 깬다"라는 말도 있지 않은가. 노는 것은 차라리 장독을 깨는 것보다 못한 짓이다. 그만큼 노는 것은 인류 사회에서 몰아내야 할 악덕이다. 정말 게으름이 나쁘기만 한 것일까? 나는 이런 생각들이 공리주의적 가치관을 가진 사람들이 퍼뜨린 게으름에 대한 일종의 편견이라고 여긴다. 직업을 갖고 일을 하는 것은 자신과 식구들을 부양하고 사회에 뿌리를 내리는 데 중요하지만 사람은 일만 하는 황소와는 다르다. 게으름을 경멸하는 공리주의자들은 우리 삶이 일과 쉼의 조화 속에서 만들어진다는 사실을 간과한다. 일과 수고가 가장 가치를 발현하는 것은 쉴 때, 즉 게으름 속에서 그일과 수고의 달콤한 과실을 맛볼 때다. 게으름에 덧씌운나쁜 소문들을 걷어내고 게으름의 본질을 바로 보자.

> 게으름은 한 발짝 뒤로 물러남이다. 그러나
> 정신까지도 물러나는 것은 아니다. 맞서는 것을
> 잠깐 멈추는 식의 물러남이다. 이 세상이 뭐가
> 되든지, 되어가는 대로 흘러가는 것이라고나
> 할까. (피에르 쌍소 외, 『게으름의 즐거움』)

그렇다. 게으름은 물러남이다. 일손을 놓고, 휴식과 창조를 위해, 아무것도 하지 않기 위해 물러나는 것이다. 게으름은 병리학적인 마비가 아니라 본성에 잠겨 흘러가도록 자신을 자유롭게 놓아두는 것이다.

> 말하자면, 게으르다는 것은 있는 그대로
> 내버려둔다는 것이다. 그것은 슬기로움이나
> 너그러움의 한 형태다. 물러났다가 세상으로
> 다시 돌아와야 한다. 이러한 삶의 방식은
> 한가로이 거닐기, 남의 말 들어주기, 꿈꾸기,
> 글쓰기 따위처럼 사람들이 별로 소중하게
> 여기지 않는 버려진 순간에 깃들여 있다. (피에르

쌍소 외, 앞의 책)

　게으름은 타성과 관성의 굳음을 물렁물렁하게 만든다. 게으름 속에 있을 때 우리 몸과 마음은 물렁물렁해진다. 우리는 물렁물렁해져서 존재의 아름다운 순간 속으로 빨려들어간다.

　근대 사회 이후 노동의 강도는 더 세지고 성과에 대한 요구는 절대화되고 있다. 이 과정에서 깊은 심심함과 사색적 휴식은 과잉 활동성으로 대체되고, 자신을 돌아볼 수 있는 여유를 잃어버린 채 우리의 개성과 자아는 균질화된다. 이 매끈해진 균질화 속에서 우리는 정체성을 잃고 다만 노동-기계로 전락하는데, 게으름이란 이 전락에 대한 항의이자 몸의 성과주의적 부림에 대한 태업이고 성과사회가 부추기는 노동과 생산의 히스테리에 대한 저항이다.

　　게으름은 인간 존재를 구성하는 요소 가운데
　　하나가 될 것이다. 이제 게으름은 그저
　　게으름뱅이들의, 아무 생산 활동을 하지
　　않는 사람들의 속성이 아니다. 지점 폐쇄나
　　정리 해고로 말미암아 일자리를 잃고 거리로
　　내몰리는 대신에 마음의 평화를 되찾기 위하여

게을러지려고 애쓰게 될 것이다.(피에르 쌍소 외,
앞의 책)

현대 사회에서 게으름은 마음의 평화를 누리기 위해 반
드시 찾아야 할 덕목의 하나이다.

한 주일이 끝나면 일요일이 돌아온다. 일요일을 앞두
고 마음은 해방감의 기쁨으로 차오른다. 무엇보다도 일요
일은 늦잠을 잘 수가 있다. 늦잠은 우리가 시간의 지배에
놓여 있는 것이 아니라 시간을 지배하고 있다는 증거다.
"일요일은 기항지며 피난처다."(피에르 쌍소 외, 앞의 책) 일
요일의 고요, 일요일의 평화는 곧 주중의 일상을 지배하
는 시간의 가속화를 늦추고 얻은 축복이다. 일요일이 그
토록 소중한 것은 그날이 깊은 심심함 속으로 한껏 게으
름으로 자맥질을 할 수 있는 날이며, "현재라는 아찔한 현
기증 속에서 우리를 본디의 자리로 되돌려놓는"(피에르 쌍
소 외, 앞의 책) 날이기 때문이다.

게으름에도 분명 창의적이고 생산적인 부분이 있다. 게
으름이 일손을 놓고 자기 자신에게로 돌아가는 시간이고,
자기를 비우고 자기를 무(無) 속에 방임하는 시간이라면,
그 시간에 마음의 고요를 되찾고, 몸과 마음의 잃어버린
균형을 되찾을 수 있다. 타고난 바 자유를 누리고 그 속에

서 삶의 의미를 천천히 되새겨보는 느림 속의 자기 방기가 바로 게으름이다. 우리는 일손을 놓고 놀이, 사교적 만남, 음주와 가무, 낮잠에서 얻는 기쁨을 누릴 수 있다. 즐거움을 위해, 여유를 위해. 가끔은 자기 자신을 노동의 속박에서 풀어주고, 느긋하게 빈둥거리고 서성거려보라. 여러 관습과 책임과 의무들의 속박에 옥죄여 있던 마음이 평화로워진다. 삶은 훨씬 더 여유로워지고 풍요해질 것이다. 열심히 일하라! 그러나 게으름을 두려워 마라! 한껏 게으름을 누리라! 게으름의 태평함, 게으름의 자유로움은 제 행복을 스스로 빚어낼 수 있는 자의 권리이자 능력이다.

버트런드 러셀, 『게으름에 대한 찬양』, 송은경 옮김, 사회평론, 1997
피에르 쌍소 외 『게으름의 즐거움』, 함유선 옮김, 호미, 2003
톰 호지킨슨, 『게으름을 멋떳하게 즐기는 법』, 남문희 옮김,
    청림출판, 2005

난민, 혹은 벌거벗은 삶에 대하여

2011년 여름은 큰비로 수해를 입은 사람이 많았다. 수마 (水魔)가 할퀴어 가재도구를 잃고, 생명을 잃은 사람도 있었다. 비가 그치자 땡볕은 또 얼마나 뜨거웠던가. 그 유난히도 기세등등하던 여름이 막 뒤로 퇴장하고 있다. 아직 매미의 드센 울음소리가 천지간을 채우고 있지만, 아침저녁으로 살갗에 닿는 여름 막바지 기운은 가을에 대한 설렘으로 이어진다. 어제 낮에 보니 울안 산벚나무 하나가 저 혼자 가을을 맞고 있다. 어쩐 일인지 다른 나무들은 푸른데, 유독 그 나무의 잎만 누렇게 변해서 바람이 일렁일 때마다 우수수 떨어졌다.

한낮을 피해 삼림욕장을 다녀와 찬물로 몸을 씻고 땀 젖은 옷을 갈아입은 뒤 그늘 아래서 『당시선집(唐詩選集)』을 읽었다. 도연명의 것이 눈에 들어온다.

오두막을 짓고 마을에 살아도
수레, 말소리 하나 없다.
그대는 어찌 그럴 수 있나.

마음이 머니 사는 곳도 절로 아득하다.
동쪽 울 밑에서 국화를 꺾어 들고
유연히 남산을 바라본다.
산기운은 해가 지니 아름답고
날던 새들 서로 어울려 돌아오누나.
이 가운데 참뜻이 있거늘,
하려 할 말을 잊도다. (도연명, 「음주」)

물가의 집은 해가 지니 돌연 아름답다. 아직 국화는 없으니 국화를 꺾어 들지는 않는다. 그저 우두커니 밖에 놓인 의자에 앉아 해 지고 어두워지는 주변 풍광에 눈길을 주었다. 물가 버드나무 군락들 위로 저녁 빛이 드리워지고 그 빛 속에 백로 몇 마리가 한가로이 날아간다. 밤이 왔다. 풀벌레 소리가 높고 앞산 위로 떠오른 달이 환하다. 마음은 고요한데, 어쩐지 그 마음 한 구석이 무겁고 찔린 듯 아프다.

날이 갈수록 사는 일이 팍팍하다고 느껴졌기 때문이다. 전세 대란, 하우스 푸어, 청년 실업, 중산층 붕괴, 저출산 등등의 말들이 가슴에 무거움을 더한다. 나라를 잃은 것도 아니요, 거처를 잃은 것도 아닌데, 왜 서민들은 제 처지가 '난민' 같다고 느끼는 것일까. '난민'이란 정처를 잃고 떠도는 사람들이다. 그들이 사는 삶은 안전한 토대를 잃어버린 '벌거벗은 삶'이요, 함부로 수거되고 버려지는 '쓰레기가 되는 삶'이다. 백수와 노숙자는 노동 시장에서 쓸모가 없다고 외면하는 '쓰레기'가 아닌가. 저출산은 누구나 '쓰레기'로 전락할 수 있는 이 사회의 희망 없음, 즉 당사자는 물론이거니와 미래-아이의 삶이 품은 불확실성과 불안 때문이 아닌가.

정처를 갖고 뿌리를 내리는 사회적 존재의 기반이란 "땅, 집, 마을, 도시, 부모, 소유물, 직업, 그리고 다른 일상사들"이다. 이것들과의 인연이 끊어지면 누구나 '난민'으로 전락한다. "한 번 난민이면 영원히 난민이다. 잃어버린(혹은 차라리 더 이상 존재하지 않는다고 해야 할) 고향의 천국으로 되돌아가는 길은 거의 완전히 끊겼고, 수용소의 연옥에서 나가는 출구는 모두 지옥으로 이어지고 있다."(지그문트 바우만, 『쓰레기가 되는 삶들』) 당신은 현실이 '지옥' 같고 '수용소' 같다고 느끼는가. 그렇다면 당신은 이미 잠재적 '난민'이다.

'난민'의 특징은 살던 집과 땅에서 쫓겨남이고, 집 없음이다. 그들은 집이 아니라 수용소의 천막에서 임시 체류를 허락받는다. 실존 철학자들은 현대인들이 심리적인 의미에서 집 없는 상황에 처했음을 말한다. 때때로 집이란 장소나 공간이 아니라 시간이다. 우리가 모욕을 당했을 때 위로를 받으려고 달려가는 피난처는 집이다. 집은 행복했던 원초의 시간 그 자체다. 불행이 감히 침범하지 못한 '별서'고, 가족들과 더불어 평화롭고 고요하던 '뒤뜰'이다. 오래 산 집은 옛날이고, 옛날의 행복이다. 그래서 모욕을 받거나 상처받은 사람들의 발걸음은 집을 향한다. 사람은 행복만이 아니라 사회적 안정이나 영속성을 위해서라도 집이 반드시 필요하다. 1960년대 시인 김수영은 집을 이렇게 노래한 바 있다.

> 무더운 자연 속에서
> 검은 손과 발에 마구 상처를 입고 와서
> 병든 사자처럼
> 벌거벗고 지내는
> 나는 여름
>
> 석간에 폭풍경보를 보고
> 배를 타고 가는 사람을
> 습관에서가 아니라 염려하고
> 3년 전에 심은 버드나무의 악마 같은
> 그림자가 내뿜는 아우성소리를 들으며
>
> 집과 문명을 새삼스럽게
> 즐거워하고 또 비판한다

하얗게 마른 마루 틈 사이에서
들어오는 바람에서
느끼는 투지와 애정은 젊다

자연을 보지 않고 자연을 사랑하라
목가가 여기 있다고 외쳐라
폭풍의 목가가 여기 있다고 외쳐라

목사여 정치가여 상인이여 노동자여
실직자여 방랑자여
그리고 나와 같은 집 없는 걸인이여
집이 여기에 있다고 외쳐라

하얗게 마른 마루 틈 사이에서
검은 바람이 들어온다고 외쳐라
너의 머리 위에
너의 몸을 반쯤 가려주는 길
멋진 양철 채양이 있다고 외쳐라(김수영, 「가옥찬가」)

이것은 집을 가진 것의 기쁨의 노래이고, 집에 바치는
찬가(讚歌)다. 집은 하나의 내부다. 집은 내부로써 외부의
변화무쌍함, 위험, 불순함, 침투성에 저항한다. 외부에서

상처를 입고 돌아와 "병든 사자"처럼 쉬고 있는 곳이 어디인가? 바로 집이다. 석간에 나온 폭풍경보에도 불구하고 "집과 문명을 새삼스럽게 즐거워하"는 곳은 어디인가? 집이다. 집은 은신처이고 존재의 피막(皮膜/避幕)인 까닭이다. 마루 틈으로 바람이 새어 들어와도 우리는 투지와 애정을 느낄 뿐 두렵지 않다. 우리는 집 안에서 보호받고 있다고 느낄 때만 폭풍의 목가를 부를 수 있다.

왜 날이 갈수록 살기는 팍팍해지고, 생활은 누추하고 비루해지는가. 뼈가 휘도록 일을 해도 빚의 굴레에서 벗어날 수가 없다. 제 집을 가진 사람들조차 '하우스 푸어'로 내몰린다. 당신이 자본주의 사회의 꼬리에 붙어 있는 까닭에 겪을 수밖에 없는 불가피한 사태다. 자본주의는 늘 제 성장과 발전을 위해서 뜯어먹고 살 비자본주의적 잉여들을 필요로 한다. 로자 룩셈부르크의 통찰에 따르면, 비자본주의적 환경이야말로 자본주의를 떠받치는 비옥한 토양이요 든든한 토대다. 자본주의는 그것들을 먹어치움으로써 성장한다. 제 꼬리를 잘라 먹으며 자라나는 뱀의 꼴이다. 시간이 지날수록 뱀의 위장과 꼬리의 거리가 점점 짧아진다. '난민'들은 뱀의 몸통 중에서 꼬리에 해당한다. '꼬리'는 없어도 자본주의의 생존이 가능한 잉여인 것이다.

'꼬리'는 자본주의라는 몸통 중에서 가장 먼저 사라지

는 부분들이다. 재벌 총수나 그의 일가는 어떤 위법 행위를 저지르더라도 얼마 지나지 않아 면죄부를 받고 활동한다. 그들은 몸통들이다. 뱀은 제 꼬리는 잘라 먹을지 몰라도 몸통은 먹지 않는다. 자본주의의 '머리'와 '위장'이 되는 부분을 차지하고 있는 사람들은 죽지 않는 법이다.

오늘의 시대에 많은 사람들의 자아는 불안과 두려움에 침식당한다. 모든 삶은 빠른 속도에 먹히고 있다. 우리는 그 빠른 속도에 편승하면서도 알 수 없는 불안과 두려움에 빠진다. 자본주의가 가속화하는 빠른 속도는 모든 존재와 사물들의 사용 가능한 기간을 줄인다. 빨리 쓰고 빨리 버리는 것이다. 버림받는 것은 '쓰레기'다. 문제는 불안과 두려움이다! "바로 내가 쓰레기로 전락하게 되리라는 두려움은 사람들의 욕망을 한층 더 탐욕스럽게 하고 변화를 한층 더 욕망하도록 만든다."(지그문트 바우만, 앞의 책) 우리가 왜 그토록 조급해지고 탐욕스러워졌는지를 알겠다.

이 모든 불행에 대처하는 방법은? 그 대답 대신에『논어』의「헌문(憲問)」편을 읽어보자. 공자가 위나라에 있을 때 경쇠를 치고 있었다. 삼태기를 멘 자가 공자의 집 문 앞을 지나다, "유심하다, 경쇠를 치는 소리"라고 한마디를 했다. 이어서, "비루하다, 그 집착이여. 세상이 알아주지 않으면 물러서면 되고, 물이 깊으면 바지를 벗으면 되고,

얕으면 바지를 걷고 건너면 되리라"라는 말을 더 보탰다. 공자가 듣고 말했다. "그렇겠지. 그렇게 생각하면 과감함도 어렵지 아니하리라." 공자가 노나라에서 경원당해 위나라에 있는 제자 자로의 처남 안수유의 집에 머물 때의 일이다. 지혜로운 사람은 경쇠 소리에서 그것을 치는 자의 집착과 야심을 읽고, 그 마음이 비루하다고 했다. 공자는 단박에 그가 현자임을 알아차리고, 아무 토도 달지 않고 "그렇겠지" 하고 담담하게 긍정을 한 것이다.

자본의 보이지 않는 손이 무엇인가를 빼앗으려고 할 때는 우리가 무언가를 갖고 있을 때다. 그 자본이 가장 좋아하는 것은 조급증과 탐욕이다. 버리고 비우면 빼앗길 것도 없고 더는 비루해지지도 않는다. 요동치는 자본의 세상에서 요동치지 않으려면 그것에서 멀어지는 것도 한 방책이다. 자본의 보이지 않는 손이 부지런한 것에 한가하고 자본의 보이지 않는 손이 한가한 것에 부지런하라! 국화가 피기를 손꼽아 기다리고 어둠 속에서 우는 풀벌레 소리에 귀를 기울이며 가을밤의 정밀함에 몸을 의탁하고자 하는 것도 그런 까닭이다.

지그문트 바우만, 『쓰레기가 되는 삶들』, 정일준 옮김, 새물결, 2008
시모무라 고진, 『논어』, 고운기 옮김, 현암사, 2003

책과 함께하는 다섯 번째 계절

슈퍼히어로

할리우드 영화 〈어벤져스〉가 관객들을 끌어모으며 연일 화제다. 개봉하고 불과 열하루 만에 관객이 400만을 넘어섰다고 하니 기세가 대단하다. 영화 전문가들은 미국 마블코믹스 슈퍼히어로물을 원작으로 만든 이 영화가 슈퍼히어로물 영화 관객 신기록을 깨는 것은 확실하다고 말한다. 이 영화는 어처구니가 없을 정도로 단순한 서사 구조를 가졌다. 영화 〈토르〉에 나온 악역 로키가 외계 군단을 이끌고 지구를 침공하자 아이언맨, 토르, 헐크, 캡틴 아메리카, 블랙 위도우, 호크아이와 같은 슈퍼히어로들이 힘을 합쳐 싸운다는 내용이다.

뻔한 줄거리에도 불구하고 관객들이 벌 떼처럼 몰리는 것은 영화가 보여주는 깨알 같은 재미 때문일 것이고, 다른 한편으로 사회적 제약과 자연적 제약을 간단히 뛰어넘는 능력을 가진 슈퍼히어로들이 우리 안에 숨은 무의식적 욕망을 자극하기 때문일 것이다. 어쨌든, 이 영화, 황당무계하지만 황당무계함을 감당할 수만 있다면 재미있게 볼 수 있는 영화다. 어쩌면 이 영화가 주는 재미와 즐거움은 현실에서는 전혀 가능하지 않은 슈퍼히어로라는 '초월적 기표'들을 '동일시로서의 투사(projection-identification)'라는 방식으로 향유한 데서 비롯된 것은 아닐까.

영화에서는 항상 선이 악을 이기고, 착한 자들이 당하는 고난은 우여곡절 끝에 보상을 받는다. 현실은 영화와는 다르다. 현실에서는 자주 악이 선을 이기고, 착한 자들이 당하는 고난은 보상도 받지 못할뿐더러 끝나지도 않는다. 정의가 불의에 짓밟히는 사태를 보고 아, 더럽군. 더러워! 하면서도 살아야 하는 게 현실이다. 영화는 현실과 다르기 때문에 즐거움과 대리 만족을 안겨준다. 그래서 우리는 비싼 입장료를 내고 저 어두컴컴한 극장 안으로 자발적으로 들어간다.

어쨌든 〈어벤져스〉를 보고 기분 좋게 나올 때, 아마 당신 안에서 이런 단순하고 당연한 물음이 스멀스멀 기어나왔을 것이다. 초자연적 힘과 마법적인 능력을 갖춘 이 슈퍼히어로들은 누구이고, 우리는 왜 슈퍼히어로에 열광하는 것일까? 이 물음을 바꾸면, 슈퍼히어로에 열광하는 우리 무의식 안에 있는 것은 어떤 욕망일까가 될 테다. 자, 이제 그 욕망을 덮고 있는 꺼풀을 벗겨내고 그 안을 들여다보자.

영화와는 달리, 우리 존재는 정말 작고, 현실은 비속하기 짝이 없다. 사는 것도 결코 재미있다고 말할 수는 없다. 사는 게 재미없으니까, 영화라는 쾌락을 찾아 극장엘 가는지도 모른다. 극장을 나서는 순간 마주치는 자명한 현실은 영화가 선물로 안겨준 달콤한 몽환을 바로 깨버린다. 꽤 비싼 파스타를 주문했는데, 파스타는 아무 맛이 없고 서비스는 엉망이다. 게다가 음식점 바로 앞 도로에 주차해놓은 차량 유리창에는 불법 주차 스티커가 붙어 있다. 짜증이 밀려오고 혈압은 급상승한다. 그게 현실이다.

우리는 날마다 비속한 세계에서 비속한 삶을 산다. 날마다 똑같은 밥을 먹고 똑같은 옷을 입고 똑같은 일을 하러 지하철을 타고 회사라고 부르는 일터로 나간다. 회사에는 나와 닮은 고만고만한 존재들이 있다. 작은 존재들과 어울려서 작은 존재로 살며, 아주 가끔씩 이 작은 존재의 삶에 멀미를 느끼기도 한다. 반세기 전 시인 김수영은 "모래야 나는 얼마큼 작으냐 / 바람아 먼지야 풀아 나는 얼마큼 작으냐 / 정말 얼마큼 작으냐……"(「어느 날 고궁을 나오면서」)라고 절규했다. 우리는 영국 프리미어리그 맨체스터 더비에서 그라운드를 종횡무진하는 박지성의 플레이에 열광하고, 미국 메이저리그에서 아시아 선수 신기록을 세우고 일본 리그를 거쳐 한화 이글스 유니폼을 입고 공을 던지는 박찬호의 호투에 박수를 치며 열광했었다. 그들은 영웅이니까! 모래보다 작고 먼지보다 작고 풀보다 작은 우리들에 비해서 영웅들은 정말 크다. 우리는 왜 그렇게 작은가? 우리는 생물학적 존재로서 작은 게 아니다. 작다는 것은 한 번도 영웅이 되어보지 못한 사회적 존재로서 작다는 뜻이다.

더 정확하게 말하자면 욕망의 크기, 문명화된 정도의 크기, 사회적 존재의 크기에서 작다는 뜻이다. 뒤르켐은 "인간은 단지 그가 문명화된 정도만큼만 인간이라고 할 수 있다. 우리를 진정한 인간으로 만드는 것은 문명이라고 불리는 관념, 신념, 그리고 행동 계율의 집합을 얼마만큼 소화하고 이해할 수 있느냐에 달려 있다"라고 말한다. 우리 마음, 혹은 존재가 좀팽이처럼 작은 건 우리 탓이 아니다. 우리를 인간으로 만드는 것은 문명이라고 하지 않는가? 우리가 태어난 세계의 문명화가 덜 되었기 때문이거나, 혹은 문명이라고 불리는 관념, 신념, 그리고 행동 계율의 집합을 작게 소화하고 이해했기 때문에 작은 것이다. 정말 그럴까? 진실을 말하자면, 우리가 작은 것은 바로 우리 스스로의 책임이다. 좀팽이처럼 살기 때문에 우리는 작은 것이다.

인류가 신화를 창작해내고 그것에 열광한 것은 우리의 작은 존재됨 너머의 세계를 꿈꿨기 때문이다. 신화의 세계를 "상상적인 행동 및 상황의 총체"라고 할 수 있다면, 그리스 신화 속에 사는 존재들은 초인간적 힘을 가진 영웅이거나 신들이다. 제우스, 헤라클레스, 아폴론들이 바

로 그들이다. 그들은 인류의 환상과 사랑을 먹고 영웅이
되고 신이 되었다.

> 영웅은 신과 인간 사이의 중간에서 활약한다:
> 그 활동을 통해서 영웅은 신이 되기를
> 갈망하며, 인간을 그 한없는 비참함으로부터
> 구출하기를 열망한다. 영웅은 인간의
> 전위(前衛)로서, 신격화 과정에 있는
> 인간이다.(에드가 모랭, 『스타』)

　물신(物神)의 시대, 대중의 시대에 영웅들은 헤라클레스
나 아폴론이 아니다. 현대의 영웅들은 볼 수 없고 만질 수
없는 허상이다. 그래서 볼 수 있고 만질 수 있는 새로운 영
웅들을 창조해냈는데, 그들은 바로 '스타'라고 불린다.
　'스타'는 신화의 영웅들이 그랬듯이 대중의 환상과 사
랑을 먹고 자란다. 그들은 대중의 뜨거운 사랑과 열광적
인 숭배를 받는 한에서 영웅이며 반신(半神)들이다. 우리
는 영웅이 죽어버린 시대에 '스타'라고 불리는 모조 영웅
들을 만들어 그들을 숭배한다. 왜? 우리의 존재됨이 작기
때문이다. 우리 안에 있는 초인적 힘에 대한 욕망, 불사의
욕망이 영웅들에 대한 기대와 환상을 키운다.
　〈어벤져스〉에 우르르 떼로 몰려나오는 슈퍼히어로들

은 대중의 집단 무의식 안에 숨은 심리적 원형들을 반사한다. 그 심리적 원형들은 오랫동안 사람들이 욕망했지만 끝내 이룰 수 없었던 욕망들이 투사되어 만들어진 것들이다. 이 슈퍼히어로들은 불가능한 것을 향한 욕망들에 의해 빚어진다. 욕망들은 우리를 조종하고 삶의 양태를 제약하고 규정한다. 무엇을 하고자 하는 욕망, 무엇이 되고자 하는 욕망, 무엇을 먹고자 하는 욕망들이 우리의 존재를 빚는다. 철학자들은 욕망이 결핍이며 무의식적인 생산하는 힘이라고 말하는데, 그렇다면 슈퍼히어로들은 우리 안의 결핍들이 뭉쳐서 만든 환영이고, 우리가 무의식적으로 되고자 하는 그 무엇이다.

삶이 고단할수록, 혹은 현실이 어려울수록 대중은 슈퍼히어로를 열망하게 될 것이다. 〈어벤져스〉가 관객이 몰리고 흥행이 잘된다는 것은, 한편으로 씁쓸한 일이다. 초능력을 가진 슈퍼히어로들을 열망하는 그만큼 우리 현실이 꼬여 있고 해결해야 할 문제들이 산적해 있음을 반증하는 까닭이다. 더 씁쓸한 것은 현실의 문제들을 해결하는 것은 '환상 속의 그대'일 뿐인 슈퍼히어로가 아니라 현실에서 살며 현실의 곤핍들을 만들어낸 우리들 자신이라는 사실이다.

에드가 모랭, 『스타』, 이상률 옮김, 문예출판사, 1992

가을

———————

가슴이 뛰는
이유는
책상 위에 쌓인
책들로 인해
내지고한 쾌락이

더 감미로워질
것이기 때문이다

가슴 뛰는 삶을 살라

아침저녁으론 긴소매 옷을 찾아 입을 만큼 날이 차가워졌다. 햇빛으로 직조한 불꽃 여름은 저 멀리 가버렸다. 연못 주변으로 여름내 풀들이 무섭게 자랐다. 풀들이 삼엄하게 막고 서 있으니 연못 쪽으로 발을 뗄 수가 없었다. 며칠째 벼르다가 오늘 아침에 낫을 들고 한나절 내내 풀들을 쳐내 겨우 연못으로 가는 길을 터놓는다.

연못에는 푸른 부들이 물 위로 솟아 있고, 수면 가득 채운 수련과 하얀 수련꽃 세 송이가 올라와 있다. 수련꽃에 잠깐 눈을 주고 있는 사이 갑자기 풀숲에 숨었던 고라니가 튀어 달아난다. 크기로 봐서 새끼 고라니다. 풀을 쳐내며 여름은 끝났다, 라고 나도 모르게 속으로 외치니, 돌연 알 수 없는 희망으로 가슴이 두근거린다. 또렷해진 가을의 예감 속에서 가슴이 뛰는 이유는 서재의 책상 위에 쌓인 책들로 인해 지고한 쾌락이 더 감미로워질 것이기 때문이다. 가을밤은 벌써 읽어야 책들로 인한 솟구치는 기쁨들을 예약한다. 나는 책과 책에서 울려 나오는 메아리들에 매혹된 자, 그 중단을 모르는 기쁨의 발아(發芽)에 중

독된 사람이다. 내 자아는 책 속에서 날마다 새롭게 발아
한다.

알베르 카뮈는 인간 실존의 부조리함을 설명하기 위해
시지프스를 끌어들인다.

> 경련하는 얼굴, 바위에 밀착한 뺨, 진흙에
> 덮인 돌덩어리를 떠받치는 어깨와 그것을
> 고여 버티는 한쪽 다리, 돌을 되받아 안은 팔
> 끝, 흙투성이가 된 두 손은 온통 인간적인
> 확신이 보인다. 하늘 없는 공간과 깊이 없는
> 시간으로나 헤아릴 수 있는 이 기나긴 노력
> 끝에 목표는 달성된다. 그때 시지프스는 돌이
> 순식간에 저 아래 세계로 굴러떨어지는 것을
> 바라본다. 그 아래로부터 정점을 향해 이제
> 다시 돌을 끌어올려야만 하는 것이다. 그는
> 또다시 들판으로 내려간다. (카뮈, 『시지프스의
> 신화』)

시지프스는 신들을 기망한 죄로 가혹한 형벌을 받는데,
그 형벌은 커다란 바위를 산꼭대기로 올려놓으라는 것이
다. 바위는 산꼭대기로 밀어 올린 순간 다시 밑으로 굴러

내려간다. 시지프스는 다시 바위를 산꼭대기로 올려놓는
다. 이 형벌이 가혹한 것은 그 무의미한 노동을 영원히 되
풀이해야 하기 때문이다. 사람은 의미를 찾으려는 시도를
통해 성취감과 자기실현에 이른다.

> 의미는 더 큰 객관적 가치의 생산을 통해 자기를
> 확대 재생산하는 자기초월적인 과정이다. 더
> 커다란 가치를 창조하기 위해 더 커다란 존재가
> 되는 것이 삶의 의미다.(이윤, 『굿바이 카뮈』)

시지프스의 형벌이 가혹한 것은 바위를 산꼭대기로 올
려놓는 노동의 고단함보다는 그의 존재가 어떤 가치도 생
산할 수 없는 노동의 무목적성에 갇힌 까닭이다. 사람은 의
미를 향한 존재인데, 그런 본성에 반하여 의미를 낳을 수
없는 노동의 굴레에 갇힌다면 그보다 더 큰 비극은 없다.

그토록 책 읽기에 매달렸던 것은 책이 나를 넘어서는 의
미의 존재로 이끄는 수단이고, 기쁨으로 충만한 세계였기
때문이다. 헤르만 헤세는 "자연의 선물로 받은 것이 아니
라 인간이 영혼을 바쳐서 창조한 여러 세계 가운데 가장 위
대한 것은 책의 세계다"라고 말한다. 책은 심오한 통찰로
이루어진 위대함과 사유와 창조의 능력으로 이끄는 촉매
제다. 한편으로 책을 읽으면서 나는 얼마나 자주 샛길로

빠져 엉뚱한 곳에서 헤맸던가! 허나 책을 읽다가 딴생각에 빠져 헤매는 일은 그 자체로 의미가 있는 "추론과 생각에서 비롯된 예측불허의 간접적 에두름"(매리언 울프, 『책 읽는 뇌』)이다. 그 경험은 주어진 정보를 넘어서서 독자적 사유와 무한한 형태의 창조적 진화에 이르게 한다. 책의 생성적 장점이다. 책 읽기는 나날이 내 안에서 이루어지는 '혁명'의 촉매제다. "혁명을 하려면 웃고 즐기며 하라 / 소름 끼치도록 심각하게는 하지 마라 / 너무 진지하게도 하지 마라 / 그저 재미로 하라"(D. H. 로렌스, 「제대로 된 혁명」).

나는 날마다 웃고 즐기며 책 읽기에 빠져든다. 미처 예기치 못한 재미와 즐거움을 주는 책 읽기는 내게 그 무엇과도 바꿀 수 없는 청정무구한 취향이자 지고한 쾌락이다. 로렌스의 시는 우리에게 이렇게 이른다. "획일을 추구하는 혁명은 하지 마라 / 혁명은 우리의 산술적 평균을 깨는 결단이어야 한다 / 사과 실린 수레를 뒤집고 사과가 어느 방향으로 / 굴러가는가를 보는 짓이란 얼마나 가소로운가?" 책 읽기는 뇌의 역량을 키우거나 전문적 지식을 늘리는 행위가 아니라 "산술적 평균을 깨는 결단"이다. 그 결단만이 그저 그런 삶, 신비함도 오묘함도 없는 나날들, 어떤 섬광도 품지 못한 채 범속함의 권태에 찌든 채 흘러가는 자아를 넘어서서 동트는 새벽으로 나아가게 한다.

책을 읽는 행위는 선천적으로 타고난 프로세스에 의지하는 게 아니라 후천적인 학습과 훈련의 결과로 이루어진다. 책을 읽으려면 "주의와 기억 그리고 시각, 청각, 언어 프로세스"(매리언 울프, 앞의 책)를 작동하고, '나'라는 존재 지평을 넘어가야 한다. 이때 넘어간다는 것은 "아주 짧은 시간 동안 다른 사람의 의식에서 비롯된 전혀 다른 관점을 시도해보고 거기에 동화되어 결국 이입(移入)하는 프로세스"(매리언 울프, 앞의 책)를 가리킨다. 책 읽기는 인류가 인지신경의 발달 과정에서 찾아낸 기적적인 발명이다. 문자를 발명하고 책을 읽게 되면서 인류의 뇌는 크게 바뀌었다. 책을 읽는 것은 "뇌 안에 이미 생리적, 인지적으로 돌이킬 수 없는 변화"(매리언 울프, 앞의 책) 속으로 들어간다는 뜻이다.

책을 읽는 행위는 어휘들을 읽는 것 이상이 요구된다. 책을 읽고 이해하기 위해서는 "기초적인 주의, 지각, 개념, 언어 및 운동의 프로세스로 이루어진" 인지 수준(cognitive level)에서 "언어 정보와 개념 정보를 모두 연결한 뒤 당신은 각자의 배경지식과 관여(engagement)에 기반을 두고 나름대로 고유한 추론과 가설을 생성"(매리언 울프, 앞의 책)해야만 한다. 뇌의 뉴런 회로들은 책을 읽기에 필요한 수준으로 최적화되어야만 하는데, 이는 책 읽는 뇌로 포맷되어야 함을 뜻한다.

텍스트가 의미하는 바에 대해 독서가가 추론을
하는 경우, 좌뇌와 우뇌의 전두 시스템이 브로카
영역 주변을 활성화시키는 것을 볼 수 있다.
게다가 사용된 단어가 의미론적, 통사론적으로
복잡할 경우 이 전두 영역은 측두엽의 베르니케
영역, 두정 영역의 일부분, 우측 소뇌와도
상호작용을 한다. (매리언 울프, 앞의 책)

그렇지 않고는 한 쪽도 앞으로 나아갈 수 없다. 책을 읽
을 때 자아라는 비좁은 울타리를 넘어 다른 세계로 건너
간다. 책 읽기란 자신을 넘어서서 다른 세계로 가는 행위
인 것이다. 이 행위는 혁신적인 사유를 촉발시키고 존재
의 가능성을 확장하며 우리를 새로운 어떤 세계로 데려가
는 일이다. 책을 한 권씩 읽을 때마다 우리는 새로운 사람
으로 나아간다.

책이 없었다면 나는 하품하는 개나 뒷발질하는 당나귀
나 나뭇가지 위에서 뜻 없이 우는 까치와 다를 바 없는 비
천한 존재로 머물고 말았을 것이다. 동물들이 열등한 것
은 스스로 '운명의 중력'에서 벗어날 수 있는 능력을 만
들어낼 수 없기 때문이다. 하지만 책은 사람에게 스스로
운명의 중력에서 벗어날 수 있는 계기를 준다. 열아홉 살
때, 나는 삶의 바른 궤도에서 벗어나 시립도서관과 음악

감상실이나 들락거리는 백수 청년이었다. 그때 만난 책한 권이 내게 충만한 시간을 주고, 운명의 중력을 뚫고 더 높은 존재로 도약할 용기를 북돋워주었다. 그 책은 시와 서사와 철학이 한데 어우러진 니체의 『차라투스트라는 이렇게 말했다』이다.

니체는 프로이트나 마르크스 등과 함께 현대 철학에 큰 그림자를 드리운 철학자다. 스물여덟 살 때 첫 번째로 쓴 책 『비극의 탄생』을 펴냈는데, 아폴론적인 가치와 디오니소스적인 가치의 구분을 통해 유럽 문명 전반을 꿰뚫는 통찰을 내놓는다. 니체는 이성에 바탕을 둔 서양의 모든 가치체계를 뒤집고 해체한 뒤, 그 자리에 니힐리즘·가치전도·초인·영원회귀·권력에의 의지 등을 바탕으로 하는 새로운 형이상학의 성채를 세운다. 그는 서양 형이상학의 역사에서 뾰족하게 머리를 내민 섭돌이고, 그의 철학은 앞선 것을 가차 없이 내리치는 해머다.

희망보다 절망이 항상 넘쳤던 열아홉 살 때 나는 '차라투스트라'를 만나 큰 힘을 얻었다. '차라투스트라'는 내가 되고자 하는 궁극의 목표, 내가 나아가고자 하는 길을 비추는 별이었다.

가장 긴 사닥다리를 가지고 있는 혼, 가장
깊숙한 곳까지 내려갈 수 있는 혼 ― 자기 자신

속에서 가장 멀리 달리고 방황하며 방랑할 수
있는 혼, 기꺼이 우연 속으로 뛰어드는 가장
필연적인 혼, 생성 속으로 뛰어드는 존재의 혼,
'소유'하고 있으나 소망과 의지를 '원하는'
혼, 자기 자신에게서 탈출하여 가장 넓은
원을 그리며 자기 자신을 추구하는 혼, 가장
달콤하게 어리석음을 타이르는 현명한 혼,
자기 자신을 가장 사랑하는 혼, 그 혼 속에는
모든 것은 자신의 격류와 역류, 밀물과 썰물을
가지고 있다. (니체, 『차라투스트라는 이렇게 말했다』)

차라투스트라는 '긍정이라는 축복' 속에서 웃고 춤춘
다. 열아홉 살 때, 내 미래는 암울했다. 뼈가 휘는 듯한 고
통 속에서 나는 차라투스트라를 보고 비로소 웃었다. 장차
글 쓰는 것을 필생의 과업으로 삼으려는 젊은이에게 "피
로 써라. 피는 정신이다. 피로 쓴 것만이 진실하다"라는,
절구도 뼛속에 새겨졌다. 피란 무엇일까? 피는 타고난 기
질이고, 본능이고, 정신이다. 마음이 흐트러질 때마다 나
는 『차라투스트라는 이렇게 말했다』를 찾아 읽는다.

어떤 책을 읽었을 경우, 우리는 그 책을 읽기 전과는 다
른 사람이 된다. 존재의 생물학적, 인지적 형질이 미묘하
게 바뀌어버려 우리는 더 이상 예전의 우리가 아니다. 책

과 그것을 읽는 사람은 역동적 상호작용을 한다. "텍스트와 인생의 경험 사이의 역동적 상호작용은 양방향적이다. 우리는 인생 경험을 실어 텍스트를 이해하고 텍스트는 삶의 경험을 뒤바꿔놓는다."(매리언 울프, 앞의 책) 책을 읽을 때마다 뇌의 역량이 커지고 생각과 감정은 성장한다. 존재의 내적 형질이 바뀔 뿐만 아니라 내적 도약이 이루어지는 까닭이다. 아울러 책 읽기는 치유와 정화의 힘을 준다. "오랜 기간의 혹독한 참회, / 삶의 과오에 대한 각성, 그리고 / 오류의 끝없는 반복에서 자신을 해방시키는 것"(D. H. 로렌스, 「치유」).

우울한가? 따분한가? 화가 나는가? 무력하다고 느껴지는가? 나는 필요한 모든 것을 구하기 위해 책으로 달려간다. 책 읽기는 인생의 슬픈 터널을 지나서 의식의 고양(高揚)이라는 신세계로 가는 길이다. 내가 읽은 모든 책들이 나를 의미의 존재로 거듭나게 한다. 이 가을 아침 가슴이 뛰는 삶을 살기 위해 나는 책을 읽는다.

매리언 울프, 『책 읽는 뇌』, 이희수 옮김, 살림, 2009

D. H. 로렌스, 『제대로 된 혁명』, 류점석 옮김, 아우라, 2008

프리드리히 니체, 『차라투스트라는 이렇게 말했다』, 장희창 옮김, 민음사, 2004

이윤, 『굿바이 카뮈』, 필로소픽, 2012

아버지로 산다는 것의 먹먹함

잘 가게, 여름이여. 여름은 "서쪽 편으로 흘러가는 꽃구름 한 편"(박정만, 「꽃구름 한 편」)처럼 홀연 사라졌다. 도처에 가을이다. 비 온 뒤 파릇하던 쑥갓과 상추들, 채소 잎사귀에 붙은 달팽이, 연못을 메운 노란 어리연꽃, 밤의 허공에 푸른 사파이어로 점점이 떠돌던 반딧불이들은 다 어디로 갔을까. 바위라도 쪼갤 듯 맹렬히 울어대던 매미 소리도 더는 들을 수 없다. 마당을 집어삼킬 듯 번성하던 잡풀의 꺾인 기세도 완연하다. 설핏한 산빛 머문 저녁 벽오동나무의 잎들이 진다. 시나브로 어둠 자욱하고, 풀벌레 소리 높아진다.

시골 생활 10년이면 이골이 날 만도 한데, 초밤의 적적함에 진저리를 친다. 아이들은 뿔뿔이 흩어져 먼 나라에 있고, 집에는 팔순 노모뿐이다. 청국장과 구운 고등어 올린 소찬으로 저녁밥을 먹은 뒤에 내겐 가정이 없구나, 하는 상념이 또렷해진다. 30대엔 사업에 바빴고, 40대엔 사업 청산 뒤 빚 설거지하느라 정신줄을 놓았다. 어설픈 애비로 살면서 어린것들이 언제까지나 어린것들로 남아 있을 줄만 알았다. 아이들이 떠나니 조촐한 행복은 금세 방전(放電)되고 말았다. 마음이 어두우니 산천이 더 스산하고 어둡다. 가슴에 사무치는 것들이 많아지는 밤들이 연달아 지나간다.

가족은 인간 사회에서 가장 작은 단위로 쪼개진 공동체다. 이 공동체들이 모여서 한 사회를 떠받치는 토대를 이룬다. 이즈막 이 공동체에서 곤경에 빠진 것은 '아버지'들로 보인다. 도대체 아버지란 어떤 존재들인가? 누군가의 아들로 마흔 몇 해를 살고, 다시 남의 아버지로 서른 몇 해째를 산 경험에 비추어 아버지로 산다는 것의 의미를 되짚어보고, 부성의 본질을 더듬어보고자 한다.

결혼은 아버지가 되기 위해 거쳐야 하는 첫 번째 관문이다. 결혼을 하지 않은 채 아이를 낳는 일도 없지 않으나, 결혼은 배우자와 배타적으로 성을 독점하며 장기적인 애착관계를 형성하고 가족을 만드는 방식이다. 종의 번식을 위한 장기적 협력관계는 생물계에 드문 일이 아니다. 경골어류도, 조류도, 양서류도 그렇게 한다. 자식이 탄생하는 순간은 곧 남자가 아버지로 탄생하는 순간이기도 하다. 자식을 낳았다고 다 아버지는 아니다. 자식의 생물학적, 도덕적 성장을 돕는 책무를 다해야 진짜 아버지이다.

아버지가 자식의 생존에 미치는 영향은 절대적이다.

아버지가 있고 없고의 차이에 따라 영아의 생존율은 크게 달라진다는 보고도 있다. 부성 확신을 가진 아버지들은 자식을 위해 모든 것을 다 바친다. 부모의 투자에 따라 자식의 장래가 달라지는 것은 분명한 사실이다. 부모의 투자가 "자식의 성장, 발달, 성숙, 건강 상태, 심리적 행복"(피터 그레이·커미트 앤더슨, 『아버지의 탄생』)을 결정한다. 자식과 떨어져 사는 아버지의 투자는 자식과 함께 사는 아버지의 투자에 견줘 작다고 한다.

　지난해 막내인 딸이 한 남자를 만나 새 가정을 꾸림으로써 '어설픈' 내 지난한 소임은 끝난 듯싶다. 자식들은 아버지의 내분비계와 뇌마저 바꿔놓는다. 자식의 얼굴 사진을 보여주면 아버지 뇌의 감정 중추가 반응하며 활성화한다. 아울러 "자기 자식의 울음소리를 들은 아버지는 시상하부, 해마부, 중뇌, 전측 대상회 등 다양한 뇌의 영역이 활성화되었다."(피터 그레이·커미트 앤더슨, 앞의 책) 어린 자식들은 부성 확신을 가진 아버지와 연결된 감정의 끈을 잡아당겨 제게 필요한 보살핌을 얻어낸다. 일찍이 40여 년 전에 한 시인은 "아버지라는 어설픈 것"의 심정을 이렇게 직설한 바 있다.

　　지상에는 / 아홉 켤레의 신발. / 아니 현관에는
　　아니 들깐에는 / 아니 어느 시인의 가정에는 /

알전등이 켜질 무렵을 / 문수(文數)가 다른
아홉 켤레의 신발을.// 내 신발은 / 십구 문
반(十九文半)./ 눈과 얼음의 길을 걸어, / 그들
옆에 벗으면 / 육 문 삼(六文三)의 코가 납작한 /
귀염둥아 귀염둥아 / 우리 막내둥아.//
미소하는 / 내 얼굴을 보아라. / 얼음과 눈으로
벽(壁)을 짜 올린 / 여기는 / 지상. / 연민한 삶의
길이여. / 내 신발은 십구 문 반.// 아랫목에
모인 / 아홉 마리의 강아지야 / 강아지 같은
것들아. / 굴욕과 굶주림과 추운 길을 걸어 /
내가 왔다. / 아버지가 왔다. / 아니 십구 문 반의
신발이 왔다. / 아니 지상에는 / 아버지라는
어설픈 것이 / 존재한다. / 미소하는 / 내 얼굴을
보아라.(박목월,「가정」)

그러니까 "굴욕과 굶주림과 추운 길"은 '어설픈' 아버
지들이 자식과 놀아주고 자식의 얼굴을 비비고 쓰다듬으
며 아버지 노릇을 하기 위해 지불하는 비용이다. 아버지
는 저절로 되는 것이 아니다. 「가정」이라는 시는 아버지
로서 산다는 것의 기쁨과 괴로움을 다 함께 보여준다.

서정주의 "소금 발이 쓰려서 / 우는 갈매기"(서정주,「영
산홍」)는 쉬이 잊히지 않는 절구(絶句)다. 소금밭에서 종종

거리는 갈매기를 보고 시인은 삶에 두루 밴 쓰리고 아림
을 직관으로 꿰어 보았다. 가정의 행복은 아버지와 어머
니의 무조건적인 헌신과 희생을 담보로 한다. 가정은 그
쓰리고 아림을 피할 수 있는 피난처이고, 덧난 상처를 치
유하는 안식처다. 아버지는 세상이란 바다를 항해하는
'가정'이라는 배의 선장이지만, 불행하게도 그 권위가 예
전 같지는 않다. "여러 사회에서 사회성 및 도덕성 교육
자로서의 아버지의 역할은 변화를 거듭하고 있는 중이다.
무엇보다도 급격한 사회적, 기술적 변화 앞에서 아버지
의 권위가 훼손되고 있다."(피터 그레이·커미트 앤더슨, 앞의
책) 현대 사회의 공교육 시스템이 "사회성 및 도덕성 교육
자"로서의 아버지 노릇을 대신한다. 아이를 기르고 식구
를 챙기고 보살피는 일은 아버지와 어머니의 중요한 관심
사다. 하지만 점점 더 많은 부모들이 제 일을 하느라 자식
들과 함께 보내는 시간이 줄고 있다.

"빛과 따뜻함과 웃음"은 행복한 가정의 표상들이다.
허나 내 가정은 행복한데 바깥세상이 불행하다면 그 행복
은 허상에 지나지 않는다. 프랑스의 작가 앙드레 지드는
이렇게 적었다.

저녁때면 낯선 마을에서 낮 동안 흩어졌던
사람들이 가정으로 다시 모여드는 것을 보았다.

일하러 갔던 아버지는 피로하여 돌아오고,
어린아이들은 학교에서 돌아오고 있었다.
집의 출입문이 한순간 방긋이 열리며 빛과
따뜻함과 웃음을 맞아들이고 나서 다시 닫히면
밤이 왔다. 방랑하는 것들은 무엇이든 더 이상
그 안으로 들어갈 수 없었다. 바람은 밖에서
무엇이든 더 이상 그 안으로 들어갈 수 없었다.
바람은 밖에서 파르르 떨고 있었다. 가정이여,
나는 너를 미워한다!(앙드레 지드, 『지상의 양식』)

개별자의 행복은 가정의 행복과 하나의 묶음으로 연동
된다. 밖에서 고단했을지라도 가정으로 돌아오면 상심한
마음은 위로를 받고 힘을 얻는다. 내 가정에 깃든 "빛과
따뜻함과 웃음"에만 취해 방랑자들과 바람들을 나 몰라
라 하는 태도는 어리석다. 앙드레 지드가 "가정이여, 나
는 너를 미워한다!"라고 했던 까닭도 그 때문이다. 좋은
아버지라면 "밀봉된 가정, 굳게 닫힌 문, 행복의 인색한
점유"에 머무는 것을 부끄러워할 것이다. 행복의 점유는
폐쇄적이어서는 안 된다. 행복을 배타적으로 점유하는 사
람은 타인, 낯선 것, 나눔, 이타주의를 싫어한다. 제가 싫
어하는 것들이 제 행복의 토대라는 것을 모르는 어리석음
탓이다. 토대가 단단하지 않다면 집은 위험하다. 더불어

나눌 수 있는 행복이 진짜 행복이다. 쥐고 있는 게 행복이라면 너무 꽉 쥐지 마라. 행복은 움켜쥐면 사라지고, 버리고 놓으면 머문다. 행복이 누구 한 사람만의 것이 아니라 모두가 누려야 할 것이라 그렇다.

   내 경험으로 말하자면 아버지의 자식으로 사는 일은 쉽지 않다. 누군가의 아버지로 산다는 것 역시 어려운 일이다. 인정하든 안 하든 우리의 삶은 모두 아버지의 관여, 투자, 보살핌이 만든 결과물이다. 남자라면 누구나 아버지가 될 수 있지만 누구나 좋은 아버지가 되는 것은 아니다. 자식과 그 자식의 어머니에게서 자원을 빼앗아가고, 그 자원을 탕진하며 사는 '기생하는' 아버지들도 있다. 부성확신이 미약하고 아버지 노릇 하기에 게으른 '나쁜' 아버지들 때문에 아버지-되기, 혹은 아버지로 살기의 숭고함이 가려져서는 안 된다.

피터 그레이·커미트 앤더슨, 『아버지의 탄생』, 한상연 옮김,
    초록물고기, 2011
루이지 조야, 『아버지란 무엇인가』, 이은정 옮김, 르네상스, 2009
이병동, 『우리들은 문득 아버지가 된다』, 예담, 2011
앙드레 지드, 『지상의 양식』, 김화영 옮김, 민음사, 2007

아내들은 진화한다

아내는 남편의 짝이다. 남자들은 한 여자를 짝으로 맞아 평생을 함께 산다. 일부일처제 결혼은 남자와 여자가 성적·정서적 공동체를 만드는 합법적 방식이다. 일부일처제 안에서 아내와 남편은 한 집에 동거를 하며 신체적·감정적 일체감을 추구한다. 남편은 사회에서 직업을 갖고 일을 하며, 아내는 집 안에서 가사와 육아를 감당한다. 가부장제 사회에서 남편은 가정 안에서 가장 높은 서열에 자리매김되고, 아내는 조력자 역할을 떠맡는다. 하지만 오늘의 아내들은 남편의 부속물이거나 조력자가 아니다. 현대 소설 속에서 아내들은 남편과는 별개로 주체적 욕망에 따라 사는 독립적 자아를 가진 존재로 나타난다. 현진건의 「빈처」에서 박현욱의 『아내가 결혼했다』까지 '아내'의 모습이 어떤 변화의 궤적을 그리고 있는지를 보자.

1920년대 작가인 현진건의 「빈처」는 1921년 《개벽》 12월호에 발표되고, 1941년 박문서관에서 펴낸 『현진건 단편집』에 실려 있다. 가난한 무명작가의 무력감과 설움,

그리고 남편에 헌신하는 아내에 대한 미안함과 고마움을
그린 자전 소설이다. 주인공은 결혼하자마자 중국과 일본
등지를 방랑하다 6년 만에 돌아온다. 글을 쓴다고는 하지
만 무명작가이니 수입이 있을 리 없다. 아내가 세간이나
옷가지를 전당포에 맡겨 얻은 돈으로 살림을 꾸린다.

> 나는 보수(報酬) 없는 독서와 가치 없는 창작으로
> 해가 지고 날이 새며 쌀이 있는지 나무가 있는지
> 망연케 몰랐다. 그래도 때때로 맛있는 반찬이
> 상에 오르고 입은 옷이 과히 추하지 아니함은
> 전혀 아내의 힘이었다. 전들 무슨 벌이가
> 있으리오. 부끄럼을 무릅쓰고 친가에 가서
> 눈치를 보아가며 구차한 소리를 하여가지고
> 얻어온 것이었다. 그것도 한 번 두 번 말이지
> 장구한 세월에 어찌 늘 그럴 수가 있으랴!
> 말경에는 아내가 가져온 세간과 의복에 손을
> 대는 수밖에 없었다. 잡히고 파는 것도 나는
> 알은체도 아니하였다.

「빈처」의 아내는 가부장제 질서 속에 온전한 현모양처
의 모습이다. 궁핍에 시달리되 잔소리 하나 없이 묵묵하
게 남편을 믿고 따르는 아내의 모습은 아마도 당대 남편

들의 이상이었을 것이다. 주인공이 아내를 일컬어 "아
아, 나에게 위안을 주고 원조를 주는 천사여!"라고 말하
는 데서 드러난다.

1970년대 작가인 최인호의 「타인의 방」(1971)에는 새
로운 유형의 '아내'가 등장한다. 도시화와 산업화를 겪은
이 무렵 '아파트'가 새로운 주거 공간으로 등장한다. 개
인들은 물화와 소외를 겪는데, 이 영향은 남편과 아내의
관계에도 고스란히 스민다. 사회 변화의 거대한 소용돌
이 속에서 개인들은 사적인 공간인 '방' 속으로 고립되고
자아는 유폐된다. '나'는 출장을 갔다가 아파트로 돌아온
다. 아내는 없다. 아내가 없는 아파트에서 '나'는 샤워를
하고 음악을 듣거나 말라버린 빵 조각과 주스로 배를 채
우며, 아내가 돌아오기를 기다린다. '나'는 제 존재마저
낯선 '타인'으로 느껴지고 고독감에 휩싸여 사물화되어
버린다. 돌아온 아내가 더 이상 '그'라고 부를 수도 부르
지 않을 수도 없는 사물이 되어버린 남편을 다락 속에 처
박아두고, 메모를 남긴 채 떠난다.

「타인의 방」에서 아내는 부재중이다. 물화된 공간 속에
서 서로 고립된 채 극단적인 소외를 겪는 현대인의 심리
와 물화 현상을 날카롭게 짚어낸 이 소설을 처음 읽었을
때의 충격이 떠오른다. 물화된 세계 속에서 두 사람의 관

계에 끼어드는 삭막함과 소외의식은 불가피한 것일 수밖에 없다. 최인호는 놀라운 예지력으로 새로운 주거 공간이 만드는 물화와 소외를 통찰하고 그것을 형상화해 정확하게 끄집어내 독자에게 보여주었던 것이다.

1990년대 작가인 은희경의 「아내의 상자」(1998)의 '아내'는 또 다른 면모를 드러낸다. 획일화된 신도시, 비슷비슷한 규격과 구조를 가진 아파트라는 공간 속에서 "우리 집에서는 모든 게 말라버려요!"라고 절규하는 아내다. 아내의 '불임'은 이 신도시의 불모성에 대한 매우 강렬한 상징이다. 불임 클리닉을 다니며 임신이 되기를 기다리지만 임신은 쉽게 이루어지지 않는다. 아내는 마치 상자 속에 갇힌 듯 자주 잠에 빠져든다. 남편은 "세상을 향해 빗장을 지르고 잠"든 아내의 모습을 연민으로 바라본다.

나는 아내를 위해 모든 것을 했다. 그것을
아내는 어떻게 갚아주었던가. 아마 지금쯤
그녀는 자고 있을 것이다. 약을 먹을 시간이
되면 깨어난다. 그리고 다시 잠들기 전까지
하는 일이라고는 오직 나를 기다리는 것뿐이다.

아내와 남편 사이를 소통의 불능이 가로막고 있다. 소

통의 불능 속에서 아내는 생기를 잃고 시들어간다. 그러
다가 어느 날 아내는 사라진다.

> 아내와 나는 살을 맞대고 오 년을 함께
> 살아왔다. 그런데 아내가 사라졌는데도 그녀가
> 간 방향을 찾아 한 발도 내디딜 수 없다면
> 우리가 함께한 것은 무엇이란 말인가. 대체
> 나는 무엇을 근거로 아내에 대해 모르는 것이
> 없다고 생각해왔던 걸까.

최인호가 「타인의 방」에서 보여준 소외와 물화는 「아
내의 상자」에서 더욱 깊어진다. 소외와 물화의 원인은 한
층 더 복잡하고 중층적이다. 1990년대 여성 소설가들의
작품에서 아내들은 소외와 억압을 허물기 위한 수단으로
외도를 선택한다. 외도는 아내들의 '자기 해방 선언'이고
결혼관계의 폐쇄성에 도발의 수단이었다.

2000년대 작가 박현욱의 『아내가 결혼했다』(2006)는
일부일처제에 관한 가장 발칙하고 위험한 상상을 그려낸
다. 이미 결혼한 여자가 또 다른 남자와 이중결혼을 하려
고 한다. 남편인 '나'를 떠나겠다는 것이 아니라 결혼관
계를 유지하면서 또 다른 남자와 결혼하겠다는 것이다.

다자간의 결혼이라는 독특한 결혼 판타지를 보여준다는 점에서 이 소설은 매우 발칙하다. 일부일처제의 폐쇄적이고, 독점적인 결혼관계는 행복 추구의 장애물이다. 아내는 그 구도를 깨려고 혁명적인 시도를 한다.

아내는 더 이상 남편의 부속물도 아니요, 가정이라는 공간 속의 객체도 아니다. 아내는 그 자체로 발랄한 현존이다. 그 발랄함으로 일부일처제라는 울타리를 깨고 멀리 달아난다. 이전의 아내들이 일부일처제 결혼 제도 안에 포획된 존재였다면 박현욱이 그린 아내는 그런 포획 자체의 윤리성을 인정하지 않는다. 당신이 납득하든 그렇지 않든 간에 다자간 결혼에 대한 발칙한 상상을 보여준 발랄한 아내가 바로 2000년대의 멀리 앞서 간 '아내'의 모습이다. 박현욱의 일부일처제를 거침없이 깨고 나가려는 '아내'는 현진건의 일부일처제 안에서 제자리를 지키는 '아내'와 얼마나 다른가!

현진건, 『현진건 단편집』, 지식을만드는지식, 2012
최인호, 『타인의 방』, 문학동네, 2002
은희경, 『아내의 상자』, 문학사상사, 1998
박현욱, 『아내가 결혼했다』, 문이당, 2006

결국 읽고 말았다

작열하는 여름의 태양은 뜨거웠고, 그 아래를 걸을 때마다 정수리도 뜨거웠다. 이 압도적인 여름을 견딜 수 있었던 것은 책 덕분이다. 매미 울음소리가 교향곡처럼 울려 퍼지는 숲 그늘이나 시원한 카페를 찾아다니며 책을 읽는 즐거움마저 누릴 수 없었다면, 숨 쉴 때마다 폐가 타는 듯했던 여름을 어떻게 견뎌낼 수 있었을까! 더위를 견디며 『여름의 묘약』(김화영), 『색채가 없는 다자키 쓰쿠루와 그가 순례를 떠난 해』(무라카미 하루키), 『음식의 제국』(에번 D. G. 프레이저·앤드루 리마스), 『비참할 땐 스피노자』(발타자르 토마스) 같은 책들을 꾸역꾸역 읽었다. 여름은 끝나고, 가을의 문턱으로 성큼 들어섰다. 밤의 수풀에서는 온갖 풀벌레들의 울음소리가 울려 나온다. 새로운 책들이 책상 위에 쌓여 있고, 가을밤의 시간들은 길다. 밤은 길고, 읽어야 할 책이 쌓여 있으니, 가슴이 두근댄다.

사사키 아타루를 처음 알게 된 것은 문명사적 통찰이 빛났던 『잘라라, 기도하는 그 손을』을 읽으면서다. 우선

젊다는 것(1973년생)에 놀라고, 문체의 압도적인 힘에 놀랐다. 첫 책『야전과 영원』(2008)이 일본에서 나온 뒤 그의 이름 뒤에는 늘 혜성처럼 나타났다는 평가가 따랐다. '일본의 니체'라는 수식도 종종 눈에 띄었다. 그의 책이 국내에서 두 번째로 출간된다. 그는 전작에서 읽고 쓰는 것이 세계를 변화시키는 힘의 근원이고, 혁명은 오로지 문학으로부터 일어난다고, 한 점의 유보나 유예도 없이 말했다. 읽고 쓰는 것의 집약인 책이 문명을 일으키고 세계를 바꾸는 변혁의 중심 동력이라고!

그의 확신에 찬 통찰에는 천재성이 번뜩이는 바가 있다. 『이 치열한 무력을』은 강연과 대담 등을 엮어낸 책이다. 일본의 지식생태계에 신선한 바람을 일으킨 그가 유명세를 타면서 강연, 좌담, 대담 요청이 한꺼번에 빗발쳤는데, 그것들을 모아 엮은 것이다. 계통과 체계는 미약하지만 정제되지 않은 날것의 '육성'을 생생하게 들을 수 있는 즐거움이 있다.

인류가 지구에 출현한 이래, 혁명은 끊임없이 일어나고 있다. 혁명에서 늘 피를 연상하는 것은 정치, 군사 혁명만을 떠올리기 때문이다. 혁명의 범주는 크고 넓다. 때로는 감성 혁명, 웃음과 재미를 찾는 혁명, 먹고 마시는 축제와 같은 유쾌한 혁명도 있다. 자기를 넘어서서 무엇인가가 되려는 시도, 세계의 크고 작은 질서를 바꾸려는 시도를 포함하여 주체적 삶의 기획과 실천이 크고 작은 혁명의 발화점들이다. 혁명은 일상의 밋밋함을 뚫고 나가는 의식의 생성이고, 경계를 넘는 도주이자 횡단이다. 무딘 사람만이 일상에서 치욕과 굴욕을 견디며 무력함으로 팔다리를 허우적일 뿐이다. 아타루는 책을 읽고 쓰는 것이야말로 열락을 동반하는 혁명의 단초라고 되풀이해 말한다. 그가 자연재해를 겪고 반쯤 넋이 나간 사람들 속에서 "재해 이후"의 의미에 대해, 삶을 침식하는 치욕과 무력을 넘어서는 혁신에 대해 함께 생각해보자고 말을 건다. "웃어야 마땅한 것처럼 웃는 것을 배워라. 보다 높은 인간들이여, 실로 많은 것이 아직 가능하다."(니체, 『차라투스트라는 이렇게 말했다』) 아타루의 책에서 니체의 메아리를 듣는 것은 나만의 환청인가?

'말'에 대한 젊고 발랄한 철학자이자 소설가인 아타루의 생각을 짚어볼 수 있는「말이 태어나는 곳」이라는 좌담은 흥미롭다. 아사부키 마리코, 안도 레이지와 함께한 좌담을 풀어낸 것이다. '말이 태어나는 곳'은 언어 바깥이다. 아타루에 따르면, 언어 바깥이야말로 "언어를 언어이게 하며, 언어가 생성되는 곳"이다. 그는 "언어 바깥은 아마 존재할 것이다. 하지만 보통 우리가 생각하고 있는 것과 같은 형태가 아니라, 어쩌면 언어의 '내부라고 생각해온 쪽'에 존재하는" 것이라고 말한다. 말, 문자 언어, 책(아타루의 사유체계 안에서 이것은 '문학'의 표상이고, '문학'은 모든 서사성 장르를 넘어서서 철학, 사상까지를 포괄한다)이 가진 변혁의 힘에 대한 무한 신뢰를 드러낸 아타루! 사회가 붕괴하고, 세계가 사라지는 모든 상실의 경험에도 불구하고, "남은 것은 말뿐"이라고 말할 때, 사람이 말의 존재라는 사실이 번뜩이며 나타난다. 말하는 존재로 살아야 하는 사람의 본질과 그 바탕을 해명하려면 당연히 우리 안의 존재 형질로 엄연한 언어에 대한 고구(考究)가 앞서야 한다.

'말'은 하나의 원점이다. 말이 없다면 사람은 '주체로서의 사람'이 될 수가 없다. 말은 그것을 발화하는 "개인이라는 불가해한 심연"(훔볼트)을 해명한다. 그 자신이 누구인가를, 어두운 구석에 빛을 쪼이며 자아를 밝은 곳으로 이끌어내어 현시하는 도구다. 말이 없다면 사물과 존재에 대한 통찰은 어둠 그 자체로 남을 것이며, 말을 매개로 세계의 구조 속으로 편입되는 일도 일어나지 않게 된다. 그런 맥락에서 '말이 태어나는 곳'은 사유가 발생하는 지점이고, 철학의 기원이다. 말을 해버림으로써 사람은 의미의 존재로 거듭나며, 어떤 가능성으로 자신을 밀고 간다. 아타루는 말을 '축적' 가능한 것으로 여기는 서양 형이상학이 "말은 죽은 것이고, 그 바깥에 말로 할 수 없는 생생한 체험이 있다"는 나쁜 관습에 굴복했다고 비판한다. 말은 앞서 존재했던 모든 말들에 대한 응답으로 생생하다. 말이 모든 것에 대한 응답이라는 사실을 "일단 잊고 뛰어들" 때, "찰나마다의, 지금 이 언어의 준동, 동요 혹은 '침묵'에 집중"할 때, 말들은 그 발화자의 말을 집어삼키고, 구원하는 역설이 생겨나기에!

아타루 철학의 원점은 어디인가? 「본디 철학이란 무엇입니까?」라는 대담은 불안, 저출산, 복장 도착, 방사능 오염, 자원봉사, 책을 읽는 것, 일의 의미, 죽음의 우연성 같은 다양한 주제를 풀어낸 대담을 담고 있다. 초점은 철학이 무엇인가에 맞춰져 있지만, 약간은 산만한 느낌이다. 철학은 '아르고스의 눈'으로 세상과 그 토대를 들여다보는 것이다. 철학자는 나날의 불확정적인 삶과 역사를 보고 더듬으면서 그 의미를 따라간다. 세상에는 무수한 '활동적 삶'이 있고, 그 심연에는 그것을 만들고 움직이는 구조와 원리가 있다.

먼저 '활동적 삶'이란 무엇인가? 고난에 맞서 삶을 추구하는 것, 삶을 영위하는 활동 일체를 가리킨다. 인간이라는 종(種)의 생명과 번식을 지속할 수 있는 토대를 만드는 실천의 총체가 '활동적 삶'이다. 아타루는 철학을 "지혜와 친구가 되기 위해 치밀하게 고안된 여러 가지 방법"이라고 규정하는데, 인생이 공허하고 삶이 막막할 때 철학은 "잘 모르겠음"이라는 어둠에 갇힌 사람을 앎의 빛으로 이끈다고 말한다. 철학의 근본은 '지혜'이고, 이것은 근원에 대한 물음에서 나온다. 근원에 대한 물음 그 자체가 철학의 존재 방식이다.

물음 중의 물음, 물음들의 모태는 "인간이란 무엇인가?"이다. 모든 위대한 철학은 이 물음에서 시작해서 이 물음으로 끝난다. 물음은 대답을 구하는 형식이지만 물음은 사유를 이끌어 앎의 통로를 열고 의식을 확장하는 데 기여한다. 물음은 이미 그 안에 일정한 형태의 대답을 머금고 있다. 또 다른 대답「"모르겠다"라는 말을 이처럼 정면에서 듣기는 처음입니다」에서 철학의 실패는 그것이 삶이라는 토대에서 떨어져 나간 순간부터 예정된 것이라고, 아타루는 지적한다. "실제로는 '삶'의 시행착오 속에서 '이 세상은 어떠해야 하는가', '더 좋은 삶을 위해서는 어떻게 살아야 하는가'에 대해 사유하는 것"이 바로 철학인데, 오늘날의 철학은 삶을 결락시키면서 현학적인 '공부'로 전락하고 말았다는 것이다. 오늘은 어떤 옷을 입나, 오늘은 무엇을 먹나, 하는 신체의 층위, 생활의 층위에서 철학의 주제가 될 수가 있다. 그러나 오늘의 철학은 그것들을 외면한다.

우리가 날마다 무엇을 어떻게 선택하고, 제 삶을 어떻게 꾸리는가보다 더 중요한 철학의 토대는 없다. 현대 철학은 이것들을 배제하고 스스로를 분리함으로써 철학의 기본을 망각했다는 비판을 받는다. 삶의 실체적 진실과 유리된 철학은 공허해진다. 아타루는 니체의 "여름의 더운 오후에 샘물을 남김없이 마시듯 내 책을 읽어달라"라는 말을 인용하면서, 철학은 '잘 모르겠다'는 자기 무지에 대한 인식, 목이 말라야 하는 상태, 즉 삶의 실체적 진실에서 시작되어야 함을 말한다.

「변혁을 향해, 이 치열한 무력을」이라는 원고는 2011년 11월 17일, 후쿠오카 강연을 바탕으로 정리한 텍스트이다. 아타루의 철학자로서의 내공을 살펴볼 수 있는 중요한 텍스트이다. 일본인이 맞닥뜨린 '압도적인 현실'의 비현실감, 그것이 불러온 '치열한 무력(無力)'이라는 정신적 후폭풍에 대한 논의는 눈길을 끌 만하다. '압도적인 현실'이란 '3·11'로 표기되는, 일본 동북부 지역을 강타한 해저 지진과 쓰나미, 원전 붕괴, 방사선 누출 사태를 통칭한다. 사람들은 철학자에게 어떻게 제정신을 갖고 삶을 살아낼 수 있을까 하는 지혜를 요청한다. 그러나 철학자는 '3·11 이후'라는 관점과 거기에서 시작하는 담론 자체의 정합성을 부정한다. 아무것도 끝나지 않았고, 따라서 아무것도 '이후'가 되지 않았다는 게 그 부정의 근거이다.

'3·11 이후'에도 '역사의 종말'은 오지 않은 채 삶은 여전히 '지속되고' 있다. 이 '압도적인 현실'이 일본인의 의식에 새겨놓은 것은 '치욕'이다. 이 치욕 앞에서 책이나 철학 따위가 무력하고 무용지물에 지나지 않음을, '압도적인 현실' 이후에 한 정신과 의사가 방대한 장서를 모조리 폐기해버렸다는 일화로 드러낸다. 하지만 그 의사는 그 뒤 아연실색해서 다시 버렸던 책들을 한 권 한 권 사 모으고 있다고 한다. 무력한 것은 철학, 문학, 지식의 문제만은 아니다. '압도적인 현실' 속에서는 정치도, 시스템도, 인터넷도 다 무력했다. 그 무력에도 불구하고 현실이 재난의 자리이고 살아남은 자가 재난 이후의 무력을 견뎌야 할 장소이자 피난처라는 사실은 변하지 않는다. 살아내야 할 현실은 엄연하고, 책 역시 엄연하다는 사실은 변할 수 없는 진리이다. 장서를 모조리 갖다 버린 그 정신과 의사가 과오를 뒤늦게 깨닫고 아연실색했던 것은 그 때문이 아니었을까.

삶이 살아 있는 유동이라면, 철학은 그 유동에 대한 성찰적 반응이다. 동일본을 강타한 쓰나미와 원전 사고가 불러오는 '완만한 죽음'에 대한 '실감'의 희미함을 문제 삼고 있는 이 강연은 관심의 대상이 될 만하다. 무서운 것은 "평탄하게 계속되는 이 일상 속에서" 위기의 실감이 희미해지는 것이다. 일상의 평탄함은 "천천히 다가오는, 미량의, 끝이 없는 죽음"의 실감을 "회색 잡음"과 뒤섞어 희미하게 만든다.

따라서 우리는 방사선이 퍼진 이 열도에서
살면서, 실증도 인과성도 확정할 수 없는
상태로, 얇은 가죽 한 장만큼 죽음에 근접해
있고—죽음에 가까워지고 있습니다. 그렇지만
죽음이 즉시 오지는 않습니다. 절박하지
않습니다. 수십 년이 지난 먼 훗날의, 확증할
수 없는 완만한 죽음이 안개처럼 뿌려져
있습니다. (사사키 아타루, 『이 치열한 무력을』)

이게 왜 무서운 일인가? 이 "죽음의 완만함이 삶 그 자체"와 닮아 있기 때문이다. 아타루는 '3·11 이후'라는 담론 자체를 인정하지 않는다. 아무것도 끝나지 않았고, 실은 아무것도 시작하지도 않았으니, '이후'라는 담론이 성립될 수 없기에 이것은 허구적 논제라는 것이다. 그는 '이후'의 담론이 아니라 엄청난 생명이 희생된 이 비극의 불가사의한 '실감의 부재'를 파고든다. 실감의 희미함은 어떤 비극도 방관자로 내몰아 결국 "절박하지 않음, 망각 속에서 일상을 일종의 '기분'으로" 살게 한다. 망각을 불러오고 의식을 마비시키는, 현실에 대한 실감 없음이야말로 진짜 근본적인 위기라고 말하는 것이다!
이쯤에서 아타루는 파울 첼란이라는, 유대인으로 나치의 수용소에서 무시로 죽음을 직면하는 '압도적인 현실'

을 겪은 독일 시인 얘기를 꺼낸다. 그는 전쟁이 끝난 뒤에 정신병을 앓다가 센 강에 투신해서 죽는다. 아타루는 파울 첼란이 '20세기 최대의 시인'이라고 평가한다. 『잘라라, 기도하는 그 손을』이라는 책의 표제 역시 파울 첼란의 시구에서 빌려 올 정도이다. 2011년 세이도샤에서 내놓은 파울 첼란 전집 간행 추천사에서 "시란 투병(投甁) 통신"이란 말을 소개하면서 아타루는 파울 첼란의 시들이 삶이라는 대양에 던진 병이고, 지금이야말로 그의 시를 읽어보자고 권유한다. 대양에 던진 병 속에는 시인의 이름과, 운명과, 의지와 날짜가 밀봉되어 있는데, 지금 대양을 건너 우리 앞에 도래했다는 것이다.

　파울 첼란은 '압도적인 현실' 앞에서 문학과 사상이 무력하다고 말한 적이 없다. 다만 아우슈비츠 이후에도 하루하루를 견디며 시를 썼다. 철학자 아도르노가 "아우슈비츠 이후 시를 쓰는 것은 야만이다"라고 했지만(나중에 이 발언을 철회한다), 파울 첼란은 꾸역꾸역 시를 썼다. 시인이란 제 상처를 손가락으로 쑤셔서 고통을 확인하는 자들이다! 물론 시를 쓴다고 수용소에서 학살당한 유대인들이 살아 돌아올 리는 없다. 시가 죽은 자를 살리지 못함으로써 '압도적인 현실' 앞에서 무력한 것임을 드러내지만, 그렇다고 '압도적인 현실'이 시들이 씌어지지 못하도록 막을 수도 없고, 씌어진 시들을 쓸어 없앨 수도 없다. 무

력의 치열함 속에서, 여전히 시가 나오고, 사상이 자라나
온다. 이 무력을 견디고 살아냈기에 시들이 남고, 씨앗처
럼 널리 퍼져서, '압도적인 현실'의 야만성을 퍼뜨린다.

"모든 사건에도 불구하고. 그러나 그 말은 자기 자신의
대답 없음을, 가공할 만한 침묵을, 죽음을 초래하는 변설
의 깊은 어둠 속을 빠져나오지 않으면 안 되었습니다. 그
리고 말은 그것을 빠져나왔습니다"(사사키 아타루, 『잘라라,
기도하는 그 손을』)라고, 파울 첼란의 말을 인용함으로써 그
인용에, 시와 말은 위대한 것이라는 제 생각을 겹쳐낸다.

말〔철학〕의 운명과 시의 운명은 하나다. 위대한 시들은
"가공할 만한 침묵"을 뚫고, "죽음을 초래하는 변설의
깊은 어둠 속을" 빠져나온다. '압도적인 현실'을 뚫고,
빠져나와, 살아남는 것은 말과 시다. 파울 첼란은 「죽음
의 푸가」에서 "더 달콤하게 죽음을 연주하라"라고 쓴다.
"더 둔중하게 켜라 그러면 너희들은 연기가 되어 공중으
로 올라간다"라고! 이 시들은 무고한 유대인 살상 행위
가 더러운 범죄이고, 그 범죄자들에게 명백하게 유죄라고
선고한다!

최종 승리를 거두는 것은 '압도적인 현실'이 아니라 문
학이고 철학이다. 현실은 지나가지만, 시간을 넘어 남는
것은 말이고 시다. 우리가 살아남은 것은, 그리고 망각과
무력을 넘어서서, 꿋꿋하게, 어제의 삶보다 나은 삶을 꾸

리는 것은 결국 이것들을 읽고 말았기 때문이다.

사사키 아타루, 『잘라라, 기도하는 그 손을』, 송태욱 옮김,
　자음과모음, 2012
사사키 아타루, 『이 치열한 무력을』, 안천 옮김, 자음과모음, 2013

책, 혁명, 영원

추석 한가위는 겨레의 큰 명절이다. 추석에는 곡식과 열매 맺은 걸 수확하고 그 수확한 첫물들을 챙겨 조상들께 바치는 차례상에 올릴 음식의 재료로 삼았다. 한 해 농사를 잘 짓게 해줘서 고맙다는 예를 드리는 것이니 그 뜻이 갸륵하다. 우선 추석은 산 자들을 위한 날이다. 선일과 앉은일, 마른일과 진일이 끝없이 이어지는 게 농사일이다. 힘꼴깨나 쓴다는 농사꾼도 농사일에 뼈가 휘는데, 그 고단함에 보상이 없다면 삶은 팍팍함 일색이겠다. 그 보상의 형식으로 하루쯤 놀고 먹자고 창안해낸 게 추석이다. 산과 들과 바다에서 거둔 것들을 굽고 찌고 지져 내놓은 풍성한 음식들을 친지들과 더불어 먹으며 농업 노동의 수고와 고단함을 위로하고 스스로를 격려하는 것이다.

가난한 집 아이는 비록 솔기가 터진 옷을 꿰매 입었어도 명절 맞은 기쁨으로 입이 귀에 걸리고, 늘 푸성귀 일색이던 밥상에 고기 탕국과 기름진 것, 평소 맛볼 수 없었던 별미 음식이 올라 모처럼 어른 아이의 입과 혀를 즐겁게 한다. 그런 날 꼭 한 사람은 과식으로 탈이 나서 배앓이하고 화장실을 밤새 드나드는 것이다. 추석은 참 특별했던 오래된 삶과 삶에 작용하는 곡진한 마음이 녹아 있는 날이다. 추석의 긴 연휴에도 하릴없이 서재에 틀어박혀 책이나 꾸역꾸역 읽었다.

사사키 아타루의 『잘라라, 기도하는 그 손을』(부제가 '책과 혁명에 관한 닷새 밤의 기록'이다)을 잡고는 후루룩 읽었다. 쉽게 읽었다는 뜻이 아니라 몰입의 정도가 깊어서 쉽게 읽어버린 듯한 느낌이 드는 것이다. 『야전과 영원』이라는 책 한 권으로 일본 지식계에 신성으로 떠오른 아타루는 『잘라라, 기도하는 그 손을』에서 문학, 그 읽기와 쓰기의 의미에 대한 사색을 다룬다. 역설과 패러독스로 직조된 문장들, 문학과 철학은 물론이거니와 근대 법의 기원, 근대 국가, 근대 자본주의, 정보 기술, 종말론까지 종횡으로 가로지르는 사유는 놀라운 재기와 내공을 느끼기에 충분하다.

책을 읽는다는 것은 무서운 일이다. 그것은 알 수 없는 세계에 자기 전 존재를 쿵, 하고 부딪치는 일이다. 몇 번을 읽어도 알 수가 없다. 읽을 수 없는 책을 읽는 것만이 진짜 읽는 것이다. 알 수 없음, 그게 진짜 책의 본질이니까! 뭔가를 알게 되었다고 해도 그게 "책이라는 거울에 비친 자신의 무의식이 만들어낸 망상"(사사키 아타루, 『잘라라, 기도하는 그 손을』)일지도 모른다는 회의에 빠지게 된다. 내가 알고 있는 것이 정말 그 책에 쓰여 있는 것일까? 확신을 가질 수 없기에 책을 읽는 일은 읽을 수 없는 것을 읽는 행위가 되는 것이다. 왜 그럴까? "책이라는 것은 한 장의 종이를 여러 번 접고 재단하여 만듭니다. 하지만 그렇게 많이 접어 '책'이 되면, 급하게 한 장의 종이로 만든 문서나 두 장으로 접어서 펼친 서류와 달리 몇 번 읽어도 알 수 없게 됩니다."(사사키 아타루, 앞의 책) 책은 평면이 아니라 구조적으로 두께를 가진 입체다. 전지(全紙)를 세 번 접으면 16면이 나오고, 다섯 번 접으며 64면이 나온다. 그 묶음을 하나로 묶고 실로 철하는 것으로 책이 완성된다. 그러니까 전지 네다섯 장으로 책을 만들 수 있다.

"두꺼운 책, 다시 말해 좌우 양 페이지를 많이 가진 책은 사람의 사상, 사람의 일생, 세계의 모습이나 전 우주의 사건 등 다양한 요소들을 반영한다. 책은 삼라만상을 감싸고 있다."(스기우라 고헤이, 『형태의 탄생』) 책 하나하나는 "움직이고 서로 대립하며 유동하고 확장하는 역동적인 그릇〔容器〕"이고 "다양한 힘을 삼키고 내뱉는 커다란 그릇"(스기우라 고헤이, 앞의 책)이다. 책이 감싸고 있는 삼라만상에 전 존재를 쿵, 하고 부딪치는 것, 그게 책을 읽는 행위다.

　　마르틴 루터는 교황청과 교황청에서 임명한 성직자들
이 독점한 『성서』를 굳이 구해다가 읽었다. 여러 번, 아마
도 수십 번, 수백 번 읽었을 것이다. 읽고, 읽고, 다시 읽
고. 읽기는 다시 쓰기로 이어진다. 그것으로 충분하다. 그
렇게 '루터 혁명'이 일어난다. 교황, 교회 제도, 교회법
따위는 『성서』와는 무관하게, 『성서』 밖에서 다른 준거
의 틀에 의해 만들어진 것이다. 루터가 한 일은 읽을 수 없
는 것을 읽은 것이다. 다시 한 번, 책을 읽는 일은 "자신
의 무의식을 쥐어뜯는 일입니다. 자신의 꿈도 마음도 신
체도, 자신이 살고 있는 세계 일체를, 지금 여기에 있는
하얗게 빛나는 종이에 비치는 글자의 검은 줄에 내던지는
일입니다."(사사키 아타루, 앞의 책) 아마 루터가 그랬을 것
이다.

　　아타루는 세계를 바꾼 혁명들이 '폭력'이 아니라 '읽고
쓰는 것', 즉 문학에서 시작했다고 힘주어 말한다. 우선 그
는 우리가 아는 문학의 범주가 얼마나 협애한 것인가를 지
적하고 그 외연을 한껏 넓힌다. 문학은 문자로 쓰인 것만
이 아니라 춤, 음악, 노래, 종교, 철학 등을 다 포괄한다.
문학에 내재된 '혁명성'을 논의하기 위해 마르틴 루터, 무
함마드, 니체, 도스토옙스키, 조이스, 베케트, 프로이트,
라캉, 버지니아 울프, 들뢰즈, 가타리 등을 불러온다.

　　읽는다는 것은 "최후의 고독한 싸움"(버지니아 울프)이

고, "기도이고, 명상이고, 시련"(마르틴 루터)이며, "자신의 무의식을, 그 욕망을 텍스트에 직접 접속하는 것"이다. 읽기라는 최후의 고독한 싸움에서 "우리는 하얀 종이의 표면에 비치는 광기와 그것을 읽지 않겠다고 하는 자신의 방어기제에 동시에 저항하지 않으면 안 됩니다. 끈기 있게, 자신과 자신에게서 밀려나온 그 무수한 것을 최대한 쥐어짜 삐걱거리게 합니다. 그것이 읽는다는 것입니다. 차례로 넘기는 책의 한 페이지 한 페이지마다 우리는 실오라기 하나 걸치지 않는 무의식의 벌거벗은 형태로 도박을 하는 것"(사사키 아타루, 앞의 책)이다. 읽기는 무의식에서 벌이는 도박이고 싸움이며 광기에 사로잡히는 일이다. 그래서 위험하다.

아타루는 니체를 읽은 뒤 이렇게 쓴다. "읽고 만 이상, 거기에 그렇게 쓰여 있는 이상, 그 한 행이 아무래도 옳다고밖에 생각되지 않은 이상, 그 문구가 하얀 표면에 반짝반짝 검게 빛나 보이고 만 이상, 그 말에 이끌려 살아갈 수밖에 없습니다." 읽는다는 것은 그것만으로도 내면의 혁신이 일어나는 모험이다. 아타루는 "문학이야말로 혁명의 근원이다"라고 말하는데, 이때 문학은 근대적 문학 개념을 넘어서서 "반(反)정보로서의 문학, 회태(懷胎)로서의 문학, 그리고 세계를 변혁하는 것으로서의 문학"을 말한다.

사람들은 혁명이 '폭력'에서 발원한다고 믿지만 아타

루는 혁명의 본체는 텍스트이고, 그것을 읽고 쓰는 것, 더 나아가서 다시 읽고 다시 고쳐 쓰는 것이라고 말한다. "텍스트를 읽고, 다시 읽고, 쓰고, 다시 쓰고, 번역하고, 천명하는 것"이 중요하다. 혁명은 텍스트를 읽고 쓰는 것에서 시작한다. 혁명에는 "먼저 근거를 명시한 텍스트가 선행"하고 그 "텍스트를 다시 쓰는 것이 선행하는 것"이며, 폭력은 "새로운 텍스트를 통과시키기 위해 이차적 수단"으로만 작용한다는 것이다. 이 사유의 핵심은 "문학이야말로 혁명의 본질입니다. 혁명은 문학으로부터만 일어나고, 문학을 잃어버린 순간 혁명은 죽습니다"라는 말에 응축되어 있다.

책 읽기의 바탕이 되는 것은 지적인 욕망, 즉 앎에 대한 영원한 갈증이다.

> 인간의 '더 알고 싶은 욕구'는 원시생물 이래로
> 존재해온 '탐색 욕구'의 직계 자손입니다.
> 그것은 생명체의 생명 활동을 떠받치는
> '생의 원리' 그 자체라고 해도 과언이
> 아닙니다.(다치바나 다카시, 『피가 되고 살이 되는
> 500권, 피도 살도 안 되는 100권』)

책 읽기는 생명 약동이고, 모든 혁명의 배아(胚芽)였다. 한 생물 종의 평균수명은 400만 년이고, 지금까지 지구에 나타났던 생물 종은 400억 종 이상이라고 추정된다. 현재 지구에 살아남은 생물 종은 4,000만 종. 그동안 생물 종 99.9퍼센트는 멸종하고, 단지 0.1퍼센트만 생존하고 있는 셈이다. 호모 사피엔스가 지구에 출현한 것은 20만 년 전이다. 따라서 인류에겐 380만 년이라는 시간이 남아 있다. 고작해야 80년 안팎을 사는 인류에게 380만 년은 영원이나 다름없다. 그 영원이라는 잣대 속에서 겨우 찰나를 반짝이다 사라지는 이 삶에 무슨 의미가 있을까? 한순간의 섬광이라고 해도 삶에는 의미가 있다. 우리는 우주 생성의 한 조각이고, 그것이 이루는 의미의 한 부분이다. 읽기와 쓰기는 그 의미 찾기의 한 방식이다. 아울러 읽기와 쓰기는 미래에도 여전히 인류의 생명 진화를 밀어나가는 힘이다. 유쾌한 기분으로 아타루의 말을 빌려다 쓰자. "문학은 끝났다? 창피하니까 그런 말은 그만두라."

사사키 아타루, 『잘라라, 기도하는 그 손을』, 송태욱 옮김, 자음과모음, 2012

스기우라 고헤이, 『형태의 탄생』, 송태욱 옮김, 안그라픽스, 2001

다치바나 다카시, 『피가 되고 살이 되는 500권, 피도 살도 안 되는 100권』, 박성관 옮김, 청어람미디어, 2008

추석 연휴의 쓸쓸함 속에서

첫서리 내린다는 상강(霜降)이 코앞이다. 추분과 상강 사이에 추석이 지나간다. 하늘은 옥색이고 물은 시리도록 차고 맑다. 알밤들이 떨어진 새벽 푸서리 길은 찬 이슬로 덮이지만 햇빛이 오래 놔두지 않고 이내 거둬 간다. 잘 익은 대춧빛으로 물드는 햇빛은 상품(上品)이다. 멸구와 이화명충을 물리고 태풍을 견뎌낸 벼들이 누렇게 익어 고개를 숙이고, 감나무며 대추나무들은 가지마다 찢어질 듯 열매를 매단다. 뜰에는 달리아와 국화가 흐드러졌다.

추석은 온갖 들과 산에서 나는 물산들이 곳간에 그득하고, 어버이와 그 핏줄들이 한자리에 모여 회포를 나누는 날로 농경사회가 만들어낸 맑은 풍속이고, 넉넉한 마음으로 맞는 겨레의 큰 명절이다. 한가위의 달은 둥글고, 밤하늘에서 노숙하는 별들은 저마다 제자리를 지키고, 풀벌레 소리는 소슬하다. 모처럼 식구가 한자리에 모인 한가위! 어버이는 늦은 밤까지 불 꺼지지 않는 거실에서 흘러나오는 자식들의 웃음소리에 빙긋이 웃는다. 자식들의 무탈함은 부모의 보람이니 그 뿌듯함으로 기쁨은 커지고 사는 것의 버거움은 덜어지는 것이다.

타관으로 떠났던 사람들이 바리바리 선물들을 안고 귀향길에 오르는 것도 추석이요, 안방 구들을 짊어지고 시난고난하던 노인네가 정결한 옷차림을 하고 척추를 곧추 세우는 날도 추석이다. 아이들이 다 자라 집을 떠나니, 추석도 심드렁하다. 세 아이 중에서 두 아이가 미국에서 삶의 터전을 잡았다. 미국에서도 송편을 빚고 탕국을 끓이며 추석을 쇨까. 멀리 떨어져 사는 아이들 생각에 잠시 애잔해진다. 추석 연휴 동안 빈둥거리면서 출판사에서 보낸 새 책의 교정지를 들여다보고, 짬짬이 이러저러한 책들을 쌓아놓고 산만하게 읽었다.

'나'란 무엇일까? 그 물음은 진지한 인간에게 던져진 화두다. "우리 각자는 다른 어떤 비슷한 것이 아니라 자기 자신의 유일한 탄생이다."(야니스 콩스탕티니데스, 『유럽의 붓다, 니체』) '나', 유일한 것, 혹은 '나'의 안에 깃든 자아가 우리의 고유하고 본래적인 그 무엇이라고 믿고 살지만 사실 그것은 "우리의 할아버지들과 아버지들이 느끼고, 바라고, 생각했던 것의 창백한 반영"(야니스 콩스탕티니데스, 앞의 책)이다. 본래적인 것이 아니라 잡다한 것들의 모방의 결과물이라면 '나'는 극복되고 넘어서야 할 공(空)이다. 그것은 "생명체의 다양한 관점들의 상상적 중심"

이고, 따라서 "분리되고 자율적인 실존에게 그의 행동의 공상적인 원인을 만들어주기 위해 부당하게 부여하는 문법적 주체"(야니스 콩스탕티니데스, 앞의 책)에 지나지 않는다는 것. 그렇다면 '나'는 나의 역사를 쓰는 유령 작가다.

『유럽의 붓다, 니체』는 전혀 연관이 없어 보이는 니체와 선종(禪宗)을 겹쳐 보며 흑백 삽화를 곁들여 니체 철학을 따져 들어간 책이다. 근래에 읽은 니체 철학에 관한 책 중에서 가장 읽을 만한 책이다. 기독교에는 그토록 신경질적이었던 니체지만 불교를 대하는 것에는 의외로 너그럽다.

> 나는 유럽의 붓다가 될 수도 있을 것이다.
> 말하자면 인도에 붓다가 있다면 유럽에는
> 니체가 있다고 말이다.〔니체, 『유고』(1882~1883/4)〕

우리는 '나'로 태어난다. 인류 역사에서 '나'는 자기 자신의 유일한 탄생이라는 주체의 신화 속에서 꿋꿋하게 제 위치를 지켜왔다. 하지만 새로운 해석자들에 따르면, '나', 혹은 자아는, 우리 안의 붓다를 가리는 가면이다. 우리 현전의 유일한 가시적 실체라고 믿는 '나', 혹은 자아는 "실상 잡다한 작용들의 집합"이고, "우리의 할아버지들과 아버지들이 느끼고, 바라고, 생각했던 것의 창백한 반영"일 뿐이다. 니체는 개별자의 자아를 부정한다. 그것은 헛것이거나 실체가 없는 유령이고, 그래서 "생명체의 다양한 관점들의 상상적 중심으로서의 '주체, 나의 발명'"에 지나지 않는다.(야니스 콩스탕티니데스, 앞의 책)

자아는 심오하고 참다운 본성을 가리고 억누른다. 그 헛것을 꿰뚫지 않으면 자신의 참다운 본성과 만날 수가 없다. 니체는 삶이라는 강을 건너기 위해 "너 자신을 저당 잡히고 너 자신을 잃어버려야 할 것"(니체, 『반시대적 고찰』)이라고 말한다. 나를 버려서 참 나에 도달한다! 바로 여기서 니체와 불교의 접점이 나타난다. 선종(禪宗)에서도 '나'에 대한 부정은 깨달음의 전제 조건이라고 말한다. 깨달음이란 적극적인 자기 부정 이후 일어나는 정각(正覺)이다. 도원선사는 "붓다의 길을 공부하는 것은 자기 자신을 공부하는 것이고, 자기 자신을 공부하는 것은 자기 자신을 잊는 것"이라고 말한다. 자기의 실체적 본성에 이르려면 자기라는 다리를 부수고 강을 건너가야 한다. 자기라는 다리는 곧 "가장 익숙한 확실성들과 좌표들"이다. 니체는 과연 유럽의 붓다가 되었을까? 이 책을 읽어보시기 바란다.

무라카미 하루키의 『잡문집』도 다시 읽었다. 하루키가 그동안 어느 책에도 넣지 않았던 글들을 모아 만든 게 이 책이다. 잡다함으로 채워진 이 '잡문집'에서 소설가로 산다는 것의 의미를 편안한 어조로 들려준다. 대개는 작고 하찮은 이야기들을 잔잔하게 풀어나가는데, 그 작고 하찮은 이야기들에는 하루키 특유의 정서가 만드는 무늬들이 들어 있다. 섬세하며 다정한 무늬들! 특히 각종 문학상을 받고 쓴 수상 소감들을 한꺼번에 묶어 읽는 재미가 쏠쏠하다.

하루키는 중산층 가정의 외동아들로 태어난 까닭에 혼자 책을 읽고 음악을 듣고 개와 고양이와 놀면서 지내는 일에 익숙하다. 운동도 장거리달리기나 수영같이 혼자서 하는 '개인 운동'을 좋아한다. 그는 '조직이라는 것'을 좋아할 수 없는 체질인데, 내놓고 "국가 체제에서부터 학교나 회사를 비롯해 작가 집단에 이르기까지" 조직이라면 질색이라고 털어놓는다. 딱히 소설가가 되려고 한 적은 없지만 우연한 계기로 작가가 되었다. 소설 쓰기가 오랫동안 밀폐된 공간에서 '혼자' 하는 일이기 때문에 그가 소설가가 된 것은 운명적 필연인지도 모른다.

하루키는 미국 작가 스콧 피츠제럴드를 좋아한다. 『위대한 개츠비』의 감동 때문이다. 작가로 대성공을 거둔 피츠제럴드는 1929년 대공황 때 인간으로도, 작가로도 산산이 부서진다. 아내의 발광, 세간의 무관심, 신체를 잠식하는 알코올 중독, 무절제한 사치와 낭비, 불어나는 빚에도 불구하고 새 소설을 쓰는 피츠제럴드를 두고 하루키는 연민과 흠모를 감추지 않으면서 "새로 탄생할 작품이야 말로, 그것을 만들어내고자 고투하는 자신의 영혼이야말로, 그를 이끌어주는 먼 등대의 불빛이었다"(무라카미 하루키, 『잡문집』)라고 쓴다.

소설가에게 '자기란 무엇인가?'라는 물음은 무의미하다. 소설가란 그 물음에 대해 "다른 종합적 형태로(즉, 이야기의 형태로) 치환해나가는 일을 일상적 업"으로 삼기 때문이다. 하루키는 그 물음이 가진 위험성에 대해서 경고한다. 이 물음은 자기를 객관화하는 일인데, 자신의 본래적 실체를 찾으려는 노력은 여러 가설을 통과하면서 이루어진다. 그런데 이런 가설들을 통과하는 가운데 "출구가 보이지 않는 사고의 트랙"에 갇혀 자칫 현실세계와의 물리적 접면을 잃은 채 표류하다가 유사종교로 흘러들어갈 위험이 도사리고 있다. 소설, 혹은 문학 일반이 현실의 용도에서 아무짝에도 써먹을 데가 없고 "역사적 즉효성" 따위도 없지만 그것이 유의미한 것은 이야기 속에 '무언가'가 있기 때문이다. 하루키는 그 무언가가 "인간 존재의 존엄의 핵"을 희구하는 '계속성'이라고 말한다. 모든 소설가는 저마다의 방식으로 '자기가 누구인가?'라는 물음과 싸운다.

소설은 왜 의미가 있을까? 작가치고 그런 물음을 스스

로에게 던져보지 않은 사람은 없을 것이다. 오르한 파묵 역시 마찬가지다. 파묵은 소설이 "삶의 가장 표면에 있는 모습, 그러니까 우리 감각이 우리에게 부여하는 사적인 경험과 지식에 대해서도 말하지만, 때로는 가장 깊숙이 숨어 있는, 그러니까 중심부에, 삶의 본질에, 톨스토이가 '삶의 의미'라고 했던 것에(우리가 뭐라고 명명하든지 간에), 다다르기는 어렵지만 우리는 그 존재를 낙관하는 그곳에 대한 지식, 직관, 실마리를 줄 수 있"(오르한 파묵, 『소설과 소설가』)다고 믿는다.

　『소설과 소설가』는 2008년 가을, 파묵의 하버드 대학교 초청 강연록을 책으로 엮은 것이다. 파묵은 보르헤스, 이탈로 칼비노, 움베르토 에코 등이 섰던 '엘리엇 노턴'의 여섯 차례 강연에서 많은 작가들의 소설을 읽고, 그 작가들의 영혼에 포섭되어 작가가 되기까지의 문학적 여정을 솔직하게 털어놓는다. 우선 파묵은 자신이 열혈 소설 독자였음을 밝힌다.

　　나는 열여덟 살에서 서른 살 사이에, 바로
　　이런 희망에 사로잡혀 소설을 아주 열심히
　　읽었습니다. 이스탄불에 있는 내 방에서 밤을
　　새워가며 읽었던 모든 소설은 나에게 우주를
　　선사해주었습니다. 그 우주는 백과사전이나

박물관 못지않게 인생의 모든 면을 세세하게 알려주었고, 나의 삶 못지않게 인간적이었으며, 오로지 철학이나 종교에서나 발견할 수 있을 심오하고 포괄적인 바람, 위로 그리고 약속들로 가득 차 있었습니다. 나는 세계의 본질을 알고, 인간적으로 성숙해지고, 내 정신을 구체화하기 위해서, 꿈속에 잠긴 기분으로 다른 모든 것을 잊고 소설을 읽곤 했습니다.(오르한 파묵, 앞의 책)

소설에는 '감춰진 중심부'가 있다. 모든 이야기들은 이 '감춰진 중심부'의 먼 쪽에서부터 시작한다. 어느 결에 이야기는 이 '감춰진 중심부'를 꿰뚫는다. 파묵은 이렇게 쓴다. "중심부는 삶에 관한 심오한 관점, 일종의 통찰입니다. 깊은 곳에 있는 실재 또는 상상의 신비로운 어떤 지점입니다."(오르한 파묵, 앞의 책) 소설가는 이 '중심부'에 대해 말하려고 이야기를 쓰는 것이고, 독자 역시 이 '중심부'를 읽으려고 소설을 읽는 것이다. 자, 내친김에 파묵의 『내 이름은 빨강』과 『순수 박물관』을 잇달아 읽어볼까?

야니스 콩스탕티니데스, 『유럽의 붓다, 니체』, 강희경 옮김,
　　열린책들, 2012
무라카미 하루키, 『잡문집』, 이영미 옮김, 비채, 2011
오르한 파묵, 『소설과 소설가』, 이난아 옮김, 민음사, 2012

세계화, 유토피아, 유행

가을비가 내린 뒤 기온이 뚝 떨어졌다. 지난해보다 보름이나 빠르게 설악산 대청봉에 첫눈이 왔다는 소식. 숫돌에 벼린 듯 쨍하니 파란 하늘 아래 산그늘 안고 흐르는 계곡 물소리는 야위어간다. 붉고 찬란한 것들이 누리는 날들은 짧다. 해가 짧아지고, 물이 차가워지면, 은행나무 잎들이 황금빛으로 물들고, 단풍나무 가지의 잎들은 붉어진다. 가을의 균질함이 군데군데 시들고 깨진다. 지난 4월, 폭설 속에서 꾸었던 봄꿈도, 8월, 길들을 오래 적시던 긴 비의 기억도 아득하다. 봄날 몸 푼 새댁처럼 한우 양지머리 넣고 끓인 뜨거운 미역국 몇 술 떴던 게 엊그제 같은데, 어느덧 겨울이 오고 있다.

겨울이 오면, 북풍이 불고, 활엽나무들의 잎이 지고, 한낮 물가의 명주잠자리 어디로 사라지고, 새벽이면 항아리 물들이 얼어붙겠다. 겨울이 오면, 물이 시려 마당에서 하는 세수를 거르는 어린 인류는 몸보다 마음이 먼저 추위를 탔다. 겨울이 오면, 가면 다시 오지 않는 것들에 대해 생각하는 밤들이 연이어 오고, 밤과 밤으로 이어지는 대

장정(大長程) 속에서 칠흑 하늘에 뜬 곡옥(曲玉) 같은 별들
이 떨고 상온 동물들은 불가능한 것들을 불가능한 것 그
대로 마음에 품는다.

오, "인간은 재난을 분비"(에밀 시오랑, 『독설의 팡세』)하
는 존재에 지나지 않는다. 감추었던 비밀들이 누설되는
계절, 나는, 속절없이, 추워지는 마음을 가진 사람이다.
실수가 많은, 의도하지는 않았더라도 재난을 분비하는,
사람이다. 세계화는 폭주하는 시간이다. 그 폭주로 인해
여러 병폐들과 우려들이 커지고, '감속(減速)의 가치'가
떠오르는 시대로 우리는 떠밀려왔다. 발 딛고 사는 이 세
계가 '멋진 신세계'가 아니라는 사실은 분명해졌다. '세
계화'란 무엇인가? 그것은 인류에게 새 유토피아를 선물
할 것인가? 아니면 위기를 향하여 가속도를 높이고 있는
가? 더 잘 살려는 마음이 실은 더 많은 재난을 불러온다.
그런 재난들 앞에 놓인 인간의 미래를 우려하고 그 불길
함을 경고하는 예언자들의 책들을 읽는다.

『팽창하는 세계』(마이클 크로닌)를 읽었다. '세계화
(globalization)'라는 용어가 일상화된 입말이 된 것은 오래
된 일이다. 세계라는 우산 아래 '지역'들은 신자유주의
세계화의 흐름에 영향을 받는 한에서 세계의 하위 범주로
영토화한다. 지역의 안전을 위협하는 산성비, 온난화, 방

사능 낙진 따위는 지역들이 세계화의 하위 범주로 포섭당한 결과이다. 세계화의 시대에 지역들은 먼 곳에서 오는 영향에 속수무책으로 노출된다. 우크라이나의 핵 발전소 사고로 수백 마일이나 멀리 떨어진 유럽의 채소들이 방사능 오염으로 폐기처분이 된다. 전 지구적 장소의 일부로 편입되면서 지역들은 어떤 변화를 겪는가? 세계화가 세계에 존재하는 간격과 차이의 줄어듦이라면 그만큼 지역과 지역 간의 차이는 줄고, 그 대신 표준화라는 명분으로 동일성의 압력이 커진다. 그것은 '복제 현상(clonialism)'이 확산되면서 나타나는 결과이다.

> 지구촌이 서로를 닮아감에 따라 동일한
> 브랜드로 복사를 뜬 것처럼 동일한 모형의
> 마을이 곳곳에 나타나는 것을 보고 우리는
> 낙담하고 있다. 어느 대륙을 가든 보행자가
> 다니는 곳에는 같은 모양의 고급 상점들이
> 늘어서 있다. (24쪽)

세계화는 지역들의 울퉁불퉁한 차이를 집어삼키고 세계를 평평하게 만든다. 지역의 개별성, 즉 지역의 고유한 차이와 다양한 차원이 사라지면 그 속에서 작동하던 '귀속의 순환(cycle of belonging)'이라는 고리도 깨진다. 크로닌

은 스코틀랜드의 이론가 앨러스테어 매킨토시가 제시한
'귀속의 순환'을 이렇게 요약한다.

> 그가 말하는 순환에는 네 가지 요소가 있는데,
> 이것들은 차례차례 다음 요소에 영향을
> 준다. 먼저 '장소의 감각(기초)'은 '정체성의
> 감각(자아/머리)'을 낳고, 정체성의 감각은
> '가치의 감각(영혼/가슴)'을, 그리고 가치의
> 감각은 '책임의 감각(행동/손)'을 낳는다는
> 것이다.(43쪽)

점점 더 커지는 세계화의 영향 속에서 지역과 세계의
연결 밀도가 촘촘해짐으로써 지역은 새로운 변화를 맞는
다. '팽창하는 세계' 속에서 지역은 다른 세계와 연계되
어 밀려오는 위기와 변화들을 받아들일 수밖에 없다. 이
변화 속에서 우리는 세계화의 위험에 저항하는 새로운 미
시정치학의 관점과 윤리를 만들어야 한다.

세계화로 인해 사람들의 이동은 훨씬 더 잦아지고, 시
공간은 크게 축소되었다. 더 많은 사람들이 더 자주 더 빨
리 이동하면서 즉각적인 교류는 확장되었다. 이동과 운송
수단의 발달, 전자 네트워크의 비약적인 확산으로 지역과
지역 사이의 물리적 거리가 좁혀졌다. 그런 까닭에 공항

은 아주 친근한 장소가 되었다. 공항은 이곳과 저곳을 이어주는 '사이'의 공간이다. "유동, 변화, 가속"이 일어나는 공항의 친밀화와 더불어 늘어난 항공 교통량은 "세계의 국가들이 얼마나 세계화되었는가를 말해주는 지표"(137쪽)이다. 세계화로 더 큰 탄력을 받는 것은 '속도의 정치경제학'이다. 그것이 지향하는 목표는 매우 분명해 보인다. 바로 "'지리정치학(geopolitics)'에 대한 '공중정치학(meteopolitics)'의 승리"(137쪽)이다. 초국적 기업들은 더 빨리 생산 기반 시설이나 사업의 영역을 이곳이 아니라 저곳으로 옮기고, 더 쉽게 국가의 세금 부과를 피하려고 조세피난처를 찾아 훌쩍 날아간다. 현대의 삶에서 '하늘'이 '땅'보다 더 중요해지는 역전이 일어난다.

공항과 비행기 안에서 보내는 시간의 증가, 고층 건물의 수요 폭증, 펜트하우스의 선호 따위는 '하늘'이 '땅'에 대해 거둔 승리의 작은 징표들이다. 그럼에도 많은 사람들이 여전히 땅에 발을 붙이고 살고, 토지를 거점으로 지역에서 산다. 지역-세계가 거의 동시적으로 연동되어 움직이는 까닭에 국제 금융 시스템의 불안정성과 기후 변화로 지역들은 요동을 치고 몸살을 앓는다. 따라서 개별자의 정체성을 규정하던 지역과 지역적인 것을 이제는 거시-모더니티라는 세계화 이전의 패러다임이 아니라 미시-모더니티라는 새로운 준거 틀로 바라보아야 한다. 결국 크로닌은 환멸의 문화를 제대로 이해하고, 지금 살아남을 뿐만 아니라 지속가능한 미래를 위하여, 세계를 다르게 보는 방식을 권하고, 여러 지역의 문화와 세계에 존재하는 '차이들'을 다양성의 역량으로 받아들이는 인식의 전환을 요구한다.

『유행의 시대』(지그문트 바우만)는 '문화'라는 개념이 어떻게 만들어지고 그 기능이 어떻게 왜곡되는지를 살핀다. 유동하는 현대세계(liquid modern world) 속에서 문화는 더 나은 삶에의 욕구를 충족시키는 것이 아니라 기존의 욕구들이 충족되지 않은 채 남도록 하면서, 새 욕구들을 창출해내는 유혹을 한다. 유혹은 현대 문화의 두드러진 특징이다. 유동과 교차와 혼종 속에서 덧없음으로 찬란한 영예를 획득하는 '유행'으로 덧씌워진 문화에 대한 바우만의 통찰은 영리하면서도 명석하다. 바우만은 유행의 개념을 말하면서 "유행이란 사회적 동질성을 추구하는 성향과 개인의 분리를 추구하는 성향 사이의 타협을 확실히 하고자 하는 삶의 특정한 형태"(37쪽)라는 게오르크 지멜의 문장을 인용한다.

유행은 어떤 취향들에 선행하면서 번져가는 사회적 현상이다. 과거의 것들을 부재로 품은 "최신 동향"이고, 유행이 아닌 것들을 밀어내는 변동성의 덧없는 표상이다. 그리하여 "유행은 모든 삶의 방식을 영속적이고 끝없이 계속되는 혁명으로 던져버린다."(38쪽) 유행은 항상 "되어감" 속에 존재하며, "되어감" 속에서 앞서 나가고자 하는 운동을 멈추지 않는다. "되어감" 속에서 번지고 그 기세로 영향력을 뻗쳐가는 사회적 현상이기에 유행은 "되어감" 속에서 생겨나는 에너지를 축적하고, 그 축적된 에너지로 자기 증식을 꾀한다.

자본주의의 소비시장이 문화를 "유행의 논리"(41쪽)로 구축하면 사람들의 관심은 그쪽으로 쏠려 그것을 구매하고 소비하기 시작한다. 유행의 추종은 이주와 이동을 추동하는 세계화의 흐름을 타고 빠른 속도로 번지는데, 이때 자기 자신이 되기 위하여 자기가 아닌 다른 사람이 될 수 있다는 능력을 보여야 한다. 유행은 새로운 문화를 자발적 소비로 이끄는 우리에게 부과된 피할 수 없는 의무이다. 시민/소비자들은 유행에 변함없이 충성을 바치는 한에서 유행을 따르라는 시장의 명령에서 자유롭지 않다. 분열증적인 자본주의는 그 내부에서 유행을 낳고 퍼뜨리며 제 영향력을 키운다.

표면적으로 보자면, 유행은 균일성의 증가인데, 또 다른 한편에서 균일성에 역행하고 충돌하는 기제들인 "경계, 차이, 불균등, 구별, 장애"(34쪽) 따위를 활성화하고 강화한다. 따라서 유행은 자체로 모순적이고 이율배반적인 힘들의 충돌이다. 달라지고자 동일한 것을 추구하고, 탈주하고자 견고한 것 속에 머문다.

> 대중은 달라지고자 하는 욕망과 군중에서
> 벗어나고 극심한 생존 경쟁에서 탈출하고자
> 하는 충동으로 (바로 그 순간의) 최신 유행을
> 추구하고, 유행은 뛰어남의 상징을 금세
> 대중적이고, 저속하고, 사소한 것으로 만들며,
> 심지어 아주 잠깐 주의를 잃거나 한순간이라도
> 손놀림의 속도를 늦추면 의도와는 정반대로
> 개체성을 잃는 결과를 낳게 한다. (37쪽)

『모두스 비벤디』에서와 마찬가지로, 바우만은 다시 한 번 "사냥하는 삶이 우리 시대의 유토피아"(46쪽)라고 선언한다. 불행하게도 '정원사'의 유토피아는 여정의 끝인 데 반해, '사냥꾼'들에게는 여정 자체가 유토피아이다. '사냥꾼'은 사냥을 멈추는 순간 유토피아에서 추방당한다. 그들에게 사냥은 끝없는 모험이고, 끝낼 수도 없는 여정이다. 휴식도, 멈춤도 없이 돌려야만 하는 '다람쥐 쳇바퀴' 같은 이 기이한 유토피아라니! '사냥꾼'이 유토피아에 머무르려면 끝나지 않는 사냥의 여정 속에 있어야만 한다. 오로지 죽음만이 그를 이 사냥에서 끌어내 휴식을 줄 수 있다.

　유행이라는 덧없는 유토피아로 도피할 것인가, 아니면 시장의 유혹을 떨쳐내며 금욕주의 속에서 자기 정체성을 만들 것인가. 이 선택의 압박에 대처하는 방식은 무엇인가? 유행을 만들고 퍼뜨리는 시장은 히드라이다. 이 괴물이 주겠다는 행복은 허상에 지나지 않는다. 이 행복을 좇으면 좇을수록 수렁에 빠진 발은 더욱 수렁 속으로 깊이 들어간다. 우리를 구해줄 사람은 없다. 우리 스스로 복잡한 매듭을 풀거나 끊어야 한다. 현대의 예언자들은 이렇게 외친다. 이미 통제력을 잃어버린 시장이라는 괴물에 저항하라! 속도의 프리미엄들을 포기하고, 세계화가 약속하는 달콤한 열매들을 기대하지 마라! 자급자족할 수 있는 환경을 삶의 토대로 삼으라(시골로 가라!)! 더 작게 살고(작은 것이 곧 큰 것이다!), 더 많이 느림의 요구에 부응하라!

마이클 크로닌, 『팽창하는 세계』, 이효석 옮김, 현암사, 2013
지그문트 바우만, 『유행의 시대』, 윤태준 옮김, 오월의봄, 2013

왜 이야기를 좋아하나?

이 세상은 온갖 이야기로 가득 차 있는 경이로운 세계다. '그리고'라는 접속사로 이야기는 또 다른 이야기의 꼬리를 문다. 이야기를 끌고 가는 것은 사람이지만 또 다른 조력자가 있는데, 바로 시간이다. 이야기는 시간의 경과와 더불어 가지를 뻗으며 자라난다. 시간의 흐름 속에서 세계는 변한다. 새날이 오고 새로운 삶이 생긴다. 더불어 새로운 이야기들이 나타난다. 이야기의 핵심은 시간적인 경과와 함께 펼쳐지는 사건의 전개이다. 이야기는 시간의 흐름을 벗어날 수가 없다.

어쨌든 세상은 이야기들이 번성하는 자리다. 홍수가 세상을 쓸어간 이야기, 억울하게 죽은 사람이 귀신으로 나타나 악인을 괴롭히는 이야기, 악마에게 제 영혼을 파는 이야기, 계모에게 핍박받는 아이들의 이야기, 숲 속에서 100년 동안이나 잠자고 있는 공주 이야기, 고아가 갖은 고초를 겪은 뒤에 부모를 되찾아 공주와 왕자가 되는 이야기, 타락한 세상을 구하기 위해 길을 떠난 의로운 기사의 이야기, 욕심 많은 부자 형과 가난한 동생의 이야기, 미운 오리 새끼가 우아한 백조로 거듭나는 이야기, 사람 발길이 한 번도 미치지 않은 미지의 땅에서 겪는 흥미로운 모험 이야기…… 이 세상에 차고 넘치는 이야기들은 이미 삶의 중요한 한 부분이다.

이야기는 기억을 풍성하게 만들고 삶에 풍성한 생명을 불어넣는다. 사람이 이야기를 좋아하는 것은 성욕이나 식욕과 마찬가지로 거의 본능에 가깝다. 이야기에 대한 욕망은 먹고사는 삶의 기초적 토대가 만들어진 뒤 분출하는 더 즐겁고 재미있게 살고자 하는 욕구이고, 문화와 교양에의 욕구다. 삶과 기억이라는 씨앗들이 이야기로 발아하는 데 가장 큰 촉매제요 자양분 노릇을 하는 게 상상력이다. 기억에 상상력이 보태질 때 기억은 부풀고 폭발한다. 그런 다음 삶과 기억은 질적 전환을 이루는데, 상상력은 이야기에 새로운 빛과 향기를 불어넣는다. 이야기가 가치를 얻는 것은 삶과 기억이 가리고 있는 진실에 대해 말할 때다. 이야기는 숨겨진 것을 드러내고 어둠 속에 있는 것에 빛을 쪼인다.

사람들은 왜 이야기를 좋아하나? 첫째 '나'와 다른 사람들, 다른 세계의 이야기이기 때문이다. '나'는 다른 사람들, 다른 세계의 이야기들의 신기함 속에서 '나'와 닮은꼴을 찾아낸다. "아, 다른 사람도 나와 다르지 않구나!" 하며 이야기의 주인공과 자신을 동일시한다. 이야

기 속 주인공의 처지뿐만 아니라 그들이 겪는 심리상태,
즉 슬픔, 회한, 분노, 공포에 자신의 마음을 포개고 자기
것으로 겪어낸다. 그 동일시를 통해 카타르시스를 겪는
다. 카타르시스는 감정의 찌꺼기들을 털어내면서 겪는 자
기정화다. 이야기 속의 주인공과 '나'의 동일시는 밋밋한
일상에 활력을 불어넣는다. 별것 아닌 것만 같은 '나'의
삶이 특별하다는 느낌을 갖게 한다.

소설가는 이야기를 만들고, 이야기 속에서 자신을 탐색
한다. 그리고 그 경험을 독자들과 함께 나눈다. "자신 밖
으로 나가, 모든 사람과 모든 사물을 전체적으로 보고, 가
능한 한 많이 보기 위해 가능한 한 많은 사람과 동일화된
다는 것."(오르한 파묵, 『소설과 소설가』) 그와 동시에 "아, 이
것은 내가 알던 세계, 혹은 내가 살아온 삶과 많이 다르구
나!" 하며, 그 다름 속에서 신기와 놀라움을 느낀다. 이
야기 속에서 찾아낸 '나'와 다름은 우리를 "나는 누구인
가?"라는 근원적 물음 앞에 세운다. 그 근원적 물음의 효
과는 이야기에 비추어 '나'의 마음 깊은 곳에 있는 갈망과
충동들을 돌아보게 한다.

『뽀이들이 온다』의 작중인물인 장생과 수한의 문답은
이야기의 본질이 무엇인가를 보여준다. "근데 넌 왜 이
야기가 좋아?"라는 장생의 물음에 수한은 이렇게 대답한
다. "글쎄. 이야기 속에서는 가보지 못한 세상, 살아보지

못한 시간 속에도 갈 수 있잖아. 공자 왈 맹자 왈 어려운 말이 아니라 재미나고 생생한 이야기로 어떻게 살아야 하는지를 가르쳐주잖아.” 이 말속에 이야기의 본질이 드러난다. 이야기의 생명은 재미와 생생함, 그것이 머금은 인생에 대한 지혜와 통찰에 있다. 이야기는 그 안의 재미와 생생함으로 인생의 무료함과 권태에 대해 보상을 한다.

『뽀이들이 온다』는 일제강점기를 배경으로 이제는 사라진 ‘전기수(傳奇叟)’라는 이야기꾼들의 세계를 보여준다. 초점 화자인 수한의 이야기이고, 더 넓게 보자면 새로운 문명이 움트는 근대 초입에 ‘전기수’라는 직업 이야기꾼들이 겪는 부침(浮沈)에 관한 소설이다. 전기수는 조선시대에 장터에서 민초들을 모아놓고 이야기를 풀어놓는 사람들이다. 이야기를 돈 받고 판다는 점에서 어엿한 직업이다. ‘전기수’는 이야기를 신명 나게 풀어내어 민초들에게 여흥을 제공하는 엔터테인먼트였다. 전근대의 예인들이고, 민초의 사랑을 독차지하는 직업인들이었지만 전기수는 새로운 문화에 밀려나는 대표적인 사양(斜陽) 산업이다. 1920년대는 옛것이 새것으로 온통 뒤바뀌고, 사람들의 의식과 생활양식, 그리고 시대 전체가 전환하는 문명의 대전환기였다. 전기수가 사라지고 그 자리를 이은 ‘변사’도 시대의 무대에서 퇴장한 지 오래다.

『천일야화』속의 이야기꾼 셰에라자드는 제 수명을 하

루하루 연장시키려고 이야기를 짜낸다. 셰에라자드는 『안나 카레니나』를 쓴 톨스토이나, 『카라마조프가의 형제들』을 쓴 도스토옙스키 같은 작가들의 원형이고, 전신(前身)이다. 이야기가 담(談)과 전(傳)의 형태로 구전되었다면, 현대에 와서 기법과 매체의 다양성을 품고 소설, 드라마, 판타지, 게임, 만화, 영화로 갈라진다. 우리는 염상섭, 김유정, 박태원, 최인훈, 이청준, 김훈, 성석제, 김영하와 같은 소설가들, 김수현이나 노희경 같은 드라마 작가, 홍상수, 박찬욱, 봉준호 같은 영화감독들에게서 이야기꾼의 운명을 흔적으로나마 만날 수 있다.

정조 시대의 김중진은 전기수 세계에서 신화가 된 인물이다. 김중진의 이야기 솜씨는 천하가 다 알아주었다. "한 대목 한 대목 이야기를 풀어나갈 때는 가슴을 꼭꼭 찌르듯 얼마나 실감 나게 말했던지, 진짜 하늘나라 딴 세상에 가 있는 것 같았더랬지." 전기수가 풀어내는 이야기의 효용은 무엇일까?

그 이야기를 들으면 슬픈 사람은 위로를
받았고, 나쁜 마음을 먹었던 사람은 부끄러움에
울음 터뜨렸다고 하더라. 군이 요전법(邀錢法)을
쓰지 않아도 저절로 사람들이 주머니를 열었지.
소문이 나서 대감댁 안방마님이, 기생집에서

돈을 싸들고 와서 어른을 모셔가려고
난리였다는구나.

빼어난 입담으로 풀어내는 전기수의 이야기들은 마음
으로 스며 감화와 감동을 불러오고, 의미 있는 변화를 이
끌어낸다. 이야기의 효과는 명확하다. 인생의 밋밋함과
구질구질함에 물려 진절머리를 치는 사람에게 재미와 활
력을 주고, 절망에서 건져내고, 고갈된 내면에 아연 생기
를 불어넣는다. 김중진이 바로 그런 사람이다. 김중진은
전기수들의 꿈이고 이상이다. 정도출이 그 뒤를 잇고, 이
제 수한이 이으려고 한다. 그런데 활동사진, 즉 무성영화
가 나오면서 사람들이 극장으로 몰려간다. 그리고 변사라
는 직업이 주목을 받는다.

근대인에게 무성영화란 무엇인가. "두 길 넘는 커다란
옥양목 천 위로 말 탄 사람들이 달리고, 총질도 모자라 멱
살잡이까지 하고 쇳덩이 철마가 숲을 뚫고 달린다는 활동
사진 얘기는 경성 사람이라면 누구에게나 귀에 솔깃한 이
야깃거리였다." 이게 무성영화에 대한 당대적 인상이고
인식이다. 무성영화는 단연 경성 사람들의 호기심을 자
극하는 새로운 것, 신기한 것의 집약이다. 우마차나 보고
겪은 봉건왕조 국가의 신민들이 바로 코앞에서 이 신기한
근대적 산물을 보았으니 그 충격이 어느 정도였는지는 짐

작할 만하다. 무성영화는 새 시대가 문물의 변화와 전환의 시대요, 의식에 충격을 가하고 그것을 전도(顚倒)하는 시대라는 걸 실감으로 겪어내는 매체였다.

　당대 최고의 변사로 꼽히는 최한기는 수한의 재능을 눈여겨보고 변사로 키우려고 한다. "세월이 바뀌고 사람들도 달라졌으니, 사람들이 원하는 것도 달라지기 마련이지. 왜 극장 앞에 사람들이 줄을 서겠나? 이유 같은 건 없어. 그게 원하는 거니까. 그러니 사람들이 원하는 이야기를 들려주는 것도 진짜 이야기꾼이 지녀야 할 덕목이지 안 그런가?"라는 최한기의 논리에 일리가 없는 것은 아니다. 시대가 바뀌었으니 사람들의 욕망과 갈구의 내용도 자연스럽게 달라진다. 사람들은 '전기수'보다 '변사'를 더 좋아한다. 정도출이 폐병과 가난에 허덕이며 궁상스러운 삶을 사는 것도 시대의 흐름에서 낙오했기 때문이 아닌가? 수한은 최한기의 꾐에 흔들리지만 이내 꿋꿋하게 전기수의 길을 가고자 마음먹는다. 이야기의 진정한 주인은 바로 이야기 자체라는 것을 알기에 수한은 변사가 아니라 전기수로 남고자 하는 것이다.

　『뽀이들이 온다』에서 전기수 정도출과 변사 최한기는 오래된 것, 낡은 시대와 새것, 새로운 시대의 대립 구도를 이룬다. 그 아래에 꿋꿋하게 전기수의 길을 가고자 하는 수한과 변사가 되고자 열망하는 동진의 대립이 있다. 도출은 "이야기의 주인은 이야기를 하는 전기수도 듣는 손님도 아니다"라고 말한다. 그렇다면 이야기의 주인은 누구인가? 그 물음에 도출은 "이야기의 진짜 주인은 이야기다"라고 말한다.

　이야기가 바로 이야기의 주인이다! 이야기꾼은 이야기를 좋아야지 이야기 아닌 것을 좋는 것은 옳지 않다. 돈이나 인기가 아니라 이야기가 좋아서 이야기를 좋아가는 전기수는 전통적인 예술가이다. 이야기는 이야기 자체로 생명의 맥동을 가진 그 무엇이고, 진정한 이야기꾼은 그것을 온전하게 지키는 사람이다.

　『뽀이들이 온다』를 어떻게 읽을 것인가? 이것은 봉건 왕조가 무너지고 일본 제국주의의 식민지 지배가 펼쳐지는 시대, 옛것은 덧없이 사라지고 새것이 득세하는 시대에 퇴물로 낙인찍혀 퇴출하는 전기수라는 옛 직업인들에 대한 복고주의적 멜랑콜리를 자극하는 이야기인가? 문명이 전환기의 몸살로 소용돌이칠 때 진로와 미래를 응시하며 원칙과 규범을 세우고, 변화의 시대 한가운데에서 제 바른 삶의 좌표를 찾으려는 한 소년의 고뇌를 다룬 이야기인가? 아마 둘 다일 수도 있고, 그 어느 것도 아닐 수도 있다. 무엇보다도 이야기의 이야기, 이야기가 품은 본질과 비밀에 대한 이야기, 이야기의 운명에 제 운명을 포개려는 자의 이야기이다. 초점 화자인 수한의 이야기이자 동시에 도출의 이야기로 읽히는 까닭이다. 수한의 멘토인 도출이 죽기 직전에 남긴 말을 들어보자.

> 사시사철 바람과 햇빛이 다르듯 사는 때마다,
> 사는 곳마다 이야기는 다 다른 법이지. 글자가
> 없는 때는 순전히 입에서 입으로 이야기가
> 전해졌고, 이백 년 전 조선에서는 소설이라는
> 책으로, 그리고 지금은 무성영화가 대세이지만,
> 변하지 않는 건 그게 모두 이야기라는 것이지.

이야기는 시대가 달라져도 변하지 않는다! 전기수는 사라질지 모르지만 이야기는 사라지지 않는다. 도출은 세상이 변해도 이야기는 불멸하는 것임을 꿰뚫는다.

『뽀이들이 온다』의 또 다른 전언(傳言)은 이야기가 꿈, 공포, 신기함, 희망, 슬픔으로 피어나 사람의 감정을 화창하게 만들고, 경이감을 불러일으킨다는 사실이다. 전기수의 이야기에 귀를 기울이는 교동의 안방마님들이나 광통교 밑에 모인 사람들에서 알 수 있듯 이야기에 탐닉하는 자들은 이야기 속 주인공들의 감정을 제 것으로 취한 뒤 제 경험과 상상력을 여기에 뒤섞으며 자신이 특별한 존재라는 느낌을 전유한다. 한 시인은 이렇게 쓴다. "우리는 경이감 속에서 살고, 열정과 염려의 순환 속에서 타오른다."(캐럴린 키저) 소설, 동화, 만화, 영화, 신화가 다 경이를 품은 이야기들이다. 어린이들이 『해리 포터』에 열광하고, 『나니아 연대기』에 열광하는 것도 그게 경이를 품은 이야기이기 때문이다.

사람은 이야기를 지어내고 동시에 이야기 속에서 살아간다. 이야기를 짓고 품고 소비하는 서사적 인간이라는 뜻이다. 이야기는 한 겹의 인생을 여러 겹의 인생으로 살게 한다. 불멸의 이야기는 불사의 욕망에 대한 응답이다. 이야기는 망각에서 기억으로, 슬픔에서 기쁨으로, 밋밋함에서 경이로움으로 불끈 들어 올린다. 이야기는 사람과 물건과 장소에 오묘하고 신비한 광휘를 드리운다. 사람이건 물건이건 장소건 이야기를 덧씌우면 전에 없던 아우라가 생겨난다. 이야기를 좋아하면 가난하게 산다고? 그 말은 틀렸다. 이야기는 삶을 풍요롭게 만든다. 누가 내게 이야기를 해다오, 나는 기꺼이 그 이야기의 세계로 망명하리라.

윤혜숙, 『뽀이들이 온다』, 사계절, 2013
오르한 파묵, 『소설과 소설가』, 이난아 옮김, 민음사, 2012

책이 교양을 키워주나?

교양은 앎과 도덕적 삶이 겹쳐지는 그 무엇, 인간다운 태도와 품격 있는 행동으로 나타나는 그 무엇이다. 책을 두루 읽고 살펴서 인간 정신과 문명에 대한 깊은 이해를 넓히고, 깊은 앎을 배경으로 올바른 삶의 길을 찾아야 한다는 뜻이다. 교양은 문학, 철학, 역사와 같은 것에 대한 기초 소양을 가리킨다. 이때 교양은 삶과 세계에 대한 이해를 드높이는 앎, 인격을 키우고 영혼을 고양시키는 앎이다. 내면 도덕이 된 책들, 영혼에 향기를 만드는 책들. 책을 읽으면 생각이란 것을 하게 되고, 마음에 품은 생각은 행동으로 나오고 태도를 결정짓게 하니까 말이다.

꾸준히 많이 읽고 읽은 게 피와 살이 되어야 한다. 교양은 급조될 수가 없다. 어느 날 갑자기 책 몇 권을 읽는다고 없던 교양이 생기지는 않는다. 교양은 시간의 산물이다. 오랜 세월을 두고 책을 읽어야 하고 그런 가운데 축적되는 지식이 교양의 바탕이 된다. 그 바탕에서 깊은 생각과 생명의 약동(躍動)이 나온다. 교양은 책 읽기가 기르는 미덕이다. 엄격하게 말하자면 지식인으로서의 길과 교양인으로서의 길은 다르다. 교사, 교수, 기술자, 화학자, 물리학자, 의사, 변호사, 약사 들은 전문적인 교육을 거치며 자연스럽게 전문적 지식인으로 키워진다. 많이 교육받았다고 해서 다 교양인이 되는 것은 아니지만 대부분의 교양인은 지식인이다.

보들레르나 말라르메 같은 시인이나 베토벤이나 말러 음악에 대해 무지하다면 그에게서 교양인의 품격을 느끼지 못할 것이다. 교양인은 인문학에 대한 소양뿐만 아니라 예술에도 넋이 떨릴 수 있는 정서를 가진 사람이다. 인문학과 예술적 소양도 있지만 생태, 환경 문제나 기후 문제 따위에 무관심하다면 그 역시 교양인이라고 할 수 없다. 교양인이라면 박경리의 『토지』를 통독하고, 고은의 『만인보』 정도는 꿰고 있어야 한다. 『토지』가 소설로 쓴 우리의 근현대사 교과서라면, 『만인보』는 만인의 삶을 무늬로 만든 시대의 벽화다. 사람과 자연과 사랑에 대한 깊은 이해 없이는 교양에 도달할 수 없다. 교양을 갖추자면 더 많은 책들, 즉 인류에 의해 가치를 인정받은 책들을 두루 섭렵해야 하겠지만, 궁색한 대로 주관적인 관점에서 몇 권을 골라보자.

니체의 『차라투스트라는 이렇게 말했다』. 평생 온갖 질병들을 몸에 달고 살았던 니체는 철학자 중의 철학자다.

니체는 시와 잠언으로 이루어진 철학서들에서 자기 극복
과 생에 대한 위대한 긍정, 생명이 있는 곳에 반드시 있는
권력에의 의지, 동일한 것의 영원회귀에 대해서 말한다.
사람은 하나의 과정이요 몰락이다. "인간은 짐승과 위버
멘쉬 사이를 잇는 밧줄, 심연 위에 걸쳐 있는 하나의 밧줄
이다."(니체,『차라투스트라는 이렇게 말했다』) 니체가 창조한
인물이 바로 차라투스트라인데, 그를 통해 신이 사라지고
전면적으로 허무주의가 도래한 시대에 어떻게 그 허무주
의를 넘어서서 가치를 추구할 것인가, 하는 사유와 탐색
을 이끌어낸다.

차라투스트라는 무엇보다도 위대한 건강을 지닌 자다.
아울러 예언자, 파괴자, 창조자, 연결하는 자, 발견자, 춤
추는 자, 웃는 자, 날아다니는 자다. 차라투스트라는 "정
오와 영원성, 새로운 삶을 향한 지시"이고, 가치를 전복
하고 새로운 가치를 찾아낸 자다. 차라투스트라는 100년
먼저 온 철학자, 바로 니체 자신의 분신이다.

사마천의『사기』.『사기』는 사마천이 궁형이라는 치욕
을 견디며 지은 책으로 본기(本紀), 세가, 열전 등으로 구성
된 방대한 인간박물지다. 오제부터 한무제까지 왕조와 군
주들의 사적을 연대기로 엮은 내용과 제도·과학·민생·
치수 따위와 같은 전장제도(典章制度)를 다루고, '열전'에

서는 제후와 왕들이 아닌 재상 · 유림 · 혹리 · 유협 등등 권력 주변부 인물들을 전기체(傳記體)로 기록한다. 경서(經書)와 제자서(諸子書), 그리고 민간에 구전되는 이야기들을 채집해서 사람과 사람 사이의 대립과 갈등, 치욕과 광영, 욕망과 좌절 등을 두루 살핀다. 궁극적으로 인간이란 무엇인가, 그 본질을 꼼꼼하게 따지고 파헤친다. 사람은 무엇으로 사는지, 사람의 운명은 어떻게 만들어지는지를 알고 싶다면, 『사기』를 읽어야 한다. 중국의 위대한 작가 루쉰은 중국의 고대사를 종횡으로 아우른 『사기』를 가리켜 "역사가의 빼어난 노래요, 운율 없는 「이소」다"라고 했다.

노자의 『도덕경』. 『도덕경』은 춘추전국시대의 혼란기에 나온 노자의 가르침을 담은 책이다. 무질서와 혼란으로 한 치 앞을 내다볼 수 없을 때일수록 사람들은 어떻게 살아야 잘 사는지에 대한 위대한 지침을 갈망한다. 그 갈망에 대한 응답 중의 하나가 바로 무위자연과 은둔의 철학사상을 담은 『도덕경』이다. 『도덕경』의 핵심은 말할 것도 없이 '무위자연(無爲自然)'과 '도'이다. 『장자』와 더불어 읽어야 할 필독서다. 노자는 '도'를 물에 견주었다. 물은 유약과 부드러움에 처하지만 그 유약이 패배주의로 귀착하지 않는다. 오히려 물은 유약과 부드러움으로 강하고 뻣뻣한 것들을 이긴다. 『도덕경』은 무욕과 허심을 강조한다. 노자는 절학(絶學)과 무지(無知)에 처하라고 이르고, 무욕과 허심, 절학과 무지의 지혜를 바탕으로 탈속과 은둔으로 나아가라고 말한다. 물론 이것은 눌린 것들을 펴주고 묶인 것들을 풀어주어 유유자적 자유롭게 살기 위함이다. 『논어』가 경세치학의 책이라면 『도덕경』은 자연 속에서 무위하며 사는 것의 즐거움을 노래한 은둔철학의 책이다.

헨리 데이비드 소로의 『월든』. 『월든』은 소로가 미국 매사추세츠 주 콩코드에 있는 월든 호숫가 숲의 작은 집에서 살았던 2년 남짓한 경험을 바탕으로 씌어졌다. 그는 숲 속에서 최소한도의 물자로 최소한도의 삶을 사는 실험을 한다. 직접 제 손으로 씨앗을 뿌리고 가꿔서 수확한 감자와 옥수수와 완두콩을 주식으로 삼고, 석유와 살림 도구, 식비에 들어간 비용을 적었다. 문명한 세계 속에서의 안락을 버리고 거친 자연 속에 자신을 자발적으로 밀어 넣은 선택은 매우 드문 일이다. 그가 문명을 등지고 숲 속으로 은둔한 것은 "마음속 우주학의 전문가"가 되기 위하여, "의식적인 삶"을 살기 위함이고, "삶이 아닌 삶을 살고 싶지 않았"기 때문이다. 결국 문명의 온갖 폐해에서 벗어나 "삶의 정수"를 속속들이 맛보기 위함이다. 소로는 사치와 낭비, 타산과 이해에 의해서만 움직이는 삶은 멸망의 길이라고 보았다. 그래서 소로는 숲 속에서 최소

한도의 물건들로 자족하며 생활의 단순함 속에서 행복해
지는 법을 실험한 것이다.

사마천, 『사기』
노자, 『도덕경』
헨리 데이비드 소로, 『월든』
프리드리히 니체, 『차라투스트라는 이렇게 말했다』, 장희창 옮김,
  민음사, 2004

비평 권력들

큰 기대를 하지 않고 읽기 시작한 책인데, 책장을 넘길수록 감탄을 하며 빨려들어가는 책이 있다.『잘 표현된 불행』이 바로 그런 책이다. 800여 쪽이 넘는 이 평론집은 한국 문학평론의 정수를 꿰뚫고, 우뚝 솟은 말의 성채, 그 봉우리의 위엄을 보여준다! 황현산은 함부로 작품을 재단하고, 거칠게 단정하고, 창작자를 윽박지르지 않는다. 그는 서두르지 않고 낮은 목소리로 조곤조곤 설득하며, 시의 결을 섬세하게 더듬는 문장과 시적 사유의 중심을 관통하는 직관의 힘을 보여준다. 다음과 같은 문장을 보라!

> 시는 사람들이 보았다고 믿는 것을 명백하게
> 볼 수 있을 때까지 저를 지우고 다시 돋아나기를
> 반복하며, 진실한 것이건 아름다운 것이건
> 인간의 척도로 파악하기 어려운 것에까지
> 닿으려고 정진하는 시의 용기와 훈련은 우리가
> 상상했던 것이 이 세상의 것이 될 수 있다는

믿음을, 지극히 절망적인 순간에 그 절망을
말하면서까지도, 포기하지 않는다. 시는
포기하지 않음의 윤리이며 그 기술이다.

이 "포기하지 않음의 윤리"가 꼭 시만의 덕목일까? 평론에도 똑같이 필요한 덕목이 아닐까? 아무도 거들떠보지 않는 적막한 문학평론 분야에서 정말 오랜만에 나온 좋은 비평집이다. 책을 읽는 동안, 생각이 자연스럽게 '비평 권력'에 대한 것으로 뻗어간다.

A라는 작가의 첫 소설집이 나온 뒤 그에 대한 비평문들이 쏟아졌다. 얼마 뒤 중요 문학상을 거머쥐었다. 얼마나 뛰어난 작가이길래 이토록 요란한가? 해서, 소설집을 구해 읽고 크게 실망했다. 설익은 관념 덩어리들로 이루어진 소설들, 게다가 새롭다고 말한 형식 실험들은 서유럽 문학에서 일찍이 소멸해버린 것과 비슷해서 진부하기조차 했다. 그의 소설을 '새롭다'고 현혹하는 비평가들의 견해에 동의할 수 없었다. 그것은 읽히지 않는 소설, 혹은 읽기 어려운 소설일 뿐이다. A의 작품에 쏟아진 비평문들은 과녁에서 비켜간 화살들이다.

비평과 그 대상이 되는 작품 사이의 '거리'를 보며, 문학에서 비평가란 어떤 존재인가, 하는 물음이 생겨났다. 비평이란 항상 해당 분야에서 가장 많은 공부를 하고 연구한 사람들의 몫이다. 문학에 대한 교양, 박학다식, 분석과 해석 능력을 습득하는 공부가 비평가의 어깨에 권위라는 훈장을 달아준다. 대중은 비평가가 취득한 최고 학력을 비평가의 능력과 동일시하고, 문학적 감식안과 항상 공정한 판관의 인격을 갖추고 있을 거라고 믿는다. 하지만 사실은 어떤가? 비평가들은 출판사나 잡지사의 편집위원으로 군림하며 작품을 판단하는 비평 권력을 쥔 자들이다. 그들은 창작자들의 생사여탈권을 손아귀에 거머쥔 채 이렇게 말한다. 이 작품은 함량미달이야. 이 작품은 조잡하군. 이따위 형편없는 원고를 출판했다가는 독자들에게 욕을 먹을 거야. 이것들은 막(幕) 뒤에서 일어나는 일들, 혹은 밀실에서 오가는 대화들이다.

또 다른 비평가들은 문학상의 심사위원으로 위촉되어 수상작을 결정한다. 이 작품은 더할 수 없이 훌륭하다. 한국문학에 벼락같이 떨어진 축복이라고 할 만하다. 한 세기에 두 번 나오기 힘들다. 아마도 신이 써도 이보다 더 잘 쓸수는 없을 것이다. 그런 상찬의 말들을 나열하며 '올해의 수상작'들을 결정한다. 그 권위는 지상에서는 찾아볼 길이 없으니, 하늘에 거주하는 신들의 권위와 견줄 만하다.

비평가들이란 항상 작품의 가치를 가장 잘 알아보는 전문 독자들인가? 그들에겐 아무 오류가 없는 것일까? 플로베르는 명작『보바리 부인』을 출판사에 보낸 뒤 "전혀 쓸모없는 세부 사항들의 무더기 속에 귀하의 소설을 파묻어버렸군요"라고 쓴 출판 거절 편지를 받았고, 에밀리 디킨슨은 첫 시들의 원고를 "의혹. 각운(脚韻)이 모두 틀렸습니다"라는 평가와 함께 거절당했다. 허먼 멜빌은 『모비 딕』이 "너무 길고, 옛날 문체"라는 이유에서 거절을 당했다. 최고의 전문가들로 이루어진 스웨덴 아카데미의 노벨문학상 선정위원들은 현대소설의 성자라고 꼽는 프란츠 카프카, 셰익스피어 이래 영어권 최고의 작가로 꼽는 제임스 조이스, 『그리스인 조르바』를 쓴 니코스 카잔차키스, 가장 뛰어난 시인인 폴 발레리 등을 외면했다. 그들은 자주 그보다 훨씬 못한 작가들에게 노벨문학상을 주었다. 이렇듯 비평의 역사란 판단 오류의 역사라고 할 만하다. 공연히 비평가들을 모함하고 있다는 비난을 받을 수 있으니, 몇 개의 사례를 더 들어보겠다.

불후의 명작으로 꼽는 프루스트의 『잃어버린 시간을 찾아서』도 비평가들의 그릇된 판단 때문에 몇 번이나 출판 거절을 당했다. "혹시 내가 둔감한 편인지 모르겠지만, 어느 신사가 잠이 들기 전에 침대에서 이리저리 뒤척이는 모습을 묘사하는 데 30여 페이지를 할애한다는 사실을 나는 정말로 이해할 수 없습니다." 뒷날 엄청난 명작으로 평가된 이 작품에 대한 전문가의 판단은 그토록 터무니가 없었다. 수억 부나 팔려 세상을 놀라게 만든 조앤

K. 롤링의 『해리 포터와 마법사의 돌』도 여러 출판사에서 거절을 당했다. 조앤 K. 롤링은 8만 단어나 되는 이 방대한 원고를 복사할 돈이 없어 구식 타자기로 두 번이나 타이핑했다. 결국 크리스토퍼 리틀이라는 에이전트의 도움으로 블룸스베리 출판사와 겨우 2천 달러를 받고 계약을 맺은 게 1996년이고, 이듬해에 책이 나왔다. 『해리 포터와 마법사의 돌』은 나온 지 몇 달이 안 돼 전 세계 출판업자들에게서 러브콜이 쇄도하고, 그 뒤 벌어진 일들은 독자 여러분도 다 아는 사실이다.

이런 예들은 일일이 거론하기 힘들 정도로 정말 많다. 움베르토 에코는 「퇴짜 맞은 명작들」에서 전문가 집단의 실수들을 일일이 짚어낸다. 조지 오웰, 『동물농장』, 1945: "미합중국에서는 동물 이야기들을 팔 수 없음." 사뮈엘 베케트, 『몰로이』, 1951: "출판을 생각한다는 것은 무의미합니다. 미국 대중의 악취미는 프랑스 아방가르드의 악취미와 맞지 않습니다." 블라디미르 나보코프, 『롤리타』, 1955: "정신과 의사에게나 이야기할 만한 것입니다. 아마도 그랬을 것입니다. 몇몇 멋진 구절이 들어 있는 소설이지만, 가장 계몽적인 프로이트주의자에게도 지나칠 정도로 역겹습니다…… 앞으로 1천 년 동안 묻어 둘 것을 권합니다." 토마스 만: 『부덴브로크가의 사람들』. "이 소설은 작가가 시시한 사람들의 시시한 이야기를 시시한 문체로 이야기하는 두 권의 방대한 책에 불과하다."(에두아르트 엥겔, 1901) 허먼 멜빌, 『모비 딕』: "슬프고, 황량하고, 단조롭고, 심지어 우스꽝스럽기도 한 책이다. ……게다가 그 미치광이 선장은 지겨워 죽을 지경이다."(《더 서던 쿼털리 리뷰》, 1851) 월트 휘트먼: "돼지가 수학을 대하듯 예술을 대하고 있다."(《런던 비평》, 1855) 오노레 드 발자크: "그의 소설들에는 독특한 상상력을 드러내는 것이 전혀 없고, 줄거리도 없고, 등장인물도 없다. 발자크는 프랑스 문학에서 절대 중요한 자리를 차지하지 못할 것이다."(외젠 푸아투, 《르뷔 데 되 몽드》, 1856) 오, 맙소사! 믿기지 않지만, 전문가 집단의 문학 학살과 위대한 작품들을 미처 알아보지 못하고 저지른 만행은 이게 전부가 아니다.

좋은 비평가란 손꼽을 정도로 희귀한 반면에 허접한 비평가들은 차고 넘쳐난다. 나쁜 비평가는 문면을, 즉 씌어진 것을 과잉으로 읽는다. 해석의 과잉은 도끼로 새를 잡으려는 것과 같다. 좋은 비평가는 문면이 숨긴 것들, 즉 씌어진 것을 빌려 씌어지지 않은 것들을 읽어낸다. 셰익스피어의 말을 빌리자면, 그들은 순금을 도금하고 백합에 흰색 칠을 한다. 제비꽃 위에 향수를 뿌리고, 무지개 위에 색을 하나 더 입히고 제가 한 일을 자랑스러워한다. 그래서 종종 비평가들은 터무니없는 비평으로 상처받은 창작자들의 원한을 사는 일도 드물지 않다. 허접한 비평가란 예의 없는 존재, 무지와 철면피함으로 좌충우돌하는 후안무치한 존재에 지나지 않는다.

권위적인 비평들은 권력이고 우상이다. 우상은 형체는 있되 피도 살도 없는 허깨비이다. 이런 비평 권력이란 우상들이 우리 문학을 주무른다. 우상들은 편협하고 소통을 거부하고 패거리 키우기나 몰두하고 그 대신 자신의 논리에 대한 비판적 성찰은 생략한다. 우상들은 등단 심사, 문학상 선정, 문학에서 파생되는 이권 부스러기들을 독점하며 제 배를 채우기에 바쁘다. 일부는 출판 자본에 빌붙어 용역 비평이나 주례사 비평이나 쓰면서 비평가의 권위를 유지한다. 이 우상들이 창의성을 억압하고, 새로운 재능들의 문학 영역으로의 진입을 막는 걸림돌이다. 우상들은 패거리 만들고 담합하고 음모를 꾸미는 능력이 뛰어나다.

그들은 비평이란 칼을 휘두르는데, 우리가 알지 못하는 막후의 '거래'가 오가고 그들은 부당한 '이익'을 챙긴다. 독자들이여, 그 불편한 진실을 직시하라! 우상들을 함부로 믿지 마라. 문학이건, 영화건, 정치건 시골 자객같이 칼을 휘두르는 그 잘난 비평가들에겐 낡은 칼을 휘두르게 두고, 당신은 오직 당신의 심미안과 판단을 믿고 따르라!

황현산, 『잘 표현된 불행』, 문예중앙, 2012

나의 교보문고

과거란 끌어당겨 덮은 이불이고 미래란 이불 속에 넌 몸이다. 이불 속에서 몸이 기척할 때 이불은 들썩인다. '과거사진상위원회' 같은 기구를 움직이는 것은 이름과는 달리 과거가 아니라 미래 가치, 혹은 미래 이념이다. 그 기구가 하는 일은 미래 가치에 꿰어 과거-다시 보기다. 미래가 기척을 하니까 과거가 들썩이며 바람이 인다. 과거와 미래는 한 이불 속에서 동거한다. 그렇다면 현재는? 이불과 그 속에 넌 몸을 뭉뚱그려 현재로 인식하는 의식 그 자체다. 현재는 그것을 알아보는 의식이 없다면 망상에 지나지 않는다. 미래는 항상 현재 안에 있다. 현재 안에 이미 있는 그것을 인지하지 못하는 것은 그것이 균질하지 않은 상태로 존재하는 까닭이다. 미래를 내다보는 것은 균질하지 않은 상태로 존재하는 그것을 균질한 상태로 되돌려놓는 일이다. 그것이 현재 안의 미래를 선취하는 행동이다.

스무 살 무렵 날마다 시립도서관에 나가 앉아 종일 책

이나 읽던 청년이 있었다. 몇 년째 백수였다. "인생은 고통과 권태 사이를 시계추처럼 왔다 갔다 한다"고 말한 철학자 쇼펜하우어의 말을 어느 정도 실감으로 알아가던 때였다. 한 중학생의 가정교사를 하면서 시립도서관에서 책이나 끼고 읽던 청년은 늘 하찮은 인간이 될까 두려웠다. "나는 내 인생을 커피스푼으로 재어왔다"(T. S. 엘리엇)라거나, "바람이 분다, 다시 살아봐야겠다"(폴 발레리)라는 시구에 취해 그 몽롱함 속에서 혼자 시나 끼적이던 청년에겐 희망이 없었다.

그 시절이나 지금이나 나는 여전히 무언가를 쓰는 자다. 오로지 그 속에서만 내 정체성을 찾을 수 있을 것이다. 제삿날 제사를 치르듯 단속적으로 쓰는 것이 아니라 날마다 밥을 먹듯 쓴다. 나는 나에게 속삭인다. 밥 먹듯 쉬지 말고 써라. 모든 걸 꿋꿋하게 견디고, 기다리고, 그리고 써라. 미친 듯 몰입해서 써라! 무엇인가를 쓰고 있을 때 진정으로 살아 있음을 느낀다. 글쓰기는 조용한 피의 분출이다. 모름지기 글로써 생계를 세우려는 자들은 글쓰기에 노예처럼 헌신해야 한다. 그러다가 20대 중반에 이르러 신춘문예 공모에 덜컥 시가 당선되었는데, 그걸 계기로 한 출판사에서 일하자는 제안을 받았다. 이태쯤 뒤 나를 추종하던 한 문학청년을 데리고 작은 출판사를 창업했다.

그 무렵 서울의 한복판인 광화문에 '교보문고'가 생겼다. 그 공간 규모의 엄청남에 놀라고, 진열된 책들의 규모에 놀랐다. 그것은 하나의 수정(水晶)으로 된 거대한 지식-기계, 광야에 서 있는 지식의 랜드마크였다. 그 시절 나라의 기강은 문란하고 정치는 흉흉하고 불의가 번성하는 듯했지만 나는 빛줄기와 같은 희망을 보았다. 꽃들은 지금보다 더 향기롭고, 여성들은 더 우아하고 정숙했다. 사람들은 책을 더 많이 읽었고, 노래들은 더 생기가 있었다. 교보문고가 생겨난 지 서른 해라는 세월이 흐르고 내 파릇한 시절도 흘러갔다. 출판사를 접은 지 스무 해가 넘고, 세월은 아득해서 다시 돌아올 수 없는 저쪽으로 흘러가 버린 것이다.

결코 다시 올 수 없다는 것이
삶을 그리도 달콤하게 만드는 것이다.
우리가 믿지 않는 것을 믿는 것은
기쁘게 하지 않는다. (에밀리 디킨슨)

그런데 광화문 교보문고는 여전히 그 자리를 지키고 있다.

책을 읽는다는 건 반(反)-기억과 싸우는 일이다. 뇌의 해마 조직 위에 세워진 기억의 성채들. "우리의 해마 뉴

런들은 죽고 다시 태어나며, 마음은 끊임없는 환생 상태에 있다."(조나 레러) 기억들은 종유석처럼 자란다. 기억은 고착된 그 무엇이 아니다. 그 형질은 수시로 변형하는 단백질이다. 경험과 오류들과 환영들이 뒤섞여 이스트를 넣은 밀가루 반죽처럼 부푸는 게 기억이다. 기억은 부풀고 시들고 부스러진다. 거울이라면 울퉁불퉁한 거울이다. 그 거울에 비치는 경험이라는 피사체는 늘 비틀려 있다. 변덕스러운 거울이다. 날카로운 이빨들이 기억의 뿌리까지 속속들이 파고들 때까지 깊게 물어라. 그리고 기억들이 빛, 비전, 새로운 발견들을 내놓을 때까지 결코 문 것을 놓지 말라.

나는 책을 읽고 만들고 쓰는 사람으로 살아왔다. 교보문고에서 많은 책들을 사들이고, 그보다 훨씬 더 많이 내가 만들었거나 쓴 책들을 팔았을 것이다. 교보문고는 지식의 최전선이고, 문화와 소통의 현장이고, 자명한 진리의 수원지(水源池)였다. 우리 사회는 조금이라도 교보문고가 있기 전보다 더 의롭고 살기 좋은 세상이 되었다고 나는 믿는다.

교보문고는 문학의 성채였다. 내 상상 세계 안에서 그것은 문학의 공간적 구현이었으니, 나는 무의식에서 자주 교보문고와 문학을 동일시한다. 자크 랑시에르는 문학에 대해 이렇게 쓴다.

인문학과는 다른, 예술작품의 특유한
형태로서, 문학은 19세기 초반경 나타났고
미학적 예술 체제를 성립시킨 미학 혁명과
동연적(同延的)이었다. 그러나 문학은 단순한
예술작품 양식이기보다 훨씬 그 이상의
것이다: 그것은 재현적 예술 체제의 규범들과
위계들뿐만 아니라 인정과 평가의 틀 구조를
포기하는, 가능성들의 체계다. 내용에 관한
형태의 무차별을 가정함으로써 그리고
모방적 허구 원리를 표현적 언어 역량으로
대체함으로써, 문학은 글쓰기의 두 가지
형태들(민주주의적 문학성이라는 '부모 없는 문자'와
살이 된 단어 속의 진리의 영광스러운 화신) 사이의
제 자신의 끝없는 모순 속으로 들어감으로써
미메시스 시학을 거부한다.(자크 랑시에르,『감성의
분할』)

　문학은 자아의 화육(化育)이라고 할 만하다. 자아는 현
실이라는 솥에서 뭉근히 고아지는데, 자아는 끓으면서 잘
게 해체된다. 자아는 물렁물렁하고 금세 낱낱으로 분해되
는 성질을 지닌 모호한 그 무엇이다. 자아는 혼돈이고, 다
중적 채널들이다. 그만큼 가변적이며 유동하는 그 무엇이

다. 그것은 실체가 아니라 있다고 믿어지는 환영이다. 마침내 감각과 느낌들이 끓기 시작하는 비등점에 이르면 자아는 다중이 모인 소란스러운 집회 장소로 변한다. 그리하여 자아는 천 개의 가면을 쓰면서 이전과는 다른 그 무엇으로 홀연히 변한다. 우리는 여전히 어린아이들을 삶아버리고 싶어 안달이 난 '끔찍한 유모들'에 둘러싸인 불길한 시대에 살고 있다(오든의 시구를 비튼 것이다. "그리하여 아직 유럽 도처에는 끔찍한 유모들이 있어/ 어린아이들을 삶아버리고 싶어 안달한다", W. H. Auden, 'Voltaire at Ferney' 중에서). '끔찍한 유모들': 그 대중의 비속한 정서와 욕망들!

외환위기 이후 경기 침체의 영향을 받아 문학 출판은 깊은 불황의 늪에서 허우적거린다. 불황의 어둠 속에서도 우리는 빛 몇 점을 찾을 수는 있었다. 열심히 일해도 삶이 자꾸 남루해지고 끔찍해지는 이 시대에 사람들은 문학에서 위로와 위안을 구한다. 자꾸 바깥으로 내몰리는 사람들은 '안쪽'에서의 행복했던 기억에 기대어 시대의 절망과 고통이 만드는 심리적 과부하를 견디려고 한다. 기억의 안쪽에서 가장 따뜻한 부분을 이루고 있는 것은 가족에 대한 기억이다. 가족이 모여 사는 집은 보호와 양육의 성소, 그리고 길을 잃은 사람들에게 정서적인 피난처이다. 잃어버린 어머니를 중심으로 벌어지는 가족의 이야기를 그린 신경숙의 『엄마를 부탁해』는 가족 서사의 귀환이라고 할 만하다.

당대 사회적 의제의 핵심을 관통하는 공지영의 『도가니』나 문체의 독자성을 획득한 김훈의 『공무도하』도 독자의 사랑을 받았다. 모든 문학 텍스트는 시간을 현재화함으로써 오늘의 시대 안에 내재된 전언, 상징들, 전형성을 드러낸다. 당대의 문학을 읽는다는 것은 당대의 시대정신을 읽는다는 것과 같다. 소설은 무슨 일이 일어났는가를 묻기보다는 무슨 일이 일어날 것인가를 물어야 한다. 이승우의 『한낮의 시선』, 배수아의 『북쪽 거실』, 하일지의 『우주피스 공화국』, 김연수의 『세계의 끝 여자친구』, 김경욱의 『위험한 독서』 들을 읽으며 오늘을 꿰고 내일을 내다보는 의미 있는 경험으로 반추한다.

미래 전망은 가히 소설들의 귀환이라고 할 수 있는 이 지점에서부터 출발해야 할 것이다. 문학-책은 대화와 소통의 거점 장소이다. 대화는 문학-책 속에 숨은 수없이 많은 선들을 따라가며 이루어진다. "한 권의 책에는 분절의 선, 선분성의 선들, 지층 및 영토성의 선들이, 또한 탈주선과 탈영토화의 선들, 탈지층화의 선들이 존재한다."(들뢰즈·가타리, 『천 개의 고원』) 소설들은 저마다의 선을 그으며, 혹은 다른 선들을 끌고 뻗쳐간다. 어디로? "바로 저기. 다시 한 달을 가서 설산을 넘으면. 바로 저기. 문장이 끝나는 곳에서 나타나는 모든 꿈들의 케른, 더 이상 이해

하지 못할 바가 없는 수정의 니르바나, 이로써 모든 여행
이 끝나는 세계의 끝. "(김연수, 「다시 한 달을 가서 설산을 넘으
면」)

　소설을 읽는 일은 그 선들을 따라 세계의 끝까지 가보
는 일이다. 침강하려는 문학 지형을 뚫고 마그마처럼 분
출해서 새 지층을 만들려는 의욕이 작금의 한국문학 내
부에서 하나의 열기로 끓고 있다. 그 내용은 변경, 그 경
계 위에 선 인물들의 이야기, 즉 시대라는 프로펠러가 거
칠게 돌며 소용돌이를 일으키고 그 밀어내는 힘을 이기지
못하고 중심에서 저 변두리로 밀려나간 개별자들의 하염
없이 고단한 삶을 그린 소설들이 한 흐름을 이룰 것이다.
의심할 여지 없이 개별자의 삶이 품은 변전(變轉)과 유동
(流動)은 중심에서 멀어지는 원심력이 작동하는 흔적이다.

　『황만근은 이렇게 말했다』, 『투명인간』에서 주변부로
밀려난 사람들의 곡절을 유머와 농담으로 비벼내는 데 탁
월한 재능을 지닌 이야기꾼임을 보여준 성석제, 이미 『오
빠가 돌아왔다』, 『살인자의 기억법』에서 패러디와 아이
러니의 대가임을 증명한 김영하, 오랜 침묵 상태에 있는
따뜻한 냉소주의자 심상대, 『아름다움이 나를 멸시한다』
라는 창작집 이후 『태연한 인생』으로 건재를 확인한 은
희경, 『달려라 아비』, 『침이 고인다』에서 비루한 삶을 품
은 여인숙, 편의점, 반지하방과 같은 현실의 공간들을 위

트와 유머라는 부력(浮力)으로 띄워 우주지리학의 어느 지점에 위치시키려 했던 김애란, 『사육장 쪽으로』에서 그로테스크 리얼리즘을 보여준 편혜영, 『풀밭 위의 돼지』에서 기존의 가족 서사를 기묘하게 일그러뜨리고 뒤집은 김태용 등의 소설들이 한국문학의 영토를 가로지른다.

　"**여기는** 말할 수 있는 것을 위한 시간이요, **여기는** 그 고향이다"(라이너 마리아 릴케, 『두이노의 비가─일곱 번째 비가』). 시가 태어나는 지점은 **여기**다. 시는 삶을 통찰하지도 않고, 언어의 불가능성과 싸우지도 않으며, 다만 그것들을 넘어간다. 그것은 즐거움과 영광의 희미한 기억으로 존재할 따름이다. 그토록 비효용적인 시의 운명은 어떨까. 한동안 유행했던 하위문화의 전유, 즉 만화와 같은 대중문화에서 빌려온 퀴어와 하드코어적인 상상력, 그리고 자아 내부에서 일어나는 분열의 리얼리티를 다룬 시들이 퇴조하면서 풍부한 감각의 환유들을 밀고 나오는 시들이 하나의 흐름을 이룰 것이다.

　백지의 심연 속에서 소용돌이치는 정념들이 환유적 상상력을 입고 시로 솟구친다. 주체의 욕망을 동력 삼아 춤추는 시들. 악의 무한 속에서 그걸 견디기 위해 동화와 멜랑콜리를 섞고 비벼 만든 시들. 또 한편으로 웃음의, 울음의, 생태주의 시들. 이것들이 한데 어울려 춤춘다. 바야흐로 시들의 백화제방의 시기가 다시 올 것으로 보인다.

　스무 해가 훌쩍 넘도록 고은은『만인보』에 매달렸다. 고은의 시적 상상력은 표류와 표착으로 이루어진 도상학 (圖像學)을 펼쳐낸다. 고은은 끊임없는 자기 부정의 지평 위에서 탐미주의에서 민족으로, 민족에서 선(禪)으로, 선에서 사람으로 변전한다.『만인보』는 만인이라는 개별자의 삶과 체험을 하나의 점으로 찍고 그 점의 군집들로 한 시대의 웅장한 벽화를 만드는 작업이다. 시인은 자신이 가로질러온 파란과 격동의 세월을 개별자의 삶이라는 점으로 수렴하고 다시 그것을 벽화 속에 위치시킴으로써 시대정신을 관통하려는 의욕으로 충만해 있다.『만인보』는 역사적 진실을 담보한 개별자의 삶을 한 편 한 편 시로 살려냄으로써 우리 현대사가 품은 저 유적(流謫)의 시간들을 공간화하고 있다.

폴 드 만,『독서의 알레고리』, 이창남 옮김, 문학과지성사, 2010
가라타니 고진,『일본 근대문학의 기원』, 박유하 옮김, 도서출판 b, 2010
자크 랑시에르,『감성의 분할』, 오윤성 옮김, 도서출판 b, 2008

고독의 상상계 속에서

사과 수확이 끝날 무렵 가을도 다 지나갔음을, 우리는 불현듯 깨닫는다. 기다리던 택배가 배달되듯 왔던 가을이 가고 새 계절이 오리라는 징후들이 여기저기 나타난다. "새로운 계절의 열병식이 / 내 창문을 두드린다."(베이다오, 「백일몽」) 해바라기들은 검은 씨앗들만 남기고 잎과 줄기는 시들었다. 점점 낮이 짧아지고 밤은 길어진다. 가을이 깊어갈 때 동물원에 갇힌 동물들의 우울도 깊어진다. 밤의 풀섶에선 풀벌레들이 요란스레 울고, 살쾡이의 눈동자 같은 수많은 별들이 검은 주단처럼 펼쳐진 밤하늘에 떠오른다. 어제 낮엔 난데없이 숫사자의 썩은 이빨 같은 우박들이 후두두 떨어졌다. 경미한 뇌진탕도 없는 날이 가고, 곧 서리와 얼음으로 덮이는 아침들이 오리라.

오늘 아침 도착한 책, 『계속되는 무』를 펼쳐 읽는다.

나는 그다지 장엄하거나 화려하지도 않은
'무'를 애지중지 키우고 있다. 물론 수많은

이야기와 갖가지 '기억'으로 종이 위에 가득
채워진 거대한 '무'를 말하는 것은 아니다.
숲처럼 울창한 '무' 속으로 독자와 함께
산책을 하는 것이야말로 진정한—어떤
면에서는 유일무이한—예술이라고 분명하게
예고하는데도 독자가 '현존하는 것' 속에서
길을 잃고 헤맨다면, 그건 참으로 통탄할
일이다.(마세도니오 페르난데스,『계속되는 무』, 52쪽)

　　이런 문장을 읽을 때 나는 뒤통수를 한 대 얻어맞은 듯
했다. "그러니 '무'여, 어서 시작하라. 크기를 줄이려 애
쓰지 말고 어서 시작하라."(마세도니오 페르난데스, 앞의 책,
52쪽) 이어지는 문장에서 다시 심장이 쿵, 하고 내려앉는
다. 이 책은 아르헨티나 출판사 코레히도르에서 펴낸 마
세도니오 페르난데스(Macedonio Fernandez, 1874~1952)의
『방금 도착한 이의 기록 그리고 계속되는 무』를 한국어로
옮긴 것이다. 이 책의 편집자가 붙인 설명에 따르면, 우리
에게 매우 낯선 작가인 페르난데스는 "명성 따윈 외면한
채" "늘 깊은 생각과 사색에 잠겨" 이야기를 구상하고
그것을 써나간 '여담'의 계보를 잇는 이야기꾼이다.
　　페르난데스는 아내가 이른 나이에 죽자 가족을 등진 채
여인숙을 전전하며 유랑 생활을 했다고 한다. 그의 작품

들은 원고지나 쪽지 형태로 여기저기 흩어져 있었는데, 이것을 모아 책으로 출간했다. 그는 같은 아르헨티나 출신의 작가인 호르헤 루이스 보르헤스에 앞서 1920년대 부에노스아이레스에서 살았고, 소설을 썼다. 놀란 것은 세계문학사에서 가장 독창적인 작가라고 생각했던 보르헤스와 이 낯선 작가의 소설이 닮았기 때문이다. 보르헤스가 보여준 픽션의 환상적 구조, 가상의 실재화, 인생이 품은 꿈과 수수께끼들을 말하는 문장들은 페르난데스의 영향 아래서 씌어졌음이 분명하다! 보르헤스는 그를 존경한다고 말한다. 책의 끝부분에 붙은 「옮긴이의 글」에서 보르헤스가 쓴 소설의 한 대목이 인용되는데, 그 부분에 눈길이 머문다.

오랜 세월 동안 그는 지방과 왕국, 산맥과
만(灣), 섬 앞에 떠 있는 배들과 다양한
물고기, 방들과 각종 도구들, 그리고 사람들의
이미지로 어떤 공간을 채우는 일에만 매달렸다.
죽기 얼마 전, 그는 선들이 복잡하게 얽힌
미로가 결국 자기의 얼굴 모습이라는 사실을
발견했다.(보르헤스, 마세도니오 페르난데스, 앞의
책에서 재인용, 295쪽)

책을 읽는 것은 몽상과 고독한 상상계 속으로 들어가는 일이고, 결국 긴 우회로를 거쳐 자기 자신에게로 돌아오는 길이다.

방금 쓴 '고독의 상상계'란 표현은 늘 나를 매혹시키는 롤랑 바르트가 쓴 『롤랑 바르트가 쓴 롤랑 바르트』의 한 소제목이다. 바르트는 「고독의 상상계(L'imaginaire de la solitude)」라는 소제목 아래 이렇게 쓰고 있다.

> 그는 지금까지 늘 어떤 위대한 체계(마르크스,
> 사르트르, 브레히트, 기호학, 텍스트)의 후견을
> 받으며 일을 계속해왔다. 오늘날 그는 자기가
> 한층 더 드러내놓고 글 쓰고 있다고 생각된다.
> 그를 떠받치고 있는 것은 아무것도 없다.
> 있다고 해도 지나간 언어활동의 늘어진
> 자락〔면〕들뿐이다(왜냐하면 말하기 위해서는 여러
> 다른 텍스트들의 지지를 구할 수밖에 없기 때문이다).
> 독립 선언에 수반되기 쉬운 자기도취도 없이
> 그는 이런 것을 입 밖에 꺼내 이야기한다.
> 또 슬픔의 '포즈'도 없이 고독을 고백하는
> 것이다. 하지만 그것은 오히려 오늘날 그를
> 따라다니는 불안함과, 아마 그 이상으로, '그
> 자신에 양도된' 극히 적은 것, 낡은 것을 향한

'퇴행(recession)'에 대한 막연한 마음의 고통을
자기 자신에게 설명해주기 위해서이다.

　이 문장들을 천천히 여러 번 읽은 것은 깊이 공감했기 때문이다. 이것들은 다 내 얘기가 아닌가? 나 역시 위대한 체계와 거기서 흘러나오는 많은 사유의 '후견'을 받고, 혹은 여러 텍스트들의 '지지'를 구하며, 글을 써오지 않았던가? 한층 더 나를 드러내놓고! 나는 어떤 지혜들을 먼 데서 구했지만, 때때로 그것을 내 뱃속에서 찾기도 했다. 그럴 때마다 내 무지와 우매함이 여지없이 폭로되었기 때문에 나는 민망했다.

　지금까지 내가 쓴 그토록 많은 글들이란 다 무엇이란 말인가? 날마다 책을 읽고 책상 앞에 앉아 몇 문장들을 끼적인다고 해서 '아레테(arete)'를 내면의 자질로 가질 수 있었던가? '아레테'는 최선의 사람 혹은 좋은 사람이 되는 데 필요한 덕목들을 뜻한다. 나는 항상, 자아의 점진적 향상, 즐김, 정치적 올바름, 도덕적 판단과 실행, 그 모든 면에서, 육체적으로나 정신적으로 거기에 못 미쳤다. 그랬기 때문에 영혼은 불안에 잠식당하고, 또 그것을 서둘러 진압하려고 책을 읽고 글을 썼을 것이다.

　책 읽기는 내 존재를 지탱하는 광합성 작용이나 마찬가지다. 광합성이 온갖 죽음과 부패를 무찌르고 지구를 신

생의 생명들로 풍성하게 채우는 녹엽식물의 기적이듯 그
것은 나를 살아 있게 만드는 나날의 기적이었다. 책 읽기
를 통해 광합성 작용을 하며 그것에 기대어 한 줌의 사유
와 언어로 내 슬픔과 고독을 빚은 것은 오직 나 자신에게
이 '마음의 고통'들을 설명하고 납득시키기 위해서였다.

　책이란 무엇인가? 책은 그것이 있기 이전부터 이미 있
다. 자연, 신, 우주 따위는 그 자체로 책이다. 그것들은 무
한이라는 책, 절대라는 책, 수수께끼라는 책이다. 그것들
은 씌어진 적이 없는 책들이지만, 모든 저자들은 세상에 없
는 그 책을 열심히 베낀다. 누군가가 쓴 책들은 "계획적,
건축적, 확정적, 위계적"(모리스 블랑쇼, 『도래할 책』, 422쪽)
이다. 책들은 만들어지고, 그리고 존재한다. 누군가는 그
책들을 횡단하는 모험 속에서 자신의 현전을 되찾는다.
블랑쇼는 이렇게 말한다.

　　책이 가진 명백함, 그 명백한 반짝임, 이것은
　　책과 관련해 그것은 존재하고 현전하고
　　있다고 말하지 않을 수 없는 것이다. 왜냐하면
　　책이 없다면 아무것도 결코 현전할 수 없기
　　때문이다.(모리스 블랑쇼, 앞의 책, 433쪽)

　나는 책을 읽는 순간 내 존재의 약동을 느낀다. 책을 읽

는 동안 나는 명백하게 살아 있고, 의식은 요동치며, 심
연에 다가감을 느끼고, 내 안에서 추상들로 떠도는 것들
은 형태를 취한다는 사실을 인식한다. 책은 의식의 깨어
있음이라는 지복과 함께, 의심과 요동이라는 축성(祝聖)
을 내린다. 내가 읽은 수많은 책들이 미약한 내게, 한없이
무르고 무능한 내게 도약과 생성을 위한 힘을 수혈했다는
점을 기꺼이 인정한다. 하지만 나는 독자는 아니었다. 나
는 독자가 아니라 읽는 행위 그 자체였다.

　사실 알고 보면, 읽는다는 것은 위험한 일이고, 대담한
모험이다. 어떤 책들은 그것을 읽는 자를 집어삼킨다. 그
것이 위험인 것은 책의 부름에 자신을 내주는 일이고, 제
운명을 주조(鑄造)하도록 자신을 송두리째 내주는 일이기
때문이다. 그것이 모험인 것은 알 수 없는 우연과 사유의
심연 속으로 사라지는 일이기 때문이다. 블랑쇼는 프랑스
의 상징주의 시인 말라르메가 독자를 '조작자'라고 불렀
음을 일러준다. 이때 조작이란 제거이며 지양이다. 블랑
쇼는 그 점에 대해 이런 설명을 붙인다.

　　읽는다는 것은 제거이며 그것은 자신을
　　제거함으로써 자신을 성취하는 작동인 것이다.
　　자기 자신과 대결함으로써 자신을 증명하고,
　　자신을 확립하면서 자신을 중단시키는 작동인

것이다.(모리스 블랑쇼, 앞의 책, 458쪽)

독자는 책을 읽는 자이면서 동시에 자기 책을 쓰는 자다. 책을 읽는 것은 자기 존재의 증명이고, 자신을 확립하는 행위이다. 그리하여 독자는 책을 읽으면서 끊임없이 자신을 지우고 ─ 제거하고, 지양하며 ─ 제 존재-사건을 하나의 책으로 완성한다.

책을 읽으면서, 혹은 책을 쓰면서 내 삶은 어느덧 장년기로 접어들었다. 내 영혼의 안쪽으로 쇠퇴의 그늘이 길어지고 있음을 안다. 이 그늘은 무상으로 주어진 삶의 시간들이 얼마 남지 않았음을 예고한다. 하지만 나는 기죽지 않고 시간을 아껴가며 책을 읽을 것이다. 그것만이 마음에 스미는 불안과 초조함, 적의와 냉담을 무찌르며 감정을 화사하게 해주고 나를 보다 늠름한 존재로 만들 것이기 때문이다.

나는 양식을 구하듯 책을 구해다 읽고 문장 몇 줄씩을 끼적이며, 음악, 바다, 지평선, 아침의 햇빛, 아삭하는 소리로 씹히는 사과들, 이빨 아래 물컹하게 으깨지는 붉은 토마토들, 풍부한 즙이 턱 밑으로 흘러내리는 오렌지들, 고요히 대지를 두드리는 봄비, 해마다 돌아오는 여름의 눈부심, 신록이 주는 기쁨과 위안, 내 안의 단단한 얼음마저 녹이는 사랑하는 이들의 미소들 속에서 살아가는 데

불가결한 수액과 꿀을 구하며 '고독의 상상계' 속에 한참
더 머물 참이다.

마세도니오 페르난데스, 『계속되는 무』, 엄지영 옮김, 워크룸프레스,
  2014

롤랑 바르트, 『롤랑 바르트가 쓴 롤랑 바르트』, 이상빈 옮김, 동녘,
  2013

모리스 블랑쇼, 『도래할 책』, 심세광 옮김, 그린비, 2011

책과 함께하는 다섯 번째 계절

얼굴

화가 문순우(1947~)는 사진, 회화, 드로잉, 설치미술, 도예 등으로 자신의 재능이 전방위임을 확연하게 드러낸다. 이 전방위 작가의 작업을 한군데서 볼 수 있다는 것은 행운이다. 캔버스나 유화물감만을 고집하지 않고, 흙과 쇠와 나무는 물론이거니와 현대문명이 쓰고 버린 것들을 주저 없이 선택할 때 재화적 가치를 소진하여 버려진 것들조차 그를 거치면 예술의 소재로 거듭난다. 그의 다재다능은 다양한 재료들과 다양한 방법론적 시도가 만나면서 꽃피어난다.

문순우의 다양한 작업들에 일관된 정신은 유목(遊牧)과 방외(方外)이다. 그는 유목민이고 방외인이다. 어디에 매임이 없다. 언제나 떠나고 쉬는 자리에서 삶을 꾸리는 방식은 전형적인 유목민의 방식이다. 그는 어떤 유파, 어떤 관념, 어떤 관습적 사유에서도 자유롭다. 그 자유로움은 방외에 자발적으로 내쳐진 한 자유로운 영혼의 궤적이 보여주는 자유로움이다. 그 자유로움으로 거침없이 재료들을 타고 넘어간다. 그의 작업물 앞에서 느끼는 감각적 기뺨은, 재료들의 화학적 부식, 인위적 마모, 그리고 쪼갬, 덧붙임, 번짐, 자연발생적 형태의 결합과 균열 등이 관람자의 내면에 어떤 섬광들을 깨워내는데, 지각과 느낌이 일시에 쇄신되는, 즉 놀라운 탐미적 발견이 불러일으킨 법열감이다.

문순우의 심미성은 인문학적 세련성에 잇대어 있기보다는 그 투박한 야생성에서 빛난다. 원시의 힘이 수일(秀逸)하게 드러나는 문순우는 세세한 선들에 대한 집착을 버린다. 선들이 체현하는 윤리성을 떠나서 그것이 드러내는 장식성에 대한 경멸이 앞질러간다. 기교에 의해 매개되는 심미성이란 잉여의 장식이다. 그가 제 안의 예술적 본능으로 폐(廢)라디에이터의 거친 표면을 문질러 재료의 광물성 본질을 깨워 어떤 형상을 새길 때 그의 예술이 심미적 본능의 발현이나 기교가 아니라 철저하게 노동에 잇대어 있음을 보여준다. 그의 작업은 황무지 갈아엎고 씨앗을 뿌리는 노동에 가깝다. 그에게 예술은 철저하게 본질로 직격하는 노동의 산물이다. 간헐적이거나 임시적으로 이루어지는 노동이 아니라 숙련되고 전문화된 노동이다.

예술이 자발적 노동이라면, 이 노동을 관통하는 것은 "리비도를 구성하는 충동들의 상당한 발산"(지그문트 프로이트)이다. 문순우의 작업에서 발견하는 것도 그와 같은 재료들을 갈고 닦고 자르며 그것들을 거머쥐고 분출하는 창조적 에토스의 힘이다. 그 힘이 지향하는 바는 새로운 쓸모의 부활이 아니다. 그것은 놀이-즐거움이다. 호이징하가 명제화한 바로 그것, "모든 시는 놀이에서 태어난다"고 했을 때, 그 놀이하는 인간(호모 루덴스)의 탄생이다. 문순우의 예술가적 정체성은 놀이하는 인간과 만드는 인간(호모 파베르)의 사이에 걸쳐져 있다.

> 사실 시는 놀이-기능이다. 그것은 정신이
> 그것을 위해 창조한 그 자신의 세계 속에서,
> 정신의 놀이터 내에서 진행된다. 거기에서
> 사물들은 일상생활 속에서 그것들이 지녔던
> 특성과는 전혀 다른 면모를 지닌다.(호이징하,
> 『호모 루덴스』)

오래된 미학이 설명하는바 미(美)는 목적 없는 합목적성 속에서 찰나적으로 나타난다. 어느 시대에나 예술은 먹고사는 것과 별 관련이 없다. 시란 생물학적 필요의 부응이 아니라 본질적으로 놀이 본능의 발현이다. 그럼에도 그 가치와 의미는 사물을 일상적 쓰임과는 달리 지각과 느낌의 양상에서 새롭게 발견하며, 그 발견의 힘으로 현실과 세계를 새롭게 관조하고 바꿔나간다는 점에 있다. 문순우의 그림과 조형물들은 재료의 실용성에 대한 관조가 아니라 익명의 소비재들에게 생명을 불어넣는 노동-놀이의 산물인 것이다. 이 노동-놀이는 언제나 현재의 시를 지향한다. 현재의 안쪽과 바깥에 굽이치며 흐르는 욕망의 즉물성, 삶의 질들, 고착되지 않는 몽상들, 생과 몰의 윤회 속에 있는 사물들, 휴식의 가치, 흘러가서 돌아오지 않는 것들의 유동성이 그 시라는 과육 속에 숨은 씨앗들이다.

문순우의 폐라디에이터 시리즈는 에코 아트의 가능성을 탐색한다. 이 작품들은 재료의 발견과 해석이라는 점에서 매우 독창적이다. 여기에 어떤 형상을 새겼는가보다 더 중요한 것은 문명이 쓰고 버린 폐자재의 재활용을 통해서도 훌륭한 예술이 탄생할 수 있음을 탐색한다는 점이다. 문명의 폐기물에 불과한 것들에 예술적 혼을 불어넣자 마술처럼 예술로 살아난다. 문순우의 친환경적 사유는 이미 2004년 사진 전시에서 선보인 바 있다. 태풍이 휩쓸고 지나간 후 해변으로 밀려온 부유물들을 화면 가득히 담아낸 사진들은 관람자들의 마음을 한동안 불편함으로 밀어 넣는다. 그 부유물들 중에서 상당수는 사람들이 쓰고 버린 물건들이다.

그 사진 앞에 서는 순간 예민한 양심을 가진 사람이라면 바로 자신이 쓰고 버린 물건들로 땅과 물을 오염시켰다는 불편함에서 벗어나지 못할 것이다. 그것은 물론 생태계 파괴자라는 제 숨겨진 실상에 대한 반성적 자각 때문이다. 페라디에이터 시리즈에서 그 불편함은 간접화된다. 이 시리즈가 불가피하게 내재화하고 있는 문명의 견고한 재료성은 우리가 잃어버린 땅을 갈고 씨앗을 뿌려 수확하는 대지의 삶에서 아득히 멀어진 존재라는 사실의 각성에 이르게 한다.

이 각성은 바로 우리가 서 있는 자리의 삭막함과 더불어 이제는 너무 멀어져서 돌아갈 수 없는 어머니-고향-대지와 같은 것들에 대한 아득한 향수를 자극한다. 그 향수는 거친 바람 속에서 머리를 수그리고 묵묵히 걸어서 들에서 집으로 돌아오던 농경사회에서, 그리고 비와 바람과 폭풍이 가르쳐주는 신성한 리듬에서 얼마나 멀어져버렸는가를 곰곰이 헤아리게 한다. 흙은 마음껏 주무를 수 있지만 쇠나 플라스틱은 그럴 수가 없다. 인류는 한낱 쇠와 플라스틱을 주로 쓰는 산업소비재의 사용자로 전락하며, 땅과 물과 바람이 부여한 위엄과 신성성을 잃어버린 것이다.

문순우의 전시 작품 중에서 특히 주목할 것은 수많은 얼굴들이다. 얼굴에서 정치를 읽어낸 사람은 들뢰즈이다. 그는 말한다. "얼굴은 정치이다"라고. 아울러 "얼굴이 정치라면, 얼굴의 파괴 또한 정치인 것이다."(들뢰즈·가타리, 『천 개의 고원』) 얼굴은 표면이다. 이 표면이야말로 이면이자 심층이다. 우리가 이 표면에서 가려진 이면과 심층에 대한 암시를 충분히 받는다면 이 말은 맞는다. 얼굴은 앞으로 나아갈 수 없고 뒤로 물러설 수도 없는 전 위-표면이다. 얼굴은 벌거벗은 실존의 전위로서 하나의 풍경을 이룬다. 얼굴은 아무 지각도 없이 말랑말랑한 순 수-표면이다. 어른이 될수록 그 얼굴은 딱딱해지는데, 그 것은 얼굴이 권력을 쥠으로써 타자에게 명령하는 그 무엇 이 되기 때문이다. 높은 직위에 오른 얼굴들일수록 더 딱 딱해진다.

그 딱딱한 얼굴이 말하는 바는 세계의 숨길 수 없는 가 난함이다. 아무 명령도 내리지 않고 그래서 가난을 느끼 게 하는 얼굴은 어여쁜 연민을 자아낸다. 얼굴은 하나의 얼굴이고, 동시에 천의 얼굴이다. 얼굴이란 이미 명령이 며 욕망함인데, 그 명령과 욕망함이 하나에서 천 개의 얼 굴로 분화하도록 만든다. 얼굴이 가난한 것은 아무것도 은닉할 수 없는 표면-기표이기 때문이다. 얼굴은 살인을 금지하는 윤리 그 자체다. 얼굴은 살인하지 마라, 라고 그 명판에 새긴다. 그래서 살인자들은 애써 얼굴을 보지 않 는다. 얼굴은 살인과 폭력을 금지하는 윤리이자, 법이고, 타인을 환대하고 환대를 받도록 하는 계명이다. 그러므로 얼굴을 바로 보지 않는 자들을 의심하라!

우선 이 얼굴들은 폐라디에이터의 표면에 거칠게 드러 나 있다. 쇠의 거친 표면을 갈고 문질러 새긴 날카로운 선들에 의해 얼굴 형상이 드러나는데, 그 표정들은 심각하고 무겁다. 이 무거움은 이 세상에 흩어져 있는 삶을 고단하게 만드는 온갖 악덕과 불평등, 질병, 전쟁, 가난, 폭동, 탐욕, 교활함에 대한 대응이다. 곤경과 동경 사이에 찢긴 채 걸려 있는 이 얼굴이란 무엇인가. 얼굴들은 개별화되어 그 심미성을 체현하기보다는 세계의 어떤 현존을 말한다. 쇠가 부식되어 나타난 녹과 푸른빛 돋는 동록(銅綠)을 살린 채 눈과 콧대, 굳게 다문 입을 가진 얼굴은 추상에 더 가깝다.

그는 평면 회화에서도 많은 얼굴들을 그려낸다. 화면에 구현된 색은 단조롭다. 흑과 붉은빛을 머금은 갈색이 화면 전체를 뒤덮고 있는 주조색이다. 이 황토색의 바탕 위에 형상들이 제 개별성을 드러낸다. 이 색의 단순화는 색채가 보여주는 감각의 현란함 따위를 무색하게 만든다. 색의 내핍은 화가 자신의 내면적 고갈이나 염결성과 관련이 있는 것으로 보인다. 그는 이미 이 세계에 대해 지쳐 있고 피로를 느끼고 있다. 피로는 내면의 정신적 고갈에 대한 몸의 생리적 반응이다. 이 얼굴 형상을 지배하는 침묵에서 고뇌의 성스러움이 발현되어 나온다.

또 하나 주목할 점은 문순우의 얼굴들이 개별성을 갖지 않는다는 점이다. 개별성을 가지려면 얼굴의 요소들인 눈과 코와 입과 턱, 그리고 전체적인 윤곽과 양감이 저마다 달라야 한다. 그러나 이 얼굴들은 인종적 골상학을 무화시키며 동일한 기표적 표면으로 환원한다. 이 얼굴들은 항상 동일함으로 재귀(再歸)한다! 이 얼굴들은 신체의 표면이라는 기표로만 작동한다. 다시 들뢰즈·가타리에 따르면, 이 얼굴은 표면-구멍이고, 구멍이 있는 표면 체계의 부분에 귀속되며, 세계를 향한 흰 벽, 검은 구멍을 가진 체계다. 도망가는 얼굴들! 죄수의 신체, 속죄의 신체, 노역의 신체, 선고받은 신체에서 벗어나 도주하는 얼굴들은 이미 얼굴이 아니다. 신체/권력에서 탈영토화함으로써 독자적인 그 무엇이 되는데, 즉 얼굴 고유성에서 벗어나 의식과 정염이 결여된 풍경/지도가 된 그 무엇이다.

문순우의 기질과 취향을 잘 보여주는 작품은 ‹재즈› 연작들이다. 고대 벽화의 고색창연함을 환기하는 무겁게 착색된 색조 위에 재즈의 자유분방한 설화성이 합쳐져 이루어지는 이 연작들은 문순우의 자유로움과 잘 어우러진다. 이때 회화의 주조색은 다른 그림들에 견주어 밝아지고 형태들은 관습적인 데서 벗어나 자유롭게 변주된다. 새, 물소, 물고기, 나비, 거미줄, 식물의 씨앗들, 열매, 천사, 식탁, 와인병, 반쯤 채워진 와인잔…… 이것들은 자유분방하게 배열된다. 이 배열에는 어떤 통일적 기율이 없다. 자유롭게 흩어져 있음으로 신기하게도 조화와 평형을 이룬다. 강제된 노동-폭력은 없고 노동-자유가 있을 뿐이고,

명령에 따른 의무와 책임의 반복 대신에 먹고 마시며 즐기는 향유의 시간만이 존재한다. 다른 작품들에서 보여지는 고갈과 환멸과 절망은 잦아들고, 이 회화의 밝은 색조를 가로지르는 것은 삶의 희열, 향유의 즐거움, 넉넉한 자유다.

〈재즈〉 연작들은 자유에 대한 희구, 먹고 마시는 즐거움 속에서 나타나는 향유하는 주체의 기쁨과 희열을 노래한다. 재즈가 흑인 노예의 참혹한 삶의 고됨과 비천함을 뚫고 나온 자유와 즐거움에 대한 열망을 반영하듯 문순우의 〈재즈〉 연작 역시 그렇다. 밝은 색조와 인물과 사물들의 자유로운 변주를 통해 재즈 리듬을 화폭 전체에 내면화시키며 살아 있는 기쁨과 환희를 짓누르는 모든 강제되는 노동의 비천함과 고됨의 추악함을 외시한다. 이 외시는 실낙원 이후 인류의 고난과 수난의 역사를 그 이면에 은폐한다. 〈재즈〉 연작 앞에서 가슴이 뻐근해지는 것은 우리가 누렸던 것의 정수(精髓)들, 혹은 뼛속까지 누려야 할 삶의 자리로서 무릉도원에 대한 꿈을 아득하게 환기시키기 때문이다.

서동욱, 『일상의 모험』, 민음사, 2005
호이징하, 『호모 루덴스』, 김윤수 옮김, 까치, 1981
박영택, 『얼굴이 말하다』, 마음산책, 2010

겨울

———————

정신적 침잠
속에서
사소한 기억들을
모아 잇고

철학하기에
좋은 시간이다

철학하는 시간들

첫얼음과 첫눈이 온다는 소설이 막 지났다. 청량한 대기, 휘황한 단풍들, 투명한 햇살이 자취를 감추고, 빛과 육체의 찬란함도 잿빛 대기 속에서 시들해진다. 이제 눈과 얼음과 북풍이 예삿일이다. 긴 겨울이 시작된 것이다. 강원도 일대에 폭설이 내리고, 일조량은 눈에 띄게 줄고, 밤은 마냥 길어진다. 나날의 일상 속에서 작은 문제로 날 선 각을 세우고 물어뜯을 듯이 으르렁거리던 일도, 어떤 사태에 대한 지나친 신경과민도 가라앉는다. 겨울은 우리를 한층 더 단순한 존재로 만들고, 사유는 보다 명석해진다. 인간이란 무엇일까? 동물의 한 변종으로서 인간은 한 철학자에 따르면, "하나의 우연, 실패작, 생물학적 사고의 산물"(로제 폴 드르와, 『일상에서 철학하기』)일 뿐이다.

겨울은 정신적 침잠 속에서 사소한 기억들을 모아 잇고 철학하기에 좋은 시간이다. 진중한 독서는 어둠과 혹한과 긴 밤의 선물이다. 살아남음이라는 대의 앞에서 모든 것들은 사소해진다. 모든 영장류들은 겨울에 혹한을 견디며 살아남기 위해 집중한다. 남들은 잘 모르겠지만, 내 본능

속엔 아직도 이 습관이 살아 있다.

　겨울의 초입에서 만난 책들.『시옷의 세계』는 김소연의 산문집이다. 그는 전작『마음사전』에서 보였듯 산문을 썩 잘 쓰는 시인이다. 'ㅅ'으로 시작되는 어휘들로 풀어내는 사유의 무늬들은 섬세하고 아름답다.『일상에서 철학하기』(로제 폴 드르와)는 무겁고 심각하다는 철학서에 대한 선입견을 단박에 깨뜨린다. 가볍고 유쾌하다. 일상 속에서 어떻게 철학을 경험할 수 있는가를 깨닫게 해준다.『이해와 공감』(김병익)은 겸허와 중용의 정신으로 문학을 관조하는 비평가의 비평집이다. '이해와 공감'은 문학이라는 '심연' 위에 자신을 비춰보고 돌아보는 비평가의 몫이다. 문학 안으로 스며드는 변화의 물결들에 대한 지속적인 사유를 통해 그의 사유가 얼마나 '젊은지'를 보여준다.

　『문학의 도끼로 내 삶을 깨워라』(문정희)는 중견 시인의 산문집이다. 시인은 군집 속의 존재가 아니라 홀로 대평원을 가로지르는 맹수다. 맹수의 고독한 포효야말로 시가 아닌가! 나의 시가 곧 나의 미래라고 말하는 이 중견 시인은 무르익은 문장으로 시가 어떻게 벼락처럼 자신에게 들이닥쳤는가를 고백한다. 그리고 어제부터『장파 교수의 중국미학사』(장파)를 읽기 시작했다. 자, 이 책들에 대한 얘기는 뒤로 밀어두고, 공교롭게도 '우정'의 알파와 오메가를 보여주는 두 권의 책, 『철학자와 늑대』와 『카뮈-그르니에 서한집』을 먼저 읽어보자.

　『철학자와 늑대』는 제목을 접한 순간부터 독서 욕구를 자극한 책이다. 서점에서 산 책을 홍대 앞의 한 카페에서 단숨에 읽어치운다(며칠 뒤 출판사에서 보낸 같은 책이 도착했다). 한 철학자가 '브레닌'이라는 늑대와 11년 동안 동고동락한 기록이자, 먼저 세상을 뜬 늑대 형제에게 바치는 애절한 추도사다. 철학자는 늑대와 함께 살 뿐만 아니라 강의실에도 여행에도 동반한다. 주말이면 숲 속에서 텐트를 치고 차가운 밤공기 속에서 함께 시간을 보낸다. 늑대는 토끼를 쫓고 사람은 생각을 쫓는다. 동물과 인간 사이의 유적(類的)인 차이를 뛰어넘어 나누는 우정과 교감은, 실화에 바탕을 두고 있다는 점에서 감동적이다. 늑대는 그저 단순한 반려동물 이상의 존재다. 마크 롤랜즈는 철학자답게 늑대를 통해서 인간의 본질을 보려고 한다. 따라서 이 책은 늑대를 통해서 새롭게 알게 된 인간의 본질에 대한 철학적 통찰의 이야기이기도 하다.

　동물과 인간 사이를 가로지르는 경계는 무엇일까? 철학자는 늑대와 함께 먹고 자면서 제 안의 "고대 영혼 속에 살아 있던 늑대"의 존재를 인식한다. 흔히 인간은 자유의지를 갖고 있고, 죽음에 대한 선험적 이해를 갖고 있는 존재로 알려져 있다. 그런 점에서 동물은 궁극적 결핍의 존재일 테다. 하지만 인간 역시 애초에는 길들지 않은 야생의 동물이었다. 오늘날의 인간은 진화가 축적되어 나타난 결과인 것이다.

> 우리는 늑대의 그림자 속에 서 있다. 그림자를
> 드리우는 방법은 두 가지다. 빛을 막거나
> 아니면 광원이 되어 다른 물체에 막히는 것.
> 나는 사람이나 빛이 만드는 그림자를 말하고자
> 한다. 늑대의 그림자란 늑대가 드리우는
> 그림자가 아니라 늑대가 발하는 빛 때문에
> 인간이 드리우는 그림자를 말한다. 그리고
> 이 그림자 속에 서서 우리를 뒤돌아보고 있는
> 것이 바로 우리가 인정하기 싫어하는 인간의
> 본질이다.(16쪽)

철학자는 늑대의 그림자 속에 서 있다. 그것은 늑대란 빛 때문에 드리워진 그림자를 말한다. 그 그림자에서 우리가 알지만 인정하기 싫어하는 인간의 본질을 본다. 우리 안에 잠재된 동물적 본성들, 진화가 거듭되면서 차츰 무의식의 심층으로 숨어버린 어둠들이 바로 그 본질들이다. 늑대가 인간의 그림자 뒤에 있는 것이 아니라 인간이 늑대의 그림자 뒤에 서 있다는 것! 철학자는 그것을 말하려고 더러는 니체와 사르트르, 하이데거, 카뮈, 쿤데라, 리처드 테일러와 같은 사상가들의 생각에 기대기도 한다.

> 세상과 그 속에 사는 존재를 오직 비용-편익의
> 관점으로만 보는 성향, 누군가의 삶과 그 속에서
> 일어나는 중요한 사건들을 계량화하고
> 계산할 수 있는 것으로 보는 성향은 오직
> 영장류만 가질 수 있다. 모든 영장류 중에서도
> 이 성향이 가장 복잡하게 드러나는 것은 바로
> 인간이다.(21쪽)

세상을 비용-편익의 관점으로만 보는 성향, 그게 차가운 이성을 기괴할 정도로 개발한 인간이 획득한 내면 형질이다. 사람들은 삶과 그에 결부되는 모든 사태를 계량화하고 계측하면서 아주 복잡한 존재가 되어버렸지만 야성과 순수한 역동성을 잃어버렸다. 철학자는 늑대의 내면에서 우리가 잃어버린 것들을 본다. 사람은 가치 있는 피조물인가? 그렇다면 늑대 역시 그렇다. '나'-늑대는 주인-소유자의 관계가 아니라 형제이고, 이 관계에서 형의 자리에 서는 것은 지성과 도덕성이 열등하다고 여겨지는 늑대다. 놀랍지 않은가? 늑대는 '나'의 형일 뿐만 아니라

스승이기도 했다. "그는 빛이었고 나는 그가 드리우는 그림자 속에서 내 자신의 모습을 발견할 수 있었다. 내가 배울 수 있었던 것은 종교의 안티테제였다."(325쪽) 늑대는 종교가 없다. 따라서 모든 종교가 제시하는 희망도 없다. 그러나 희망이란 무엇인가? 그것은 "인간 실존의 중고차 판매원"(325쪽)이 아니던가?

"요컨대 인류의 가장 명확하고 단순한 특징은 감정을 숭배하는 동물이라는 사실일 것이다."(209쪽) 오직 인간만이 정의로운가? 칸트가 말했듯이 인간만이 제 가슴속에 '도덕률'을 지닌 존재이다. 옳고 그름을 판단하는 이성이 그 도덕률의 핵심 주체라면 맞다. 하지만 이성이란 게 그다지도 대단한 것일까? 그것은 "놀랍고 독특하지만 폭력과 쾌락 추구의 욕구 위에 세워진 구조물"(111쪽)이다. 영장류가 갖는 고유한 특징 중의 하나가 '고의'의 발명이다. 사악은 타락한 이성에서 나오는 고의의 다른 이름이다. 결국 사람에게 남는 것은 감정이다. 타인과 살이 살짝 닿거나 키스를 하거나 애무를 할 때 감정의 파고(波高)는 높아진다.

사람은 감정의 동물일 뿐만 아니라 감정을 숭배하는 동물이다. 이 감정이란 게 때때로, 아니 자주 삶과 분리된 문화와 관습이 강요하는 인위라는 데서 문제가 생겨난다. 늑대에게 감정은 철저하게 분리될 수 없는 본성의 일부다. 반면에 사람은 끊임없이 변덕을 부리는 감정에 휘둘리는 감정 중독자, 그리고 행복 중독자다.

『카뮈-그르니에 서한집』도 인터넷 서점에서 구매하고 배달되기까지 기다릴 수가 없어 당장 서점에 나가 샀다. 카뮈와 그르니에가 나눈 편지 모음집인데, 이 편지들에서 스승과 제자로 만난 두 사람이 평생에 걸쳐 나눈 교유와 따뜻한 우정을 엿볼 수가 있다. 편지라는 사적인 소통 양식—날씨, 기분, 휴가 계획, 이사, 건강, 재정 상태—을 포함하여 시시콜콜한 일상과 더불어 고통들, 고통들 아래에 숨은 마음들, 감정적 교유, 문학적·정치적 사유와 변화들, 작가로서 두 사람의 "상호 간의 의존성과 영향의 몫"(파트릭 코르노)을 숨김없이 드러낸다.

알제 빈민구역의 병약한 소년이던 카뮈는 알제 그랑 리세(중고등학교) 철학교사로 부임한 그르니에를 운명적으로 만난다. 1930년 10월 신학년 초다. 이내 카뮈는 폐결핵으로 학교를 쉬게 되고, 그르니에는 그런 제자를 찾아 병문안을 가기도 한다. 카뮈가 생의 부조리함에 반항하는 작가/철학자라면 그르니에는 조용히 관조하는 철학자/작가다. 카뮈의 초기 에세이들은 그르니에의 영향 아래에서 쓰인 것들이다. 카뮈는 그르니에의 철학적 사유를 담은 에세이들을 열심히 읽고, 그에게서 빌린 니체, 톨스토이, 파스칼, 레프 셰스토프의 책들을 탐독한다. 1931년 앙드레 드 리쇼의 『고통』을 전기 충격과 같은 감동 속에서 읽은 것도 그르니에 덕분이다. 카뮈는 그르니에의 『섬』을 읽고 그 안에 관통하는 영혼의 떨림에 경탄하고, 그 떨림을 모방하고 싶었다고 고백한다. 아무튼 『섬』에서 받은 압도적인 영감은 카뮈가 "철학적 개종"(파트릭 코르노)을 하는 계기가 되었다. 두 사람은 235통의 편지를 주고받는다. 카뮈가 112통, 그르니에가 123통의 편지를 썼다. 그르니에가 받은 카뮈의 편지는 고스란히 남은 데 반해 카뮈가 받은 그르니에의 편지 상당수는 불태워지고 일부만 남아 있다.

> 한 가지 믿음에 자신을 바치기 위하여 모든
> 것을 다 포기한 다음에는 어떻게 해야 하는
> 것일까요? 그 믿음이 나를 으깨어버리고
> 나를―벌거벗은 것처럼―혼자 내버려두는데.
> (23쪽)

카뮈는 자기 신상의 변화와 읽은 것들, 쓴 것들, 진로에 대해 시시콜콜 보고하고, 그르니에의 생각과 판단을 구한다. 그만큼 많은 것들을 스승에 대한 무한한 신뢰를 갖고 그의 인도에 기꺼이 따른다.

당신의 원고를 읽었소.『이방인』은 대단한
성공이오—카프카의 영향이 내 마음에 좀
걸리긴 하지만 특히 제2부가 좋소. 감옥 장면의
페이지들은 결코 잊을 수 없소. 제1부는
흥미롭지만—부차적인 인물들의 등장은
적절하오. 개를 끌고 다니는 남자, 창고업자,
특히 아주 감동적인 마리—어느 면 통일성의
부족, 너무 짧은 문장들, 시작 부분에서
가령 '기분이 좋았다……' 같은 식의 상투적
방식으로 흐르는 스타일로 인하여 주의력이
흩어지는 느낌이오. 그러나 대개 인상은
강렬하오.(79쪽)

『이방인』의 초고를 받아 읽은 그르니에가 보낸 답장이
다. 따뜻하면서도 가차 없는 비평이다.

세계의 무심함…… 그 점에 대하여 내가 쓴
20여 페이지의 글이 있는데 그걸 당신에게
보내서 의견을 물어볼 걸 그랬네요—아니,
절대에 대한 관념과 '무심함'의 감정에 대하여
쓴 별로 길지도 않은 원고 전체를 보냈더라면
좋았을 것을.(80쪽)

　스승 그르니에는 성장한 제자 카뮈에게 자신이 쓴 것들
을 보내 의견을 구한다. 스승-제자로 만난 두 사람의 수직
적 위계는 세월이 흘러 카뮈가 작가로서 자신을 확고하게
정립하고 스승의 정신적 예속에서 벗어나자 작가 대 작가
라는 수평적 관계로 바뀌어간다. 시몬 베유에 대해 우호
적인 카뮈의 편지를 받고 그르니에는 그녀의 책들을 꼼꼼
하게 읽은 뒤 다음과 같은 답신을 보낸다.

　하지만 솔직히 말해서 그녀의 사상에 대해서는
　반감을 느끼지 않을 수 없었어요. 여러 가지
　교리의 통합 쪽으로 기울어져 있는 나로서는
　그녀의 사상에 공감을 느껴야 마땅하겠지요.
　그러나 정말이지 유대주의, 헬레니즘,
　기독교, 불교의 요란스러운 혼합을 나로서는
　받아들일 수가 없었어요. 게다가 당신처럼
　지극히 논리적인 정신의 소유자가, 무슨
　일이건 속아 넘어가는 것이라면 아주 질색인,
　예리한 시각을 가진 당신이, 그리고 명쾌한
　이성의 빛 속에서만 희생을 감내하고자 하는
　당신이 그런 인물—물론 누구 못지않게 큰
　인물임을 나도 느낄 수 있습니다만—에게서
　사상적 친화력을 느낀다는 사실에 나는 더더욱

놀랐습니다.(339~340쪽)

두 사람은 문학적·사상적 공감대를 갖고 있지만, 모든 면에서 그런 것은 아니었다. 카뮈가 시몬 베유의 사상에 그토록 친화적으로 기울어진 것에 대해 그르니에는 의혹과 당혹감을 드러낸다. 가난과 질병이라는 나락에 떨어져 허우적거리던 카뮈가 그르니에를 만난 건 그의 인생에 크나큰 행운이고 축복이었으리라(물론 카뮈는 가난에 대해 불평하지 않는다. 가난은 알제의 자연이 준 축복으로 충분히 보상받았다고 여긴다). 카뮈가 어린 시절을 보낸 알제, 제밀라, 티파사의 바람과 햇빛들과 함께 그르니에는 카뮈가 이룬 위대한 문학의 밑거름이 되었다.

사람은 자신을 키워주고 이끌어주신
분들에게는 감사의 말을 하지 않는 법입니다.
그저 계속 그 모습 그대로 계셔달라고 부탁할
뿐이지요.(285쪽)

카뮈는 그렇게 자신의 인생에 빛이 되어주고 무한한 자양분을 준 그르니에에 대해 고마워한다.

마크 롤랜즈, 『철학자와 늑대』, 강수희 옮김, 추수밭, 2012
알베르 카뮈·장 그르니에, 『카뮈-그르니에 서한집』, 김화영 옮김, 책세상, 2012

두 유 한 잔 감 자 한 알

새벽에 일어나 검은콩 두유 한 잔을 마시고, 찐 감자 한 알을 먹는다. 이것들을 소화하면서 만들어진 열량으로 새벽마다 책을 읽고 원고를 쓴다. 소화란 무엇인가? 입으로 들어온 것을 저작과 소화효소 등으로 잘게 쪼개고 아미노산 단위로 분해한 다음 흡수하는 것이다. 궁극적으로 "그 안에 내포된 다른 개체의 정보를 분해"하는 것이다.(후쿠오카 신이치, 『동적 평형』) '나'는 날마다 아미노산 배열이 헤쳐 모여를 하는 불가역적인 시간의 질서 속에서 무언가를 읽고 쓴다. 내 삶은 단조롭다. 나는 그 단조로움에 오래 길들어 있다. 답답해질 때 훌쩍 여행을 떠나기도 한다.

며칠 전 새벽 비행기를 타고 제주도를 다녀왔다. 지인이 사려는 성산포 근처 귤밭을 둘러보고 당일로 돌아오는 짧은 여행이었다. 귤밭 주인은 서울에 산다고 했고, 누구의 손길도 미치지 않은 귤밭 가득 식재된 귤나무들은 가지가 휠 정도로 귤들을 매달고 있었다. 제주도 겨울은 내륙보다 청량하고 햇빛은 환했다. 귤나무들은 저의 생리대로 땅의 기운을 끌어오고 햇빛을 빨아들여 귤들을 샛노랗게 잘도 익혔다. 귤나무들은 가지마다 다닥다닥 매단 제 열매들에 대해 자랑스러워하는 듯했다. 나는 속으로, '한 해 동안 열매를 맺고 익히느라 수고했네'라고 속삭였다. 귤들은 햇빛과 바람을 머금은 공(空)이고, 나무에 매달린 별들이다. 귤은 그 하나하나가 저마다 작은 우주다. 항상 부분은 전체를 반영한다. 부분은 이미 전체를 머금고 있다는 뜻이다. 불교에서 말하는 '일중다다중일(一中多多中一)'이 그 뜻이다. 귤 하나에도 삼라만상이 다 깃들어 있고, 삼라만상은 귤 하나에 육화되어 있다. 작은 귤과 무궁무량한 우주는 천지의 기운으로 서로를 비추면서 상응(相應)한다.

> 하늘에 바람과 비가 있으니 사람에게도
> 즐거움과 노함이 있고,
> 하늘에 우레와 벼락이 있으니 사람에게도
> 목소리가 있고,
> 하늘에 사계절이 있으니 사람에게도
> 사지(四肢)가 있고,
> 하늘에 오음이 있으니 사람에게도 오장이 있고,
> 하늘에 육률이 있으니 사람에게도 육부가 있고,
> 하늘에 겨울과 여름이 있으니 사람에게도
> 추위와 더위가 있다.(『황제내경』)

굴은 흙과 물과 바람과 햇빛의 혼례로 인해 잉태된다. 귤을 따서 입에 넣으면 달콤한 즙이 금세 입안을 꽉 채운다. 귤들이 더러는 바닥에 떨어져 나뒹군다. 그걸 수확해서 상품으로 내놓는 게 수지가 맞는 일이 아니기에 그냥 방치하는 것이다. 손바닥에 귤을 놓고 보니 지각들을 자극하는 감촉에 기분이 좋아진다. 수확의 손길을 기다리는데 아무도 수확할 사람이 없으니, 귤들은 땅에 떨어져 썩을 것이다. 누구도 소유권을 주장하지 않기에 무상의 증여물이 되어버린 귤들. 이 남국의 과일들을 가난한 이웃들과 나눌 수만 있다면 얼마나 좋을까. 나와는 아무 관련이 없는 귤밭 한가운데 서서 알 수 없는 충만감으로 행복했는데, 귤나무마다 풍성한 귤들이 일으키는 시각적 풍요와 즐거움에서 비롯되는 것이리라.

도서관은 가슴을 뛰게 하는 공간 중의 하나다. 도서관이 각별한 것은 젊은 시절 한때 절망과 불안을 억누르며 하염없이 소일한 곳이기 때문이다. 도서관은 어떤 사람에게는 '비밀스러운 낭만의 공간'이고, 어떤 사람에게는 꿈을 잉태하고 키우는 모태 공간이기도 하다.

『도서관 산책자』는 숲 속에 있는 작은 시도서관에서 국립디지털도서관까지 두 젊은 건축가의 다종다양한 도서관 탐방기다. 왜 도서관들은 접근이 쉬운 도심 한가운데 있지 않고 변방의 녹지나 공원 귀퉁이에 있는 것일까? 첫째, 도서관들이 도시 중심부에 상업 업무 시설이 다 들어찬 다음에 지어졌기 때문이고, 둘째, 도서관이 이윤 창출이 없는 공공건물이기 때문이다. 도서관이 무슨 수로 도심 한가운데의 높은 지가를 감당할 수 있으랴! 도서관이 소음이 덜한 도심 외곽에 있는 것도 그리 나쁜 것만은 아니다. 다만 더 다양한 작은 도서관들이 많아졌으면 좋겠다.

이 책은 널리 알려진 도서관은 물론이고 잘 알려지지 않은 작은 도서관의 숨은 매력을 소개한다. '서대문구립이진아기념도서관'을 소개하면서 도서관이 지어지는 과정과 더불어 탄생 비화로 한 참척의 슬픔에 대해 자연스럽게 이야기한다. '숲속작은도서관'이나 '농부네텃밭도서관', 그리고 '달리도서관'은 이 책이 아니었다면 알 수 없었을 도서관들이다. '농부네텃밭도서관'의 경운기를 개조해 만든 이동열람실은 깜찍한 아이디어가 돋보인다.

'달리도서관'에 대한 글을 읽으며, 하나의 꿈을 꾼다. 제주도에 땅을 마련해서 여행자들이 쉬어 갈 수 있는 여행자 도서관을 짓고 노후를 보내야겠다는 꿈이다. 제주 출신 여성 다섯 명이 힘을 합쳐 만든 '달리도서관'은 전문 사서도 없고, 장서 체계에 따라 책들이 분류된 서가도 없다. '달리도서관'의 서가들은 "여러 사람들이 자기의 서재 한 칸을 뚝 떼어다 옮겨놓은 책들"로 채워졌다. 그저 제주도를 찾은 여행자와 책들을 연결하고, 치유와 휴식의 시간을 선물한다. 멋지지 않은가?

『시옷의 세계』는 시와 산문을 두루 잘 쓰는 시인 김소연의 산문집이다. 「사라짐」, 「사소한 신비」, 「산책」, 「살아온 날들」, 「상상력」, 「새기다」, 「새하얀 사람」, 「생일」, 「서슴거림의 기록」…… 소제목들이 말하듯 '시옷'으로 시작되는 말들에 관한 산문 모음집이다. 시옷으로 시작하는 낱말들로 맑은 삶과 그 삶에 깃드는 서글픔 따위의 감정이라는 직물을 직조해낸다. 시인은 모든 사소한 것들에 대한 생각들을 간추려 담은 산문에서 시종 담담하다. 그 담담함으로 여행에 대해, 산책에 대해, 시인으로 산다는 것에 대해 말한다. 거창한 사건을 다루지도 않고, 작정하고 심오한 철학을 풀어놓겠다는 야심도 없고, 다만 맑고 담담하게 살아가는 얘기를 풀어놓는다.

읽다 보면, 조촐한 산문들이 위로와 공감의 기쁨을 만든다. 혼자서 떠나는 여행이 무섭지 않느냐고 묻는 친구의 물음에 "지독하게 외롭다고, 무섭도록 외롭다고, 그런데 그게 참 좋다고" 말한다. 왜 혼자 떠나는 여행이 좋은가? "외로움의 끝자리엔 이 밤하늘만큼이나 텅 빈 생각이 홀연히 찾아"오기 때문이란다.(「산책」) '시인으로 살아간다는 것이 경제적·사회적으로 가능한가'라는 물음에, '비경제적·비사회적으로 가능한 일이다'라고 대답한다. 시인들은 가난하다. 돈이 되지 않는 시를 붙들고 사는 시인의 삶이란 "가난함이 밑천인 세계에서의 삶"이기 때문이다. 그리고 "시력 19년 차의, 극동아시아의, 한국어로 시를 쓰는, 여성 시인의, 가감 없는 리얼리티"에 대해 말한다. 자본이 춤추는 세계에서, 시인은 "난간 위의 길고양이"나 "외줄타기를 하는 곡예사"로 살아야 할 운명이다. 김소월이 그랬고, 백석이 그랬고, 이상이 그랬다. 그게 어떻게 가능할까? "시인은 태생이 길고양이여서 가능하고, 균형을 잡으려고 곡예사가 한 손에 부채를 들듯 한 손에 시를 들고 있기 때문"이란다.(「시인으로 산다는 것」)

날이 차가워질 무렵 생각나는 음식이 청국장이다. 나는 식욕을 돋우고 혀를 즐겁게 하는 청국장을 정말 좋아한다. 삶은 콩을 후끈한 열기가 있는 온돌방 아랫목에서 띄워서 만드는데, 콩이 발효라는 변용을 거쳐 된장이나 청국장으로 탈바꿈하는 것이다. 이런 변용을, 소수자 되기와 발효의 관점에서 함께 보며 들뢰즈와 가타리가 말하는 되기의 철학을 사유하는 사람, 음식에서 철학적 사유를 찾아내는 사람이 바로 신승철이다. 그에 따르면 음식이 조리되는 부엌은 "음식의 흐름, 물의 흐름, 불의 흐름, 쓰

레기의 흐름이 있는 온갖 흐름의 공간이며, 계약 관계, 욕
망 관계, 권력 관계가 교차하는 관계의 공간"이다.

『식탁 위의 철학』은 매우 흥미롭다. 식탁을 철학적 사
유의 무대로 삼은 책에서 김치, 잡채, 된장찌개, 두부김
치, 북엇국, 비빔밥, 자장면, 라면, 빵, 인스턴트커피, 소
주…… 따위의 먹을 것과 마실 것들, 그리고 고춧가루, 마
늘, 후추, 설탕, 참기름, 계피, 간장, 고추장, 소금 따위
의 양념들을 호명한다. 이들 음식과 함께 들뢰즈, 가타
리, 스피노자, 프로이트, 푸코, 마르크스, 네그리, 비릴리
오……와 같은 철학자들을 불러낸다. 각각의 음식물과 양
념들은 그 자체로 철학적 사유의 대상이다. 미생물 발효
라는 화음의 시간을 거쳐 탄생하는 김치에 대한 생각은
리토르넬로, 즉 "생명의 춤과 노래가 창조와 생성, 긍정
의 하모니를 만들어내는 리토르넬로의 시간"으로 비약
한다. 시장의 반복 강박이 나타나는 자본주의 경제에 대
한 대안으로 제시되는 협동과 연대로 움직이는 '한살림'
과 같은 협동조합 중심의 공동체 경제가 곧 리토르넬로에
따라 움직이는 경제다.

재료들이 버무려지고 조화롭게 어우러져 탄생하는 잡
채에서 라이프니츠의 다양성 철학에 대한 사유로, 과음으
로 더부룩해진 위장을 달래주는 북엇국에서 위장의 무의
식을 떠올리며 스피노자와 프로이트의 철학으로 진입한

다. 고춧가루에서 욕망의 미시정치에 대한 사유로, 강장
효과가 탁월하다는 마늘에서 라이히의 성정치에 대한 사
유로 이어진다. 음식을 만드는 부엌과 식탁은 리토르넬
로, 차별, 차이, 무의식, 감시와 통제, 생성, 다양성, 성정
치, 속도, 가상성, 식민지와 탈식민주의, 횡단성 같은 현
대철학의 개념들이 출몰하는 공간이다. 사람은 바로 자신
이 먹는 음식에 의해 규정되는 존재이다. 그렇다면 음식
을 통해 철학적 사유를 펼치는 건 자연스러운 일이다.

강예린 · 이치훈, 『도서관 산책자』, 반비, 2012
김소연, 『시옷의 세계』, 마음산책, 2012
신승철, 『식탁 위의 철학』, 동녘, 2012

철학, 본질과의 대면

많은 사람들이 점집을 찾아가 제 미래를 물어본다. 요즘도 소문난 점집들은 사람들의 발걸음이 잦아서 문턱이 닳는다. '철학관'들은 번성하지만 철학은 쇠퇴의 길로 들어선 지 오래다. 이 '철학관'들에서 행해지는 관상술에 관해 철학자 서동욱은 이렇게 쓴다.

> 관상을 보는 행위는 '이론적으로' 인식하는
> 행위가 아니다. '인식'은 개념의 매개가
> 불가결한데, 앞서 말했듯 얼굴의 징표들은
> 개념화되는 것이 아니기 때문이다. 오히려
> 관상을 보는 행위는 공동체의 감각에 따라
> 판단하는 '실천적 기술'의 영역에 속한다고
> 해야 할 것이다. (서동욱, 『일상의 모험』)

골상의 구조가 미래 운명에 대한 암시가 될 수 있을까? 관상을 보는 이들은 골상의 구조와 미래 운명은 불가분의 관련이 있다고 믿는다. 골상과 얇은 피부는 어떤 이들에겐 훌륭한 재화(財貨)다. 그러니 골상의 구조와 미래 운명 사이에는 어떤 연관이 있을지도 모른다. 관상은 '학(學)'이 아니라 '술(術)'이다. 관상은 '개념의 보편성'이라는 구조에 의존하는 게 아니라 '감각의 보편성'이라는 직감에 기초한다.

철학은 '나는 누구인가? 내 인생의 의미는 무엇인가?'라고 존재의 기원과 의미의 근거를 따져 묻는다. 하지만 점쟁이들은 내일에 닥칠 길흉화복이 무엇인가에 대한 고객의 호기심에 응답한다. 아주 애매모호하게. 괴테의『파우스트』에 파우스트가 메피스토펠레스에게 "자네 이름이 뭔가?"라고 묻는 대목이 나온다. 메피스토펠레스가 대답한다. "그 질문 시시한 것 같은데요. 말이란 걸 그다지도 경멸하시고 일체의 외관을 초월해서 본질의 깊은 곳만을 탐구하시는 분으로선 말입니다." 메피스토펠레스가 말한 것은 철학자를 가리키는 것이 아닌가? 철학자가 "일체의 외관을 초월해서 본질의 깊은 곳만을 탐구하는" 사람이라면 이 말은 맞는다.

철학의 바탕은 존재라는 '빅 퀘스천'에 대해 '생각함'이다. 이때 생각함은 의미가 만들어지는 기원들과 연관되는 문제다. 철학은 의미의 의미, 그 의미의 시초까지 파고든다. 하지만 철학관에서 의미와 기원들은 아무런 중요성을 갖지 않는다. 중요한 것은 길흉화복이고, 미래를 예측

함이다. 위기들을 회피하고 생존의 최적화를 위해 나를
둘러싼 환경이 어떻게 바뀔지를 아는 것은 생존과 직결되
는 문제이다.

> 가시계(visible world) 안에서 은하수는 작디작은
> 파편이고, 그 파편 속에서 태양계는 무한히
> 작은 얼룩이며, 그 얼룩 속에서 지구는
> 현미경으로나 볼 수 있는 점 하나다. 이 점
> 위에서 약간 특이한 물리화학적 성질에 복잡한
> 구조를 가진, 불순물이 섞인 탄소와 물로
> 구성된 작은 덩어리가 몇 년 동안 기어다니다가
> 다시 분해되어 자신을 구성했던 원소들로
> 되돌아간다. (줄리언 바지니, 『빅 퀘스천』에서 재인용)

인간은 우주 속에서 하나의 수수께끼다. 인간은 진화
의 역사에서 끝없이 이루어진 생식세포의 고리 속의 하나
를 이루는 고리, 유전자의 전달자, 지각을 가진 '생존기
계'다. 인간은 죽는다. 이로 인해 인간은 더욱 알 수 없는
수수께끼가 되고 만다. 단세포 해조류와 균류에게 생각이
필요 없는 것은 그것들이 개체로서의 죽음을 겪지 않기
때문이다. 죽음이 없는 것들에게는 살아남으려는 노력도
무의미하다. 죽음에 잇대어져 있는 생명체는 제 체세포

를 환경에 최적화 상태로 만들기 위해 형태를 바꾸며 진화해온 역사를 써간다. 철학이 예전의 영광을 뒤로한 채 사양화되는 학문이 된 것은 먹고사는 것과 직접적인 연관이 희미해졌기 때문이다. 철학을 현실과 아무 상관이 없는 '뜬구름 잡는 얘기'로 치부한다. 아주 가끔 철학을 입에 올릴 때에도 '개똥'과 연관해서만 그 어휘를 사용한다. 그만큼 철학이 현실에서 멀고, 그만큼 현실에서 쓸모가 없다고 여기는 까닭이다. 물론 철학을 모른다고 해서 사는 데 불편한 것도 아니다.

철학은 우리는 누구이고, 왜 지금 이렇게 살고 있는가를 끊임없이 따져 묻는다. 당연히 철학은 삶과 세계를 구성하는 본질들과의 대면이다. 철학자들이 일견 자명한 것들마저 자명하게 여기지 않고 그걸 따져 묻는 까닭도 그 안에 본질들이 숨어 있기 때문이다. 몰라서 묻는 게 아니다. 새롭게 사유하기 위함이다. 철학은 관습이라는 껍질을 벗겨내고 주체로 하여금 제 생각을 키워가도록 돕는다. 철학은 본질적으로 앎을 지향하고, 앎에서 길어낸 지혜를 먹고 살아가는데, 이때 그 모든 동력이 생각함에서 나온다. 군이 철학자로 살 필요는 없고 그렇게 살 수도 없다. 생각함의 바탕 위에 삶을 세우되, "인생의 취약성과 예측 불가능성, 우연성을 직시하고"(줄리언 바지니, 앞의 책) 가치를 향하여 선 존재로 사는 게 중요하다. 데이비드 흄

이 했다는 말을 기억하자. "철학자가 되라. 하지만 당신의 그 모든 철학의 한복판에서 여전히 인간으로 있으라."

『일상의 모험』을 읽고 철학자 서동욱을 주목했다. 시작도 끝도 없는 것, 지루하고 하찮은 것, 욕망의 유예와 행복의 지연으로 진부한 지옥의 얼굴을 하고 있는 바로 그것. 앙리 르페브르가 "혁명의 장애물·둑·난간"이고 "실패의 원인이자 결과"라고 말한 그것. 진리와 구원이 없는 부재와 목마름의 자리. 서동욱은 바로 그 '일상'의 구체적인 맥락들, 즉 소통, 잠, 자기기만, 유령, 관상술, 얼굴, 패션, 웰빙, 이름, 분열증의 문학, 애무의 글쓰기, 해방의 글쓰기, 노스탤지어, 춤, 예언 따위에 철학의 빛을 비춰 그것들을 의미의 층위로 끌어낸다.

철학을 만나기 전에 먼저 알아야 할 것들이 있다.『철학 연습』은 철학을 향한 첫걸음을 떼려는 사람에게 유용한 도움을 준다. 철학자 서동욱은 난삽한 '현대' 철학의 장안으로 들어가기 전에 '준비 운동'을 시킨다. 그래서 스피노자, 키르케고르, 니체, 프로이트의 세계로 안내한다. 스피노자는 당대 사람들이 잘 빠졌던 미신과 미신 예속에 대해 숙고한다. 키르케고르는 마음 안에 도사린 '불안'이라는 심리적 경험을 따져 그 의미를 밝혀낸다. 아울러 실존, 반복, 신앙심에 대해 알아야 뒤에 오는 '실존주의'를 제대로 알 수가 있다.

니체는 기독교와 플라톤에서 시작된 서양의 가치체계를 해머로 부수고 다시 세운다. 신은 죽었다고 선언하고, '차라투스트라'라는 가상의 예언자를 창조하고, 의지, 힘, 영원회귀, 넘어선 사람〔위버멘쉬〕, 노예도덕과 주인도덕에 대해 깊이 사유했다. 들뢰즈와 푸코 같은 프랑스의 스타 철학자들이 존경하고 따르는 철학자다. 프로이트는 우리 안에 있는 '무의식'이라는 신대륙을 발견한다. 무의식에 억압된 성욕, 은폐 기억, 트라우마 등을 들여다보면 우리가 누구인가를 알 수가 있다고 말한다. 프로이트는 그 이름만으로 하나의 학문으로 정착한다.

이어지는 하이데거, 사르트르, 메를로퐁티, 레비나스, 레비스트로스, 자크 라캉, 푸코, 질 들뢰즈, 자크 데리다 등은 20세기 철학 전성기를 구가한 스타 철학자들이다. 철학에 무지한 사람들조차 이들 중 몇 사람은 낯익을 것이다. 하이데거는 존재, 사르트르는 실존과 존재, 메를로퐁티는 몸, 레비나스는 타자, 자크 라캉은 욕망과 무의식, 들뢰즈는 차이의 존재론, 레비스트로스는 신화 연구, 자크 데리다는 해체와 '차연'에 대해 독보적인 사유를 끄집어낸다.

들뢰즈는 그 어떤 철학자보다 더 중요한 위상을 가진 현대 철학자다. 서동욱은 들뢰즈의 '차이'라는 개념을 알아듣게 설명한다. "천 갈래로 길이 나 있는 모든 다양체

들에 대해 단 하나의 똑같은 목소리가 있다. 모든 물방울
들에 대해 단 하나의 똑같은 바다가 있다.”(들뢰즈, 『차이와
반복』) 너와 나는 다르고, 이 다름은 차별의 근거가 아니라
존중되어야 할 가치다. 차이와 차별은 그 뜻이 다르다. 차
별은 위계적이지만, 차이는 위계적 질서가 없는 다양성이
다. 차별이 인종주의의 뒷배라면 차이는 공존의 윤리 속
에서 평등과 평화 세계를 구축하는 데 기여한다. 이걸 다
설명하려면 한이 없다.

　‘존재와 무’는 오랫동안 철학적 사유의 핵심이었다.
철학자들은 왜 존재하는 것은 존재하고 무(無)가 아닌가
라고 묻는다. 존재와 무는 한 몸으로 된 쌍생아 같은 무
엇이다. 존재는 무를 향하고, 무는 존재를 물고 있다. 그
래서 하이데거는 “존재하는 것 스스로 존재하지 않을 수
도 있다는 무에 대한 가능성을 알려오고, 이와 같은 가능
성 속에서만 존재하는 것으로서 그 자신을 알려오는 것
이다”라고 말하는 것이다. 사람은 무에서 태어나고 무로
돌아간다. 따라서 무는 존재의 일부일 뿐만 아니라 존재
자체를 규정하는 본질이다. 철학은 삶의 구체적 맥락에
서 발현될 때 그 힘과 의미가 또렷해진다. “지금 무슨 일
이 일어나고 있어, 그게 무엇인지는 아직도 잘 몰라”, 혹
은 “난 여기 없어, 이건 우연이 아니야”라는 노랫말들(브
랜드 포브스 외, 『라디오헤드로 철학하기』), 그리고 옷, 춤, 음식,

웃음, 브랜드, 유행, 코미디, 영화 따위가 다 철학의 재료들이다. 〈아바타〉라는 영화를 보고 복제된 것과 진짜의 차이는 무엇인가라는 철학적 의문을 품을 수도 있다. 서동욱은 돈, 사랑, 신체, 관상술, 터치스크린 같은 주제들에 대해 오늘의 철학은 어떻게 사유하는지를 안내한다. 이 철학 가이드의 뒤를 따르다 보면 어느덧 성큼 철학의 중심에 발을 들여놓는다.

서동욱, 『일상의 모험』, 민음사, 2005

서동욱, 『철학 연습』, 반비, 2011

줄리언 바지니, 『빅 퀘스천』, 문은실 · 이윤 옮김, 필로소픽, 2011

이유선, 『아이러니스트의 사적인 진리』, 라티오, 2008

브랜드 포브스 외, 『라디오헤드로 철학하기』, 김경주 옮김, 한빛비즈, 2012

『천 개의 고원』을 다시 펼치며

푸코는 "20세기는 언젠가 들뢰즈의 세기로 기억될 것이다"라고 말했다. 바로 그 철학자 질 들뢰즈는 1925년 1월 18일 프랑스 파리에서 태어났다. 아버지는 엔지니어였고, 형은 독일군 점령 기간 동안 레지스탕스에 참여했다가 체포되어 아우슈비츠로 향하는 기차에서 사망했다고 한다. 소르본 대학 철학과를 졸업하고, 1948년 철학으로 교수 자격을 취득한다. 리옹 대학 강사를 거쳐서 1970년 파리 제8대학 교수가 되었다. 대학에서 철학·문학·과학을 강의하고 1987년 퇴임한 뒤로 줄곧 좌파 이념에 힘을 보태는 집필과 방송 활동을 이어갔다. 여행을 별로 하지 않았고, 공산당에 가입한 적도 없으며, 현상학자나 하이데거식의 학자도 아니었고, 마르크스를 포기하지도 않았으며, 68혁명을 거부하지도 않았다. 질 들뢰즈는 1995년 스스로 목숨을 끊었다. 아파트에서 투신자살했는데, 아무도 들뢰즈가 왜 자살했는지 그 이유를 명확하게 설명할 수 없었다.

　노쇠와 질병으로 인해 제 존재를 제 의지대로 제어하고

움직일 수 있는 권력이 고갈되었다고 판단한 철학자는 제 삶을 잇는 것에 아무런 의미도 느끼지 못했을 수도 있다. 삶은 가사(假死) 상태에 이르렀고, 인공호흡기와 인공폐에 의지해 생명을 연명하는 것이 구차하다고 생각했을지도 모른다. 어쨌든 늙고 병들어 겨우 인공호흡기에 의지해 숨을 쉬던 들뢰즈는 남은 힘을 모아 아파트의 창문을 열고 제 몸을 던짐으로써 생명의 최저주의에 불시착한 삶을 마감한다. 이 죽음은 완만한 죽음에 대한 가차 없는 단절이라는 점에서 급진적인 탈영토화의 한 사례다.

질 들뢰즈의 책들을 찾아 읽기 시작한 지 10년이 훌쩍 지났다. 그런데도 여전히 내 사유는 들뢰즈가 펼쳐낸 철학적 사유의 언저리에 머물고 있다. 철학은 생각함에서 시작하고, 그 생각함은 낡은 개념들에서 새 개념들을 만들어내는 것을 목표로 삼는다. 개념들은 이름 짓기이고, 개념들은 현실의 가능태가 되는 한에서 새롭다. 개념은 어떤 사안, 역사의 문제들에 대한 역학과 정향을 담는데, 이때 앞선 것들에 대한 변이와 전복의 특이성을 성분으로 삼을 때 새로운 철학의 자리에 안착한다. 철학자들은 개념의 창안자로서 동판 위에 제 이름을 새김으로써 철학사에 이름을 남긴다. 들뢰즈는 리좀, 노마디즘, 기관 없는 신체, 욕망하는 기계, 탈영토화, 재영토화 따위의 개념들을 철학사에 등재한다. 나는 들뢰즈에게 새롭게 사유하는 법을 배웠다. 일례로, 중화중심주의와 영웅사관, 그리고 국가라는 일자 중심의 사유체계 위에서 성립한 『삼국지』보다는 무수히 많은 입구와 출구, 탈중심화, 분자적 탈주선들을 보여주는 『서유기』에서 사유의 심연을 경험할 수 있다. 『천 개의 고원』을 읽은 뒤에 나는 왜 『서유기』가 『삼국지』보다 더 위대한 소설인가를 깨달았다.

들뢰즈가 젊은 펠릭스 가타리를 끌어들여 공저한 『천 개의 고원』에서 영토성, 탈영토화, 재영토화의 개념들이 나오는 대목을 보자.

> 탈영토화의 여러 운동과 재영토화의 여러
> 과정은 끊임없이 가지를 뻗고 또 서로를
> 받아들이고 있다. 어떻게 이들 사이에 상호
> 관련이 없다고 할 수 있겠는가? 서양란은
> 말벌의 이미지를 만들고 말벌을 본뜨면서
> 탈영토화하지만, 말벌은 이 이미지 위에서
> 재영토화된다. 한편 말벌은 서양란의 생식
> 장치의 한 부분이 됨으로써 탈영토화되기도
> 하지만, 서양란에 꽃가루를 옮김으로써
> 서양란을 재영토화한다.

영토란 동물들이 삶의 터전으로 삼는 장소를 말한다. 호

랑이나 늑대, 멧돼지나 개들, 어떤 조류들은 제 분비물이
나 냄새, 소리 따위로 특정 장소가 제 구역임을 선포하고,
다른 동물 개체가 그 장소 안으로 들어왔을 때 가차 없이
응징한다. 이것이 영토화 개념이다. 어떤 이유에서든지 영
토를 버리고 떠나는 것은 탈영토화이다. 그리고 기왕의 영
토가 아니라 다른 곳에 제 영토를 만들 때 이를 재영토화라
고 한다. 서양란은 말벌을 본뜨면서 탈영토화하고, 말벌은
이 이미지 위에서 재영토화를 이룬다. 말벌과 서양란 상호
간의 모방은 미메시스, 의태(擬態), 속임수라는 방식으로
이루어지는데, 이때 서양란의 말벌 되기, 혹은 말벌의 서
양란 되기는 서로 탈영토화하면서 동시에 재영토화를 꾀
하는 운동들이다. 이렇듯 『천 개의 고원』은 무수한 개념
들이 창안되고 이 개념들이 춤추는 고원들이다.

　들뢰즈는 무엇보다도 현존을 꿰뚫고 지나가는 '차이'
에 대해 사유한 철학자라고 할 만하다. 존재들, 혹은 사물
들 사이의 무수한 '차이'는 존재와 사물의 본질을 규정하
는 근원적 요소다. 들뢰즈는 '차이'를 "궁극적 단위"라
고 말하며, "유사성, 동일성, 유비, 대립 등은, 근원적 차
이 혹은 차이의 근원적 체계의 결과나 생산물로서 외에는
더 이상 다른 것으로 고려되지 않는다"(들뢰즈, 『차이와 반
복』)라고 말한다. 모든 생명체는 그 자체로서 차이화의 과
정에 지나지 않는다. 닮은 것들은 오직 다름[차이]으로 인

해 닮는다. 그러니까 다름〔차이〕만이 서로 닮음을 인증하는 관계가 성립한다. 삶은 끊임없는 반복으로 이루어지는데, 이 반복은 동일한 것의 반복이 아니라 바로 '차이'의 반복이라는 게 들뢰즈의 생각이다. 연극, 오페라, 교향곡도 공연이나 연주할 때마다 그 시간이 다르고, 재현 방식에서도 차이가 난다. 동일한 반복이란 존재하지 않는다. 반복은 항상 차이를 전제로 한 반복이다. 종(種)과 유(類)로서 인류 역시 생명과 죽음을 반복하지만, 그 반복은 동일한 것으로서의 반복이 아니라 차이를 머금은 반복이다.

『천 개의 고원』은 들뢰즈가 펠릭스 가타리와 손잡고 『안티 오이디푸스』를 내놓은 지 8년 만인 1980년에 두 번째로 세상에 펴낸 책이다. 1천 쪽이 넘는 국역본 책을 미욱하게 다 읽고 난 뒤 망치로 머리를 얻어맞은 듯했다. 그 난해함에서 생긴 어지럼증을 한동안 수습할 수가 없었다. 쥐뼘만 한 앎의 체계가 으깨졌으니, 누가 나를 가리켜 섭치라거나 쩨마리라고 손가락질해도 변명의 여지가 없었다. 『천 개의 고원』은 '고원'들에 관한 책이다. "고원은 중간에 있지 시작이나 끝에 있지 않다. 리좀은 고원들로 이루어져 있다." 들뢰즈와 가타리는 각각 다른 연호(年號)를 가진 열다섯 개의 고원을 탐색한다. 그 열다섯 개의 고원들은 진화, 기호, 신체, 전쟁, 국가, 기술 따위의 다양한 주제들을 다룬다.

　　그렇다면 뇌처럼 미세한 균열들을 가로질러
서로 소통하는 책, 고원들로 이루어져 있는
책에서는 무슨 일이 일어날까? 표면적인
땅밑줄기를 통해 서로 연결 접속되어 리좀을
형성하고 확장해가는 모든 다양체를 우리는
'고원'이라고 부른다. 우리는 이 책을 일종의
리좀으로 기록했다. 우리는 이 책을 고원들로
구성했다. 우리는 이 책이 순환적 형식을
갖도록 했지만, 그것은 웃자고 그랬던 것이다.
매일 아침 일어나서 우리는 각자 어떤 고원들을
선택할 것인지를 경험했으며, 여기 다섯 줄,
저기 열 줄을 쓰곤 했다. 우리는 환각을
경험했으며, 작은 개미 떼 대열 같은 선들이 한
고원을 단념하고는 다른 고원을 얻기 위해서
나아가는 것을 보았다.

　『천 개의 고원』의 서문으로 나오는 리좀에 대한 풀이는
새롭고, 기발하고, 다소 놀랍기까지 했다. 리좀을 넘어 다
음 고원으로 넘어갈 때마다 나는 곤경 속에서 헤매기 시
작했다. 이진경의 『노마디즘』을 시난고난하며 서너 번

읽고 난 뒤에야 겨우 맥락을 잡을 수가 있었다. 서동욱의
『들뢰즈의 철학』, 이정우의 『천 하나의 고원』, 『들뢰즈와
정치 ― 안티외디푸스와 천의 고원들의 정치철학』 등에서
도 도움을 얻었다.

『천 개의 고원』의 난해함은 지식의 방대함, 그것을 바
탕으로 자유자재로 빚어서 쓰는 개념들의 낯섦과 발상의
독창성에서 비롯한다. 이진경이 '잡학'이라고 말한 지식
의 방대함은 정신분석학, 철학, 문학, 언어학, 신화학, 민
속학, 동물행동학, 경제학, 고고학, 음악, 미술사, 물리
학, 분자생물학, 수학 등으로 방사선을 그리며 펼쳐진다.
들뢰즈의 '잡학'은 얕고 넓게 퍼져 있는 지식이 아니다.
그것은 심층이고, 다의적이며, 불명료성으로 세상을 품
는다.

아무튼 나는 『천 개의 고원』에 대한 깊은 인상과 형이
상학적 울림에서 한동안 헤어나지 못했다. 니체, 스피노
자, 칸트, 베르그송, 프루스트 등을 가로와 세로로 뛰어
넘는 들뢰즈의 책들을 읽으며 그 어느 때보다도 책 읽기
의 번뇌와 기쁨을 동시적으로 느꼈다. 감히 나는 '들뢰지
언'이라고 말할 수 있다. 내가 읽은 들뢰즈와 가타리가 공
저한 책은 『철학이란 무엇인가』(현대미학사, 1995), 『소수
집단의 문학을 위하여 ― 카프카론』(문학과지성사, 1992) 등
이 있고, 들뢰즈가 단독으로 쓴 책은 『의미의 논리』(한길

사, 1999), 『감각의 논리』(민음사, 2008), 『니체와 철학』(민음사, 2001), 『프루스트와 기호들』(민음사, 2004), 『주름—라이프니츠와 바로크』(문학과지성사, 2004), 『스피노자와 표현의 문제』(인간사랑, 2003), 『푸코』(중원문화, 2010), 『칸트의 비판철학』(민음사, 2006) 등이 있다.

질 들뢰즈·펠릭스 가타리, 『천 개의 고원』, 김재인 옮김, 새물결, 2001

질 들뢰즈, 『차이와 반복』, 김상환 옮김, 민음사, 2004

서동욱, 『들뢰즈의 철학』, 민음사, 2002

우노 구니이치, 『들뢰즈, 유동의 철학』, 이정우·김동선 옮김, 그린비, 2008

제임스 윌리엄스, 『들뢰즈의 차이와 반복—해설과 비판』, 신지영 옮김, 라움, 2010

일기는 하루치의 역사다

같은 시기에 나온 두 유명인의 일기를 흥미롭게 읽었다. 수전 손택의 『다시 태어나다』와 지그문트 바우만의 『이것은 일기가 아니다』가 그것이다. 두 일기는 여성과 남성, '나'와 '우리', 차가운 이성의 통찰과 뜨거운 감성의 참여라는 차이가 또렷하다. 손택이 일기에서 사적 비밀들을 주르륵 펼친다면, 바우만은 신생의 사건들을 겪는 동시간성의 세계에 대한 보고서를 쓴다. 손택이 사적인 것에 대한 사유를 통해 공적 가치에 가 닿는다면, 바우만은 사적인 것을 배제한 공적 의제를 다루면서 세계의 균열들로 스민 제 사유의 무늬를 드러낸다.

먼저 『다시 태어나다』에 대해. 손택은 에세이스트, 평론가, 문화비평가, 영화감독, 연극연출가, 사회운동가로 미국 지식인 사회가 '뉴욕 지성계의 여제(女帝)'로 꼽기를 주저하지 않는 사람이다. 2004년 12월 28일, 혈액암으로 죽은 뒤 100여 권이 넘는 일기장을 저술가인 외아들 데이비드 리프가 편집해서 책으로 엮는다. 그중에서 14세에서 30세까지의 일기들이 먼저 나왔다. 리프는 모두에게 상처가 될 수 있는 뾰족한 것은 깎아내고, 들춰서는 안 될 것들은 삭제하고, 문제가 될 수 있는 실명은 익명으로 처리한다. 아들로서 군이 알지 않아도 될 이야기들, 고통을 주는 이야기들, 다른 사람들은 몰랐으면 하는 것들, 사적인 비밀들로 가득 차 있는 일기들에 대해 편집자로서 '검열'을 했다는 뜻이다.

그럼에도 일기는 사랑과 성애의 경험들, 동거, 동성애, 주변 인물들에 대한 신랄한 평가, 폭풍이 휘몰아치듯 펼쳐지는 책 읽기 편력, 지적인 것을 향한 격정을 펼쳐낸다. 거기에 유별난 자아도취, 야심에 가까운 성취 욕구, '자기 폭로적'인 내용들을 날것 그대로 더 보탠다. 마치 세상의 위대한 문학작품들은 다 읽고, 세상의 좋은 음악들은 다 듣고, 세상의 훌륭한 그림들 다 찾아볼 기세를 보이는 어린, 혹은 젊은 손택은 공개할 의도 없이 '일기'를 써 내려갔을 것이다. 이것은 늘 '책 좀 작작 읽어라'라고 애원하던 양아버지 밑에서 자란 재능이 많은 소녀의 지적 모험기이고, 자아도취적인 여성의 갈망과 놀라운 자신감, "통제할 수 없는 욕망의 발작"들을 여과 없이 보여주는 내밀한 자서전이다.

손택이 열여섯 살이던 때, 버클리 소재 캘리포니아 주립대학에 들어간 1949년 2월 19일의 일기는 이렇다. "난 글을 쓰고 싶다. 나는 지적인 환경에서 살고 싶다. 음악을 많이 들을 수 있는 문화의 중심에서 살고 싶다. 이 모든 것과 그 이상을 원한다." 열여섯 때 이미 지적인 환경과 지적인 직업에 대한 확고한 소신을 드러낸다. 같은 해 4월 6일의 일기는 이렇다. "남성과의 육체관계는 생각만 해도 굴욕적이다." 한 남자와 처음으로 키스를 나누고 기대에 못 미친 그 경험의 멍청함과 누추함을 되돌아보며 자신이 '양성애자'라는 의식을 되새긴다. 이 무렵 일기는 유별나게 지적 성향을 가진 소녀의 독백과 자의식으로 채워져 있다.

손택은 "기나긴 누추함과 평범함에 지나지 않는" 삶에 대한 보상으로 책 읽기와 글쓰기, 강연들을 찾아가 듣기, 토론 같은 지적인 활동에 몰입하고, 몸의 신성함과 동시에 항상 욕망에 사로잡혀 있는 자기 정체성에 대한 치열한 탐색을 한다. 더 큰 존재로 도약하고자 하는 열망은 곧 자아를 둘러싼 무지와 평범의 껍질을 벗고 "다시 태어나는" 것과 같은 뜻이리라. 일기는 고통이라는 날줄과 야심이라는 씨줄을 엮어 생이라는 피륙을 짜는 일이다. 손택은 일기에 "다시 이야기되는 시간 속에서 나는 다시 태어난다"라고 의미를 부여한다. 1957년 12월 31일, 다시 한 번 일기 쓰기에 대해 언급한다. 일기는 "사적이고 비밀스러운 생각들을 담는 용기" 그 이상이다. "나는 나 자신을 창조한다. 일기는 자아에 대한 나의 이해를 담는 매체다. 일기는 나를 감정적이고 정신적으로 독립적인 존재로 제시한다." 손택에게 일기 쓰기는 자기 '고백'을 넘어서서 '자기의 창조'였던 것이다.

『이것은 일기가 아니다』에 대해. 바우만은 먼저 글쓰기에 대한 중독을 고백한다. '일기' 쓰기는 이 중독과 관련이 있다. 글쓰기는 이 세계가 그에게 부과한 자기 몫의 노동이다. 글을 쓰지 않고 흘려보낸 날이 있다면, 하루를 '낭비'한 것이고, 제 몫의 책임을 다하지 못한 탓에 사람들을 '배신'한 것이다. 그는 "'하루 복용량'과도 같이 매일 써야 할 글의 양이 있고 이를 채우지 못할 경우 극심한 고통과 고뇌에 빠지는" 사람이다. 그 고통에서 벗어나기 위해서라도 날마다 '일기'를 쓰듯 글을 쓰는 것이다.

여든여덟 살을 맞은 이 노회한 사회학자는 날마다 사건이 터지고, 다양한 의제를 내놓는 세계를 관조한다. 이 사안들에 제 생각을 보태 서재에서 '일기'를 쓰듯 글을 쓴다. 엄밀하게 말하자면, 사적인 것들, 자아와 감정상의 굴곡들, 시시콜콜한 신변잡기가 휘발되어버린, 바우만식의 공적 사유로 일관하는 '일기'는 일기가 아닐 것이다. 바우만은 가상의 영원함, 평균, 멀티태스킹, 분노할 권리, 전쟁을 끝내기 위한 전쟁, 존경과 경멸, 불평등, 사회적인 것의 재사회화, 민주주의, 풍요로운 소비와 메말라가는 지구, 정의와 정의로움을 인식하는 방식, 인터넷의 익명성과 무책임, 편들지 않음으로부터 오는 축복과 저주, 페이스북의 내밀함과 외밀함, 기적이지만 대단치는 않은 기적, 아메리칸 드림 따위에 대해 글로 쓴다. 공적인 의제들이 부분을 감싸는 큰 테두리로서 개개인의 삶에 영향을 미친다는 점에서 사적 세계와 연관이 없는 것은 아닐 테다.

바우만은 2010년 9월 12일의 '일기'에서 초강대국의 파산에 관해 쓴다. 이슬람 원리주의자들의 테러, 즉 '오사마 빈 라덴과 그의 광신도들'에 대한 징벌적 전쟁이던 이라크전은 미국의 무모함과 어리석음을 잘 드러낸 사건이다. 테러리즘에 아무 영향도 끼치지 못한 그 전쟁에 미국은 7조 5천억 달러를 퍼붓는다. 그 돈을 4,500명의 미국 국민과 10만 명 이상의 이라크인을 죽이는 데 쓴 것이다! 이라크전에서 보인 미국의 불합리하고 경솔한 무책임에서 빚어진 사태는 엄청나다. 이 전쟁은 "서브프라임 모기지, 집값의 거품 상승, 월가의 조작과 폐해들", 미국인들의 삶에 끼친 부정적인 영향들, 이 밖에 또 다른 부수적 피해를 낳은 원인이다. 미국 연방 부채가 천문학적으로 늘고 이자도 덩달아 늘어난다. 채권자들이 미국 부채를 한꺼번에 팔아치운다면 세계 경제는 곧 '아마겟돈'을 맞을 것이다. '파산'에 직면한 미국을 두고, 바우만은

"로마 정복자들이 피정복자들의 문화에 오히려 흡수돼 삼켜지고 융화된 것과 같은 끔찍한 '그리스화 효과'가 다시 되풀이되는 것인가?"라고 적는다.

　두 유명한 이의 일기는 직관과 개성, 살았던 시대와 장소, 미와 윤리적 기준, 정치적 소신의 차이만큼 다르다. 한 사람이 미시적이라면, 다른 한 사람은 거시적이다. 그 차이에도 불구하고 두 일기는 날마다 겪는 감정과 자아의 역사이고, 세계에 대한 증언이라는 점에서 한 맥락 안에 있다. 범박하게 말하자면, 일기를 쓰는 사람은 누구나 자기 역사를 쓴다. 백 사람이 쓴 일기는 백 개의 역사다. 손택의 일기가 '나'의 자서전이고 비망록이라면, 바우만의 일기는 사건으로서의 '세계'에 대한 논평이고 객관적으로 써 내려간 일지다. 두 사람은 자신의 방식대로 정직한데, 그 정직함을 손택은 욕망의 방식으로, 바우만은 분노의 방식으로 표출하고 있다.

수전 손택 지음, 데이비드 리프 엮음, 『다시 태어나다』, 김선형 옮김, 이후, 2013
지그문트 바우만, 『이것은 일기가 아니다』, 이택광 · 박성훈 옮김, 자음과모음, 2013

사람으로 사는 것의 비루함에 관하여

김훈의 『흑산(黑山)』은 『칼의 노래』, 『현의 노래』, 『남한산성』에 이은 네 번째 역사소설이다. 장엄한 기운으로 충만한 문체는 역사소설에 잘 어울린다. 김훈이 역사를 취할 때 그의 수사학은 수일함으로 드러난다. "고독한 남성 영웅의 멜랑콜리"(공임순)를 다루었던 『칼의 노래』가 김훈의 역사소설이 찍은 정점이라면, 『흑산』은 문장의 밀도가 높고 단숨에 읽히는 미덕이 있지만, 문학적 성취는 전작에는 미치지 못한다.

밥에 기대 목숨을 잇는 일의 비루함과 몸이 감당하는 산 자의 고통은 통렬한 문장을 얻지만, 작중인물의 유기적 관련이 느슨하고, 사람과 사람 사이에 작동하는 이치와 심리에 대한 통찰은 그 이전에 이룬 것을 넘지 못한다. 무엇보다도, 김훈은 계통과 질서가 무너진 현실 앞에서의 허무주의, 남성 중심주의, 밥과 존재의 비루함을 맞바꾸어야 하는 삶의 곤혹을 동어반복하고 있어서 지루하다.

『흑산』은 왕정은 문란하고 하천(下賤)의 현실은 지리멸렬해진 시대에 천하고 여린 자들이 세상의 낡음 너머를 꿈꾸다 치죄당하는 이야기다. 하천들은 눌리고 찢긴 삶에 진절머리를 치다가 새로운 세상을 소망한 '죗값'으로 살이 터지고 피가 사방으로 튀며 뼈가 바수어지고 끝내 목이 잘려 강물에 내던져진다. "군왕을 능멸하고 신주를 불살라서 제사를 폐하고 허환(虛幻)에 씌어서 삶과 죽음을 구분하지 못하고 미친 듯 취한 듯 울부짖고 서캐처럼 알을 까고 뱀처럼 감아서 한사코 죽을 자리로 몰려가고 있구나." 징세의 무거움과 뇌물의 성행, 관리들의 수탈은 가혹했으니, 이는 왕정의 문란함에서 비롯된 것이다.

봄에 꿔다 먹은 관곡을 가을 흉작으로 갚지 못했다고 해서 왕정의 수족이요 말단인 아전들이 백성에게 저지르는 작태 속에도 그 문란함은 고스란히 전시된다. "아전들이 쇠붙이를 들어내고 마소를 끌어가고 닭과 염소를 몰아가니, 연기 끊긴 굴뚝마다 쥐들이 들끓고 강물 철썩이는 소리 위에 통곡 소리가 낭자" 했던 것이다. 하천들의 꿈은 천주교 교리에 실려 민간에 들불처럼 번져나가는데, 왕정은 이를 사학의 요설이라 단정해서 금하고 위반하는 자를 붙잡아 단죄한다.

새로운 세상을 꿈꾼다는 것은 내면에 개변(改變)과 전복(顚覆)의 에너지가 차오를 때만 가능하다. 이것은 불온함이다. 이 불온함으로 왕정의 심사를 거스르고 불편하게 했으니 이들을 향한 왕정의 박해는 당위를 갖는다. 결

국 묵은 권력을 지키려는 자와 묵은 권력 너머 새로운 현
실을 꿈꾸는 자들 사이에서 현실은 아비규환의 지경에 이
른다. 김훈은 배교와 순교의 틈바구니에서 찢기고 깨지며
그 아비규환을 감당하는 역사의 풍경을 그려낸다.

『흑산』에는 딱히 주인공이 없다. 정약전, 황사영, 마노
리, 박차돌, 강사녀, 길갈녀, 아리, 김개동, 육손이, 조풍
헌……들은 저마다 어지럽고 미천한 시대의 배경으로 의
연할 따름이다. 정약전은 '사학죄인(邪學罪人)'으로 먼 뱃
길을 건너 흑산도에 유배당한다. 정약전은『흑산』의 중요
한 삼인칭 관찰자 시점의 인물이지만, 그 개별성으로 서
사의 축을 감당하지는 않는다. 오히려 의금부에 끌려가
신문을 받으며 곤장을 맞을 때 의식이 아니라 의식이 실
리지 않은 몸이 서사를 이끌고 소설적 전언을 나른다.

　　곤장 삼십 대 중에서 마지막 몇 대가 엉치뼈를
　　때렸다. 그때, 캄캄하게 뒤집히는 고통이
　　척추를 따라서 뇌 속으로 치받쳤다. 고통은
　　벼락처럼 몸에 꽂혔고, 다시 벼락쳤다. 이
　　세상과 돌이킬 수 없는 작별로 돌아서는
　　고통이었다. 모든 말의 길과 생각의 길이
　　거기서 끊어졌다.

　말의 길과 생각의 길이 끊어진 자리에 매질로 널브러진 몸이 있다. 이 몸이 현존으로 받아야 하는 것은 의미를 잉태할 수 없는 삶의 암담함과 허무주의다.

　정약전은 흑산의 바닷가에서 생과 몰의 무의미함, 뜻을 세우는 것의 덧없음으로 허무주의에 이르는데, 이 허무주의는 곧 소설가의 허무주의다. 김훈은 고통의 극한으로 치닫는 매질이 지식인의 내면 형질을 어떻게 바꾸고 세상의 변동과 연계되는지를 따지지 않는데, 이는 자신의 허무주의 때문이다. 정약전은 저의 가엾음으로 세상의 가엾음을 끌어안고 받아들이지만, 사건의 필연성에 굳게 서지 않음으로 서사의 근간 속에서 존재성이 희미하다.

　섬의 여자 순매가 정약전의 식생활을 돌보고 몸으로 그의 지난함과 외로움을 감싸고 위로하는데, 정약전은 제 존엄성으로 그것들을 받는다. 허나 그 존엄성은 제 인간됨에서 바쳐지지 않고 남성으로 태어나고 지식 계층으로 자랐다는 사실에 의탁한 존엄성에 지나지 않는다. 그에 반해, 순매는 온갖 궂은일을 다 하면서도 남성에 종속되어 욕망의 결핍을 채워주는 존재에 그친다. 『칼의 노래』, 『현의 노래』, 『남한산성』에서 보여준, 여성이 인격적 개별성을 갖지 못한 채 남성의 성적 종속물로서만 그 의미가 드러나는 김훈의 저 도저한 남성 중심주의가 여지없이 노출되는 것이다.

삶의 비루함은 실존의 잔혹한 진실로써 도드라지는데, 남을 죽음에 이르게 한 대가로 제 생명을 이어가는 것에서 번득인다. 천주교인을 염탐하고 밀고하는 악인 박차돌은 가장 발랄한 개별성을 부여받은 존재일 테다. 그는 제 목숨을 건지고자 누이를 밀고해서 형문 중에 장살에 이르게 한다. "누이의 목숨을 끊어줌으로써 누이는 죽고 자신은 살아서 누이와 함께 이승과 저승에 바쳐야 할 고난의 몫을 나누어 감당한 것이라는 생각에 박차돌은 혼자서 안도했다." 그 안도감이야말로 비루함을 감당한 것에 대한 최소한도의 보상일 테다. 박차돌은 사람이 아니라 타락한 세상에 구애를 하고 그 편에 섬으로써 비루함으로 그 목숨을 겨우 잇는다. 목숨의 엄연함 앞에서 그 비루함은 불가피한 것이다. 그게 겨우 존재하는 이가 감당해야 할 사람의 일이니까.

왕정은 저의 어지러움과 문란함은 돌아보지 않고 이 서학의 헛것에 홀려 왕정을 문란하게 만드는 자들을 색출하고 신문한다. 묵은 진리를 수호하려는 왕정 권력과 새 진리를 좇는 사학 무리는 쫓고 쫓기는 관계, 베고 베임을 당하는 관계이다. 이런 구도 속에서 벌어지는 이야기는 겨우 살아서 숨 쉬고 밥 먹는 불온한 것들의 존재론을 드러낸다. 현실을 현존으로 떠받치는 것은 먹고 배설하는 몸이다. 이 몸을 살게 하는 게 바로 밥이다. 김훈의 소설은 입으로 들어오는 밥과 이것이 오장육부 속에서 소화되어 똥과 오줌이 되어 나가는 바를 꼼꼼하게 살핀다. 『흑산』 에 나오는 조정에 올리는 소장도 밥에 관한 이야기로 질펀해진다.

> 무릇 배고픔을 면하자면 오직 먹어야 하는데,
> 하고많은 끼니 중에서도 지금 당장 먹는
> 밥만이 주린 배를 채워줄 수가 있습니다.
> 아침에 먹은 밥이 저녁의 허기를 달래줄 수
> 없으며, 오늘 먹는 밥이 내일의 요기가 될 수
> 없음은 사농공상과 금수축생이 다 마찬가지일
> 것입니다. 똥이 되어 나간 밥이 창자를
> 거슬러서 되돌아올 수 없으므로, 눈앞에 닥친
> 끼니의 밥과 지금 당장 목구멍을 넘어가는
> 밥만이 밥이고 지나간 끼니의 밥은 밥이 아니라
> 똥입니다.

묵은 생명들은 흘러가고 새 생명들이 새로운 세상을 이룰 것인데, 그때에도 생명을 감당하는 건 밥일 테다. 그 밥이 뭇 생명들에게 평등하게 고루 돌아가는 세상만이 의로울 것이다. 100년 전 사학죄인이 먹던 밥이나 지금 내가 먹는 밥은 다를 바 없다. 그 밥을 먹고 살아내야 하는 것은 100년 전이나 지금이나 크게 달라지지 않고, 새 생명들이 흘러와서 이룰 새로운 세상의 꿈도 크게 다르지 않다.

김훈, 『흑산』, 학고재, 2011

이토록 조잡한 유토피아

장 보드리야르(Jean Baudrillard, 1929~2007)는 1929년 프랑스 랭스에서 태어난 탈현대 사유의 거장으로 꼽는 철학자이자 문화이론가다. 좌파 이론가인 앙리 르페브르의 지도 아래 박사논문을 쓰고, 낭테르 대학에서 조교로 있으면서 1968년 5월 혁명에 참가했다. 이후 낭테르 대학, 즉 파리10대학에서 사회학과 교수로 재직하면서 강의를 했다. 그의 사유는 복잡하고 내용과 스타일은 난해하다. 1986년부터는 파리9대학인 도핀 대학의 사회경제 조사연구 및 정보연구소 교수로 있었다.

40여 년 동안 여러 책들을 펴내며 탈현대의 사회이론가, 하이테크 사회이론가, 포스트모더니즘의 문화이론가로 명성을 떨친 보드리야르는 2007년 3월 6일 장티푸스로 죽었다. 그가 죽자 프랑스 일간지 《리베라시옹》은 "섹스, 언어, 기호, 상품, 전쟁 등 그 어떤 것도 이 사회학자의 역설적인 분석으로부터 벗어날 수 없었다. 장 보드리야르는 호기심 그 자체였다"라고 죽음을 애도하고 그가 생전에 펼친 사상의 뜻을 되새겼다.

『아메리카』는 20세기 후반기에 아메리카 대륙을 횡단
하며 보고 느낀 것을 적은 미국 문명에 대한 기행문이다.
보드리야르는 제 태생의 조건인 유럽인의 눈으로 초현대
성으로 덧칠된 미국을 본다. 유럽인에게 유토피아는 꿈
이고 이상이고 관념이지만, 미국은 그것을 현실로 빚어낸
다. 미국이 빚어낸 유토피아는 유럽인들에게는 착잡한 역
설이다.

> 우리가 반문화, 의미의 전복, 이성의 파괴와
> 재현의 종언 등 급진적인 기호 아래 꿈꾸어온
> 모든 것, 결코 정말로 실현되어본 적은 없지만
> 유럽에서 그토록 많은 이론적, 정치적, 미학적,
> 사회적 격변들을 풀어놓아 왔던 이 모든
> 반유토피아(anti-utopie), 이 모든 것들이 여기
> 아메리카에서는 가장 단순하고 가장 급진적인
> 방식으로 실현되었다.

유토피아는 물질화할 수 있는 게 아니다. 그것은 관념
으로 존재하는 그 무엇이고, 현실을 가늠하고 평가하는
당위적 표준이고, 현실에서 유통되는 제도와 규범들의 당
위성을 재는 잣대다. 그 유토피아가 현실이 되면 그건 반
유토피아가 되는 것과 마찬가지다. 꿈이 현실이 되면 그

건 더 이상 꿈이 아닌 것과 마찬가지다. 미국의 순진함과 원시성은 바로 이 지점에서 폭발한다. 유럽에서는 '꿈'인 게 미국에서는 '현실'로 물질화하고 실재로 작동한다. 유럽인은 할 수 없었고, '꿈'이기에 감히 시도하지도 않았던 것, 그것을 미국인들은 실재로 만들어버렸다.

그렇게 미국은 20세기를 자기들의 세기로 만들어버렸다. 미국을 동경하고 성공을 꿈꾸는 사람들은 다 미국으로 몰려갔다. 그들 중 일부는 '아메리칸 드림'을 이루었다. 과연 미국은 진짜 낙원이었을까? 그 물음에 보드리야르는 이렇게 대답한다.

> 그것은 낙원일 것이다. 샌타바버라는 낙원이다.
> 디즈니랜드는 낙원이다. 미합중국은 낙원이다.
> 낙원은 그냥 낙원이다. 경우에 따라서는
> 구슬프고, 단조롭고 피상적인. 그러나 이것은
> 낙원이다. 다른 것은 없다.

낙원은 그것이 꿈일 때 아름답지만 현실이 되었을 때 진부해진다. 물질화한 유토피아에는 의미나 정체성, 초월성이나 미학은 어디에도 없다. 건물들은 오로지 "거대한 현대적 수직성"만이 있다. 그것들은 초현대적이고 초기능적이지만 아름다움이나 초월의 숭고함은 찾아볼 수 없다.

관념에 지나지 않은 것을 물질로 빚은 '아메리카'라는 현상은 유럽인의 눈으로 보자면 불가사의할 수밖에 없다. 보드리야르는 디즈니랜드, 자동차 전용도로, 마천루, 속도, 모텔, 광물성의 지표면, 사막 들을 보고 난 뒤 이것들은 단지 "기호들의 영속적인 현실성"을 보여줄 뿐이라고 말한다.

미국은 과거도, 기원도, 창립의 진리도, 시간의 축적도 없이 낙원으로 급조된 나라이다. 초현대성과 속도와 물량적 소비와 절대적 자유에서 그렇다. 미국이 현실로 만들어버린 유토피아의 본질은 "풍요의, 권리의, 자유의, 사회계약의, 그리고 재현의 유토피아"다. 누구나 동경해 마지않는, 그 매혹적인 '유토피아'가 숨긴 진실은 밋밋함과 지루함이다. 캘리포니아는 미국을 대표하는 기표다. 퇴폐의 거울이고, 극사실적인 활력으로 넘치고, 그러나 진짜가 아닌 것. 그게 바로 캘리포니아다.

보드리야르는 캘리포니아에서 "시뮬라크르와 진위불명성의 세계적 장소"를 읽어내고, 그 의미를 "유럽의 절대적 반테제"에서 찾아낸다. "캘리포니아는 아무것도 발명하지 않았다. 그것은 모든 것을 유럽에서 가져와서는, 왜곡되고 의미를 박탈당하고 디즈니랜드의 금박으로 덧칠된 상태로 그것들을 다시 차려냈다." 이게 아메리카다! "꿈도 아니고 실재도 아닌", 할리우드의 영화 세트

장 같은 모사물로서의 유토피아다. 보드리야르가 "극실
재"라고 부른 것, 그것은 "처음부터 마치 실현된 것처럼
체험되어온 유토피아이기 때문에 극실재"이고, 모조된
유토피아에 지나지 않는다.

20세기에 미국은 "세계 권력의 독점적인 중심"으로
제국의 지위를 차지했다. 미국이 제국의 위세를 떨칠 때
내부에서는 자신들이 제국이라는 사실을 부정했다. 21세
기로 접어들며 미국이 쇠락의 기운을 드러내고 "물렁물
렁한 세계 질서, 물렁물렁한 세계적 상황"에서 허우적거
리며 제국의 힘과 광영을 잃자 내부에서 오히려 제국이라
는 주장이 나온다. 이 주장은 과거에 대한 향수, 과거로
회귀하고자 하는 욕망을 보여준다. '제국'과 '유토피아'
는 이미 황혼이다. 보드리야르는 지구상의 유일한 '제국'
이자 '유토피아'가 소실점을 향해 질주하는 장엄한 광경
을 주시한다.

『아메리카』의 국역판은 두 가지가 있다. 처음 1994년
주은우가 번역한 것을 '문예마당'에서 펴낸다. 이 책은
2009년 같은 번역자에 의해서 '산책자'에서 다시 펴내는
데, 변화가 있다. 앞서의 것은 영역판을 옮긴 것이고, 뒤
의 것은 프랑스어판을 옮긴 것이다. 책에 실은 사진도 다
르고 문장이나 내용도 달라졌다. 그 '차이'가 느껴진다.
뒤의 것이 훨씬 의미도 선명하고 잘 읽힌다.

미국 텔레비전에서 웃음은 그리스 비극의
합창을 대체했다. 그것은 가차 없는 것이며,
뉴스, 증권 거래 보도, 그리고 일기예보
외에는 웃음을 아끼지 않는다. 그러나 웃음은
그 강박증의 힘에 의해 레이건의 목소리나
베이루트에서의 해상 재난 뒤에서, 심지어 광고
뒤에서도 계속 들린다. 그것은 우주선의 복도를
배회하는 ‹에이리언(Alien)›의 괴물이다. 그것은
청교도적 문화의 빈정거리는 유쾌함이다. 다른
나라에서는, 웃는 배려는 시청자들의 몫이다.
이곳에서는, 그들의 웃음은 볼거리에 통합되어
화면 위에 운반되어 있다. 웃고 있는 것은
화면이고, 즐기고 있는 것은 화면이다. 당신은
망연자실한 채 있을 뿐이다.

한국의 텔레비전이 공중파를 통해 내보내는 웃음은 문
닫는 자영업자들과 노동쟁의와 청년 실업과 북한 주민
이 처한 굶주림과 비참한 실존 상황, 그리고 ‘88만 원 세
대’가 표상하는 현실의 피눈물 나는 비극들을 대체한다.
이 미디어는 웃음의 강박증에 들려 있는 게 분명하다. 웃
고 있는 것은 텔레비전 화면이고, ‹1박2일› 속에서 좌충
우돌하는 ‘강호동’이다. 텔레비전에서 웃음은 현실의 잔

혹함을 가리는 가림막이다. 나는 '강호동'의 웃음 앞에서 망연자실한 채 있을 뿐이다.

30년이라는 세월이 흐른 뒤 '아메리카'의 현실은 정확하게 '한국'의 현실로 바뀌었다. 지금 한국은 30년 전 미국의 판박이다. 이미지와 미디어가 지배하는 세상에 대해 남다른 통찰력을 보여준 장 보드리야르의 책들을 다시 읽어봐야겠다.

보드리야르는 2002년 9월에 우리나라를 방문했는데, 그때 대중 강연을 통해서 이미지와 기호, 시뮬라크르들이 지배하는 세상에 대해 도덕적이고 철학적인 메시지를 전한다. 보드리야르의 책들이 처음 번역되기 시작한 것은 1990년대 초다. 내가 처음 읽은 책은 『소비의 사회』(문예출판사, 1991)다. 소비가 욕망을 생산하고, 욕망은 다시 소비를 낳는다. 어느덧 '거대 소비사회'로 진입한 우리 현실을 겹쳐 보며 그 책을 읽었다. 아주 건조한 지적 의무감을 갖고 꾸역꾸역 읽었던 기억이 난다.

내가 좋아하는 책은 시적 직관, 통찰의 의외성, 매혹적인 수사, 객관적 거리가 돋보이는 『아메리카』(산책자, 2009)다. 1970년대와 1980년대에 걸쳐 미국을 여행한 보드리야르의 여섯 개의 글, 「소실점」, 「뉴욕」, 「별의 아메리카」, 「실현된 유토피아」, 「권력의 종언?」, 「영원한 사막」으로 이루어져 있다. 롤랑 바르트가 일본을 여행하고 난

겨울

뒤 쏜 『기호의 제국』과 견줄 만큼이나 매력적이다.

장 보드리야르, 『아메리카』, 주은우 옮김, 산책자, 2009

'미국'이라는 타자

오사마 빈 라덴(1957~2011)이 2011년 5월 1일 미국의 군사작전에 의해 은신처에서 사살되었다. 빈 라덴은 아프가니스탄 혁명정부인 탈레반의 보호 속에서 숨어 지내며 무자헤딘 출신의 테러리스트들을 훈련시켜 9 · 11 테러를 주도하며 서방 세계와 맞서 싸운 무슬림이다.

그는 사우디아라비아 리야드에서 건설업으로 막대한 부를 일군 부호의 아들로 태어난 이슬람 원리주의자였다. 1979년 소련이 아프가니스탄을 침공하자 이슬람구제기금(al-Qaeda)을 만들어 탈레반에 자금과 훈련을 지원하고, 1988년 알 카에다를 무장조직으로 바꾸었다. 이어서 1998년 '유대인과 십자군에 대항하는 국제 이슬람전선'을 소집하고 미국인과 그 동맹자를 무찌르는 것이 무슬림의 신성한 의무라는 칙령을 내놓는다. 그리고 2001년 9월 11일 납치한 비행기로 미국의 WTC(세계무역센터)와 펜타곤 등에 전대미문의 테러 사건을 일으킨다. 미국에서 보자면 빈 라덴은 무고한 수천 명을 죽음으로 몰아넣은 살인마이고, 용납할 수 없는 악의 축이며, 뿌리 뽑아야 할 극악한 테러의 원흉이다.

빈 라덴의 표적이 왜 미국이었을까? 미국은 20세기의 제국이다. "미국은 스스로 의식하지는 못했지만 항상 제국이었다."(니얼 퍼거슨, 『콜로서스― 아메리카 제국 흥망사』) 하지만 미국은 제국이라는 자의식을 가진 적이 없다. 미국은 공식적으로는 식민주의 국가가 될 생각도 없고 그렇지도 않다고 주장하니까 국제정치 이론가들은 '제국' 대신에 '패권국(hegemon)'이라는 호칭을 부여한다. 패권국이란 승자의 우월적 지위를 얻은 나라로, 자신의 규칙 체계를 국가 간 체제에 강요할 수 있는 국가에게 부여된다.

미국은 제2차 세계대전의 명실상부한 패권국이다. '제국'이 "해외 영토에서 거주민들의 정치적 대표권을 배제하며 직접 통치하는 체제"를 뜻한다면 미국은 제국이 아닌 게 맞다. '미 제국주의자'는 냉전기의 소련과 중국, 북한, 중동의 국가들같이 적대 관계에 있는 나라에서 쓰는 용어다. 좌파와 진보주의자들도 이 용어를 쓴다. 미국은 자유민주주의와 시장경제 체제를 갖추고, 자체 안보와 세계 평화 유지에 적극적으로 개입한다. 미국이 세계를 지배하는 방법은 기본적으로 압도적인 군사력이고 비공식으로는 비정부기구(NGO)와 기업에 의존한다. 미국의 세계 지배력을 부정할 수 있는 사람은 아무도 없다. 미국은 증오를 부르는 '제국'이 분명하다. 사실에 입각해 말하자면, 미국은 '공식적인' 제국이 아니라 '비공식적인' 제국이다.

보드리야르는 미국에서 얼핏 '유토피아'를 보았다. 그래서 "미합중국은 실현된 유토피아다"(보드리야르, 『아메리카』)라고 선언한다. 이 '유토피아'라는 용어는 하나의 역설이다. 유럽인에게 유토피아란 비물질적인 관념이고, 영원히 실현 불가능한 이상이며, 그 불가능성 때문에 숭고한 그 무엇이다. 그러나 미국인에게 유토피아는 진부하게나마 성취된 물질성이고, 무미건조하고 재미없는 일상적 현실이다. 유럽인이 실재를 관념이나 이데올로기로 변형한다면 미국인은 관념에서 실재를 만들어낸다.

> 우리(유럽)의 위기는 실현 불가능성에 시달리고
> 있는 역사적 이상들의 위기다. 그들(미국)의
> 것은 그 지속성과 영속성의 문제에 직면한
> 실현된 유토피아의 위기다. 자신들이 세계의
> 중심이며, 초강대국이고 절대적 모델이라는
> 미국인들의 한가로운 확신은 틀린 것이 아니다.
> 그리고 이 확신은 자원이나 기술과 군비에
> 정초하기보다는 오히려 육화된 유토피아라는
> 기적 같은 전제, 참을 수 없을 정도로
> 천진난만하게 자신이 다른 사회들이 꿈꾸어온

> 모든 것―정의, 풍요, 법치, 부, 자유―이
> 실현된 사회라는 생각 위에 제도화된 사회라는
> 기적 같은 전제 위에 정초되어 있다.(보드리야르,
> 앞의 책)

　과거에는 그랬는지 모르지만 이제 미국은 천진난만하
지도, 낙관주의적이지도 않다. 그런 것들은 다 사라졌다.
미국은 '적'들과 '악의 축'들에 의해 공격을 당하고 있다.
9 · 11 테러는 그 계기적 사건이다. 미국은 자신들을 위협
하는 것들에 맞서 '본때'를 보여야 한다고 생각한다. 미국
이 지구상의 초강대국인 것은 사실이지만, 한편으로는 고
갈되고 나약해진 '노인'과 같이 쇠락해가는 제국이다.

　미국 일부에서는 가면 아래 숨어 있는 '제국주의'를
드러내자고 말한다. 2003년 이라크 침공 이후 한 언론은
'제국' 특집에서 "오늘날 오직 하나의 제국만이 있다. 미
국은 전 지구적 제국이다. 미군은 (……) 대영제국의 헌신
적인 장교뿐만 아니라 전설적인 문민 관료들의 진정한 계
승자다"(제임스 커스, 니얼 퍼거슨, 앞의 책에서 재인용)라고 말한
다. 2003년 4월 미국 내부에서 공공연하게 "우리는 잘못
을 좀 저지르더라도 강해질 필요가 있다. 우리를 제국주
의 세력이라고 부른다 해도 상관없다"(윌리엄 크리스톨, 니
얼 퍼거슨, 앞의 책에서 재인용)라는 말도 나온다.

　미국은 의심할 여지 없이 세계에 단 하나밖에 없는 '신제국'이다. 미국이 과거의 제국들과 차별화되는 점은 막대한 규모의 군사력과 경제력 따위의 '경성(硬性) 권력' 외에 '연성(軟性) 권력'을 갖고 있다는 점이다. 영어, 할리우드 영화, 패스트푸드, 선교사, 미디어, 대중문화, 팝아트 따위의 연성 권력들은 미국식 가치관 · 사유 방식 · 생활양식을 전 세계에 전염병처럼 퍼뜨린다. 이것들로 불공정 무역을 일삼고 군사력으로 다른 나라를 번번이 침공하면서도 미국은 착취적 제국주의라는 추악한 얼굴을 감춘다. 아울러 평화와 인간의 존엄, 언론과 종교의 자유, 공정한 무역질서, 민주주의, 자유시장을 지키는 선량한 국가의 이미지라는 분칠을 한다.

　2001년 9월 11일에 무슨 일이 있었던가? 알 카에다에 납치된 비행기들의 공격으로 두 빌딩이 붕괴하고, 수천 명이 목숨을 잃었다. 테러와 반-테러 집단 사이의 갈등에서 불거진 9 · 11 테러는 "모든 사건들의 어머니"(보드리야르)가 되었다. 그것은 기독교도들과 무슬림 사이의 대립과 갈등이 아니다. 서구 자본주의 세계에 대한 비-서구 비-자본주의의 참을 수 없는 공격이다. 9 · 11 테러는 세계의 여러 패러다임을 바꾸었다. 세계는 달라질 수밖에 없었고, 실제로 달라졌다. 그것은 변화의 계기, 혹은 변화의 원점이다. 왜 하필이면 쌍둥이 빌딩이 테러의 표적, 즉 상징적인 희생양의 임무를 떠맡았을까?

보드리야르의 해석에 따르면 쌍둥이 빌딩이 "자본주의 시스템의 역사적 진화의 건축학적 바로미터"이고 "다른 빌딩들이 제각기 영원한 위기와 자기 도전 안에서 끊임없이 스스로를 초월하는 (모더니티) 체계의 원본적인 계기라면 세계무역센터의 두 개의 타워는 복제의 현기증 안에서 이전까지의 체계가 종식되었다는 것을 보여주는 시각적인 증표"(리처드 커니, 보드리야르, 앞의 책에서 재인용)였기 때문이다. 쌍둥이 빌딩은 미국이 이끄는 20세기 자본주의의 상징적 건물이다. 그것은 서구 자본주의의 붕괴를 알리는 예고편, 즉 미국이 지탱하는 세계 질서의 종식과 새로운 재편의 징후적 사건이다.

'미국은 지구의 초강대국', '글로벌 리더십의 국가', '저개발국가의 극빈층을 지원한다'. 미국은 우리의 '혈맹'이고 '우방'인가? 미국은 일본 제국주의로부터 우리 민족을 '해방'시킨 주체이다. 그리고 삼팔선을 그어 북쪽은 소련의, 남쪽은 자신들의 관할 영역으로 나눔으로써 분단의 빌미를 만들었다. 미국은 6·25 전쟁으로 대한민국이 공산주의에 함락되기 직전에 참전하여 그를 저지하고, 이어서 군사력을 주둔시키고 원조물자를 제공하며 남쪽 체제가 성장할 수 있도록 도운 '고마운' 나라다. 한편

으로 미군은 이를 박멸한다는 구실로 남쪽 사람들에게 합
성 화학물질인 백색 가루(DDT)를 몸에 마구 살포했다. 그
게 내분비계를 교란시켜 암을 유발하는 독성 물질이라는
걸 모르고 했다면 무지한 것이고, 알면서도 고의적으로
그랬다면 '살인적' 범죄를 저지른 것이다.

그 당시 미군들은 이 백색 가루를 기적의 살충제로 이
해했을 거라고 생각한다. 한마디로 무지로 인해 벌어진
사태이다. 그러나 미군 부대의 주둔지에 베트남전과 비
무장지대에서 쓰고 남은 고엽제 수백 드럼을 몰래 매몰한
사건은 다르다. 주한 미군으로 근무했던 스티브 하우스
씨가 경북 칠곡군 왜관읍의 미군 기지 캠프 캐럴에서 축
구장만 한 구덩이를 파고 맹독성 발암물질이 함유된 '에
이전트 오렌지(Agent Orange)'가 든 드럼통을 묻었다고 까
발렸다. 치명적 독성을 가진 화학물질이 든 드럼통 500개
이상을 몰래 묻고 은폐해버린 이 사건은 고의적인 만행이
다. 이는 더도 덜도 아닌 제국주의가 그 식민지를 상대로
벌인 추악한 환경범죄 행위다.

미국은 마냥 고마운 존재도 아니고 마냥 추악한 존재도
아닌, 우리에게 야누스의 얼굴을 가진 거인이다. 하나는
고마운 우방이자 원조국의 얼굴이고, 다른 하나는 무례한
지배자이자 침략자의 얼굴이다. 미국의 해외 점령지 중에

서 미철수 지역은 하와이, 푸에르토리코, 괌, 사모아, 버진아일랜드, 북마리아나 제도, 대한민국 등 일곱 군데다. 이 중에서 하와이는 미국의 주로 편입되고, 괌과 사모아와 버진아일랜드는 미국 속령이며, 푸에르토리코와 북마리아나 제도는 미국과 국가연합에 속한다.

대한민국이 미철수 지역으로 남은 국가 중에서 유일한 독립 국가다. 미국은 우리에게 하나의 타자일 뿐이다. 타자는 낯설다. 그 낯섦이 타자의 본질이다. 사르트르는 "타자는 지옥이다"라고 한다. 타자는 언제나 내 앞에, 지금 알 수 없으며, 앞으로도 알 수 없는 "내가 완전히 파악할 수 없는 무한성"으로 서 있다. 타자는 나와는 다른, 나의 바깥에 초월과 외재성으로 존재한다.

빈 라덴이 그렇듯이, 미국 역시 하나의 타자다. 니얼 퍼거슨은 미국이 역사상 가장 순식간에 사라지는 제국이 될 것이라는 예언을 내놓는데, "재정 고갈, 위선, 유약함"(니얼 퍼거슨, 앞의 책)을 그 원인으로 꼽는다. 미국이 안고 있는 특수한 내부 사정도 제국으로서의 수명을 단축하는 데 기여한다.

> 미국이 새 제국의 시대를 연 것이라면, 미국은
> 역사상 가장 순식간에 사라지는 제국이 될
> 것이다. 과거 다른 제국의 건설자들은 예속민을

천 년은 다스릴 희망에 부풀었다. 하지만
미국은 세계 최초의 '천일(千日) 제국'이 될
전망이다. 그것은 '낮은 함량'의 제국이 아니라
'일회용' 제국이다. 선거 시스템이 미국의 행정
활동을 명백히 제약할 뿐 아니라, 해외 개입이
2년, 길어야 4년 내에 성과를 보아야만 하는
구조인지라, 이 제국의 특별한 단기성으로
인해 적절한 인물을 충원하는 데도 애를 먹고
있다.(니얼 퍼거슨, 앞의 책)

아직까지 미국을 적대해서 공격할 나라는 없지만 앞으로 더 자주 미국은 테러의 표적이 될 것이다. 그것도 아주 손쉬운 표적이다. 미국은 9·11 테러로 많은 것을 잃었다. 실제 비용 말고도 장기 비용들은 상상할 수도 없다. "불확실성의 증가, 시장의 변동성 증가, 안전 보장 비용과 리스크 프리미엄"(니얼 퍼거슨, 앞의 책)의 비용들은 추정만 할 수 있다.

미국은 더 이상 세계의 중심이 아니다. 미국은 전통적인 의미에서 철학도 역사도 없는 나라다. 미국은 재빠르게 철학을 진부한 일상으로, 역사를 도구와 기술의 첨단성으로 대체한다. 한때 승승장구했지만, 미국이 선도하는 제도·지식·문화의 세기는 이미 저물고, 미국의 상품·

자본·노동이 주도하던 시대도 종언을 고한다. 미국은 만성 적자에 시달리다가 점점 더 무기력과 아노미에 빠져들고, 서서히 쇠락의 길로 접어들 것이다.

한미 FTA협상에서 보듯 미국은 그저 퍼주기만 하는 '양키'가 아니다. 오히려 무역이건 군사 협력이건 간에 조목조목 따지고 우리에게 통 큰 양보를 요구한다. 지금 미국은 그들의 실패와 파산의 징후들을 똑똑히 보고 있다.

한때 미국은 세계 평화를 위협하는 '불량국가'들에 맞서 자본주의와 자유민주주의를 지키기 위해 제 달러와 군사력을 아낌없이 퍼부었다. 이제 미국은 그럴 수가 없다. 막대한 '빚'에 허덕이고 있기 때문이다. 외국 중앙은행이 보유한 미 정부 채권과 준정부기관의 채권 규모가 1조 달러를 넘어섰다. 미국은 바닥난 국가 재정을 외부에서 끌어들인 '빚'으로 메우며 겨우 연명하는 처지다.

그뿐만이 아니다. 노년층에게 줄 연금과 의료보장 비용은 고스란히 미국 정부가 감당해야 할 또 다른 보이지 않는 '빚'이다. 이 '빚'은 지불을 연기할 수 없다는 점에서 더 심각하다. 그들은 제국의 파산이라는 현실 앞에서 두려움과 불안에 떨고 있다. 그러니 미국은 교역 상대이건, 혹은 군사협력의 상대이건 간에 자국 이익을 한 푼이라도 더 챙기려고 껄끄러운 타자 노릇을 할 게 분명하다.

로마제국이 그랬듯이, 대영제국이 그랬듯이, 미국은

쇠락해가는 '제국'이다.

장 보드리야르, 『아메리카』, 주은우 옮김, 산책자, 2009

니얼 퍼거슨, 『콜로서스─아메리카 제국 흥망사』, 김일영·강규형
옮김, 21세기북스, 2010

리처드 커니, 『이방인, 신, 괴물』, 이지영 옮김, 개마고원, 2004

마이클 만, 『분별없는 제국─미국의 일방주의와 패권적
신군사주의』, 이규성 옮김, 심산, 2005

'부끄러움'은 부끄러운 게
아니라고?

잘 알려져 있다시피 윤동주(尹東柱, 1917~1945) 시의 중요
한 주제는 부끄러움이다. 그는 "인생은 살기 어렵다는
데 / 시가 이렇게 쉽게 씌어지는 것은 / 부끄러운 일이다"
라고 적었다. 그는 "시인이란 슬픈 천명"을 안고 살았는
데, 살면서 많이 부끄러워하고 부끄러움에 연루되지 않
기를 꿈꾸었다. 그의 슬픈 자의식은 "죽는 날까지 하늘을
우러러 / 한 점 부끄러움이 없기를" 소망하고, "잎새에
이른 바람에도 괴로워"(윤동주, 「서시」)하게 만들었다. 잎
새에 이는 바람이란 얼마나 사소한 일인가. 그런 사소함
에도 괴로움을 느낄 만큼 시인은 자기 자신에 대한 관용
에 인색했는데, 그것은 예민한 양심의 소유자였기 때문이
다. 그가 '우물'과 '거울'에 제 얼굴을 비춰보았던 것도
제 얼굴에 욕됨이 있을까 두려워하는 마음에서다. 욕됨은
곧 부끄러움이 발기하는 바탕이니까.

청년 윤동주는 무엇을, 왜 그토록 부끄러워했던 것일
까. 그는 "이 지나친 시련, 이 지나친 피로"라고 썼다. 그
가 부끄러웠던 것은 삶이, 그리고 제 삶이 놓인 처지가 수

치스러웠고, 그 수치심이 내면적 양심으로 감당하기에 넘쳐났기 때문이다. 부끄러움은 자기 자신의 부조리에 대한 소환이고, 내가 나일 수밖에 없음, 혹은 나로부터 벗어날 수 없음과 연관된다. 아울러 부조리에 대한 소환이면서 자기에게서의 달아남이다. 우리는 타자에게 자신의 현전을 노출한다. 부끄러움은 타자에게 나를 보여줌에서 비롯한다. 윤동주 시인의 예에서 알 수 있듯 부끄러움은 부끄러운 짓이 아니다. 도무지 부끄러움을 모르는 뻔뻔함이 부끄러운 짓이다. 부끄러움은 수줍어함에 바탕을 둔 모종의 가치판단이고 존재에게 내려진 나쁜 평결이다.

부끄러움은 벌거벗은 몸에 대한 자의식과 관련이 있다. 벌거벗은 몸을 부끄러워하는 것은 벌거벗음의 노골성 앞에서 타자의 시선에 노골적으로 드러난 대상의 수치심을 선취하기 때문이다. 부끄러움은 부끄러움에서 멀리 달아나려는, 즉 부끄러움에 연루되지 않으려는 마음에서 작동한다. 부끄러워하는 자들은 실은 윤리적으로 부끄러움과 무관하다. 차라리 부끄러운 것은 부끄러움을 모르는 마음이고, 그것이야말로 존재의 무능력을 드러내는 표지이기 때문이다.

부끄러움은 부끄러움 자체로부터 벗어날 수
없고 그로부터 단절할 수 없는 우리 존재의

무능력에 근거를 두고 있다. 우리가 벌거벗은
몸에서 부끄러움을 경험한다면 그것은
가시성의 영역에서 치워버리고 싶은 것을 감출
수 없기 때문이다.(조르조 아감벤, 『아우슈비츠의 남은
자들』)

벌거벗은 몸은 가시성의 영역에서 치워버리고 싶은
'감출 수 없음'이다. 에덴동산에서 인류는 그 벌거벗음에
대한 수치를 느끼고, 몸을 가리는 옷을 입었다. 옷은 가릴
수 없는 것을 가리기 위해 필요한 도구다. 그들은 옷을 걸
침으로써 벌거벗음에서 멀리 달아날 수 있었다. 혹은 그
렇게 멀리 달아날 수 있다고 믿었다.

부끄러워하는 자는 얼굴이 붉게 물든다. 홍조는 부끄러
움이 부끄러워할 만한 행위들에 대한 벌주기, 곧 자기 징
벌의 징후이다. 이 홍조는 자신을 타인의 시선에서 감추
거나 타인에게서 멀리 달아날 수 없는 상황에서 맞닥뜨리
는 정신의 고갈, 혹은 양심의 한계를 드러내는 징표다. 당
신은 언제 부끄러운가. 부끄러움은 감출 수 있는 것의 감
출 수 없음이 일으킨 사태다. 아감벤은 부끄러움의 윤리
적 양상을 설명하기 위해 프리모 레비의 경험을 참조한
다. 말할 것도 없이 프리모 레비의 경험이란 인류 역사에
서 전대미문으로 꼽을 만한 아우슈비츠에서 살아남은 경

험이다.

> 가스실로 보내질 인원에 대한 선별 작업이
> 있고 난 후 그리고 지독한 폭력을 지켜보거나
> 묵묵히 감수해야만 했을 때면 어김없이 우리를
> 가라앉게 만들었던 바로 그 부끄러움이었다.
> 독일인들은 몰랐던 부끄러움, 의로운 사람이
> 다른 사람의 범죄를 보고 느끼는 부끄러움,
> 그와 같은 범죄가 존재하며 그것이 결국
> 기존의 세계에 들어와버렸다는 사실 앞에서
> 경험하는 부끄러움, 자신의 선한 의지는 너무도
> 미약하거나 아무것도 아니라는 것이 드러났고,
> 그러한 의지는 자신을 지키는 데 전혀 소용이
> 없었다는 사실을 알고서 경험하는 수치심
> 말이다.(프리모 레비, 아감벤, 앞의 책에서 재인용)

 유의해야 할 것은 그 경험이 인간의 삶을 지탱해온 모든 윤리가 파산되어버린 상황에서의 살아남음이라는 것이다. 수용소에서 살아남은 자들은 '무젤만(der Muselmann)'이다. 무젤만은 '이슬람교도'라는 뜻인데, 수용소에서는 살아 있으나 살아 있다고 말할 수 없는 자들을 가리키는 수용소 은어다. 그들은 "걸어다니는 시체이자 마

지막으로 꿈틀거리는 신체적 기능들의 묶음"(아감벤, 앞
의 책), 인간이라는 존엄을 이미 잃어버린 '살아 있는 시체
들', 혹은 식물-인간과 같이 되어버린 자들이다. 부끄러
움은 살아 있음에 대한 죄책감이고, 그 이면은 살아남음
에 대한 찬미다. 아우슈비츠는 문화의 제약이나 왜곡 없
이 삶을 벌거숭이 그 자체로 드러나게 하는 상황이다. 이
때 삶은 생물학적 삶 자체, 결국 살아남음 외의 아무것도
아닌 것이다. 아우슈비츠에서의 살아남음은 가릴 수 없는
벌거벗음과 같은 의미였다.

아우슈비츠에서 살아남은 사람들에게 부끄러움은 일
상적인 일이었다. 그들은 살아남았기 때문에, 살아남음
을 무엇으로도 가릴 수 없었기 때문에 부끄러움을 느꼈
다. 사실 아우슈비츠에서 살아남은 자는 살아남음과 관련
하여 아무 죄가 없다. 그럼에도 무수한 사람들이 눈앞에
서 죽어갈 때, 그리고 어떤 행운으로 그 죽음의 대열에서
열외가 되어 살아남았을 때도 부끄러움에서 벗어나지 못
했다.

따라서 부끄러움에서 나타나는 것은 바로
스스로에게 결박되어 있다는 사실, 자신을
저버리고 자신을 자신으로부터 감추는 것이
철저하게 불가능하다는 사실, 자아가 그

자신에게 현전한다는 참을 수 없는 사실이다.
벌거벗음이 부끄러운 것은 그것이 우리 존재의
노골성, 궁극적 친밀함(intimacy)의 노골성이기
때문이다. 그리고 우리 몸의 벌거벗음은 정신에
대립하는 어떤 신체적인 것의 벌거벗음이
아니라 우리의 전 존재의 벌거벗음, 너무나도
충실한, 너무나도 확실한 벌거벗음, 드러남이
가장 잔인한 벌거벗음, 그래서 도무지 의식하지
않을 수 없는 벌거벗음이다.(레비나스, 아감벤, 앞의
책에서 재인용)

부끄러움은 신체의 벌거벗음이 아니라 전 존재의 벌거
벗음, 즉 가려지지 않는 노골성에서 비롯한다. 레비나스
는 그것을 확실한 벌거벗음, 가장 잔인한 벌거벗음, 의식
되지 않을 수 없는 벌거벗음이라고 적는다. 아우슈비츠
에서 살아남은 자들의 의식이 바로 그런 벌거벗음 상태에
놓여 있었던 것이다. 그들의 신체, 본성, 존재는 어떤 문
화의 가림막이나 왜곡 없이, 말 그대로 노골적으로 노출
되어버린 상태다.
아우슈비츠 수용소에서 많은 무고한 사람들이 죽었다.
아우슈비츠는 그것이 있었다는 사실만으로도 인류의 커
다란 수치다. 아우슈비츠는 "끝없이 파괴될 수 있는 파괴

될 수 없는 것"(모리스 블랑쇼), 즉 인류의 내면에 부끄러움이라는 정신적 외상을 남겼다. 문제는 아우슈비츠가 계속되고 있다는 사실이다. 아우슈비츠 이후에도 시를 쓸 수 있는가라고 철학자들은 물었다. 알다시피 아우슈비츠 이후에도 시는 계속 씌어졌다. 그러나 아우슈비츠 이후에 모든 윤리학은 그것에 갇히고 말았다. 문제는 "그것(아우슈비츠)은 사실 한 번도 중단된 적 없이 항상 일어나고 있는 일이며 항상 이미 반복되고" 있다는 사실이다.

오늘의 아우슈비츠는 극악이 아니라 진부한 악들에 의해 꾸려진다. 그런 진부한 악들의 세상에서 나는 살아간다. 살아서 설렁탕을 먹고 잠을 자고 사람들과 만난다. 마치 아무 일도 없었다는 듯이. 부끄럽지 않을 만큼 잘 살고 있나? 때때로 나는 스스로에게 묻는다. 종종 이 살아 있음이 부끄럽다. 오랜만에 만난 벗들과 술을 마시고 노래방에서 노래를 부르다가 문득 내 삶의 초라함에 진저리를 치며 부끄러워한다. 자다가 목이 말라 문득 깨어난 한밤중 삶의 한가운데 들어앉은 공허와 인생의 무의미함에 대해 부끄러워한다. 어쩌면 공허는 인생의 본질 일부일 수도 있을 텐데, 나는 공허가 부끄럽다.

부끄러움은 자기를 돌아봄에서 나온다. 부끄러움은 단순히 우리 존재의 불완전성이나 모자람을 의식하고 그것에 반응하는 감정이 아니다. 말하자면 부끄러움은 자기 자신을 향해 내리는 일종의 유죄선고다. 살아 있음은 내 삶의 핵심이다. 때때로 부끄럽지만 나는 살아 있다.

조르조 아감벤, 『아우슈비츠의 남은 자들』, 정문영 옮김, 새물결, 2012
필립 카곰, 『나체의 역사』, 정주연 옮김, 학고재, 2012
슬라보예 지젝, 『폭력이란 무엇인가』, 이현우·김희진·정일권 옮김, 난장이, 2011

당신의 집은 어디인가

집은 바닥과 지붕, 그리고 문·창·방·담·벽·채·뜰로 이루어진다. 해부학적 시선으로 관찰하자면, 지붕·기둥·서까래·용마루·문지방·주춧돌은 집의 뼈에 해당하고, 마루·툇마루·쪽마루·부엌·행랑·사당·들창·광창·뒷간·안방·별당·사랑방·건넌방 따위는 살과 장기(臟器)에 해당한다. 집은 '안'과 '밖', 자아와 바깥세상의 분할이다. 집은 물리적 공간일 뿐만 아니라 존재론적인 공간이다.

집이 있느냐 없느냐에 따라 삶은 크게 달라진다. 이 세상에서 제대로 된 삶을 살려는 사람들은 누구나 자기 집을 지으려고 애쓴다. 집이 몸을 눕혀 쉬어야 할 곳이고, 삶의 근원적 바탕이기 때문이다. 무엇보다도 집을 짓는 것은 잘 살기 위함이다. 집은 인간 실존에서 중요한 의미를 갖기 때문에 늘 작가들의 상상력을 자극하는 좋은 소재가 되었다.

김원일의 『마당 깊은 집』은 1950년대 전쟁과 그 혼란기에 소년 시절을 보내며 '마당 깊은 집'에 대한 기억을 소년 화자의 시점으로 그린 소설이다. 길남은 고향에서 혼자 남의 집에 얹혀 지내다가 대구로 오면서 어머니, 누이, 두 남동생과 합류한다. 그 집에 주인과 여러 세대가 함께 모여 산다. 위채에는 주인집 식구들이 살고, 아래채 셋집에는 피난민들이 산다. 경기도 연백에서 피난 온 경기댁네, 퇴역장교 상이군인 식구, 평양에서 내려온 평양댁네, 김천에서 온 김천댁네가 바로 그들이다. 이로써 '마당 깊은 집'은 스물두 명이 복닥거리며 사는 '소사회'를 이룬다.

작가는 '마당 깊은 집'에 모여 사는 여러 가구의 시시콜콜한 삶을 통해 당대 세태, 가난의 원형적 양태를 묘사하고, 인간 내면의 어두운 욕망들을 파고든다. '마당 깊은 집'은 하나의 사회이고, 인간의 욕망들이 길항하는 축소된 세계다. 그 안에는 생존의 최저 조건 속에 내팽개쳐진 사람들의 살아남기 위한 몸부림, 그 동물적 에토스가 출렁인다. 이 소설은 집-장소가 다층적인 시간이 쌓여 만든 하나의 의미체이자 동시대를 사는 사람들이 공유하는 기억의 집적체라는 실감을 보여준다.

1970년대 작가 송영의 단편 「미화작업」에는 아주 작은 집을 지으며, 그에 어울리지 않게 커다란 '창'에 집착하는 사람의 이야기가 나온다. 사람들은 이깟 작은 집에 커다란 창이 어울리기나 하냐고 비웃지만, 창에 대한 그의 집착과 노력은 눈물겨운 바가 있다. 이때 '창'은 세상을 향한 동경과 희망의 표상이다. 이 단편은 집이 생명을 부양하는 공간일 뿐만 아니라 희망의 산실이고 꿈을 키우고 이루는 자의 터전이라는 것을 말한다. 집은 주춧돌을 놓고, 기둥을 세우고, 벽체를 만들고, 공간을 구획하고, 지붕을 덮고, 문이 달려야 비로소 집이다. 집을 짓는 것은 이 부박한 세계가 강요하는 아노미, 뿌리 뽑힘, 소외에 대한 항변이며, 이 세계가 일그러뜨린 인간다움, 그 존엄과 가치를 찾으려는 장엄한 기획이다.

1960년대 대표작가 이청준의 「눈길」은 집이 실존에서 얼마나 큰 의미를 갖는가에 대한 숙고로 이끈다. 평생 살던 집을 팔아버린 어머니는 오랜만에 고향에 돌아오는 아들을 위해 그 옛집을 하루 동안 빌린다. 물론 아들은 그 집이 남의 손에 넘어갔다는 사실을 알지 못한다. 그 집에서 따뜻한 밥을 지어 먹고 하룻밤을 잔 뒤 아들은 떠난다. 아들을 배웅한 어머니는 눈길을 걸어 돌아온다.

고향의 집이란 혈육을 나눈 사람들이 함께 사는 삶, 몸과 마음을 비비고 나누는 삶, 서로를 섬기는 삶이 있는 곳, 타향에서 살다가도 언젠가는 돌아가야 하는 근원이다. 늙은 어머니가 아들에게 집을 팔았다는 사실을 숨긴 채 아들과 도란도란 하룻밤을 보낸 것은 집이 생명이고, 근원이고, 어머니고, 고향 그 자체였기 때문이다. 옹색하고 허름한 집일지라도 집은 생명을 기르고, 꿈을 키우고, 존재의 토대로서 삶을 융성하게 만드는 터전이다.

집은 살아가는 데 꼭 필요한 공간 이상의 뜻이 함축되어 있다. 집 없는 자는 이미 죽은 자이고, 삶이 없는 유령이며, 사회적으로 버림받은 고아이고, 타향을 시난고난하며 떠도는 실향민이다. 집 없는 자들은 눈먼 오이디푸스와 같이 영원히 거리를 떠돌며 방황한다. 노숙자는 집을 가질 수 없는 자들이 길을 집 삼아 사는 사람들을 가리킨다. 이 단편에서 집은 가족의 슬픔과 기쁨, 그 모든 기억들과 함께 세월이 비벼져서 만들어진 모태적 공간이고, 행복을 위한 최소주의의 장소임을 깨닫게 한다.

집은 무엇보다도 방들의 장소다. 방은 근대 이후 인간들이 갖게 된 사적 공간, 고립과 유폐의 자아가 머무는 곳이다. 방은 익명의 타자들과 공유하는 광장에 견줘지는 개인의 사생활이 영위되는 밀실이다.

1970년대 작가 최인호의 「타인의 방」은 주거 공간이 아파트로 변해버린 뒤 사람들의 삶과 의식이 어떻게 바뀌고 소외와 물화(物化)를 겪는가를 날렵한 솜씨로 보여준

다. 출장을 갔다가 돌아온 남자는 아내가 없는 빈집으로
들어선다. 남자는 화장대 거울 아래 놓인 아내의 쪽지를
읽는데, 메모에는 장인이 위독하다는 전보를 받고 친정에
다녀오겠다는 내용이 씌어 있다. 남자는 아내가 사라진
그 텅 빈 아파트에서 차츰 석고상으로 변해간다. 외출해
서 돌아온 아내는 거실에 낯선 물건이 놓여 있는 것을 본
다. 아내는 석고상같이 딱딱하게 변해버린 남자를 다락의
잡동사니 속에 던져놓고 집을 나간다. 이 단편은 아파트
라는 편의적 기능 공간으로 변한 뒤 집은 더 이상 피난처
가 아니며, 오히려 소외와 물화를 겪는 공간이라는 것을
섬뜩하게 보여준다.

   집은 공간과 장소의 동시적 구현이다. 사람들은 정주
(定住)의 친밀감이 내면화된 공간 속에서 환영받는 존재
로 태어난다. 집은 모태에 연결된 탯줄을 끊고 삶을 시작
하는 시원의 자리이고, 죽음과 같은 실존의 중요한 사건
들을 경험하는 곳이다. 삶은 집 속에서 겪는 실존의 사건
이다. 집은 세계의 무질서와 위협에 맞선 세계 내 피난처
이자 생산과 휴식의 공간이고, 한 생의 중요한 경험들을
일궈내는 중심 공간이다. 집-장소는 임의적으로 주어지
는 것이 아니리 실존적인 선택의 결과다. 존재란 세계의
집-장소들과 맺는 관계의 연쇄 속에서 드러나는 그 무엇

이다. 모든 집은 물리적 공간이 아니라 언어와 심리의 힘들이 엇갈리고 뒤섞이고 밀어내며 출현하는 장소들, 즉 존재의 집이다. 사람은 집과 함께 성장하고 감정적으로, 인격적으로, 형이상학적으로 완성되는 존재이다.

김원일, 『마당 깊은 집』, 문학과지성사, 2002

송영 · 조선작 · 조해일, 『선생과 황태자, 아메리카, 영자의 전성시대』, 창비, 2005

이청준, 『눈길』, 문학과지성사, 1997

최인호, 『타인의 방』, 문학동네, 2002

모리스 블랑쇼를 읽던 시절

모리스 블랑쇼(Maurice Blanchot, 1907~2003)의 『기다림 망
각』(1962)은 서사와 철학적 글쓰기의 중간에 걸쳐져 있다.
대화라는 형식으로 울려 퍼지는 그와 그녀의 목소리는 허
구적 현전들을 품는다. 인물과 상황은 모호한 흔적으로만
존재하고 사건들은 아예 없다. 그와 그녀는 아는 사이이
면서도, 동시에 서로에게 낯선 존재다. 그들은 함께 있으
면서, 한 번도 만난 적이 없는 사이다. 이 모호함 속에서
솟아 나오는 목소리들이 이끄는 대로 따라가면, 그게 바
로 시간, 공간, 현전, 죽음 따위와 관련된 블랑쇼의 사유
가 나아간 궤적과 하나임을 짐작할 수 있다. 기다림에 관
한 진술들. 블랑쇼는 그 실체가 불분명한 목소리를 통해
"기다릴 때, 기다릴 아무것도 없다"(50쪽)는 것, "기다린
다는 것의 불가능성은 본질적으로 기다림에 속한다"(46
쪽)는 것에 대해 말한다.

기다림은 기다리는 주체를 곤경에 빠뜨리며 그 주체를
내부에서부터 갉아먹는다. 항상 기다리는 자는 기다리는
것이 도래하기 전에 먼저 고갈된다. 기다림 속에서 고갈

되고 지워져가는 주체는, 그래서, 한없는 수동성에 저를
맡긴 채 기다릴 때, 정작 어떤 기다림의 내용이나 의미를
취득하지 못한다. 기다림은 기다리는 자를 집어삼킨다.
기다림은 기다리는 자와 기다리는 것 사이에서 불가능성
의 현존으로 뚜렷하다. 기다림은 공(空)이고 무(無)다. 그
렇기 때문에 기다림은 기다리는 자의, 기다림을 견뎌내려
는 자의 한없이 나른한 피동성으로 응고한다.

　기다림은 기다림의 기다림이고, 그것은 완결되는 법이
없다. 모든 기다림은 기다림을 반복하는 것이고, 결국은
그 반복 속에서 실패를 확인하는 과정이다.

　　주의는 기다림이다. 그는 기다림 속에서
　　그 자신이 기다리는 것인지 알 수 없고,
　　기다림에서 그는 분리되어 빠져나와 있으며,
　　기다림은 그의 바깥에서 기다린다. 그는 다만
　　기다림과 함께 머무를 뿐이다. 그가 기다림에
　　따라 자신의 안에서 모으는 주의를 통해, 그가
　　기다리는 것은 이루어지지 않으며, 단 하나의
　　기다림 속에서, 즉 이루어질 수 없는 것으로의
　　접근 속에서, 모든 이루어질 수 있는 것이
　　멀어져간다. 오로지 기다림만이 주의하게
　　만든다. 어떠한 계획도 있을 수 없는 빈

시간은, 주의하게 만드는 기다림의 시간이다.
주의를 기울이면서 그는 자기에게 주의하지
않았으며, 어디에 연관된 것이든 아무것에도
주의하지 않았고, 다만 기다림의 무한 속에서,
기다림 너머의 극한으로 향해 갔다. 기다림은
기다리고 있는 모든 것을 포기하게 만들면서
주의하게 만든다. 주의에 따라, 그는 자신을
예기치 않은 것으로 열리게 하고 도달할 수
없는 극한으로 향하게 만드는 기다림의 무한을
확보한다. (모리스 블랑쇼, 『기다림 망각』)

기다림은 기다림의 내부가 아니라 바깥에서 기다린다.
바깥에서, 기다림은 실현되지 않는다. 바깥에서, 덧없이,
미끄러져 나갈 뿐이다. 블랑쇼가, 기다리는 자는 기다림
의 텅 빈 시간 안에서 제 존재를 공회전(空回轉)하고 있음
을 명쾌하게 말할 때, 우리는 조금 놀란다. 기다리는 자는
"다만 기다림의 무한 속에서, 기다림 너머의 극한으로 향
해" 흘러간다는 사실을 불현듯 깨닫기 때문이다. 살아 있
음, 그 현전은 기다림이라는 흐름 속에서 아주 가끔씩 반
짝인다. 물결이 그렇듯이.

기다림의 저 끝에 죽음이 있다. 누가 기다림의 설렘에
대해 말하는가? "기다림은 기다림 속에 주어지지 않는

현전을 기다리는 것이다. 그렇지만 그 현전은 자신 안에 현전하는 모든 것을 제거하고 기다림에 따라 계속되는, 현전의 단순한 게임에 들어가 있다."(105쪽) 기다림의 본질은 지연(遲延)이고 지체(遲滯)다. 기다림이 계속되는 한 우리는 산 것도 아니고 죽은 것도 아닌 상태에 머문다. 우리는 단지 기다림의 무한 속에 있는 것이다. "그것은 와 있나요?"―"아니, 그것은 와 있지 않습니다."(128쪽) 기다림은 기다림의 불가능성에 대한 확인으로써만 유효하다. 기다림은 실현될 수도 없고 결코 실현되어서도 안 되는 것이다. 실현되는 것들은 기다림이 아니다. 이게 기다림 속에서 기다림을 고갈시키며 기다리는 자가 겪어야 하는 진퇴양난이다. 우리는 산 것도 아니고 죽은 것도 아닌 상태, 즉 기다림의 무한 속에서, 서서히 지워져갈 뿐이다.

『문학의 공간』(책세상, 1998)과 『미래의 책』(세계사, 1993)들을 읽던 날들은 20여 년이라는 시간 저편에 있다. 모리스 블랑쇼를 처음 만났을 때, 나는 아직은 젊었었다. 그 시절의 어떤 과오들 때문에 얼굴이 빨개진다. 젊어서 철이 없었던 게 아니라 철이 없어서 젊었던 시절이다. 세월이 덧없이 흐르고, 이제 나도 젊지 않다. 그린비에서 블랑쇼의 책들이 다시 '선집'의 형태로 출간되고 있다. 나는 그것들을 다시 읽는다.

블랑쇼는 프랑스 손에루아르 지방의 작은 마을인 캥에

서 태어난다. 어린 블랑쇼는 개인 교습을 하는 교수였던 아버지를 따라 자주 이사를 다녔다. 1925년에 스트라스 부르 대학에 입학해서 에마뉘엘 레비나스를 만난다. 젊은 시절 저널리스트로 활동한 것을 빼고는 평생 은둔하면서 글쓰기에만 전념한다. 그래서 은둔의 철학자라는 별칭이 따라다닌다. 푸코·들뢰즈·데리다로부터 낭시·라쿠-라바르트·아감벤에 이르기까지 당대 최고의 철학자들에게 영향을 미친 것으로 평가받는다. 블랑쇼는 1930년대 여러 신문에 글을 자주 기고하는데, 이 신문들은 반공산주의와 반자본주의를 내세운 극우파 신문들이다. 블랑쇼는 극우파 신문에 글을 쓴 것에 대해 어떤 반성도 후회도 하지 않는다.

프랑스 극우파들은 종족의 생물학적 순수성에 바탕을 둔 국가를 이상으로 삼았는데, 블랑쇼가 지지했던 극우사상은 이상주의 색채가 강하고 나치주의와는 무관한 것이다. 실제로 블랑쇼는 나치의 수탈을 고발하는 유대인 민족주의자의 모임에 가담하고, 나치가 유대인들을 강제수용소에 보낸 범죄에 항거하는 기사를 쓰기도 했다. 전쟁기간에 블랑쇼가 파리에서 무엇을 하고 지냈는지 그 행적이 정확하게 드러나지는 않지만, 두 가지 중요한 사건이 있었다. 1944년 블랑쇼는 자신이 출생한 집의 담벼락에서 총살형의 위기에 놓였으나, 레지스탕스의 선제 공격으로 가까스로 생명을 구할 수 있었다. 이 기적적인 체험으로 블랑쇼는 살아 있는 동안 내내 덤으로 생존하고 있다는 느낌을 갖게 되었다. 뒷날 "죽음 자체와 다르지 않은 이 감정만이, 보다 정확히 말해, 언제나 진행 중인 나의 죽음의 순간이 가져온 이 가벼움의 감정만이 남아 있을 것이다"(블랑쇼, 『나의 죽음의 순간』)라고 썼다. 다른 하나는, 강제수용소로 끌려갈 위기에 처한 유대인 철학자 에마뉘엘 레비나스의 부인과 딸을 피신시키고 은신처를 제공한 일이다.

제2차 세계대전이 끝난 뒤 블랑쇼는 당시 앙드레 지드와 장 폴 사르트르가 편집한 《락쉬(L'Arche)》, 사르트르와 메를로퐁티가 편집을 맡은 유력지 《현대(Les Temps Modernes)》 같은 매체에 글을 쓰면서 제 존재를 드러낸다. 블랑쇼의 가장 중요한 작업은 주로 바타유가 주관한 잡지인 《비평(Critique)》을 통해 나왔다. 1947년, 블랑쇼는 파리를 떠나 니스와 몬테카를로 사이 지중해 해안에 위치한 프랑스의 작은 마을인 에즈빌로 간다. 1940년부터 1950년 사이에 블랑쇼가 쓴 다섯 편의 주요 소설이 출판되었다.

1953년에 문예지 《누벨 르뷔 프랑세즈》가 복간되면서 블랑쇼는 1968년까지 이 잡지에 매달 글을 실었다. 1957년 파리로 돌아와서 제2차 세계대전 이후 프랑스 문학의 황금시대를 맞는데, 이때 블랑쇼는 사르트르, 카뮈,

바타유와 함께 왕성하게 글쓰기를 한다. 블랑쇼의 글들은 해체주의자들과 후기 구조주의자들에게 폭넓은 영향을 미친다. 폴 드 만이나 데리다의 책들에서 블랑쇼가 보여 준 사유의 흔적을 찾아내는 일은 어렵지 않다.

블랑쇼는 1930년대에 그랬듯이 다시 정치적 행동에 나서는데, 극우파가 아니라 급진 좌파의 정치 노선을 따른다. 1950년대 드골 반대 운동에 동참하고, 1960년 알제리에서의 불복종운동을 지지하는 '121인 선언'에 서명한다. 투옥 위협에도 꿋꿋했던 블랑쇼는 디오니스 마스콜로와 함께 이 선언의 주요 기안자였다. 68혁명이 일어나자 블랑쇼는 주저하지 않고 거리 시위에 나서고, 전단지를 만드는 일에 동참하며, '학생-작가 행동위원회'의 모임을 주재한다. 익명으로 《코미테》라는 잡지의 창간호에 기사를 쓴다. 이 단체의 이름으로 나온 선언문 대다수를 쓰기도 했던 블랑쇼는 나중에 반시오니즘에 반대하면서 물러난다.

1957년부터 우정을 나눈 로베르 앙텔므의 도움으로 600만 명의 유대인을 학살한 홀로코스트에 대해 숙고하는 계기를 갖는다. 소설가 마르그리트 뒤라스의 전 남편이기도 한 앙텔므는 레지스탕스 활동 중에 체포되어 독일 강제수용소에서 기아와 강제노역, 티푸스로 인해 사경을 헤매다가 생환한 사람이다. 마지막 작품인 『재앙의 글쓰기』(1980)에는 앙텔므의 영향이 짙게 나타난다. 파리에 살면서도 인터뷰를 거절하고 일절 모습을 드러내지 않던 블랑쇼를 돌본 것은 앙텔므와 그의 아내인 모니크 앙텔므다. 앙텔므가 1990년에 사망하고, 블랑쇼는 2003년 2월 20일에 사망한다. 나흘 뒤에 있었던 장례식에서 자크 데리다가 「영원한 증인」이라는 추도문을 낭독한다.

울리히 하세 · 윌리엄 라지, 『침묵에 다가가기』, 최영석 옮김, 앨피, 2008

에마뉘엘 레비나스, 『모리스 블랑쇼에 대하여』, 박규현 옮김, 동문선, 2003

모리스 블랑쇼, 『기다림 망각』, 박준상 옮김, 그린비, 2009

모리스 블랑쇼, 『문학의 공간』, 이달승 옮김, 그린비, 2010

'올해의 책'을 꼽으며

돌이켜보니, 비참할 때도 읽고, 우울할 때도 읽고, 기쁠 때에도 읽었다. 피상성과 망상에서 벗어나거나, 영감과 기쁨을 얻기 위해서만 읽은 게 아니다. 책은 신체와 감각에 파인 결핍들에 대한 투명한 인식으로 이끄는데, 인식이 투명할수록 욕망 또한 투명해진다. 책들에 대한 청정한 이끌림이 다른 것에서 취할 수 없는 기쁨을 줄 것임을 알기에 책을 읽는다.

대개의 삶이란 결핍이고 누추함 그 자체인데, 그 결핍을 채우고 누추함을 벗으려는 욕망 때문에 책을 읽는다. 이때 욕망은 나로서 동일성을 유지하고 존속하려는 본성과 더 나은 '나'로 충만해지려는 열망의 합이다. 앎, 지적인 발견, 창조적 생각들의 발현을 위해 책을 읽을 때, 책은 숨은 욕망들을 비춰주고 성찰적 사유로 이끈다. 어떤 책들은 살아 있는 기쁨과 행복을 고스란히 되돌려준다. 책을 읽는 일은 지복이다. 나는 '수목형' 사유의 질서를 보여주는 것들보다 '리좀형'으로 펼쳐지는 사유를 따라가는 책들을 더 좋아한다. 이것은 들뢰즈·가타리가 쓴

『천 개의 고원』에서 빌려 온 개념이다. '수목형'이 나무라는 고정된 질서에 수렴되는 사유로 차이들을 하나의 기둥으로 환원하는 구조라면, '리좀형'은 뿌리줄기가 뻗어나가는 대로 펼쳐지고 어느 지점에서나 새로운 리좀을 만들며 작은 중심들로 분산되는 구조다. "'리좀 모양이 된다는 것'은 줄기들이 새롭고 낯선 용도로 사용되어도 상관없으니, 뿌리를 닮은 줄기들, 더 정확히 말하면 나무 몸통으로 뚫고 들어가면서 뿌리들과 연결 접속되는 굵고 가는 줄기들을 생산하는 것"(들뢰즈·가타리, 『천 개의 고원』)을 뜻한다.

2013년을 마감하며 혼자서 '올해의 책'을 꼽아본다. 깊은 인상을 남겼던 책을 다섯 권으로 압축하는 일은 쉽지 않았다. 고심 끝에 다섯 권을 골랐는데, 유승훈의 『부산은 넓다』(글항아리), 류신의 『서울 아케이드 프로젝트』(민음사), 강상중의 『도쿄 산책자』(사계절), 김영하의 『살인자의 기억법』(문학동네), 나쓰메 소세키의 '나쓰메 소세키 소설 전집'(현암사)이다. 골라놓으니, 세 권이 부산, 서울, 도쿄와 같은 '도시'를 다룬 것들이다. '도시'는, 삶의 의미를 생산하고 규정짓는 한에서 우리들 개별자가 가진 신체의 확장이자 변용, 즉 외부 신체다. 존재의 거푸집 같은 도시를 제쳐놓고 삶을 얘기할 수 없다는 뜻이다. '도시'

에 대한 탐색과 사유는 매우 소중한 것이다. 유승훈과 류신의 책은 한국의 자생적 '지역학'의 가능성을 시험하는데, 개인적으로 '지역학'의 하부 장르로서 '부산학', '서울학'이 활성화되어 발터 벤야민의 『아케이드 프로젝트』와 같은 책들이 나오기를 기대한다.

『부산은 넓다』는 자료를 모으고 쓰는 과정에서 공들인 흔적이 역력하다. 지정학적 위치의 특성으로 해양 문화와 내륙 문화가 상호 삼투하고 충돌하며 만들어진 항구도시 '부산'에 대한 인문학적 탐색기로 높은 성취를 보여주는데, 이는 저자의 열정과 노고에서 비롯된 것이다. 충실하게 수집된 각종 자료들은 부산 사람들의 삶과 운명을 그려내는 문장의 밀도를 이룬다. 고깃배가 출어하는 작은 어촌이고 왜인들 출입이 잦던 작은 '부산포'가 인구 356만 명이 북적거리는 한국 제2의 도시 '부산광역시'가 되기까지의 역사를 더듬고, 부산의 역사 문화 콘텐츠를 미시적으로 분해하며 그 의미를 검토한다.

부산은 여러 개의 얼굴을 갖고 있다. 항구 도시로서 부산은 사람들이 먼 곳으로 떠나고 다시 돌아오는 장소다. 원양어선의 선원들이 먼 바다로 조업을 위해, 일제강점기 가난에 허덕이던 사람들이 브라질로 이민을 가기 위해, 베트남전에 참전하기 위해 '파월장병'들이 떠난 곳이 바로 부산이다. 부산포에서 다방들이 번창했던 임시수도를 거쳐 오늘날의 광역도시에 이르기까지의 '파란만장'을, 그리고 영도다리, 산동네, 노래방, 부산 밀면, 조내기 고구마, 영도 할매 같은 부산을 이루는 속살들을, 역사학 · 국문학 · 철학 · 민속학 · 인류학 따위의 다양한 시선들이 종횡으로 가로지른다. 『부산은 넓다』는 부산의 자연, 역사, 문화를 아우르며 부산이 어떤 지형학적, 역사적, 문화적 조건 속에서 조형되었는가를 꼼꼼하게 따지고 살피는 '지역학'의 훌륭한 모범을 보여준다.

『서울 아케이드 프로젝트』의 창안은 19세기 파리를 골상학적으로 분석하고 탐색한 발터 벤야민의 『아케이드 프로젝트』와 서울이 '경성'으로 불리던 시절 도시 산책자를 주인공으로 내세운 박태원의 『소설가 구보 씨의 일일』에 빚지고 있다. 재기발랄한 착상을 밀고 나간 이 책은 '아케이드 프로젝트의 21세기 서울 버전'이라고 할 만하다. 무엇보다도 '서울'은 "환상과 현실, 매혹과 각성이 진자처럼 오가는" 아케이드 도시다. 아케이드는 누추한 현실을 망각으로 이끄는 "요술 환등의 성전"이다. 류신은 서울 아케이드 프로젝트의 수행자로 산책자 구보 씨를 내세운다. 구보 씨는 "전망과 비전 없이 기계처럼 반복되는 도시인의 일상. 아무리 밀어 올려도 시지프스의 바위처럼 자꾸자꾸 되돌아오는 의미 없는 시간"에 포박된, 바로 우리 모습이 투영된 인물이다.

"구보는 거리의 공허한 리듬에 몸을 맡기고 다시 걷기 시작했다." 우리의 구보 씨는 영등포에서 숭례문까지, 경복궁에서 서울광장까지, 롯데호텔에서 세운상가까지, 홍대 입구, 코엑스몰, 가로수길에서 강남역까지, 그리고 다시 영등포로 귀환하는 동선을 따라 움직인다. 상품 물신들이 활개를 치는 도시, 다채롭게 발화하는 욕망들이 모여 축조된 아케이드가 되어버린 '서울'을 기웃거리는 구보 씨는 자본주의의 전시장인 이 아케이드를 걸으며, 신자유주의라는 유령이 점령한 '서울'에 대한 골상학적인 탐색과 더불어 고현학적 분석을 주르륵 펼쳐낸다. 그 욕망의 요지경을 낱낱이 해부하는 임상학적인 시선이 도드라지는 산책을 끝낸 구보 씨는 묻는다. "현대 사회의 신화적 구조를 관리하는 자본의 판타스마고리아에서 해방될 수 있는 각성의 기제"는 무엇인지, "자본주의가 조장한 집단 도취의 꿈에서 깨어"나기 위해 어떤 꿈을 기획해야 하는지, "세상에서 가장 아름다운 아케이드를 구축할 방법"은 없는지를.

『도쿄 산책자』는 거대 도시 '도쿄'의 탐색 기록이다. 두말할 것 없이 도쿄는 글로벌 자본이 움직이는 메트로폴리탄이고, 현대 일본의 정치 · 경제 · 문화의 중심지대다. 초고층 빌딩들이 있는가 하면 그 아래 바닥에서 기듯이 살아가는 사람들, 영세 기업 사무원들과 노숙자들도 있다. 재일 지식인 강상중은 그 양쪽이 기묘한 조합을 이루고 있는 도쿄를 걸으며, 그 도시의 현재와 미래를 짚어본다. 1970년대까지 "중성적이고 평평하며 청결한 메트로폴리탄 도쿄"는 사라지고, 그 자리에 "소요도 혼란도 일탈도 우연한 만남"도 더 이상 없는, 욕망의 분출과 소비가 이루어지는 도시만 덩그러니 남았다. 거품 경제가 물거품처럼 사라진 도쿄는 그 화려했던 광채를 잃고 적막한 '마계'와 같이 변해버렸다. 그 마계에 대지진이나 쓰나미와 같은 자연재해, 방사능 피폭과 전력난에 따른 재해와 재난에 대한 공포가 검은 구름처럼 드리우고 있다. 산책자 강상중은 "아카사카, 롯폰기, 마루노우치 등 거품 같은 도쿄의 중심지로 나갈 때마다 이상한 고양감과 서늘한 적막감이 뒤섞인 느낌"에 당황했다고 실토한다.

『살인자의 기억법』은 아버지를 살해하고, 또 다른 무고한 사람들을 죽이는 살인자로 청년기와 장년기를 보낸 '악마'를 주인공으로 내세운다. '나'는 "내가 가장 행복했던 때는 날마다 살인을 생각하고 그것을 도모하던 때 아니었을까. 그때 나는 바짝 조인 현처럼 팽팽했다"라고 회고하는, 연쇄살인마다. 타자를 살해하는 압도적인 자신의 힘에서 스스로를 '초인'이라고 믿어온 자가 돌연 기억을 잃는다. 그와 함께 삶의 맥락이 끊기며 통제불능의 무중력에 빠져들면서 반전이 일어난다. 치매는 삶의 질서와 준거점들을 일시에 무너뜨리고, 희미해진 기억의 착종이 불러온 혼란이다. 집개라고 믿었던 개는 애초에 있지도 않았고, 양녀 '은희'는 이미 살해당한 모녀 중의 한 사람이고, 살인마라고 믿었던 자는 형사였다. 살인마 '나'는 치매로 인해 일시에 공(空)과 무(無)의 바다에 뜬 섬처럼 고립한다. 천재적인 살인마가 인생의 종막을 앞두고 깨닫는 것은 인생이 결국은 패배로 귀착하는 "짓궂은 농담"이라는 것이다.

이 소설은 놀라운 흡인력을 가졌을 뿐만 아니라 침으로 감정의 혈맥들을 찌르듯 자극을 하고, 군데군데 아름다운 무늬로 아로새긴 삶과 죽음에 대한 통찰은 날카롭다. 김영하가 기대 작가에서 벗어나 거장으로 성큼성큼 가고 있다는 느낌이 들 정도로 좋은 소설이다.

'나쓰메 소세키 소설 전집'은 현암사가 펴내는 소세키의 소설 전집이다. 일본의 근대화란 "내부로부터 이루어진 것이 아닌 외부로부터 이루어진 것", 즉 서양 근대화의 모방에 지나지 않은 것이다. 소세키는 그 사실을 투명하게 인식하고, 일본 개화의 한계와 수동성에 비판적 시각을 갖는다. 이상이 조잡하게 근대를 위조한 '경성'에 혐오감을 느끼며 근대 도시 '동경'을 동경하다가 도일(渡日)해서 실망하는 것도 '동경'이 경성과 다를 바 없는 위조한 것에 불과하다는 사실을 깨달은 탓이다. 소세키가 출발하는 지점이 바로 거기다. 근대와 함께 몰려온 배금주의와 이기주의에 물들어가는 일본 사회의 징후들, 관계에 작동하는 에고이즘과 고독을 묘사한다.

소세키가 일본 근현대 작가들에게 심대한 영향을 끼쳤기에 일본의 '국민작가'로 불리는 것은 당연하다. 놀란 것은 10대 때 내가 좋아했던 우리 근현대 작가들과 소세키의 소설 세계 사이에 뚜렷한 교집합을 발견했기 때문이다. 우리 작가들이 보여준 지식인의 사회와 자아에 대한 비판적 성찰, 정서의 굴곡, 유머와 해학 따위는 소세키의 그것과 포개진다. 열네 권으로 기획된 전집 중에서 네 권, 『나는 고양이로소이다』, 『도련님』, 『풀베개』, 『태풍』이 먼저 나왔다. 번역, 편집, 장정이 훌륭해서 꼭 소장하고 싶은 책들이다.

덧붙이는 말. '올해의 책' 후보로 올렸다가 고심 끝에 떨어뜨린 것은 이수영의 『에티카, 자유와 긍정의 철학』(오월의봄), 한병철의 『시간의 향기』(문학과지성사), 고은의

『무제 시편』(창비), 김연수의 『사월의 미, 칠월의 솔』(문학동네), '밀란 쿤데라 전집'(민음사), 알랭 드 보통의 『영혼의 미술관』(문학동네), 발타자르 토마스의 『우울할 땐 니체』(자음과모음), 문성원의 『철학자 구보 씨의 세상 생각』(알렙), 다카무라 토모야의 『작은 집을 권하다』(책읽는수요일), 도미니크 로로의 『소식의 즐거움』(바다출판사), 실비아 플라스의 『실비아 플라스 시 전집』(마음산책), 박인석의 『아파트 한국사회』(현암사), 시미즈 레이나의 『세상에서 가장 아름다운 서점』(학산문화사), 자크 아탈리의 『자크 아탈리, 등대』(청림출판) 등등이다.

유승훈, 『부산은 넓다』, 글항아리, 2013
류신, 『서울 아케이드 프로젝트』, 민음사, 2013
강상중, 『도쿄 산책자』, 사계절, 2013
김영하, 『살인자의 기억법』, 문학동네, 2013
나쓰메 소세키, '나쓰메 소세키 소설 전집' 1~4, 송태욱·노재명 옮김, 현암사, 2013

디지털 세상이 줄 수 없는 것들

우리는 디지털 세상으로 들어와 있다. 무수히 많은 '외부'들과 끊임없이 '접속'하고 '연결'하는 삶을 산다는 뜻이다. 다른 한편으로 우리의 말과 행동, 생활방식이 디지털 맥시멀리즘(digital maximalism)이 펼치는 네트워크에 구속되었다는 뜻이기도 하다. 그렇지 않은가? 눈을 뜨는 순간부터 잠자리에 들 때까지 컴퓨터와 스마트폰의 마법에서 벗어나지 못한다. 지하철 안에서 스마트폰의 작은 스크린에서 눈을 떼지 못하는 사람들은 아주 흔하다. 새 스마트폰을 마련한 여자친구는 내 얼굴보다 더 자주 스마트폰의 화면을 넋을 놓고 들여다본다. 여자친구는 스마트폰 화면 너머에 있는 세상과 연애하는 중이다.

진실을 말하자면, 여자친구가 그 전보다 나를 덜 사랑해서 스마트폰의 화면에 더 자주 눈길을 주는 것은 아니다. 사람의 뇌가 새 자극에 더욱 반응하게끔 설계되어 있기 때문이다. 낯선 물건이나 새로운 환경에 놓이면 뇌에서는 보상체계가 활성화되고 도파민이라는 신경전달물질이 나와 뇌수를 적신다. 아마도 선사시대에 포식자들이

널린 자연에서 인류가 살아남기 위해 그렇게 진화했을 터다. 포식자들로부터 오는 위험을 빨리 감지해야 살아남을 가능성이 커지고, 아울러 피식자를 빨리 포착하고 반응해야만 굶지 않을 수 있다. 외부 자극에 반응하도록 설계되고 진화된 여자친구의 뇌가 디지털 기기에 호응하고 있을 뿐이다.

디지털의 네트워크 세상 속에서 우리의 일상을 지배하는 것은 "이메일과 문자 메시지, 음성 메시지, 포크와 프로드와 트윗, 알림과 댓글, 링크와 태그와 포스트, 사진과 동영상, 블로그와 비디오로그, 검색과 다운로드, 업로드, 파일과 폴더, 피드와 필터, 담벼락과 위젯, 태그와 태그 구름, 아이디와 비밀번호, 단축키, 팝업과 배너, 신호음과 진동"(윌리엄 파워스,『속도에서 깊이로』)들이다. 디지털은 외부 세계와 더 긴밀한 연결을 만들지만, 반면에 내면에서는 멀어지게 한다. 외부 현실과 비대칭이 된 삶은 균형을 잃고 한쪽으로 쏠리게 된다. "이제 우리는 내면의 목소리가 아니라 타인의 목소리를 듣고 그 목소리에 따라 움직인다. 예전과 비교했을 때 우리는 자주, 그리고 쉽게 내면을 들여다보지 않는다."(윌리엄 파워스, 앞의 책) 원하건 원치 않건 간에 우리는 점점 더 디지털 군중 속으로 밀려들어 간다. 디지털 군중은 디지털 세상이 만들어내는 수많은 정보의 홍수 속에서 허우적거리고, 그럴수록 우리는 외부지향적 사고를 강요당한다.

디지털 세상을 지배하는 것은 더 빠른 '속도'다. 이 속도를 끝없이 업그레이드하면서 디지털 문명은 진화한다. 이 잉여의 속도가 주겠다고 약속한 것은 행복이지만, 우리가 받은 것은 약간의 편리함과 즐거움이다. 그 대신에 삶의 핵심인 '깊이'를 잃었다. "사고와 감정의 깊이, 인간관계의 깊이, 우리가 하는 모든 일의 깊이가 사라지고 있다. 충만하고 의미 있는 삶의 핵심인 깊이가 사라져간다는 것은 충격적인 일이 아닐 수 없다."(윌리엄 파워스, 앞의 책)

사람들은 하루 종일 참을 수 없는 디지털의 분주함에 빠져 외부 세계에 무슨 일이 일어났는지 관심을 쏟는다. 개인의 삶에서 충분히 혼자 생각할 수 있는 시간이 사라지고, 그 시간과 함께 삶의 깊이를 만들 수 있는 기회도 잃는다. 뇌, 두 눈, 키보드를 두드리는 손이 창조하는 사이버 세계에서 사는 디지털 군중의 삶 속에는 깊이가 없다.

깊이는 우리가 세상에 뿌리내릴 수 있게 해주는
삶의 본질이자 정수다. 깊이는 우리가 하는
일, 우리가 맺는 관계, 우리를 둘러싼 모든
일을 풍요롭게 만든다. 또한 훌륭한 삶을 위해
꼭 필요한 요소이자 우리가 타인의 모습에서

감탄해 마지않는 특징 혹은 자질이다. (윌리엄
파워스, 앞의 책)

삶에서 깊이를 앗아간 속도가 우리를 행복하게 하지 못
한다. 물론 속도는 권태의 지루함을 면제해주고, '기다림
의 수고가 필요 없음'이라는 선물을 준다. 그러나 속도는
하나의 수단일 뿐이다. 수단에 불과한 그것이 내 정체성
과 지위, 그리고 삶의 외피에 덧씌워지면서 목적으로 뒤
바뀐다. 그것은 더 빠른 속도에 대한 갈망과 마음이 그르
렁거리는 상태, 즉 '형이상학적 조급증'에 빠뜨린다. 디
지털 맥시멀리스트로 진화한 세상이 준 것은 편리함이지
만, 그렇다고 그것이 우리를 더 창의적이고 똑똑한 방식
으로 진화시키지는 않는다. 반면에 느림의 숭고함, 고요
한 시간의 평화, 충만한 삶, 활력이 넘치는 건강, 세계와
나의 조화 속에서 느끼는 행복을 앗아간다.

디지털 문명은 우리 삶에 불쑥 끼어든 침입자다. 그
로 인해 "군중과 자아, 외적인 삶과 내적인 삶 사이의 균
형"(윌리엄 파워스, 앞의 책)을 잃어버렸다. 우리는 선택을
해야 한다. '깊이' 있는 삶을 살기 위해 디지털을 어떤 방
식으로 쓸 것인가에 대하여. 디지털 기기들과 더불어 시
작된 지나친 외부지향적 삶에 제동을 걸어야 한다. 컴퓨
터를 꺼라! 휴대전화도 꺼라! 디지털 기기들과 거리를 두

면 딴 세상이 보일 것이다. 디지털 세상의 거품들이 꺼지면 우리 생은 진짜 생으로 가득 찰 것이다.

> 생이 생으로 가득 찰 때 기쁘다. 생에서 생이
> 다 빠져나가 버리면 괴롭다. 저 자신이 된
> 삶은 조화롭고, 자기에게 낯선 삶은 찢어진다.
> 우리는 이 조화와 찢김 사이에서 산다. 나뉘고,
> 주저하고, 불안해하며, 자주 길을 잃고, 하지만
> 또 다행히 가끔은 의기양양해하면서. (베르트랑
> 베르줄리, 『내가 행복해야만 하는 이유』)

디지털 맥시멀리즘이 분명 더 문명화된 삶의 방식이기는 하지만, 행복은 그것과 무관하다는 사실은 분명하다. 행복이란 항상 자아의 행복이다. 이때 자아란 존재 안에 웅크리고 있는 마음의 주체다. 마음은 보이지 않는다. 바람이 보이지 않지만 나뭇가지가 흔들리고 물너울이 크게 일 때 우리는 바람이 있음을 안다. 마찬가지로 욕망이 나타날 때 우리는 내 속 깊은 곳에 웅크리고 있던 마음이 움직이는 것을 알 수 있다. 마음은 욕망함의 근원이고, 무의식의 시원(始原)이자, 변화무쌍한 세계에 출현하는 악과 잔인함에 대한 훌륭한 방어막이다. 부처는 일체유심조(一切唯心造)라고 했다. 원효가 어둠 속에서 물을 달게 마셨는

데, 이튿날 밝은 데에서 보니 해골바가지의 물이었다. 어제의 물은 갈증을 가시게 한 단물이고, 오늘의 물은 더럽고 구역질 나는 물이다. 왜 이런 차이가 생기는가? 이게 다 마음의 장난 때문이다. 마음은 불변하는 실재가 아니다. 항상 변화하고 유동하는 그 무엇이다. 이것이 붙잡은 행복이라는 것도 항상 변화하면서 유동한다. 행복은 그것을 향해 나아가는 과정이고, 그 가능성 속에서 잠시 스치는 정신적인 만족감이다.

행복은 마음이 욕망하는 것을 소유함으로써 얻어지는 게 아니다. 그토록 바라는 뭔가를 얻는 순간 마음은 덧없음을 깨닫고 이미 다른 것을 향하여 달려간다. 마음의 욕망함은 많이 가질수록 더 많은 것을 원하며 커진다. 마음의 욕망함에는 만족이란 게 없다. "심리학자들은 이것을 '적응', '습관화', '쾌락주의의 쳇바퀴'라고 부른다."(마이클 폴리, 『행복할 권리』) 그토록 행복의 지속을 원하지만 그것을 가질 수 없는 이유가 거기에 있다. "여정이 목적지보다 더 중요하며, 활동이 성과보다 더 중요하다"는 교훈에 비춰보자면, 이것을 이해하고 받아들이는 일은 어렵지 않다.

행복은 상태가 아니기 때문에 돈, 물건, 쾌락, 성공, 명성, 지위 따위를 손에 쥠으로써 갖는 즐거움과 행복은 다르다. 행복은 행복의 가능성이 불러일으키는 파동이고 전율이다. 그 가능성의 파동과 전율 속에서 "갑자기 세계가 다시 마법을 발휘하고 자아가 새롭게 태어난다. 모든 것이 더 풍부해지고 낯설어지고 더 흥미로워진다. 눈은 더 명료하게 보고, 마음은 더 예리하게 생각하며, 심장은 더 강하게 느낀다. 이 세 가지가 열광과 환희와 열정 속에서 통합된다."(마이클 폴리, 앞의 책)

디지털 세상에서도 행복은 광속이 아니라 아날로그의 속도로 온다. 그러니 인터넷을 끄고, 스마트폰도 놓아라! 멈추고, 깊이 호흡하고, 삶의 속도를 늦추어라! 나를 감싼 세상을 돌아보라! 행복은 행복이 아니라 다른 대상을 추구하고 집중함으로써 돌연 얻어지는 기쁨으로 온다. 행복의 유예만이 행복을 발견하게 한다! 행복은 그것이 아니라 다른 대상을 추구하는 과정에서만 얻어지는 것이기 때문이다. 이게 행복의 부조리함이다. 삶이 그렇듯이 행복도 부조리하다.

윌리엄 파워스, 『속도에서 깊이로』, 임현경 옮김, 21세기북스, 2011
베르트랑 베르줄리, 『내가 행복해야만 하는 이유』, 심민화 옮김, 개마고원, 2008
마이클 폴리, 『행복할 권리』, 김병화 옮김, 어크로스, 2011

책과 함께하는 다섯 번째 계절

금강산

산은 평지돌출이다. 높이 솟아 평지에서 이루어지는 덧 없는 일상범백사를 압도하며 속세와는 멀어진다. 수평의 대지가 정주(定住)와 농경에 대한 욕망과 관련된다면 수직 으로 솟은 산은 은거와 가파른 고행을 자발적으로 수납한 종교적 수행의 결기와 관련된다. 산의 존재론적 표상은 높이의 숭고성에서 극적으로 발현된다. 평지보다 높지 않 은 것은 결코 산이 될 수가 없다. 산은 높이 솟아 있기 때 문에 산이다. 높이 솟은 봉우리들과 낮은 골짜기들을 거 느리고, 하늘을 이고 그 아래 물과 나무와 숲이 한데 조화 롭게 어우러져야 산이다.

예로부터 깊고 높은 산은 피세(避世)의 소망, 청정한 삶 을 살고자 하는 욕구와 통한다. 생존 싸움에 진절머리를 치고 명리를 좇는 것에 무상함을 느낀 사람이 들어와 살 기에 산보다 좋은 곳은 없다. 높은 산은 그 자체로 숭고 의 표상이다. 우리가 산에 올라 얻는 심미적 충만감과 상 쾌감은 평지에 길들여진 눈이 시원해지는 시각적 넓은 트임의 물리적 경험이 주는 효과다. 높은 곳에 서면 세상은 한눈에 전체로서 관망되는 것이다. 옛 시인(김부식, 1075~1151)은 이렇게 노래한다.

> 속된 사람이 오지 않는 곳, 올라와 바라보면
> 마음 트인다.〔俗客不到處 登臨意思清〕

숱한 바위들과 기암(奇巖), 절벽, 폭포, 물줄기, 나무, 하늘과 땅, 구름, 운무, 골짜기, 무수한 봉우리들이 어우러진 금강산은 피안의 세상이다. 서리고 두른 산세가 예사롭지 않으며 비경을 품은 금강산은 절경이자 동방에서 으뜸으로 꼽을 만큼 승경지로 명성이 높다. 봉우리가 많아 1만 2천 봉이라고도 했다. 조선 말기의 학자 이상수는 "하늘의 기이한 기운이 동쪽으로 달려서 1만 2천 봉에 크게 쏟아붓고는 바다에 임해서 다하였다"라고 쓴다.

금강산의 아름다움을 흠모한 무수한 시인 묵객들이 금강산을 찾아 유산(遊山)을 한 뒤 많은 시와 그림들을 남겼다. 저 유명한 중국 송 대의 시인 소동파(蘇東坡)도 "원컨대 고려에서 태어나 금강산이나 직접 보았으면!〔願生高麗國 親見金剛山〕"이라는 시를 남겼다. 이광수도 「금강산유기(金剛山遊記)」에서 "오직 가 보아야 그 사람의 천품(天稟)에 따라 볼 만큼 보고, 알 만큼 알 것이외다"라고 썼다. 높은 산에 들면 홍진에 찌든 세간에서는 느낄 수 없는 청정감과 함께 형이상학적 전율을 느낀다. 큰 산은 품이 넓고, 그 안에 모든 것을 품는다. 이 안에는 물리적 세계에서 겪는 높은 것과 낮은 것, 넓은 것과 좁은 것, 맑음과 탁함, 밝음과 어둠이 전부 한데 있다.

속세를 피하여 큰 산에 든 사람이 갖는 한 차원 더 높은 도덕적 엑스터시는 산이 풍류의 즐거움을 누리는 자리이기보다는 인식론적 깨달음의 장이라는 사실을 일깨운다. 명산에 오르면서 사람들은 도덕적 개안(開眼)을 한다. 명산은 세속의 분주함 속에 놓쳤던 삶에 대한 균형과 조화, 내적 평화를 되돌려준다. 금강산은 행락과 유람의 장소가 아니라 장소 너머의 장소, 즉 피안이요, 너절한 것들을 제압하는 선경이다. 맑고 초연한 산기(山氣)는 마음의 표피를 덮고 있는 쩨쩨함을 벗겨내고 저 깊은 곳에 은닉되어 있던 우주심을 일깨운다. 그리하여 우리는 사람이 몇 푼 돈에 마음을 상하고, 세상이 알아주지 않는다고 상처를 받으며, 주색잡기의 유혹에도 쉽게 흔들리고, 타락과 부패에 무감각하게 젖어 사는 천하고 좁은 인격에 매인 자가 아니라는 것을, 더 나아가 높고 너그러운 우주심을 지닌 도덕적 가능성의 인간이라는 계시를 받는다.

목판화가 류연복의 금강산 청경(淸景)들은 산경(山經)이다. 그의 그림에서 산을 보는 것이 아니라 그것을 읽는다.

그것은 그림으로 쓴 『화엄경』이며, 팔만대장경이다. 류연복의 산경(山景)은 섬세함을 취하지 않고 남성적인 힘에서 나오는 강렬한 의지와 기개로 작열하는 선들을 취한다. 문인에게 저마다 문체가 있듯, 화가에게는 화체(畵體)가 있다. 화가의 화풍은 화체라는 기초 위에 세워진다. 화체는 재료를 다루는 기법이나 스타일과는 다르다. 화가의 불가피한 피, 기질, 본성의 총체적 표현이다. 류연복의 〈금강산〉 연작에서 그의 화체가 어느덧 독자적인 것으로 뚜렷하게 드러난다. 그의 화체는 가벼움이나 섬세함하고는 거리가 멀고, 마치 중묵(重墨)을 쓰듯 무겁고 둔중하다. 무거운 기운 속에서 형상들은 불쑥불쑥 솟아난다. 바위들, 물, 나무들, 골짜기, 운무들은 무거운 공기를 숨 쉬며 기운생동(氣運生動)하는 모습을 드러내는 것이다.

〈금강산〉 연작이 전작에서 보여주었던 화풍이나 개성에서 크게 달라진 것은 아니다. 여전하다. 여전한 가운데 조용한 변화의 기미를 드러낸다. 우선 전작에서 중심 심상이 화면을 앓힐 때 얼핏얼핏 나타나던 구도의 불안정성이 없어졌다. 세상과 대립각을 세울 때 그것은 더욱 두드러졌는데, 그 불안정성이 사라진 것이다. 의도적인 실현이기보다는 심미적 이성과 원숙감에서 비롯되는 것으로 보인다. 여전히 원색을 많이 쓰고 있지만 중간 톤의 색상이 화면의 주조색으로 나타나는 것도 변화라고 할 만하다. 원색은 의도의 직접성을 드러내지만 중간 톤의 색상은 정신적 안정감을 반영한다.

류연복의 화풍은 진작부터 물질적 형상이 아니라 보다 높은 정신적 삶에 경도(傾倒)된 바 있다. 그의 판화들은 사물의 외관에 기울지 않고 그 내면의 이기(理氣)를 취하는 데서 저만의 개별성을 이루었다. 그의 그림들에서 간혹 보이는 거친 조형성은 그 때문이다. 그의 금강산은 실재를 취하되 매이지 않는다. 금강산을 한반도의 지리적 산이 아니라 상징적 표상으로서 바라보려고 하는 까닭이다. 그의 금강산은 우리의 정서에 은근하게 다가들지 않고 직격(直擊)한다. 이 그림들이 일으키는 기쁨과 법열감은 산의 심미성에서 오는 것이 아니라 그 정신적 초월의 계기들에서 오는 것이다. 이 판화들에서 금강산이 척추를 바로 세워 일으킨 수직적 높이는 곧 도덕적 숭고와 등가를 이룬다.

그런 점에서 류연복의 <금강산> 연작은 겸재의 <금강전도>와 통하는 바가 있다. 두 화가의 화풍은 크게 다르지만 산을 하나의 정신적 실재로 본다는 점에서 닮아 있다. 보이는 형상들은 보이지 않는 것들의 심상이다. 화가들이 보이는 것들을 그리는 것은 실은 보이지 않는 심상의 표현이다. 과연 구룡폭포를 묘사하는 류연복과 겸재의 작품은 그 구도에서 혈연적 근친성을 느끼게 할 만큼 닮아 있다.

쇠처럼 단단한 바위는 수직을 이루고, 물은 그 아래 연못으로 거침없이 떨어진다. 물은 떨어지면서 깎아지른 바위와 가까운 허공에 비말을 뿜고, 비말은 무지개를 품는다. 산은 연꽃같이 솟고, 구룡연은 백옥 같은 물을 품는다.

류연복의 금강산 앞에서 이 산이 얼마나 닮게 그려졌는가를 따지는 것은 뜻없다. 그러기에 앞서 이 산들이 말하는 바가 무엇인가를 들어야 한다. 금강산이 배우고 깨달아야 할 도덕적 교훈들을 직설하는 것은 아니다. 이 민족의 영산은 숭엄한 성역이며, 소도(蘇塗)다. 일부러 가르치지 않지만, 그 앞에 서서 바라보는 자들의 마음을 속세와 절연된 산은(山隱)의 고요로 적시며 경외감을 불러일으킨다. 아울러 낡은 감각적 현존을 갱신하며 저 유구하고 무궁한 생명의 표상세계로 이끈다. 류연복은 〈금강산〉 연작에서 사철 다른 모습으로 나타나는 것에 주목한다.

금강산은 봄·여름·가을·겨울에 따라 색깔이 달라지고 형상이 변화한다. 봄·여름·가을·겨울은 그 자체로 우주적 순환이다. 인생에도 순환이 있고, 산에도 순환이 있다. 철마다 달라지는 금강산은 변전(變轉)과 유동(流動)을 그치지 않는 장삼이사의 삶과 상호 조응한다. 금강산은 꽃빛에 물든 산이다가, 비 잦은 철에는 만폭에서 나오는 물소리로 시끄럽다가, 만산홍엽이 번져 휘황하다가, 눈과 얼음에 덮인 한산(寒山)이다. 오죽하면 철마다 다른 이름을 가졌을까! 물론 금강(金剛)이라는 이름을 얻은 것은『화엄경』과 관련이 깊다.『화엄경』에는 "바다 가운데 금강산이라는 곳이 있는데 예부터 여러 보살들이 그곳에 머물고 있다. 지금은 법기보살이 있어 그 권속과 여러 보살들 1만 2천 인과 함께 그 가운데 머무르며 설법하고 있다"라는 언급이 나온다. 그래서 유학자들은 이 이름을 꺼려해서 개골, 풍악, 봉래와 같은 이명으로 불렀던 것이다.

류연복의 〈금강산〉 연작은 눈으로 보고 마음으로 느껴야 마땅하다. 눈으로 볼 것은 산의 신묘한 경관이요, 마음으로 볼 것은 정신의 자취다. 그 둘을 하나로 보아야 마땅하다. 세속의 풍진과 삿된 기운을 떨치고 일어선 그 준법의 힘찬 기세, 물과 운무가 조화롭게 어우러진 심산에 서린 깊은 영성(靈性), 화엄세상을 향한 열망, 그 선과 형태에 절로 깃든 도법자연(道法自然)의 철학을 보지 못한다면 제대로 보았다고 할 수 없다. 〈금강산〉 연작은 맺히고 눌린 마음을 펴주고, 하찮은 목전의 필요와 욕망에 매이고 휘둘리는 마음에 홀연한 해방감을 준다.

최정호 외,『산과 한국인의 삶』, 나남, 1993
최상익 외 편역,『조선시대 금강산유기』, 강원대학교출판부, 2000
최완수,『겸재를 따라가는 금강산 여행』, 대원사, 1999

책 찾아보기